A LADRA

J.R.
WARD

A LADRA

J.R.
WARD

São Paulo
2018

Grupo Editorial
UNIVERSO DOS LIVROS

The thief

Diretor editorial
Luis Matos

Editora-chefe
Marcia Batista

Assistentes editoriais
Letícia Nakamura
Raquel F. Abranches

Tradução
Cristina Calderini Tognelli

Preparação
Francisco Sória

Revisão
Tássia Carvalho
Juliana Gregolin

Arte
Aline Maria
Valdinei Gomes

Dados Internacionais de Catalogação na Publicação (CIP)
Angélica Ilacqua CRB-8/7057

W259L

Ward, J. R.
A ladra / J. R. Ward; [tradução de Cristina Tognelli]. — São Paulo : Universo dos Livros, 2018.
464 p. (Irmandade da Adaga Negra, v. 16)

ISBN: 978-85-503-0355-0
Título original: The thief

1. Vampiros 2. Ficção norte-americana 3. Literatura erótica I. Título II. Tognelli, Cristina III. Série

18-0978 CDD 813.6

Universo dos Livros Editora Ltda.
Rua do Bosque, 1589 – Bloco 2 – Conj. 603/606
CEP 01136-001 – Barra Funda – São Paulo/SP
Telefone/Fax: (11) 3392-3336
www.universodoslivros.com.br
e-mail: editor@universodoslivros.com.br
Siga-nos no Twitter: @univdoslivros

Dedicado a:
Vocês dois.
Não consigo pensar em dois corações
ou duas almas gêmeas melhores.

GLOSSÁRIO DE TERMOS E NOMES PRÓPRIOS

Ahstrux nohtrum: Guarda particular com licença para matar, nomeado(a) pelo Rei.

Ahvenge: Cometer um ato de retribuição mortal, geralmente realizado por um macho amado.

As Escolhidas: Vampiras criadas para servir à Virgem Escriba. No passado eram voltadas mais para as coisas espirituais do que temporais, mas isso mudou com a ascensão do último Primale, que as libertou do Santuário. Com a renúncia da Virgem Escriba, elas estão completamente autônomas, aprendendo a viver na terra. Continuam a atender às necessidades de sangue dos membros não vinculados da Irmandade, bem como a dos Irmãos que não podem se alimentar das suas *shellan*.

Chrih: Símbolo de morte honrosa no Antigo Idioma.

Cio: Período fértil das vampiras. Em geral, dura dois dias e é acompanhado por intenso desejo sexual. Ocorre pela primeira vez aproximadamente cinco anos após a transição da fêmea e, a partir daí, uma vez a cada dez anos. Todos os machos respondem em certa medida se estiverem por perto de uma fêmea no cio. Pode ser uma época perigosa, com conflitos e lutas entre os machos, especialmente se a fêmea não tiver companheiro.

Conthendha: Conflito entre dois machos que competem pelo direito de ser o companheiro de uma fêmea.

Dhunhd: Inferno.

Doggen: Membro da classe servil no mundo dos vampiros. Os *doggens* seguem as antigas e conservadoras tradições de servir seus superiores, obedecendo a códigos formais no comportamento e no vestir. Podem sair durante o dia, mas envelhecem relativamente rápido. Sua expectativa de vida é de aproximadamente quinhentos anos.

Ehnclausuramento: *Status* conferido pelo Rei a uma fêmea da aristocracia em resposta a uma petição de seus familiares. Subjuga uma fêmea à autoridade de um responsável único, o *tuhtor*, geralmente o macho mais velho da casa. Seu *tuhtor*, então, tem o direito legal de determinar todos os aspectos de sua vida, restringindo, segundo sua vontade, toda e qualquer interação dela com o mundo.

Ehros: Uma Escolhida treinada em artes sexuais.

Escravo de sangue: Vampiro macho ou fêmea que foi subjugado para satisfazer a necessidade de sangue de outros vampiros. A prática de manter escravos de sangue recentemente foi proscrita.

Exhile dhoble: O gêmeo mau ou maldito, o segundo a nascer.

Fade: Reino atemporal onde os mortos reúnem-se com seus entes queridos e ali passam toda a eternidade.

Ghia: Equivalente a padrinho ou madrinha de um indivíduo.

Glymera: A nata da aristocracia, equivalente à corte no período de Regência na Inglaterra.

Hellren: Vampiro macho que tem uma companheira. Os machos podem ter mais de uma fêmea.

Hyslop: Termo que se refere a um lapso de julgamento, tipicamente resultando no comprometimento das operações mecânicas ou da posse legal de um veículo ou transporte motorizado de qualquer tipo. Por exemplo, deixar as chaves no contato de um carro estacionado do lado de fora da casa da família durante a noite – resultando no roubo do carro.

Inthocada: Uma virgem.

Irmandade da Adaga Negra: Guerreiros vampiros altamente treinados para proteger sua espécie contra a Sociedade Redutora. Resultado de cruzamentos seletivos dentro da raça, os membros da Irmandade possuem imensa força física e mental, assim como a capacidade de recuperem-se rapidamente de ferimentos. Não é constituída majoritariamente por irmãos de sangue e são iniciados na Irmandade por indicação de seus membros. Agressivos, autossuficientes e reservados por natureza, são tema para lendas e reverenciados no mundo dos vampiros. Só podem ser mortos por ferimentos muito graves, como tiros ou uma punhalada no coração.

Leelan: Termo carinhoso que pode ser traduzido aproximadamente como "muito amada".

Lhenihan: Fera mítica reconhecida por suas proezas sexuais. Atualmente, refere-se a um macho de tamanho sobrenatural e alto vigor sexual.

Lewlhen: Presente.

Lheage: Um termo respeitoso utilizado por uma submissa sexual para referir-se a seu dominante.

Libbertador: Salvador.

Lídher: Pessoa com poder e influência.

Lys: Instrumento de tortura usado para remover os olhos.

Mahmen: Mãe. Usado como um termo identificador e de afeto.

Mhis: O disfarce de um determinado ambiente físico; a criação de um campo de ilusão.

Nalla/nallum: Um termo carinhoso que significa "amada"/"amado".

Ômega: Figura mística e maligna que almeja a extinção dos vampiros devido a um ressentimento contra a Virgem Escriba. Existe em um reino atemporal e possui grandes poderes, entre os quais, no entanto, não se encontra a capacidade de criar.

Perdição: Refere-se a uma fraqueza crítica em um indivíduo. Pode ser interna, como um vício, ou externa, como uma paixão.

Primeira Família: O Rei e a Rainha dos vampiros e sua descendência.

Princeps: O nível mais elevado da aristocracia dos vampiros, só suplantado pelos membros da Primeira Família ou pelas Escolhidas da Virgem Escriba. O título é hereditário e não pode ser outorgado.

Redutor: Membro da Sociedade Redutora, é um humano sem alma empenhado na exterminação dos vampiros. Os *redutores* só morrem se forem apunhalados no peito; do contrário, vivem eternamente, sem envelhecer. Não comem nem bebem e são impotentes. Com o tempo, seus cabelos, pele e íris perdem toda a pigmentação. Cheiram a talco de bebê. Depois de iniciados na Sociedade por Ômega, conservam uma urna de cerâmica, na qual seu coração foi depositado após ter sido removido.

Ríbgido: Termo que se refere à potência do órgão sexual masculino. A tradução literal seria algo aproximado de "digno de penetrar uma fêmea".

Rytho: Forma ritual de lavar a honra, oferecida pelo ofensor ao ofendido. Se aceito, o ofendido escolhe uma arma e ataca o ofensor, que se apresenta desprotegido perante ele.

Shellan: Vampira que tem um companheiro. Em geral, as fêmeas não têm mais de um macho devido à natureza fortemente territorial deles.

Sociedade Redutora: Ordem de assassinos constituída por Ômega com o propósito de erradicar a espécie dos vampiros.

Symphato: Espécie dentro da raça vampírica, caracterizada por capacidade e desejo de manipular emoções nos outros (com o propósito de trocar energia), entre outras peculiaridades. Historicamente, foram discriminados e, em certas épocas, caçados pelos vampiros. Estão quase extintos.

Transição: Momento crítico na vida dos vampiros, quando ele ou ela transforma-se em adulto. A partir daí, precisam beber sangue do sexo oposto para sobreviver e não suportam a luz do dia. Geralmente, ocorre por volta dos 25 anos. Alguns vampiros não sobrevivem à transição, sobretudo os machos. Antes da mudança, os vampiros são fisicamente frágeis, inaptos ou indiferentes para o sexo, e incapazes de se desmaterializar.

Trahyner: Termo usado entre machos em sinal de respeito e afeição. Pode ser traduzido como "querido amigo".

Tuhtor: Guardião de um indivíduo. Há vários graus de *tuhtors*, sendo o mais poderoso aquele responsável por uma fêmea *ehnclausurada*.

Tumba: Cripta sagrada da Irmandade da Adaga Negra. Usada como local de cerimônias e como depósito das urnas dos *redutores*. Entre as cerimônias ali realizadas estão iniciações, funerais e ações disciplinadoras contra os Irmãos. O acesso a ela é vedado, exceto aos membros da Irmandade, à Virgem Escriba ou aos candidatos à iniciação.

Vampiro: Membro de uma espécie à parte do *Homo sapiens*. Os vampiros precisam beber sangue do sexo oposto para sobreviver. O sangue humano os mantém vivos, mas sua força não dura muito tempo. Após sua transição, que geralmente ocorre aos 25 anos, são incapazes de sair à luz do dia e devem alimentar-se na veia regularmente. Os vampiros não podem "converter" os humanos por meio de uma mordida ou transferência de sangue, embora, ainda que raramente, sejam capazes de procriar com a outra espécie. Podem se desmaterializar por meio da vontade, mas precisam estar calmos e concentrados para consegui-lo, e não podem levar nada pesado consigo. São capazes de apagar as lembranças das pessoas, desde que recentes. Alguns vampiros são capazes de ler a mente. Sua expectativa de vida ultrapassa os mil anos, sendo que, em certos casos, vai bem além disso.

Viajante: Um indivíduo que morreu e voltou vivo do Fade. Inspiram grande respeito e são reverenciados por suas façanhas.

Virgem Escriba: Força mística que anteriormente foi conselheira do Rei, bem como guardiã dos registros vampíricos e distribuidora de privilégios. Existia em um reino atemporal e possuía grandes poderes, mas recentemente renunciou ao seu posto em favor de outro. Capaz de um único ato de criação, que usou para trazer os vampiros à existência.

Capítulo 1

Miami, Flórida

Sola Morte, também conhecida como Marisol Maria Rafaela Carvalho, abriu a porta de correr, afastando o painel de vidro de sua frente. Apesar de passar da meia-noite e ser janeiro, o ar do oceano que a recebeu estava úmido e na casa dos 20°C, um beijo suave em vez de um tapa gélido. Depois de um ano morando em Miami, entretanto, isso já não era uma surpresa agradável. O clima mais brando, assim como o ritmo moroso, as palmeiras, as praias e as ondas, simplesmente fazia parte da vida.

O exótico era um espetáculo de raridade e, assim como a beleza, estava nos olhos de quem via.

Balançando a cabeça, tentou se ater ao presente. O "terraço" do apartamento que ela dividia com a avó, no quinto andar, não passava de uma prateleira com grades, o tipo de espaço externo acrescentado não tanto pela sua utilidade e pelo prazer dos proprietários, mas principalmente para que a descrição "terraço com vista para o oceano" fosse colocada na descrição de venda das trinta unidades do prédio. E, pensando nisso, a parte do "oceano" também era lorota, visto que aquilo que via era a Baía Biscayne, e não o Atlântico. Ainda assim, água era sempre água, por isso, quando não se consegue dormir, era mais interessante do que ficar olhando para o teto.

Ela decorara o apartamento de dois dormitórios e dois banheiros cerca de três anos antes, comprando projetos prontos da Rooms to Go porque tinham um bom preço e alguém tivera o trabalho de pensar em almofadas decorativas e combinação de cores. Quanto ao seu "luxuoso" terraço com vista, ela fora até a Target e comprara duas cadeiras de jardim brancas e amarelas, e uma mesinha de centro. As primeiras deram certo. A última tinha um tampo translúcido de acetato, o qual descobriu ter irritantes ondas na superfície. Nada combinava com aquilo.

Pensando a respeito, escolheu a poltrona da esquerda e se sentou.

– Noite de lua cheia.

Enquanto sua voz era levada, ela observou a vista noturna. Diretamente à sua frente, havia uma série de casas baixas e antigas, construídas nos anos 1940; em seguida, uma fila de lojinhas de camisetas baratas, mercearias e restaurantes que a separavam da praia. Dizer que ela e a avó moravam em Miami equivalia à falsidade da propaganda do terraço com vista. Na verdade, estavam na extremidade norte nos limites da cidade, bem distantes das mansões e da agitação noturna, embora ela estivesse disposta a apostar que, em dez anos, esse bairro simples e barato passaria por uma transformação esplendorosa.

Tudo bem para ela. Teria um retorno no seu investimento e...

Ah, a quem queria enganar? Não permaneceriam ali mais um ano.

Ela possuía outro esconderijo na Califórnia e mais um em Toronto. Depois de passarem por tais lugares, encontrariam outro no qual ficar.

Para ela, existiam poucas exigências ao estabelecer um lar: ser comprado em dinheiro, ter uma igreja católica a poucos quarteirões de distância e um bom supermercado latino nas proximidades.

Enquanto uma brisa suave passava pelos seus cabelos recentemente tingidos de loiro, ela se sentou mais à frente porque era difícil ficar parada. A mudança de posição não durou muito, e não só porque a grade de cima bloqueou sua vista da baía. Recostando-se, começou a balançar a sandália de dedo, um metrônomo de energia incansável que somente era suportado por ser seu próprio pé que fazia aquele movimento de subir e descer e, pelo menos em teoria, ela poderia detê-lo.

Afirmar que a memória era um caminho que se podia trilhar, uma vereda a ser seguida, uma progressão linear na qual se embarca do começo ao fim, era uma máxima bem distante da realidade. Depois do último ano, ela concluiu que estava mais para o teclado de um piano, e as notas musicais que sua mente tocava na forma de filme eram escolhidas mais pela partitura musical de seu lamento do que pela lógica bem fundamentada de sua decisão acerca da saída de Caldwell.

Por exemplo, se fosse racional a respeito desses assuntos, ela se concentraria no que sentira ao chegar em casa certa noite e ser sequestrada enquanto a avó acordava e começava a descer as escadas. Em seguida, se lembraria do trajeto rumo ao norte no porta-malas de um sedã. Isso mesmo... Se fosse esperta, seu cérebro estaria projetando uma apresentação em slides de ela pegando um sinalizador e enfiando-o aceso no globo ocular do homem que abrira o porta-malas daquele carro. Ela se visualizaria sendo alvejada na perna durante a tentativa de fuga rumo a uma floresta, e depois se lembraria da cela gradeada no porão de seu campo de tortura.

Visualizaria com detalhes acurados o capanga com rosto bicolor, que a despira e tentara estuprá-la – até ela lhe torcer as bolas e atingi-lo na cabeça com uma corrente pesada.

E, por fim, ela se veria arrastando um homem morto pelo chão a fim de tentar usar a digital dele para destrancar a porta. E, quando isso não funcionou, ela refaria seus passos, voltaria ao porão e puxaria através das grades da cela o braço do homem com rosto de dois tons, o que tentara estuprá-la, para cortar-lhe a mão na altura do pulso com uma faca de cozinha.

Que tal se lembrar do uso bem-sucedido de um polegar ainda quente no leitor de digitais acoplado à porta de aço? Ou de ter saído apressada daquele inferno coberta apenas por uma parca e o sangue dos dois humanos que matara?

Mas não, não eram essas notas que seu Steinway cerebral tocava.

No que se referia a tais notas, seu cérebro ficava repetindo uma que era completamente diferente e muito mais destrutiva.

Apesar de ser muito mais sexy...

– Para. – Esfregou os olhos. – *Para* com isso.

Acima da baía, sobre o quebra-mar de North Beach, a lua era uma enorme bandeja prateada, com iluminação nebulosa e salpicada por tufos de nuvens.

Os olhos de Assail eram assim: prateados com bordas de um roxo escuro.

Imaginou que ainda fossem, desde que ele estivesse vivo – mas que estilo de vida levaria? Chefes do tráfico de drogas estavam num grupo de risco maior do que casos mais gerais, como câncer e doenças cardíacas.

Não que o tivesse julgado por sua escolha de carreira – convenhamos, foi a sua profissão de ladra que a fez parar naquele porta-malas.

Que olhos estranhos e hipnóticos eram os dele. Como nenhum outro que ela tivesse visto, e não, ela não estava romantizando a situação. Assim como seu nome estranho, e o sotaque que ela não conseguia determinar – seria alemão? Francês? Romeno? –, e o mistério que o cercava, ele fora o que nenhum outro homem chegara perto de ser: irresistível. Com cabelos tão negros, que ela deduzira terem sido tingidos, um bico de viúva na testa alta e aristocrática, um corpo poderoso e energia sexual, ela muitas vezes sentiu que ele devia ser fruto de algum outro mundo.

Uma presença letal.

Um lindo predador.

Um animal em pele humana.

Entre um piscar de olhos e o seguinte, ela o viu como na noite em que Assail fora resgatá-la naquele abrigo – mas não como ele se aproximara de braços abertos e voz tranquila assim que ela ultrapassou a porta de aço, toda ferida e desorientada. Não, lembrou-se dele um pouco depois, quando, de alguma maneira, ele a encontrou numa área de descanso a uns trinta quilômetros de distância na rodovia.

Nunca entendeu como foi possível para ele, que ficara para trás enquanto os primos a levavam embora de carro, alcançá-los como se pudesse voar.

E também havia a questão da sua aparência. A boca estava coberta de sangue, como se ele tivesse mordido alguém. E aqueles olhos prateados e arroxeados brilharam mais do que essa lua no céu do sul, com uma luz profana interna, algo que parecia pertencer ao âmbito dos exorcistas.

Contudo, ela não o temeu – e também soube naquele instante que Benloise, seu captor, não estava vivo. Assail, de alguma forma, matara seu sequestrador e, muito provavelmente, o irmão dele também, Eduardo.

Eram assim os negócios em que todos eles estiveram metidos. E o estilo de vida que ela ficou determinada a deixar para trás assim que melhorou.

Afinal, quando você é mantida em cativeiro por loucos e implora a Deus por uma oportunidade de rever sua avó, e isso acontece de verdade? Somente um tolo não cumpre sua parte no acordo.

Por isso, olá, Miami.

Sola pressionou as pontas dos dedos na testa e tentou fazer com que sua mente se desviasse daquele caminho de processar e reprocessar – mesmo já tendo passado um ano, pelo amor de Deus. Não conseguia acreditar que estava tão obcecada por uma decisão racional tomada e baseada na sua própria sobrevivência.

As noites ainda eram a pior parte. Durante o dia, quando estava ocupada com tarefas importantes como fazer compras e frequentar a missa com a avó, e constantemente espiando sob a aba do boné para ver se não estavam sendo seguidas, ela dava conta do recado. Mas com a escuridão vinham as lembranças, o fantasma de um homem com quem jamais deveria ter dormido a atormentava.

Há muito tempo ela sabia que tinha um desejo de morrer. Sua atração por Assail era apenas uma confirmação disso.

Inferno, ela sequer sabia o sobrenome dele. Apesar de toda a espionagem que fora contratada para fazer, e depois a que fizera por conta própria, ela continuava sem saber muita coisa a seu respeito. Assail tinha uma casa envidraçada à margem do Hudson, cuja escritura pertencia a um truste imobiliário. As duas pessoas mais próximas a ele eram os primos gêmeos, e ambos eram tão mudos quanto uma parede de tijolos no que se referia às informações particulares de Assail. Ele não tinha esposa nem filhos.

Pelo menos não morando com ele, mas quem podia ter certeza? Um homem daquele decerto tinha muitas opções como companhia.

Mudando de posição para o lado, ela pegou seu velho iPhone e olhou para a tela escura. Quando o ligou, deparou-se com uma foto da praia tirada no dia de sua chegada ali.

Nenhuma mensagem, nenhuma ligação perdida, nenhum recado de voz.

Por um tempo, recebeu ligações mudas de um número não identificado. As ligações intermitentes eram o único motivo de ela ter mantido o aparelho. Quem mais entraria em contato com ela, exceto Assail? Quem mais tinha aquele número? Não era o telefone que ela usara com Benloise nem com ninguém mais dos seus negócios escusos, e a conta estava registrada sob um nome falso. Ele era a única pessoa que tinha o número.

Devia ter deixado o aparelho no norte e cancelado o serviço. Um encerramento total teria sido melhor. Mais seguro.

A questão, no entanto, parecia ter se resolvido sozinha. Imaginando que tivesse sido Assail, ele deixara de telefonar – e talvez isso não tivesse acontecido por ele ter sido sepultado. Ele, provavelmente, seguiu em frente – que é o que as pessoas fazem quando são deixadas para trás. Ficar se lamentando indefinidamente só acontecia nos romances vitorianos, e normalmente era algo feito por mulheres.

Isso mesmo, não estava rolando nenhum senhor Ravisham* lá no norte. Nada disso...

Outra lembrança a levou de volta no tempo, e era uma que ela odiava. Mesmo depois de Benloise ter ordenado que ela cessasse as investigações, ela seguira Assail até uma propriedade, que parecia o chalé de um zelador. Sua ida até lá não visava a transação comercial alguma. Não, o motivo era uma morena com um tremendo corpaço, e ele a deitara no sofá como se já tivesse feito isso antes. E, bem quando começara a fazer sexo com ela, Assail olhou diretamente para a janela de onde Sola espiava – como se estivesse fazendo uma apresentação para ela.

Àquela altura, ela resolveu encerrar a investigação e nunca mais vê-lo.

---

* Personagem do livro "Grandes Esperanças" de Charles Dickens. (N. T.)

No entanto, o destino teve outras ideias. E transformara seu traficante de drogas de olhos prateados no seu salvador.

O triste era que, em outra circunstância, poderia ter ficado com ele naquela sua casa de vidro. Mas, no fim, sua barganha com Deus superava esse tipo de fantasia.

Levantando-se, ela ficou um pouco mais junto à grade, tentando entender o que exatamente esperava encontrar naquela vista. Depois se virou, fechou-se dentro do apartamento e chutou os chinelos. No silêncio, descalça, passou pela sala de estar e foi até a cozinha. O padrão de limpeza da avó era tão elevado que era possível comer no chão, misturar uma salada em qualquer uma das gavetas, abrir a massa do pão dentro dos armários e usar as prateleiras como tábua de cortar bifes.

A caixa de ferramentas estava debaixo da pia, de onde pegou um martelo grande.

O iPhone foi colocado dentro de um saco plástico enquanto ela se encaminhava para a porta e desligava o alarme antes de sair para o corredor. A escada de incêndio ficava à direita e, enquanto ela se dirigia para lá, apurou os ouvidos por força do hábito, mas não que fosse necessário. As pessoas do prédio eram mais idosas, e o pouco que via delas confirmava que havia escolhido o apartamento certo. Aquela era a terra dos passarinhos da neve que não tinham dinheiro para migrar indo e vindo na época da primavera e do verão, por isso o prédio nunca esvaziava.

Sempre haveria testemunhas bisbilhoteiras, mesmo que esses olhos e esses ouvidos já não estivessem tão apurados como já tinham sido um dia. E seus vizinhos configuravam uma complicação para as pessoas que poderiam vir atrás dela, fazendo-os pensar duas vezes antes de agir.

Além disso, como sempre, ela portava a 9 mm compacta com mira a laser. Só-para-o-caso-de-precisar.

A escadaria estava mais fresca, mas não menos úmida do que o amplo lado externo. Ela deixou o celular no seu caixão de plástico, no piso de concreto debaixo da mangueira de incêndio enrolada, e verificou uma última vez para ver se havia alguma chamada perdida.

Depois desceu o martelo uma vez. Duas. Três vezes.

Foi o suficiente para destruir o aparelho.

Quando voltou para o apartamento, virou os pedaços partidos nas mãos, ainda juntos pelos dois lados do saco plástico. Na manhã seguinte, ela acessaria a Internet em um computador seguro e cancelaria o serviço, seu último elo, por mais frágil que fosse, rompido para sempre.

A ideia de que jamais saberia do paradeiro de Assail era quase tão ruim quanto a realidade de nunca mais vê-lo.

Entrando uma vez mais em casa, resolveu ir se deitar, mas foi atraída de novo pela imagem da água e da lua.

Sentia saudade do homem que ela nunca deveria ter tido como parte da sua alma deixada para trás.

Mas assim eram as coisas.

O destino era um tremendo ladrão.

Capítulo 2

Centro de Treinamento da IAN
Caldwell, Nova York

A doutora Jane olhou para o relógio de pulso e voltou a andar. Enquanto subia e descia o corredor de concreto, do lado de fora da sala de exames principal, estava bem ciente dos seus batimentos cardíacos – o que era meio estranho considerando que ela, com efeito, não estava viva.

Nos recessos da mente, ela ouviu Bill Murray dizer: *Você ou alguém da sua família viu monstros, espectros ou fantasmas?*

Basicamente toda vez que se olhava no espelho, doutor Venkman. Muito obrigada.

Detida nesse pensamento, ela parou enquanto se dirigia a outros cômodos. Fitando adiante sem nada ver, descobriu que não conseguia respirar direito e concluiu que, de todas as tarefas de seu trabalho como cirurgiã em casos de emergência, o que estava prestes a acontecer era algo no qual nunca fora muito boa. Pouco importava quanto treinamento, experiência ou especialização, a proficiência na parte mais vital do seu chamado nunca chegou.

E desejava que nunca chegasse.

Assail, falhei com você, ela pensou. *Sinto muito, fiz tudo o que podia.*

Um som metálico fez com que virasse a cabeça. Ao fim do comprido corredor principal do centro de treinamento, após toda sorte de sala – de aulas, de descanso e de interrogatório –, a porta reforçada de aço que separava as instalações subterrâneas do prédio do estacionamento estava bem aberta. Rhage, um dos papais mais novos da Irmandade, entrou e se postou de lado.

Os dois machos de cabelos negros que entraram depois dele eram, pelo que ela entendia, uma anomalia na espécie dos vampiros. Gêmeos idênticos não aconteciam com frequência e poucos deles chegavam à vida adulta. Ehric e Evale provaram ser a exceção de muitas regras, contudo.

Por exemplo, ela não tinha certeza se eles estavam mais vivos do que ela. Pelo tanto de emoção que haviam demonstrado até então, podiam muito bem ser robôs. Os olhos eram mortos – tinham olhares com a mesma luminosidade de uma tinta opaca. Mas, pensando bem, eles provavelmente já tinham visto coisas demais. Feito coisas demais. E isso se traduzia, de acordo com seus conhecimentos sobre guerra, em pessoas dissociadas do mundo ao redor e desconfiadas dos demais.

Nem mesmo em si próprias.

Rhage indicou o caminho até ela, mesmo que sua presença ali fosse um destino autoexplicativo. E, enquanto os gêmeos avançavam, John Matthew também entrou, acrescentando um vagão àquele trem.

Ficou se perguntando onde estaria Vishous. Não era para ele e Rhage estarem juntos naquele transporte?

Doutora Jane pegou o celular, ela deu uma olhada rápida. Nenhuma mensagem nem chamada de seu companheiro, e, por um instante, pensou em ligar para ele.

Balançando a cabeça, guardou o aparelho e retomou a concentração no trabalho. Primeiro precisaria ter aquela conversa, antes de fazer qualquer coisa particular.

À medida que os gêmeos avançavam, a proximidade não alterou em nada o calor e a receptividade daqueles machos. Quanto mais se aproximavam, maiores se tornavam, até pararem bem diante dela e lembrá-la que a imortalidade não era algo ruim. Eles eram assassinos, aqueles dois, e, por mais que tivessem estendido uma isenção profissional obsequiosa aos moradores da sede da Irmandade em razão de um interesse em comum, ela estava contente em ser um fantasma.

Ainda mais se considerado o que tinha a lhes dizer.

– Obrigada por virem – disse ela.

O da esquerda – o que... isso, havia uma pinta atrás da orelha, por isso tinha que ser Ehric, e não Evale – assentiu uma vez. E isso bastou para ambos. Nenhum cumprimento. Nenhum nervosismo. Nenhuma raiva. Nenhuma tristeza, apesar de eles saberem exatamente o motivo de ela os ter chamado até ali. Em todo o seu estoicismo androide, com seus cabelos negros e olhos platinados, e seus corpos bem formados, os seres frios como gelo eram como um par de Glocks: letais e impassíveis.

Ela não fazia ideia de como aquilo terminaria.

– Podem nos dar licença? – disse a Rhage e a John Matthew.

O Irmão meneou a cabeça.

– Não vamos deixá-la.

– Agradeço sua preocupação, Rhage, mas existe uma questão de confidencialidade do paciente. Se não se importar, talvez vocês possam esperar perto do escritório. – Ela apontou para o lugar, embora eles soubessem muito bem a localização. – Isso precisa mesmo de uma conversa particular.

Ela sabia que nem deveria tentar dispensar qualquer um dos Irmãos, ou dos guerreiros, do senso de obrigação que Rhage e John Matthew sentiam ali. Para eles, ela era a *shellan* de Vishous e, como tal, seus diplomas e treinamento em caratê não significavam nada: embora os gêmeos e seu parente tivessem provado lealdade ao Rei, sem jamais ter demonstrado algum comportamento de avanço com relação a ela, eles ainda eram machos solteiros próximos a uma fêmea vinculada.

Por isso, ela seria protegida como se vestisse uma camiseta molhada e os saltos altos de uma stripper.

Era ridículo, mas dar uma de Gloria Steinem nessa situação só atrasaria tudo. Tocar no assunto da privacidade logo de cara, contudo, traria resultados. E foi o que aconteceu.

– Estaremos logo ali – Rhage murmurou. – Bem ali. Ou seja, praticamente a nenhuma distância.

– Obrigada.

Quando ficaram sozinhos, Jane disse aos gêmeos:

– Gostariam de conversar no meu...

– Aqui está bom – Ehric pronunciou com evidente sotaque do Antigo País. – Como ele está?

– Não muito bem, e não acredito que estejamos ganhando terreno na recuperação de Assail. – Cruzou os braços e depois os abaixou porque não queria passar a impressão de que estava escondendo alguma coisa ou ficando na defensiva. – Suas funções neurológicas estão comprometidas e não houve melhora. Conversei com Havers e lhe mostrei todas as imagens, assim como vídeos do comportamento e reações, inclusive da mudança ocorrida na última semana. Com o desencadeamento do estado catatônico, ele já não representa uma ameaça a si mesmo e aos outros, mas isso está bem longe de ser uma reação...

– Está na hora de pôr um fim a isso.

A doutora Jane piscou. Quando fizera a transição de médica humana para médica vampírica, teve de se acostumar a uma série de especificidades. Precisou aprender uma nova anatomia, reações variadas a medicamentos e seus efeitos colaterais, um sistema circulatório completamente diferente, bem como questões hormonais gestacionais que nunca vira antes.

Também teve de se ajustar às decisões de término de vida da raça. No mundo humano, suporte à vida era algo imperativo, mesmo quando ela não era de qualidade. Suicídio assistido ainda permanecia uma decisão ética em debate, sendo que apenas sete Estados norte-americanos o permitiam, e dentro de certos parâmetros. Com os vampiros? Era uma questão de conduta.

Quando um ente querido sofria e não havia a mínima possibilidade de melhora, o auxílio terminal era concedido. Mesmo assim, não estavam tratando de um bichinho de estimação que chegava ao fim de seu ciclo de vida.

Escolheu as palavras com cuidado, buscando franqueza sem defender um resultado específico.

– Baseado em tudo o que vi e em todos os exames que fiz, não creio que haverá uma retomada à normalidade. Fizemos tudo o que pudemos para ajudar seus sistemas durante a abstinência de cocaína, mas, depois da psicose, nós simplesmente... Nós o perdemos e parece que não conseguimos trazê-lo de volta.

Para todos os efeitos, ela não estava à vontade em deixar a decisão nas mãos dos primos de Assail. Seria mais fácil confiar em qualquer decisão que tomassem se estivessem perturbados. Com a consciência pesada. Preocupados no que tocava a tomar a decisão correta.

Mas com aquela postura? Ela tinha ressalvas se não dispensariam o paciente tal qual o fariam com uma torradeira quebrada. No entanto, de acordo com as regras de cuidados dos vampiros, estava obrigada a delegar a eles, enquanto parentes mais próximos, a decisão de encerrar a vida de Assail, dado que seu histórico médico chegara a um ponto sem volta.

Havers, o médico da raça, foi quem tocara no assunto com ela, e seus instintos remetiam a uma oposição ao ato –, mas isso era um resquício dos seus dias humanos. Contudo, ela ainda continuava a pensar que aquilo era uma contradição potencial aos valores espirituais da espécie. Na versão pós-vida dos vampiros, existia a crença de que não se podia entrar no Fade, ou o que eles consideravam o Paraíso, no caso de execução de suicídio. Dito isso, se sua vida está por um fio, e ainda mais se você estiver incapacitado de tomar uma decisão própria, a família mais chegada pode atenuar o sofrimento de uma maneira que, ao que tudo levava a crer, daria conta dessa condição; uma espécie de brecha na lei induzida pelo amor, por assim dizer.

A diferença evidentemente era o livre-arbítrio. Se você mesmo puxasse o fio da tomada, seria suicídio. Se alguém o amasse o bastante para determinar que o sofrimento já era suficiente? Isso era o destino.

No entanto, o caminho podia ser escorregadio, ainda mais se o parente mais próximo estivesse bravo por causa de algo feito a ele durante as festas de fim de ano. Ou se estivesse irritado por você ter pegado dinheiro emprestado e ainda não o tivesse reposto. Ou se fosse moralmente deficiente – que era com o que ela se preocupava no momento.

Apesar de tudo, Ehric e Evale pareceram se importar com o primo, prestando visitas regulares para Assail, recebendo as notícias de seu estado, retornando seus telefonemas com diligência. Isso devia valer alguma coisa. Não?

Além disso, bem no fundo do coração, ela sabia que Assail já sofrera o bastante. Ele tinha ido até lá para se tratar do vício em cocaína e, meses mais tarde, depois de uma montanha-russa de ferimentos autoimpostos, alucinações, gritos paranoicos e acessos de violência, ele se reduzira a nada mais do que uma pulsação e respiração superficial.

– Lamento muito. – Ela vislumbrou um e outro nas imagens espelhadas de rosto e corpo. – Eu gostaria de ter notícias melhores.

– Quero vê-lo – Ehric informou.

– Claro.

Ela estendeu a mão para a porta, mas hesitou.

– Ele ainda está contido. E eu tive que... Bem, vocês se lembram que tive que raspar a cabeça dele. Foi para o bem dele.

Quando ela abriu a porta, vasculhou suas expressões, rezando para identificar algo que aplacasse sua consciência, que lhe assegurasse que a decisão estava nas mãos certas... que os corações dele estavam, de alguma forma, envolvidos naquilo.

Os gêmeos olharam para a frente com apenas os olhos em movimento, as cabeças permanecendo estáticas. Eles não piscaram. Não se remexeram. Não respiraram.

A doutora Jane relanceou para seu paciente e sentiu uma tristeza esmagadora. Ainda que sua mente lhe dissesse que havia feito tudo o que podia, seu coração encarava o resultado como um fracasso pela qual era responsável.

– Sinto muito mesmo.

Depois de um longo momento, Ehric comunicou num tom impassível.

– Faremos o que for necessário.

Capítulo 3

West Point, Nova York

Atrás do volante do carro alugado, Vitoria Benloise estava impaciente. A viagem tinha sido longa demais. Demorou muito para chegar a este Estado no norte dos Estados Unidos. Tanta ineficiência para se locomover de onde estivera para onde precisava estar.

Pelo menos a transição tinha terminado.

Logo à frente, seu destino apareceu como uma ilha surgindo no meio de um vasto oceano, a casa enorme fincada numa colina, uma declaração pomposa de fortuna que, em razão de sua idade, era "venerável" em vez de "ostentosa".

Seu irmão, Ricardo, não aceitaria que sua mansão fosse de outro modo. Tendo vindo de baixo, ele buscava reconhecimento por meio de uma ilusão persistente da falsa aristocracia e do dinheiro antigo. Nada de casa nova para ele. Nenhum carro da moda. Nada de ostentação *eurotrash*.

Que era como ela achava que os americanos se referiam aos europeus expatriados arrogantes.

Mesmo em relação ao seu negócio legítimo, aquele que não passava de uma fachada para sua verdadeira fonte de renda, ele tinha que ter uma galeria de arte. Não uma construtora. Nada de remoção de lixo ou de mistura de cimento. Tinha que ser arte.

Esculturas e pinturas contemporâneas, pelo que sabia, e ela podia imaginar o motivo da exceção em relação à idade. Era muito mais fácil lavar dinheiro com a venda de peças modernas, visto que seu valor era muito mais subjetivo do que o dos Grandes Mestres do Impressionismo, que tinham valores mais prováveis.

O trajeto até a propriedade de Ricardo virava à esquerda naquela estrada margeando o rio, e ela, observando o gramado coberto de neve, o pequeno muro de pedras que detinha as árvores perfiladas e a imponente casa grandiosa, prosseguiu no caminho já limpo. A mansão era mais ampla do que aparentava se vista de baixo, e, quando ela se aproximou e estacionou à entrada, sentiu como se as esculturas modernistas ao redor da mansão a julgassem e desaprovassem.

Era o irmão em sua cabeça. A família, na sua consciência. As tradições, na sua alma.

Afinal, tudo aquilo em nada se parecia com ela. A coisa toda. Uma mulher solteira à larga no mundo, em busca de vingança.

Sim, era verdade, a família Benloise nunca fora abastada. Isto é, não até Ricardo aparecer. Mas isso não implicava a inexistência de regras. Padrões. Expectativas. Tudo isso em relação às mulheres, evidentemente. Os homens tinham permissão para ser o que eram, fazer como lhes aprouvesse, comportar-se a bem de sua vontade.

Mas não uma irmã ou filha.

Mas pelo menos os pais estavam mortos, e ela não se importava com o que o restante da família pensava. Mais especificamente, essa era a sua chance.

Esperara a vida inteira por isso. Trinta e cinco miseráveis anos de luta por seu direito de receber educação, de não se casar, de ser quem queria ser, e não o que os outros haviam decretado para ela.

Desligou o motor e saiu do carro. Frio, muito frio. Ela iria odiar estar ali, a perda do calor e da umidade de sua terra natal, a Colômbia, seria algo digno de lamentação.

Perscrutando ao redor, notou que a neve tinha sido recolhida até a porta de entrada grande e lustrosa, e também até os fundos, onde ficava a garagem, numa construção à parte. Alguém até poderia ficar tentado a encará-lo como um sinal de que seu irmão ainda estava vivo, mas ela sabia que não era esse o motivo.

Não tinha notícias dele há um ano e, evidentemente, a propriedade estava no nome de um fundo, portanto, sua manutenção era feita como se o proprietário ainda estivesse vivo.

O dinheiro, contudo, estava escasseando, o motivo de sua vinda. Nos primeiros meses depois que Ricardo e Eduardo deixaram de se comunicar, ela ficou pensando no porquê, preocupando-se, inquieta com relação aos irmãos. Mas, quanto mais o tempo passava, e os fornecedores descontentes começaram a procurá-la inquirindo-a a respeito dos negócios, ela se pôs a formular um plano.

Se Ricardo podia administrar o tráfico de drogas através do oceano, por que ela não seria capaz de fazê-lo? E então a realidade das despesas se empoleirou em casa. O irmão quis que ela fosse a responsável pelos diversos investimentos imobiliários que possuía em toda a América do Sul, uma vez que fracassara na sua verdadeira vocação de esposa e mãe, e toda essa manutenção custava caro. As contas estavam se esvaziando.

Não, os dois irmãos estavam mortos, e ela tinha que fazer o necessário para sobreviver, pouco importando os riscos.

Tirou uma chave da bolsa Chanel, aproximou-se da porta antiga e ornamentada, e deslizou o metal fino na base. Um giro, uma destravada e ela...

Um alarme disparou no instante em que a porta foi aberta, e ela a deixou assim antes de seguir o barulho ao longo dos cômodos escuros e abafados, orientando-se mediante o auxílio das luzes externas. Encontrou o painel de controle na cozinha profissional, junto a uma porta robusta que deduziu conduzir ao lado de fora.

A senha que ela inseriu iria funcionar.

E funcionou.

Era o dia, o mês e o ano de nascimento da mãe deles. Oito números, desconhecidos por todos a não ser pelos irmãos. A mulher católica, severa e diligente não tinha paciência para sentimentos, mas Ricardo lhe dera uma flor no mesmo dia todos os anos e, de modo pouco característico, ela nunca a jogara fora.

O fato de a senha de segurança da mansão dele ser esse número era um elo evidente à sua juventude difícil. Uma medida do quanto ele progredira. Um desafio a toda a desaprovação que enfrentaram durante o seu crescimento.

A infância fora uma luta, um teste de resistência para os três irmãos. Em retrospecto, a mãe teve de criá-los sozinha, sem o auxílio de um marido, de um trabalho fixo, de um teto sobre suas cabeças. Não houvera muito espaço para extravagâncias e prazeres naquela realidade – e também suportaram todos os rosários, as Ave-Marias e as confissões.

Mas tudo isso era passado.

Com o alarme silenciado, a volta de Vitoria para a entrada foi mais lenta, e ela aproveitou para avaliar e somar o valor das cadeiras antigas e dos tapetes persas, das mesas ornamentais e dos retratos dos ancestrais de outras pessoas. Era impossível não fazer comparações sobre o modo como Ricardo sempre a vira. Assim como essa arte e essas antiguidades, o seu papel na vida dele era o de permanecer onde fosse colocada, sem questionamentos nem objeções. A sua virtude era parte da ilusão: uma irmã santa para acrescentar mais uma camada de cortina e esconder a verdade sobre as origens dele.

Seu ritmo se tornou menos desacelerado e ela parou diante de uma estátua de bronze que só podia ser um Degas. Só existia um artista capaz de compor e completar uma peça de arte encantadora e leve apesar de ser um objeto pesado.

Talvez Ricardo pensasse a respeito disso como a filha que jamais tivera, Vitoria ponderou. Com certeza era uma aposta muito melhor do que um filho de verdade.

Seguiu adiante até a porta de entrada.

Por um momento, limitou-se a ficar ali parada – e foi então que percebeu que esteve à espera de um mordomo para pegar sua bagagem do porta-malas do carro alugado.

Pelo tanto que ridicularizava Ricardo por causa de sua afetação, ela também sucumbira aos hábitos luxuosos. De fato, era muito melhor ser rica do que pobre.

Ela precisaria de funcionários. Não conseguiria fazer aquilo sozinha.

Felizmente, dinheiro era poder, não?

Plantando as mãos nos quadris, observou a neve imaculada que cobria o vasto gramado em declive no terreno. Era como se Ricardo tivesse permanentemente proibido que qualquer tipo de cervo ou roedor perturbasse seu cenário invernal imaculado. Não diria que isso fosse impossível. A imagem sempre fora muito importante.

Erguendo o queixo, observou o céu, medindo a lua cheia brilhante.

– Eu os vingarei, meus irmãos – disse para o céu. – Descobrirei quem os matou e cuidarei do assunto como vocês desejariam.

Seu sorriso foi lento e não durou.

Na realidade, Ricardo não teria desejado nada disso. Ele teria odiado tudo aquilo. Mas esse era problema dele, não seu – e já que estava morto, ele não tinha problema algum, certo?

Sim, descobriria o que exatamente acontecera aos irmãos, e quando tivesse terminado de acertar as contas, ela assumiria o lugar de Ricardo.

Seu futuro era tão brilhante quanto o luar. Finalmente, estava livre.

Capítulo 4

Edifício Commodore
Centro de Caldwell

Quando Vishous assumiu sua forma corpórea no terraço de sua cobertura, o vento frio que rugia ali em cima lhe batia às costas, empurrando-o com força contra a porta de vidro. E, mesmo assim, ele hesitou, o objetivo de sua vinda o fazia querer que sua medula óssea se tornasse tóxica e derretesse ossos e músculos.

Mentiroso.

Como o segredo odioso em que embarcava, seu antro do sexo estava escuro. Como o assombro da sua consciência, seu reflexo iluminado pelo luar era um fantasma de si mesmo em todo aquele vidro: couro sobre as coxas, couro sobre os ombros, cabelos e cavanhaque negros, mão direita enluvada.

Traidor.

A última coisa que ele queria era olhar para si mesmo, por isso ordenou que as velas pretas se acendessem no interior, não uma a uma, mas todas de uma só vez. A iluminação instantânea era suave; aquilo que ela revelou não era. Sua "cama" feita para o sexo, aquela que usara por anos, era uma peça de mobília manchada e cheia de pinos bem no meio de um espaço aberto, deixando de lado qualquer disposição de mesa e cadeiras que teria sido muito mais apropriada, muito mais "baunilha". Nas paredes pretas, não havia objetos de arte, mas tiras e correntes. Na região das prateleiras residiam os instrumentos. No piso preto, não havia nada além das tábuas de madeira.

Tudo bem limpo. Sabe, né.

Pervertido.

Aquilo não era um lar. Era uma fábrica de satisfação sexual e de expressão. Até se livrara da cama que teve por um tempo.

Aquele lugar também era uma relíquia. Há quanto tempo não ia para lá? Na época em que ele e Jane começaram a se relacionar, eles foram juntos até ali para brincarem um pouco, mas, comparado ao que acontecera antes dela, foram episódios bem leves.

Descobriu que, quando gostava da pessoa, desejava obter coisas diferentes dela.

Eles não voltavam ali há... Jesus, um bom tempo. Pensando bem, eles não estavam juntos, sexualmente ou de outra forma, há... Jesus, um bom tempo.

Quando se aproximou da porta de correr, a cabeça doía, mas não por causa da concussão que sofreu durante a batalha no armazém. Não, aquele dano cerebral havia se curado muito bem, junto dos hematomas e outros ferimentos menores que recebeu quando a Irmandade e o Bando de Bastardos lutaram lado a lado contra a Sociedade Redutora.

Aqueles filhos da mãe cujo líder tinha lábio leporino vieram bem a calhar.

E agora também moravam na mansão da Irmandade da Adaga Negra...

Vou mesmo fazer isso?

Pressionando o polegar no novo leitor acoplado discretamente, ouviu o barulho metálico da trava se soltando e, então, com a mente, ordenou a abertura da porta. Ao entrar, deixou a porta escancarada, uma rajada de vento invernal se estabeleceu ali, perturbando as chamas nos pavios. Já não em paz, a iluminação tremeluzia, como se sua ansiedade e sua infelicidade se manifestassem de maneira a assumir forma à parte de seu coração e de sua alma.

As paredes se moviam agora. As sombras lançadas pela mesa sofriam espasmos. Objetos se moviam pelo chão.

Merda, talvez fosse a sua consciência falando mais alto. Mas ele tinha um remédio para isso.

A cozinha era um terreno nunca usado e destinado a jamais ser; nada na pia, nas gavetas, nos armários. Mas isso não significava que não estava preparado para ser um bom anfitrião. Quatro garrafas de Grey Goose estavam perfiladas sobre a bancada, cada qual com os rótulos alinhados como notas bem arrumadas dentro de uma carteira.

Não estavam ali para que sua convidada bebesse. Estavam ali para ele, para que pudesse fazer aquilo direito.

Enquanto analisava os rótulos, concentrou-se nos pássaros que voavam, flanando acima das montanhas cobertas de neve que compunham a paisagem bidimensional.

Para um macho que falava várias línguas como ele, e sabia mais sobre os fatos obscuros do mundo do que um campeão do *Jeopardy!*, era de se esperar que ele estivesse menos surpreso por essa guinada. Mas, pensando bem, ele nunca se imaginou vinculado. Portanto, como poderia ter previsto isso... a retomada de sua vida pregressa, dos seus hábitos antigos... do seu velho mecanismo de enfrentamento... recuando para cuidar de um incômodo que já não suportava e que não parecia capaz de tratar de outro modo.

Mentiroso. Traidor. Pervertido.

Do nada, ele se viu de volta ao Santuário, caminhando pelos aposentos privativos de sua *mahmen*, seguindo até o local de descanso das Escolhidas que tiveram a Prisão e passaram para o Fade. Lembrou-se de ter lido a última epístola escrita pela Virgem Escriba, os símbolos no Antigo Idioma flutuando no ar como se estivessem presos a uma bandeira invisível, desaparecendo assim que lidos.

Odiara aquela fêmea sagrada por tanto tempo que isso se tornara um hábito, e agora que ela tinha partido, havia um vazio estranho dentro de Vishous. Contudo, não poderia dizer que estava de luto por ela – de verdade, pois a única vez em que se deram bem foi logo depois que ela devolvera Jane em sua forma imortal. E mesmo depois desse presente, o relacionamento entre eles não permaneceu melhor.

Entretanto, faltava algo em sua vida.

Duas coisas, na verdade. Jane também se fora, e não só quando ela escolhia ficar em sua forma fantasmagórica, em vez da corpórea.

Era difícil se lembrar da última vez em que sentiu uma verdadeira conexão com sua *shellan*. Quando passaram um dia dormindo juntos, por exemplo, ou quando conversaram de verdade, ou...

A imagem do corredor de pedra da Tumba da Irmandade da Adaga Negra lhe veio à mente, e ele se lembrou de Jane ter ido verificar os sinais vitais de Xcor quando o Bastardo estivera sob a custódia deles. Sim... foi nesse dia, quando os dois conversaram sobre como nenhum deles queria ter filhos. Ele sentira um alívio tão grande por estarem na mesma página, pelo fato de que não existiria um conflito sobre esse assunto. Agora, parecia-lhe irônico que se sentiram unidos em virtude de uma decisão conjunta sobre não fazerem algo que é a base da construção do relacionamento de muitos casais vinculados.

Filhos exigiam um comprometimento comum, partilhado, uma conexão mútua, uma sociedade.

Contudo, ele e Jane largaram o assunto como se tal desdobramento fosse uma batata quente e de pronto deram seguimento às suas existências paralelas, separadas, sem sobreposição: ele, no campo de batalha, lutando numa guerra e engajado nos assuntos do Rei. Enquanto isso, ela tratava de um batalhão de pacientes com surpreendente competência e compaixão.

Sem nunca haver um encontro.

Liberdade e autonomia eram valores exaltados por ele naquela união e na sua companheira – de tal forma, ele concluíra, que os aspectos inter-relacionados eram fundamentais para que visse futuro com uma pessoa. Mas toda essa liberdade, que lhe parecera tão importante, acabou se mostrando uma espada de dois gumes.

O outro lado da independência era a negligência... o distanciamento, a desintegração.

Não temos que nos preocupar com filhos, oba! tornou-se *Onde você está? Onde nós estamos?*

Pelo menos na sua cabeça.

De alguma forma, com a "morte" da sua *mahmen*, o grande massacre no armazém, o acréscimo do Bando de Bastardos aos moradores da mansão... e quase cada um dos irmãos de repente tendo filhos... No meio dessa espessa enxurrada de mudanças e de confusões, ele perdera o fio que o prendia a Jane, e, na outra ponta, ela estava ocupada demais para percebê-lo.

Nenhum dos dois estava certo ou errado.

Bem, pelo menos até essa noite. Pelo menos até aquele momento.

Agonizara quanto à decisão de verificar ou não sua antiga conta de e-mail, de dar uma espiada no que se tornara centenas de mensagens e de súplicas pela sua atenção, para escolher uma e dar o primeiro passo.

E se encontrar ali.

Nessa noite.

Mentirosotraidorpervertido.

A realidade, entretanto, era que seu cérebro bradava dentro do crânio, seus demônios gritavam com ele, e parecia não existir um fim para essa tortura. Cacete, se não se livrasse do caos, acabaria calçando os sapatos lunáticos de Assail.

Afinal, a psicose era uma velha amiga.

Na verdade, para ele, a psicose era como uma vizinha que desrespeitava os limites das propriedades de vez em quando, não só invadindo o terreno, mas se mudando para a casa ao lado.

E destruindo o lugar.

Ele tinha de tomar uma atitude ou a pressão interna o consumiria – e o fato de ele sequer pensar em conversar com Jane a respeito do que estava lhe acontecendo? Era difícil saber se isso era um sintoma ou a própria doença. Inferno, talvez fosse algo mais prático. As prioridades dela eram tantas, seu tempo tão escasso e, no grande cenário, quando essa guerra odiosa chegasse à sua conclusão sangrenta, qualquer que fosse ela, todos estariam melhor com ela tratando dos pacientes em vez de tentando salvá-lo de si mesmo.

Divisão de tarefas e toda essa merda.

Portanto, sim, ele faria o que sabia que o traria de volta à Terra. E depois, com seus pés não só tocando o chão, mas plantados com firmeza, ele poderia retomar sua vida junto a Jane.

Qual era a alternativa?

Enquanto esperava, pela centésima vez, que um curso de ação distinto lhe viesse à cabeça, estava mais ou menos ciente de que buscava uma saída no aspecto que estava desestruturado: ele queria que seu cérebro disfuncional encontrasse um caminho além da infidelidade, apesar de o cérebro ser exatamente o órgão no qual não podia confiar.

Nada como tentar inspecionar um terreno com uma bússola quebrada, uma lanterna sem pilhas, óculos de visão noturna com lentes partidas...

O cheiro de uma fêmea sexualmente excitada invadiu a cobertura e ele não se virou. Ele sabia quem havia chegado – ela estava parada na soleira deixada aberta por ele. Sabia precisamente o que ela vestia porque lhe informara o que desejava ver no corpo dela. Sabia que ela estaria, nesse exato momento, abaixando-se sobre as mãos e sobre os joelhos, posicionando-se de quatro.

Sabia que ela estava à espera de uma ordem.

Vishous estendeu a mão e pegou a primeira das garrafas de vodca. Abriu--a como um profissional, mas, pensando bem, ele tinha muita prática.

MENTIROSOTRAIDORPERVERTIDOMENTIROSOTRAIDORPERVERTIDOMENTIROSOTRAIDORPERVERTIDO...

Bebeu direto do gargalo até o estômago arder tanto quanto o meio do peito ardia. E depois se virou.

Capítulo 5

Espere um instante, o que estamos fazendo aqui?, a doutora Jane pensou quando os primos de Assail lhe deram as costas e seguiram pelo corredor do centro de treinamento. Qual foi a decisão tomada?

John Matthew e Rhage avistaram a saída do par, levantaram acampamento de seu posto de espera junto à porta de vidro do escritório e, com passos largos, passaram por ela.

Rhage fez uma pausa enquanto o outro lutador seguia em frente.

– O que eles disseram?

Antes que ela colocasse na balança a questão da privacidade, respondeu:

– Que fariam o necessário.

– Quer dizer que... eles vão pôr um fim à situação?

– Não foram tão explícitos. – Passou uma mão pelos cabelos loiros curtos. – Mais tarde falo com eles.

Não lhe pareceu certo pressioná-los e, além disso, já não estava muito confortável com toda a situação. No anoitecer seguinte, telefonaria para eles a fim de obter algum esclarecimento. Eles não tinham como chegar a Assail sem ela, portanto, não precisava se preocupar com a hipótese de que arranjariam uma solução caseira para finalizar a questão.

Rhage franziu o cenho e apoiou as mãos nos quadris cobertos pela calça de couro.

– Bem, se precisar, podemos trazê-los de novo para cá. É só nos avisar.

– Pode deixar. E obrigada. – Quando o Irmão se virou para sair, ela o segurou pelo pulso. – Ei, Rhage? Não era para o Vishous estar com você?

– Sim. Mas ele ligou e John Matthew assumiu o turno dele.

– Ele está... Não, tudo bem. Ele deve estar lá no Buraco.

– Sabe, acho que vocês dois precisam de uma folga. – Hollywood sorriu, e seus olhos azuis das Bahamas se iluminaram. – Tudo o que você faz é trabalhar. Vocês dois.

– Não é verdade...

– Não lembro quando foi a Última Refeição em que os vi. – Deu de ombros e pegou um pirulito. Quando olhou para ele, resmungou. – Laranja. Não gosto dos laranja. Mas, pensando bem, eu nem olhei antes de pegar. Foioqueeledisse.*

A doutora Jane riu.

– Mesmo?

– Michael Scott é o meu herói. O que posso fazer?

Rhage lhe deu um aperto reconfortante no ombro e logo alcançou John Matthew e os gêmeos.

A doutora Jane consultou o celular outra vez, e, quando notou que havia vários nadas na tela, repassou mentalmente a situação de seus pacientes. Assail estava... exatamente onde estivera. Luchas estava na piscina fazendo fisioterapia com Ehlena. Nenhum outro leito estava em uso e o check-up de Rhamp e Lyric seria somente dali a duas horas.

Pensou em mandar uma mensagem para Vishous perguntando onde ele estava, mas uma sensação desagradável e inquietante a conteve – e ela precisou de um minuto para entender o que era.

Intromissão.

---

* *Thatswhathesaid*, em tradução livre "foioqueeledisse", é uma frase com duplo sentido, com conotação sexual, principalmente se usado com o *she*, "ela", em vez de *he*, "ele". Expressão frequentemente citada por Michael Scott, personagem interpretado por Steve Carell no seriado *The Office*. Aqui, Rhage faz um trocadinho com a expressão. (N. T.)

Ela sentiu como se fosse uma intromissão tentar localizá-lo e, quanto mais considerava o aperto no meio do peito, mais evidente a situação se tornava. Perguntou-se quando foi que aquilo havia começado. Quando foi que ela passou a acreditar que mandar uma mensagem de texto para seu companheiro seria um incômodo?

Isso era errado, ela pensou. Muito errado.

Ela se virou e seguiu na direção do escritório, abrindo-o e passando pela mesa e pelos arquivos. O armário de suprimentos ficava ao lado, e ela entrou no espaço de teto rebaixado, passando pelos blocos de anotações, caixas de canetas e pilhas de papel para impressão. Junto à porta de acesso escondida nos fundos, ela inseriu uma senha e entrou no túnel...

E de pronto se admoestou pela sua ineficiência. Transformar-se em fantasma eliminaria todo o processo de abrir e fechar, mas, quanto mais ela se acostumava à própria pele, por assim dizer, mais caía nos hábitos e necessidades dos mortais comuns.

Mesmo que isso não se aplicasse mais.

E também... ela meio que queria caminhar para esclarecer as ideias.

O túnel que conectava o centro de treinamento à mansão onde a Irmandade morava, e o Buraco, que era o refúgio de Vishous e Butch, era um caminho reto no subterrâneo; as luzes fluorescentes no teto pareciam uma pista de pouso que se confundiu com a gravidade. Enquanto avançava, tirou o estetoscópio do pescoço e o guardou num dos bolsos retangulares no jaleco. A roupa cirúrgica azul estava limpa, os Crocs, vermelhos, e as meias, grossas e compradas na L.L. Bean.

Em que estação estariam?, ela se perguntou. Inverno. Sim, estavam em... janeiro.

Quando foi a última vez que foi para o lado externo?

Ok, não devia fazer tanto tempo assim. Nas duas últimas semanas, ela e Manny, seu parceiro de profissão em tudo, quer fosse na sala operatória, na clínica ou na administração, atenderam a uma série de emergências pós-confrontos no centro da cidade. Mas, em situações assim, não há tempo para apreciar a estação do ano – sequer notar se faz calor ou frio. Esses trajetos equivaliam a sair da cidade a trabalho:

você pode até ter ido a Nova York, mas não foi para assistir a algum musical nem visitar um museu ou fazer uma refeição gourmet.

Não, em momentos como esse, ela sempre esteve desesperada tentando salvar a vida de alguém: a de Peyton, a de Rhage... e de tantos outros. Os ferimentos que os Irmãos, os lutadores e os *trainees* acabavam sofrendo como resultado do envolvimento com a Sociedade Redutora podiam muito facilmente levar a um risco de morte, e os pacientes não eram pessoas distantes. Eram a sua família.

Se fracassasse com algum deles, ela jamais se perdoaria.

A saída do túnel para a mansão era marcada por um lance curto de escada, pelo qual ela passou e seguiu adiante.

Deus, quanto mais avançava, mais a sensação pavorosa de medo se enraizava no seu estômago – ainda que não fizesse qualquer sentido.

Estava indo para casa. Para ver o macho que amava.

Por que isso a incomodaria?

Talvez fosse a situação de Assail. Talvez o alarme apitando na nuca fosse apenas a ansiedade generalizada querendo aparecer num momento solitário, uma emoção colorida fora do contorno. Sim, só podia ser isso. Seu Juramento de Hipócrates se opunha à eutanásia e ela não conseguia conciliar ambas as ideias.

Uns bons cem, cento e cinquenta metros adiante, ela se deparou com a porta reforçada do Buraco. Ao inserir a senha, a doutora Jane subiu o pequeno lance de escada e depois ultrapassou uma segunda entrada...

O som do aspirador de pó fez com que ela espiasse antes de entrar. Fritz, exímio mordomo, movia o aparelho Dyson para a frente e para trás na passadeira do corredorzinho. Em seu uniforme preto e branco, ele parecia saído de uma propaganda de serviço de limpeza domiciliar, do tipo que empregava apenas duques ingleses.

– Senhora! – Uma vez cessado o barulho *irrrrrrritante*, o rosto velho e enrugado sorriu, fazendo-a pensar em cortinas afastadas a fim de deixar a luz do sol entrar. – Veio se trocar! Pensei que já tivesse deixado o recinto, de outro modo eu não teria começado a limpeza, mil perdões.

Ela retribuiu o sorriso para que ele não pensasse ter cometido uma gafe.

Mas estava absolutamente confusa.

– Desculpe, o que disse?

– O seu interlúdio no centro da cidade com seu companheiro. – Fritz reluzia como uma luz noturna em forma de coração. – Ele me pediu que lhe levasse velas e bebidas para os dois.

Uma sensação de entorpecimento atingiu o topo de sua cabeça e a percorreu como água até ela sentir que preenchia suas pernas como se estivesse de botas.

– Senhora?

– Sim, claro. Eu... hum, certo. Claro. – O que ele estava perguntando? – Mas eu vou assim mesmo.

– Não fará diferença para ele. Ele simplesmente ficará feliz em vê-la.

Jane disse mais algumas coisas. Não sabia o que eram. E depois locomoveu-se para a sala da frente. O sofá de couro preto, a mesa de pebolim e as sacolas de ginástica estavam exatamente onde os vira nas últimas muitas noites, semanas, meses ou anos.

A fileira de computadores de Vishous também – só que, agora, ao encarar os monitores, torres e teclados, percebeu que tudo era protegido por senhas e que ela não as tinha. Nenhuma delas. Mas, em retrospecto, nunca lhe ocorrera pedi-las, nem pensara nas tarefas às quais V. se dedicava enquanto estava sentado na sua cadeira, com as sobrancelhas unidas e aquelas tatuagens na lateral do rosto repuxadas ligeiramente.

Sempre presumira que ele estivesse trabalhando nos seus sistemas de segurança, nos seus programas, nas coisas relacionadas à LearnedLeague.

O que mais ele estivera fazendo?

Ou... com quem mais...

Muito bem, Glenn Close, ela pensou. *Por que você não se afasta um pouco da panela e do coelhinho até ter certeza do que está acontecendo aqui?*

Talvez houvesse uma explicação perfeitamente racional para o que Fritz pareceu ter sugerido. Talvez os planos de Vishous incluíssem algo para eles, como casal, e ele apenas não lhe tivesse comunicado nada.

Verificou o celular. Perscrutou ao redor. Ouviu o aspirador sendo ligado de novo.

Uma parte sua não queria ir ao Commodore porque lhe soava como espionagem. Como algo que uma menina faria, e não uma mulher adulta. E também lhe parecia... real demais. Se seu companheiro de fato tivesse mentido por omissão e estivesse com alguém...

Dane-se, pensou. Ficar esperando seu retorno em casa era simplesmente uma postura passiva demais.

Além do mais, era questão de um instante para chegar ao centro da cidade: uma das vantagens de ser inexistente por vontade própria é o fato de que viajar é mais do que uma escolha de binários. Por cortesia da mãe de V., a Virgem Escriba, Jane agora dispunha de ambulação, motorização e mentalização, à sua escolha, sendo que a última se assemelhava à desmaterialização dos vampiros. O processo de desaparecer e reaparecer exigia o mesmo tipo de concentração e desejo, e ela podia desempenhá-lo em qualquer lugar, a qualquer momento, sem nenhum limite de distância aparente.

Ao fechar os olhos, imaginou-se como uma brisa, uma perturbação de moléculas do ar, uma corrente. Nada. Leveza. Um painel de vidro.

Sempre funcionou no passado.

Isso mesmo. Toda vez...

Pois é, mas não hoje, ela pensou ao abrir os olhos.

Esfregando o meio do peito, foi para a porta do Buraco e saiu antes que Fritz terminasse de aspirar e a flagrasse parada ali como uma idiota. Ao sair na noite, a lufada gélida do ar de janeiro causou-lhe uma ofegação, e Jane precisou se recompor.

O chalé que considerava seu lar era a construção para abrigar carruagens da mansão principal, situada do lado oposto do pátio onde a sombria montanha de pedras sobre uma montanha em que a Irmandade, os guerreiros e suas companheiras viviam. Ela, V., Butch e Marissa vinham compartilhando a construção de dois quartos e dois banheiros desde que seus relacionamentos criaram raízes, e ela passara a considerá-los – os quatro – como uma pequena unidade familiar.

Inclinando a cabeça, fitou a enorme expansão vertical cinza que era a mansão. Havia gárgulas na beirada do telhado, e três ou quatro níveis de janelas com desenhos de diamante, e sombras em toda parte em virtude das diversas alas, andares e trapeiras.

Onde mais vampiros viveriam?

Voltando a fechar os olhos, ordenou-se a se controlar – e sua autodisciplina veio ao seu resgate. Tornando-se única com o ar, moveu-se na escuridão num redemoinho que, quando começou a exercer esse tipo de atividade, deixava-a nauseada, mas agora era como dirigir um carro.

Viajando pela noite até o centro da cidade, ela não era substância, apenas existência; seus pensamentos e sentimentos, sua alma, permaneciam intactos mesmo enquanto seu corpo era etéreo – o que significava que sua dor, incerteza, ansiedade e cansaço acompanhavam-na.

Saindo da montanha, descendo as colinas. Atravessando uma fazenda. Sobrevoando o subúrbio. Deixando para trás prédios antigos, entrando na zona urbana central de arranha-céus, edifícios-garagem e ruas de mão única.

O Commodore era um arranha-céu à margem do Rio Hudson, um Nakatomi Plaza – uma bela demonstração de vinte ou trinta andares de aço e vidro – e ela aterrissou, como uma super-heroína, no terraço da cobertura.

– Ah, graças a Deus – murmurou ao ver as janelas escuras da cobertura.

Vishous *não* estava ali com alguém. Ele não tinha tomado uma decisão que obrigaria, em contrapartida, uma decisão dela. No fim, não houve traição, apenas um mal-entendido da parte do mordomo e paranoia sua; se ela fosse inteligente e quisesse manter sua relação forte, usaria o evento como um alerta. Ela devia, provavelmente, ter estado muito envolvida no trabalho nos últimos tempos – o que não serviria de desculpa para uma infidelidade de V., mas certamente explicaria o distanciamento que agora reconhecia existir entre eles.

E, se estivesse se sentindo ligada ao companheiro, não teria ficado com tanto medo com tudo isso.

Pegando o celular, controlou-se e mandou uma mensagem para Vishous: *Ei, duas horas livres. Vamos ficar juntos!*

Alegre. Otimista. Positiva. Sem nenhuma pista de ter perdido a cabeça por um instante, sucumbindo à insegurança. Agora, só restava aguardar para ver o que ele responderia.

Conforme o tempo passava sem ter nenhuma resposta, seu coração voltou a bater forte, e ela pensou que era como se tivesse dezesseis anos e tentasse fazer com que um garoto na aula de álgebra a convidasse para sair.

Amparando o aparelho entre as mãos, continuou esperando, sem sentir as rajadas de vento nem o frio, sem perceber a altura que fazia o Hudson parecer um riacho, sem pensar no que quase perdera.

Ok, tudo bem, estava pensando nisso.

Mas, vejam só, esta era uma oportunidade para eles. Eles precisavam sair um pouco e ficar juntos. Talvez pudessem ir até os Grandes Campos de Rehv? Não se considerava uma pessoa romântica, mas a construção vitoriana com telhas de cedro, lareiras de pedra e vista para o lago poderia ser exatamente do que precisavam. Neve por todos os lados, apenas as árvores perenes oferecendo um pouco de cor. Nenhuma pressão nem responsabilidades. Poderiam preparar as refeições juntos, dormir lado a lado e forjar novamente o que fora eclipsado pela vida na rotina de uma noite após a outra.

Inspirando fundo, sentiu uma onda de... otimismo? Felicidade? Ela não sentia isso, o que quer que fosse, em tanto tempo que não sabia definir de pronto o que era aquele ânimo caloroso.

E, sim, provavelmente devia ser outro sinal de que precisava reequilibrar as coisas.

Quando nem assim uma resposta surgiu, ela se virou de frente para o rio. O outro lado de Caldwell era um cenário muito mais tranquilo, com prédios baixos iluminados em vez de arranha-céus que piscavam.

Assail morava um pouco abaixo do Hudson. Numa casa de vidro peninsular.

Ou, pelo menos, ele *morara* lá.

O que faria com ele...

Uma luz se acendeu atrás dela, e ela se virou, estampando um sorriso no rosto. V. estava aqui e essa era uma oportunidade de...

Franziu a testa. Atrás da porta de vidro, o interior da cobertura estava todo errado. Em vez das tábuas pretas e de todo tipo de equipamento excêntrico, que pertenciam ao seu companheiro, havia ali um interior tranquilizante em tons de cinza, a mobília moderna na escala certa cuidadosamente disposta pelo ambiente.

Ruhn, companheiro de Saxton, entrou vindo do corredor e foi até a cozinha, que era toda de granito preto com equipamentos de aço escovado.

Na sua tristeza e distração, ela fora parar do lado contrário do prédio.

Antes que Ruhn a visse e ela tivesse de explicar que diabos estava fazendo no terraço dele, Jane desapareceu.

Dessa vez, soube de imediato que estava no lugar certo. Uma pena que ficasse evidente que a hora não podia ser mais errada.

Do lado oposto à porta de correr, a cobertura de V. estava aberta, apesar do frio, e velas negras tremeluziam em toda a volta do interior vazio, iluminando não só os equipamentos sexuais dele, mas o próprio macho: Vishous estava sentado na maca especial, as pernas longas penduradas e a cabeça abaixada olhando para o celular. Estava com as calças de couro, o que foi um alívio idiota, mas o potente tronco estava nu, e ela ficou se perguntando quem havia despido a costumeira camiseta justa.

Então ele recebera sua mensagem.

Ou outra de alguém em quem ele estava mais interessado.

Abruptamente, Jane ficou ciente de que suas palmas estavam ficando suadas, o coração batia rápido e o estômago queimava.

Isto não somos nós, ela pensou. *Não fazemos este tipo de coisa um com o outro.*

V. levantou a cabeça e se virou na direção dela, com as sobrancelhas unidas.

Por um instante, só o que ela conseguiu absorver foi a figura dele. Ele não era alguém que se rendia. Considerando a inteligência, o vigor físico e os reflexos incríveis, ele era um atacante, um agressor, alguém que bate no sistema, vence o jogo, uma fonte de superioridade que aniquila os inimigos no mundo. Não esta noite. Os ombros largos estavam curvados para baixo na direção do peito, e a exaustão era como uma nódoa no ar ao redor dele.

Os olhos diamantinos estavam baços de culpa quando se concentraram nela.

Jane começou a recuar antes mesmo de ele se levantar e ir na sua direção.

– Não – ela disse para o vento. – Não...

Capítulo 6

A batida à porta de Sola foi suave, mas ela despertou como se um punho pesado estivesse tentando lascar a madeira fina.

– Vovó!

Um feixe de luz atravessou a escuridão, lembrando-a de um sabre de luz.

– Tem gente aqui, Sola. Vem, levanta e se veste.

Sola apanhou a arma sobre o criado-mudo enquanto fitava o relógio digital. Três da manhã?

– Onde? Quem... Não abra a porta...

– Estou cozinhando agora. Vem.

Cozinhando?

– Vovó, quem está...

A porta se fechou com firmeza, e Sola se levantou menos de um segundo depois; o fato de ter ido dormir vestida foi um golpe de sorte. No corredor cheio de quinquilharias, ela liberou a trava de segurança da sua 9 mm e manteve a arma atrás das costas enquanto andava pelo carpete barato.

O cheiro de cebolas salteadas estava tão fora de contexto que ela concluiu que aquilo só podia ser um sonho. Isso mesmo, viraria no corredor logo ali e entraria na cozinha da avó só para se deparar com uma cena sem sentido, tipo encontrar a Lady Gaga, Leonardo DiCaprio ou, diabos, Leonardo da Vinci à mesinha...

Sola parou no mesmo instante. Do outro lado, sentados num par de cadeiras de vime, estavam dois homens que ela se convencera de que nunca mais veria.

Seu primeiro pensamento, quando dois pares de olhos idênticos se viraram na sua direção, foi o de que as poltronas não sustentariam os pesos deles por muito mais tempo – mas os primos de Assail resolveram esse problema quando se levantaram. Foi bizarro quando se curvaram ligeiramente na sua direção, mas também já estava acostumada a vê-los fazerem isso toda vez que entrava num cômodo.

Sonho, ela repetiu para si. Aquilo era fruto da sua imaginação.

– Você – a avó ordenou para o da direita. – Pega uma cadeira para a minha Sola. Vai.

A extensão de músculos de dois metros e de agressão contida se apressou para a sala de estar como se fosse um retriever enviado a apanhar uma bola de tênis, voltando com uma poltrona em vez de algo mais leve. Pensando bem, se você lhe pedisse para pegar uma caixinha de leite, ele provavelmente lhe traria um supermercado inteiro.

– Com licença – disse ele ao se aproximar por trás dela.

Enquanto abria caminho para ele, Sola ficou se perguntando como a avó conseguia ficar picando pimentões vermelhos e amarelos com tanta tranquilidade.

– Preciso acordar – Sola murmurou. – Neste instante.

– Sola, café. – A avó apontou para a cafeteira. – Faça.

Ela deu uns minutinhos para ver se acordava e, quando percebeu que não estava rolando na cama e entreabrindo os olhos, resolveu que seguiria a maré por enquanto.

– O que os traz aqui? – perguntou aos gêmeos quando eles voltaram a se sentar nas cadeiras pouco confiáveis.

Era quase impossível distingui-los, mas a identificação foi feita quando o da esquerda se pronunciou:

– Viemos buscá-la.

Esse seria Ehric. Evale, o que apanhou a poltrona, jamais falaria de livre e espontânea vontade. Ele era tão frugal quanto Scrooge* em suas palavras.

---

* Ebenezer Scrooge, frio, ganancioso e avaro, é a personagem principal de "Um Conto de Natal", de Charles Dickens. (N. T.)

– Assail – ela sussurrou.

– Café – a avó exigiu.

Ela acatou a ordem com mãos trêmulas ao travar a arma de novo, guardá-la na lombar e seguir na direção da cafeteira. Quando colocou o pó de café na máquina, sentou-se na poltrona.

– Conte-me – ela disse. – Onde ele está?

Ehric era um macho acima de tudo. Por isso, quando a fêmea humana se sentou na poltrona que o irmão trouxera para ela, não pôde deixar de catalogar sua beleza. Ela não era cheia de babados nem de frescuras. Não, seu primo Assail não teria escolhido uma fêmea assim. Os olhos de Sola o encaravam, o corpo estava tenso como se estivesse pronta para saltar – não para se distanciar de um conflito, mas para se juntar a ele.

E havia uma arma presa à sua cintura.

Ehric sorriu de leve, mas o sorriso não foi duradouro. Nunca o era com ele.

Ela estava loira agora, e ele concluiu que o primo não aprovaria a mudança. Não era uma tonalidade desagradável, nada chamativo, mas não combinava com os olhos escuros ou com a lembrança do castanho natural. O cabelo estava mais curto também, cortado ao redor das orelhas e batido na base da nuca.

Era uma boa escolha se estivesse querendo se disfarçar.

Mas não, Assail teria preferido como ela estivera no ano anterior, mas, pelo menos, o rosto mantinha as feições fortes, a pele macia e os lábios sensuais. E as roupas simples também eram as mesmas: leggings pretas e uma blusa de moletom azul-marinho com capuz sem nenhum logo ou desenho na frente.

O corpo delgado debaixo do tecido macio era algo que ele se recusava a avaliar, por respeito não apenas ao primo, mas também a ela. Gostava dela. Sempre gostara.

– E então? – ela exigiu saber com rispidez.

Quando ele e o irmão se materializaram do lado de fora da casa delas, ele ficou pensando qual seria a melhor abordagem – e desejou poder anunciar a presença deles durante o dia com uma batida à porta e um cumprimento humano a uma hora decente de visita para os humanos. Àquela altura, no entanto, ele já contava as horas que restavam até que a luz da manhã ameaçasse suas vidas com a chegada do sol.

No fim, ele resolveu fazer uma intromissão mental, uma pela qual se sentia culpado, mas, mesmo assim, levou adiante. Não tentara Marisol. Não, estava incerto quanto à receptividade dela, e sua participação era vital. A avó, a senhora Carvalho, tinha se revelado uma escolha melhor. Com a devida concentração, e um pedido de desculpas interno, conectou-se com a mente da senhora e despertou-a, convocando-a até o terraço para que ela lhes conferisse entrada não só no prédio, mas para o lar que ela partilhava com Marisol.

De fato, a fêmea de Assail poderia ter-lhes negado a entrada, mas a matriarca jamais. Ela gostava deles.

– Perdoe a nossa intromissão – Ehric começou –, mas precisamos de ajuda.

A voz de Marisol baixou como se não quisesse que a avó os ouvisse.

– Não estou mais nesse ramo de trabalho. E, se seu primo quisesse alguma coisa, ele poderia ter ligado para mim e poupado esta viagem para vocês.

– Ele não pode viajar no momento.

Ela franziu o cenho.

– Por quê? Quer saber, deixa pra lá... Vá em frente e me peça o que veio pedir para que eu possa negar.

– Queremos que vá ver Assail.

A mulher olhou de um a outro.

– Não posso fazer isso. *Não vou* fazer isso, sinto muito. Ele sabe por que tive que ir embora... e vocês também sabem.

Ehric a encarou, mas manteve a voz baixa.

– Ele estava lá. Estava quando você precisou... – Relanceou na direção da avó e se tranquilizou ao ver a concentração dela enquanto cozinhava. – Quando você precisou de um... amigo... Assail a ajudou. Ele fez o que era certo, e você precisa retribuir o favor.

– Não pedi que ele… – Ela também relanceou para a avó. – Ele fez o que fez porque quis. Nunca pedi que me ajudasse…

– Você poderia estar morta agora…

– Eu me salvei!

A avó lançou um olhar por sobre o ombro, e isso bastou para que reajustasse o volume da conversa.

Ehric se sentou mais à frente.

– Você lhe deve. E nós precisamos que você o ajude.

Enquanto ele a encarava, a mulher pulou da cadeira e foi até a cafeteira. Como ela ainda não tinha terminado o seu ciclo, Sola ficou parada diante da máquina, batendo o pé no chão. Quando, por fim, a máquina terminou seu trabalho, ela se ocupou com canecas para servi-los.

– Vocês ainda tomam café preto? – ela murmurou.

– Sim, tomamos.

Ela lhes serviu o café e se sentou uma vez mais. Pigarreando, disse:

– Sinto muito mesmo, mas não vou voltar para Caldwell. – Agora ela olhava para a senhora Carvalho diretamente. – Vocês entendem. Por mais que eu seja… grata… ao seu primo, não posso me envolver nos negócios dele…

– O motivo que nos trouxe aqui é pessoal. – Ehric experimentou o café e o considerou mais que aceitável. – Ele não está bem. E temos esperança que você possa lhe propiciar…

– Se ele está doente, precisa de um médico…

–… um motivo para continuar lutando.

Marisol se enrijeceu.

– Lutando? Do que você está falando?

Ehric tinha se preparado para esse tipo de pergunta.

– Câncer. Assail tem câncer.

A mentira deslizou pela sua língua com a mesma facilidade com que a verdade o teria engasgado. Essa humana não tinha motivos para saber que fora resgatada e levada para a cama por um vampiro. E, se lhe contasse que Assail sofria de demência provocada pela abstinência de cocaína, isso não só não lhe provocaria empatia, mas ele também teria que tentar encontrar alguma explicação, visto que os humanos não reagiam à sobriedade dessa forma.

Já o câncer era o uma história totalmente diferente. O fato de vampiros não terem a doença era irrelevante, mas era uma praga para os humanos.

– Meu Deus... – Marisol sussurrou.

– Ele é orgulhoso demais para pedir sua ajuda, evidentemente. – Ehric teve que desviar o olhar. – Mas somos parentes dele. Não há nada que não façamos para garantir qualquer futuro para ele.

– Eu não sou... Não sou ninguém para ele.

– Nisso – Evale falou – você está falsa.

– Errada – Ehric o corrigiu. – E é por isso que estamos aqui. Queremos que vá até o leito dele e... e o inspire, do modo que apenas você pode fazer.

Quando Marisol abriu a boca para argumentar, ele encerrou seu protesto ao erguer a mão.

– Por favor. Não desperdice nosso tempo nem finja ignorância quando sabe muito bem por que você, mais do que qualquer outra pessoa, é importante para ele.

De repente, a mulher caiu num silêncio que pareceu comprimir seu corpo, e ele entendeu que teria de lhe dar espaço para processar suas emoções: além do mais, qualquer outro comentário só lhe daria oportunidades para ficar na defensiva. Ela, e apenas ela, decidiria que caminho tomar.

À medida que o silêncio se estendia, a senhora Carvalho dispôs pratos diante dele e do irmão, e a comida cheirava tão bem que ele fechou os olhos, baixou o queixo e inspirou o aroma.

– A senhora nos honrou, senhora Carvalho. – Virou-se para a mulher que voltara para junto do fogão. – Não merecemos tal banquete.

– Comam. – Um dedo nodoso apontou para a mesa. – Muito magros. Vocês dois, magros demais. Vou fazer mais.

Ah, o tom dela. Rude, desaprovador, pronunciado com um sotaque. Mas os olhos dela brilhavam, e ele sabia que, enquanto a senhora mantinha distância física deles, os abraçava com sua comida, acolhendo-os com um amor que ele por certo jamais conhecera.

Eram órfãos, afinal, por definição, alheios ao coração e às mãos de uma *mahmen* em suas vidas.

Fazendo bom uso do garfo, descobriu que os ovos estavam misturados a temperos maravilhosos, e, quando se pôs a consumi-los, outra fragrância tentadora começou a emanar do fogão.

– Que tipo de câncer? – Marisol perguntou.

Ehric estendeu a mão para o centro da mesa e apanhou um guardanapo. Depois de limpar a boca, disse:

– Está relacionado ao sangue, um tipo recente e muito virulento.

– Onde ele está sendo tratado? No St. Francis?

– Ele se entregou a cuidados médicos particulares. – Ela reconheceria a doutora Jane e Manny, e ele pensaria nisso quando fosse a hora. – O tratamento em curso é de ponta. Não existe nenhum outro melhor, eu lhe asseguro.

– Quanto tempo... – Ela limpou a garganta. – Quanto tempo ele ainda tem?

– Difícil dizer. Mas ele sofre. Muito mesmo.

Houve um longo período de silêncio, pontuado por eles se alimentando.

– Ele parou de ligar para mim – Marisol disse num rompante.

– Então ele manteve contato? – Não era uma surpresa. Então Ehric ficou preocupado. – Ele não contou nada?

– Ele não falava comigo. Apenas desligava, mas era ele, sei que era. E então, as ligações cessaram.

– Sim.

Mais pratos chegaram, desta vez com algo feito com milho. E outro derivado de batatas, que Ehric reconhecera pelo que a senhora Carvalho lhes deixara congelado antes de partir. A avó não se juntou a eles. Começou a lavar os pratos, e ele sabia que nem deveria tentar oferecer ajuda. Em Caldwell, durante o período em que moraram juntos, ele e Evale lhe perguntaram uma vez se poderiam ajudá-la na cozinha e ela ficara ofendida como se eles tivessem praguejado na sua frente.

Foi só depois que ele e seu gêmeo terminaram o segundo e o terceiro pratos que Marisol falou por fim:

– Sinto muito mesmo – disse ela. – Não posso voltar para lá. Vocês têm que entender. Nem mesmo por ele, não é seguro para nós em Caldwell...

A senhora Carvalho interveio com palavras ríspidas em sua língua nativa, e a neta abaixou a cabeça como se não fosse nada bom desrespeitar a senhora idosa com argumentações. Ainda assim, Ehric compreendeu, pelo ângulo formado pelo queixo da mulher, que ela não cederia.

– Podemos mantê-la a salvo – ele ofereceu. – Vocês duas. Vocês têm a nossa palavra de honra que nada reprovável lhes sucederá.

A avó voltou a falar, com as mãos nos quadris, o rosto crispado de reprovação.

Marisol se levantou.

– Não. Não é seguro. Talvez eu possa falar com ele pelo FaceTime, ou algo assim. Ou conversar com ele pelo telefone. Ou...

Quando Ehric se levantou da mesa, Evale o imitou.

– Compreendo. Perdoe-nos por incomodá-las.

– Eu gostaria de poder ajudar. – Marisol cruzou os braços diante do peito. – De verdade, se as circunstâncias fossem diferentes, eu...

– Senhora – ele disse para a avó. – Homenageou-nos com esta refeição. Nos apegaremos à força que ela nos deu e usaremos essa dádiva em sua honra.

Evale murmurou alguma afirmação e os dois se curvaram para ela.

Quando se endireitaram, a senhora Carvalho tinha as mãos enfiadas debaixo do busto. Ela parecia ao mesmo tempo em deleite pelos agradecimentos dele e frustrada pela sua parenta.

Virando-se para Marisol, Ehric se curvou diante dela também.

– Não nos demoraremos mais aqui, tampouco voltaremos a aborrecê-la.

Marisol abriu a boca como se fosse dizer alguma coisa, mas ele se afastou, indo na direção da porta. Quando saiu, manteve a porta aberta para seu gêmeo passar.

– Não diga nada – murmurou quando Evale passou pela porta. – Fique calado.

Como sempre, seu gêmeo ficou contente em não falar.

Capítulo 7

De repente, Vishous ergueu o olhar como se pressentisse a presença de Jane. Ela tinha ido até lá, ele pensou, no meio da escuridão e do vento frio.

Ele saiu num salto de sua "cama", com o coração batendo forte. Sem pousar os olhos nela, sentiu-lhe as emoções – e soube que, de alguma maneira, ela tinha descoberto.

– Jane – ele ladrou ao avançar pelo piso nu.

Do lado de fora no terraço, ela estava em sua forma fantasmagórica, nada além de um holograma indistinto de si própria no jaleco branco, na roupa cirúrgica, nos Crocs. Com os cabelos loiros e olhos verde-escuro arregalados, ela lhe pareceu ao mesmo tempo familiar... e vinda de uma encarnação diferente e mais antiga da vida dele.

Quando essa separação entre nós aconteceu?, ele se perguntou.

– O que você fez... – ela proferiu num tom baixo.

Uma dor crua, do tipo que afeta o equilíbrio, se formou no seu peito.

– Não transei com ela. Não toquei nela.

– Por que... – Ela pousou uma mão na boca. Depois a abaixou. – Vishous, por quê?

Quando uma rajada passou pelo espaço vazio entre eles, Vishous se ouviu dizer:

– Eu não sei.

– Você... não *sabe*? – Quando a raiva dela estava a caminho, as sobrancelhas abaixaram, e o olhar foi como uma adaga cravada no seu peito, uma bem-merecida. – Você se encontra com outra mulher... outra fêmea, tanto faz, pelas minhas costas e não *sabe* por que fez isso? Você é a pessoa mais inteligente que eu já conheci, e mesmo pessoas burras sabem por que traem.

Vishous sacudiu a cabeça.

– Eu não te traí.

– Onde está a sua camisa?

– Não tive intenção que isso acontecesse...

– Com certeza teve. Pediu a Fritz que trouxesse bebida para cá, e alguma outra pessoa evidentemente apareceu.

– Eu te disse, não toquei nela...

– Besteira! E, por favor, poupe-me dessas negações. Não vou acreditar em você. Por que deveria...? – apontou para as velas acesas –...Quando vou ficar com essa imagem adorável gravada para sempre na minha memória? Tão romântico, Vishous. Espero que ela tenha ficado devidamente impressionada...

– Você nos abandonou.

Jane se retraiu e depois o encarou.

– Como que é?

– Você me abandonou mesmo sem ter ido a parte alguma.

– Que diabos você está dizendo? – ela estrepitou.

– Eu nunca te vejo. Nunca estamos juntos. Você fica mais preocupada com os seus pacientes do que...

– Espera. – Ela levantou a palma diante do rosto dele. – Você está *mesmo* tentando reverter o que acabou de fazer pondo a culpa em mim? Cara, vê se cresce...

A voz de V. explodiu para fora do peito dele.

– Depois do combate no armazém, eu fiquei todo fodido na clínica com a concussão e você disse que voltaria! Foi buscar um remédio para mim, mas assim que saiu pela porta do quarto sabe o que eu disse pra mim mesmo? Ela não vai...

– Fiquei sentada ao seu lado enquanto você esteve inconsciente! Por duas horas!

–... voltar, e você *não voltou*!

– Você se deu alta, mesmo contra as recomendações médicas! Quando voltei, Ehlena me contou que você tinha ido embora!

Os dois se inclinavam um na direção do outro, berrando contra o vento, os rostos contorcidos, os punhos cerrados – e, nos recessos da sua mente, ele sentiu uma imensa tristeza por eles terem terminado nesse ponto: traição. Mágoa. Raiva. Era o outro lado da moeda de tudo o que ele achava que eles tinham. Tudo o que ele pensava que eles eram.

Esse era o tipo de briga que apaga todas as partes boas, ele pensou. Permanentemente.

Jane cortou com a mão o ar frio, ao qual nenhum dos dois prestava atenção.

– Cuidei muito bem de você...

– Quanto tempo? – ele resmungou.

– O quê?

– Quanto tempo demorou para você voltar para me ver? – Quando ela desviou o olhar e cruzou os braços diante do peito, ele assentiu. – Uma hora, certo? Talvez mais. E enquanto esteve sentada junto ao meu leito hospitalar, enquanto eu estava inconsciente, ficou dando ordens para Ehlena? Trocando informações com Manny? Pode me dizer de quantos pacientes você conseguiu tratar ou avaliar durante as duas horas em que supostamente estava cuidando de mim?

Os olhos verde-floresta dardejaram de volta para ele.

– Não se *atreva* a virar isso contra mim. Não fui eu quem marquei um encontro com outra pessoa.

– O que eu fiz foi errado, admito. Mas não fui em frente. E mesmo isso não sendo uma desculpa...

– Com certeza não é! Você agora é um mentiroso. Vai ser para sempre um mentiroso para mim...

Sem aviso, uma verdade saiu de dentro dele.

– Minha mãe está morta. Você percebeu isso? Parou para pensar por um segundo a respeito?

Ela ficou momentaneamente confusa.

– O que a Virgem Escriba tem a ver com isso?

Vishous balançou a cabeça devagar.

– Você não me perguntou nem uma vez como eu me senti. Nem me perguntou como eu descobri que ela se fora.

Jane desviou o olhar de novo. Depois o fitou.

– Não achei que fosse um incômodo para você. Você seguiu a vida como se não tivesse acontecido nada. Você a odiava.

– Você nunca perguntou, e é essa a questão.

Jane esfregou o rosto com o que pareceu ser desespero, e continuou esfregando.

– Vishous, veja bem, você não é a pessoa mais fácil de interpretar, e não é adepto de emoções. É como se você estivesse me culpando por uma das suas características principais. Como é que eu ia saber...

– Eu estava no armazém com os meus irmãos e com os Bastardos. Estava no meio de uma maldita briga que poderia ter terminado de um jeito muito mais fodido do que terminou. Você nunca me perguntou como foi. Nunca se sentou comigo e...

– É assunto da Irmandade! Vocês nunca falam sobre esse tipo de coisa, nunca! – Ela lançou as mãos para o alto. – Você precisa ver a situação sob o meu ponto de vista. Você está me atacando por ter te abandonado quando tudo o que eu fiz foi agir de acordo as suas expectativas. Você nunca fala sobre os combates comigo. Você não conta nada sobre a guerra. Você desaparece por trás daqueles computadores como se eles fossem uma espécie de camuflagem na qual você se esconde. O que eu tenho que fazer? Ficar sentada no sofá diante de você, fazendo bordados até você se dignar a me pedir que te faça um sanduíche? Ao inferno com essa merda de 1950. Se você queria um bichinho de estimação, deveria ter adotado um gato.

– Tanto faz, Jane. Você chega em casa do trabalho depois de quinze, dezoito horas sem descanso. Está meio-morta, se arrastando, vesga de cansaço. Eu te coloco na cama depois que você capota no sofá em mais dias do que você gostaria de se lembrar...

– Esses pacientes não são desconhecidos. As pessoas que eu estou tratando são a sua *família*.

– E você é a minha *companheira*. Ou pelo menos costumava ser. Nos últimos tempos, mal é colega de quarto.

Jane estreitou o olhar.

– Você gostaria de refletir, por meio segundo que seja, se é que podemos usar esse tempo no meio desse seu ataque épico, como seria para mim se eu perdesse um desses Irmãos ou dos guerreiros sob os meus cuidados? Se não der para cuidar deles bem o bastante? Tomar uma decisão ruim mesmo quando não tenho todas as informações ou respostas? Você sai para combater a Sociedade Redutora, mas eu fico com o trabalho da limpeza, e prefiro muito mais ser uma esposa relapsa a uma médica ruim quando eles estão morrendo.

V. cruzou os braços diante do peito e assentiu.

– Você já deixou bem claro quais são as suas prioridades. Estou bem familiarizado com elas.

– E você lidou com o fato de a sua vontade não ter sido feita de modo *muito* admirável. Se você tinha questões sobre as quais precisava falar, por que não tocou no assunto?

– Dê uma olhada nas suas mensagens.

– Nunca ignoro quando você me escreve.

– Tem certeza disso?

– Sim. E eu *sempre* respondo.

V. baixou o olhar para ela e sentiu, absoluta e positivamente, como se fosse outra pessoa. Não fazia ideia de como se transformara nessa fossa de confusão e raiva. Ele sempre fora uma adaga de aço, e agora estava se tornando uma espátula de plástico para passar manteiga. Tudo o que sabia, porém, era que não continuaria mais assim.

Não era um pedinte. Não era um fraco. E não era uma vítima nessa circunstância – tampouco Jane o era. Eles eram duas pessoas que tomaram caminhos distintos, com milhares de escolhas cumulativas ao longo do tempo afastando-os cada vez mais do relacionamento, em vez de aproximá-los.

Sua decisão idiota apenas acendera uma luz naquele cenário, e todas essas emoções que ambos estavam sentindo e liberando eram o resultado de eles, finalmente, assimilarem o ponto no qual já estavam havia algum tempo.

– Tem um grito aqui, Jane. – Ele apontou para a cabeça. – Aqui dentro, tenho um grito e estou enlouquecendo. É uma carga muito grande para eu conter e, no passado, eu sabia o que tinha que fazer para me ajudar a aguentar até que a situação se acalmasse. E com certeza não era conversando, mas sabe do que mais? Você é a única pessoa para quem eu diria isso. Estou lutando para me segurar na minha própria pele e não sinto orgulho disso... eu *odeio* isso pra caralho. Mas tenho que funcionar. Entende? Não posso deixar Wrath e a Irmandade na mão. Tenho que sair, lutar, ficar alerta e fazer a porra do meu trabalho, e isto – ele bateu o indicador no crânio – precisa entrar nos eixos. Não toquei nela. Quando chegou a hora, não consegui, e não por ser moralmente errado, mas porque eu *quero* estar com você. Pode me odiar por eu tomar uma decisão ruim por causa de desespero, se isso te faz se sentir melhor, mas não transei com ela e nunca mais vou agir assim novamente.

Jane o avaliou por um bom tempo.

– O que você fez ou deixou de fazer não me diz respeito. Porque, no que se refere a mim, você é um macho livre daqui pra frente.

Enquanto Jane ouvia as palavras que saíam de sua boca, havia uma parte nela que estava muito chocada. Não esperara ir tão longe assim, mas suas emoções estavam à frente da sua mente. A raiva, a frustração e a dor eram tão grandes que assumiram o controle.

– Você não está falando sério – Vishous falou remotamente.

No silêncio subsequente, ela estudou o rosto dele e descobriu que as feições conhecidas lhe eram estranhas, como se a tristeza tivesse provocado uma espécie de amnésia. Os cabelos negros curtos, as íris brancas com os contornos azuis, as tatuagens na têmpora, o cavanhaque, tudo estava igual... mas, mesmo assim, ela parecia incapaz de reconhecer-lhe os detalhes.

Eu não te conheço mais, ela pensou.

– Vou voltar pro trabalho – disse.

– Claro que vai.

Ela apontou um dedo para ele.

– Eu *não* sou a vilã desta história.

– Nem eu.

– Então por que essas velas estão acesas aí dentro? A propósito, bela camisa. – Ela fitou o peito nu, a cicatriz circular no peitoral que significava a sua associação à Irmandade. – Da próxima vez que tentar me convencer que não esteve com outra mulher, tente não estar seminu.

– Jane. A gente precisa conversar sobre isso.

– Acabamos de fazê-lo. Não existe mais nada a ser dito.

Quando ele estendeu a mão na sua direção, ela deu um passo firme para trás, e a sensação de algo penetrando na pele fez com que olhasse para si própria.

Ela havia atravessado os painéis de vidro que acompanhavam a grade de segurança ao redor do terraço. Em meio a tanto aborrecimento, tornara-se fantasmagórica o suficiente para abrir espaço entre as suas moléculas.

– Vá, então – Vishous disse com frieza. – Enterre-se no trabalho. Se um dia sair para respirar e dar uma caminhada, sabe onde me encontrar.

E lá estava, ela pensou, a condescendência e a reserva que conhecia tão bem. Vishous tinha voltado para trás das suas grades, protegido e encapsulado, afastado apesar de ainda estar diante dela.

– Você é bem superior, hein – ela murmurou.

– Sou filho de uma divindade, caralho. Quer que eu seja medíocre?

Ela olhou acima dos ombros dele, para as velas acesas. Para aqueles "brinquedos" dele. Para a maca.

– Para sua informação, eu queria não ter tratado de você no St. Francis. Como eu queria não ter trabalhado na noite em que você deu entrada no hospital.

– Bem, essa é uma última coisa na qual podemos concordar. Parabéns para nós.

Deram as costas um ao outro ao mesmo tempo, ele voltando para seu antro de perversão, ela, desaparecendo no ar.

Por um instante, foi tentador para Jane simplesmente se deixar desintegrar, convocar sua forma corpórea e permitir que a gravidade cuidasse de tudo, pegando-a e largando-a no asfalto. Mas o impacto só importaria pelo tempo em que ela se mantivesse intacta. Assim que abdicasse desse esforço e se tornasse invisível novamente, ela acreditava que tudo voltaria à sua não normalidade.

Ou talvez ela se deformaria com o contato com o chão. Ou talvez seu exterior se partiria e sairia voando pelos ares, deixando seu cerne fantasmagórico descoberto.

Ela não estava disposta a descobrir. Entre todas as coisas que não se permitiria fazer, no topo da lista estava não se deixar perder as estribeiras por conta de um homem. De um macho. Tanto faz.

Sim, havia dor. Desapontamento aos montes. Uma sensação de que isso ou era um pesadelo ou um caso de seu destino ter seguido uma rota muito errada no GPS.

Mas se recusava a deixar que isso a afundasse. V. estava sendo completamente irracional, injusto, e estava com a cabeça enfiada na bunda se achava que poderia culpá-la pelos problemas do casal.

Ao viajar de volta à mansão da Irmandade, seu primeiro pensamento foi o de voltar para o centro de treinamento e ir direto trabalhar. Sempre havia pedidos de remédios pendentes, registros para atualizar e depois também havia aquele horário agendado com Layla e os filhos. Mas, em vez disso, aterrissou na porta do Buraco e desejou que Fritz já tivesse terminado sua tarefa com os tapetes.

Estava sem sorte.

Quando entrou pela porta – ou melhor, a atravessou –, captou a leve fragrância antiquada de hortelã de desinfetante e, evidentemente, o *doggen* trocara o paletó preto por um avental de corpo inteiro e estava até os cotovelos esfregando a pia da cozinha.

– Senhora! – Ele pareceu confuso ao se virar para ela, com as luvas amarelas de borracha até os cotovelos erguidas como se fosse um cirurgião prestes a operar a cavidade torácica de um paciente. – Já voltou?

– Só vim buscar algumas coisas. Não se incomode comigo.

Fritz se curvou tão profundamente que quase resvalou nas pontas dos sapatos pretos bem lustrados.

– Eu poderia ter feito uma mala para vocês se vão passar a noite fora...

– Não se preocupe. O piso da cozinha é muito mais importante.

O sorriso dele foi de alívio e de prazer, fazendo a mentira valer a pena. A verdade era que ela não dava a mínima para o piso nem para a cozinha. Para o teto ou para a chaminé – o Buraco tinha uma chaminé? Isso já não era mais da sua conta.

– Vou pegar minhas coisas – murmurou.

– Talvez eu possa ajudá-la.

– Não. – Ela remodulou seu tom. – É particular.

– Ah, bem, claro, madame. – O mordomo corou um pouco. – Darei seguimento aqui, então.

– Obrigada, Fritz. Como sempre.

Enquanto ele alegremente retomava a esfregação, ela marchou pelo corredor como Joana D'Arc, pronta para a batalha. Quando chegou à porta do que fora seu quarto, nem mesmo hesitou, foi em frente e...

Desacelerou. Parou. Encarou a cama com a confusão de travesseiros desarrumados e a colcha amassada. Havia um livro de física quântica em um dos lados da cama, dele, não dela, e um copo de água até a metade, dela, não dele, do outro.

Foi impossível não pensar no dia anterior, quando havia enchido aquele copo na cozinha e vindo para o quarto, como sempre fazia.

Você raramente sabe quando está fazendo alguma coisa pela última vez. Não, essa percepção vem normalmente depois.

Depois que pegara seu H^2O, lembrou-se de ter se sentado no seu lado da cama, deixando a cabeça pender de tão cansada que estava. Os ombros e a nuca ardiam de tensão, e os músculos posteriores das coxas doíam por ter ficado encurvada sobre a perna de Tohr. Ele tinha estourado o tendão de Aquiles de novo e ela precisou consertá-lo com uma operação. Uma situação bem normal, a não ser pelo fato de que o que deveria ter tomado menos de uma hora levou três por conta de uma anomalia óssea e de toneladas de tecido cicatricial.

Voltou para casa e tentou manter sua forma corpórea porque havia tido esperanças de que V. se desconectaria dos computadores e se juntaria a ela. No fim, a tentadora paz que o apagão oferecia se mostrou irresistível, e ela se deixou levar, desaparecendo de modo que o único vestígio dela era a marca naqueles lençóis, o lugar em que seu peso e seu corpo tinham estado antes.

– Sim, porque eu estive ajudando a Irmandade – murmurou ao seguir para o closet para apanhar uma bolsa de lona.

Tirou objetos das gavetas da cômoda sem prestar muita atenção ao que eram. Mas, pensando bem, seu guarda-roupa consistia basicamente de roupas cirúrgicas... e mais roupas cirúrgicas. Além disso, ela só precisava de sutiãs e de calcinhas. No banheiro, apanhou a escova de dentes e seu tubo de Crest.

Ele usava Colgate.

Viu? Eles nunca deveriam ter ficado juntos, para início de conversa.

Dito isso, marchou para fora dali, seguindo pelo corredor subterrâneo rumo ao local em que era tanto necessária... quanto desejada.

Capítulo 8

No dia seguinte, lá pelas oito horas da manhã, Sola entrou no mercado do seu bairro com uma lista de compras que a avó insistira em elaborar. Era bom sentir que havia algo a fazer. Algo normal e descomplicado, mas, mesmo assim, necessário.

Distrair-se era a solução. De outro modo, começaria a fazer as malas para retornar a Caldwell.

O que seria uma ideia bem idiota.

Entrando na loja, que tinha o mesmo tanto em comum com um Walmart do que um cavalo e uma carroça com a hora do rush, ela foi recebida pela sua origem. No lugarzinho abarrotado, todas as placas dos corredores, a lista de preços e as etiquetas estavam escritas em espanhol. Acima, música latina murmurava suavemente, mais como um aroma agradável no ar do que qualquer outra coisa percebida pela audição. E os fregueses tinham todos cabelos escuros, olhos escuros e pele bronzeada – como ela.

Bem, ela teria cabelos escuros sem a tintura. Deus, como odiava aquele loiro. No mês seguinte, optaria pelo ruivo, maldição.

Verificando a lista, leu os rabiscos da avó como se eles fossem seus, a rápida sucessão de vogais e consoantes indecifrável para outros, fácil para ela.

Ela iria precisar de...

Habaneros... locotos... pequins? E uma Naga Jolokia – que se poderia comprar ali, apesar de ser um ingrediente indiano em vez de sul-americano?

Estaria a avó tentando matar alguém com capsaicina?

– *Guardei um pouco de banana-da-terra para você* – uma voz masculina disse em espanhol.

Sola relanceou por sobre o ombro e forçou um sorriso. O cara que se aproximava estava segurando o que pareciam ser – sim, de fato eram bananas-da-terra muito bonitas, e também estavam na sua lista.

– *Obrigada* – agradeceu, também em espanhol.

– *Vou pegar uma cesta para você.* – Ele se apressou para a pilha de cestas junto à porta e puxou a de cima. – *Aqui está.*

Enquanto ele estendia a cesta amarela pelas alças duplas, Sola abaixou a aba do boné ainda mais. Não que ele fosse pouco atraente. Ele era um cara latino bem legal, com uma cruz dourada ao redor do pescoço, olhos amigáveis com cílios compridos ao redor, barba aparada e cabelos bem cortados. Ele provavelmente vivera naquele bairro a vida inteira, e seu pai, tio ou até um primo era o proprietário daquele negócio. Naturalmente, ele queria se casar e ter filhos com uma boa moça de origem latina porque era isso o que as mulheres na sua família o incentivavam a fazer. E, sem dúvida, ele assumiria a administração da loja depois que a geração que o antecedia falecesse.

Não havia absolutamente nada controverso, assustador ou ameaçador nele. E ele a fitava com respeito – e esperança.

Você não faz ideia de quem eu sou, ela pensou.

Sola aceitou a cesta.

– *Obrigada.* – O que ela queria dizer era "pare". – *Mas não precisa guardar coisas para mim.*

– *Você sempre as compra às terças.*

Verdade? Precisava dar um jeito nisso. Hábitos previsíveis eram uma notícia muito ruim para alguém como ela.

– *Vou procurar o que está na lista e já vou indo.*

Quando a porta de tela rangeu e outro freguês entrou, ela avaliou o novo visitante. Cerca de quarenta anos. Jaqueta folgada. Óculos escuros. Podia ser alguém da lei. Ou um traficante. Ou um cara qualquer vindo pegar seu almoço antes de ir para o trabalho.

– *Posso ajudá-la com o que precisa?* – O rapaz do mercado assentiu para o pedaço de papel que ela segurava. – *Se quiser que eu leve suas compras até você, também posso fazer isso. Temos serviço de entrega.*

– *Não, estou bem assim. Obrigada.*

O Cara da Jaqueta Folgada andou sem parecer tê-la notado ou espiado seu traseiro quando achou que ela não estava olhando. Mas isso não significava nada. Talvez, por fim, o pessoal de Benloise a tinha alcançado.

Sola ficou um pouco atrás dele, observando o caimento da jaqueta, à procura de sinais de um coldre de ombro. Quando ele parou diante de uma prateleira, ela levantou a lista e repassou a letra da avó com os olhos. Bem na hora, aquele era o corredor do tomate em lata.

Quando o homem foi em frente sem tirar nada da prateleira, ela voltou a andar.

Ele acabou parando na seção refrigerada, apanhando duas tortillas pré-cozidas para micro-ondas e uma Coca-Cola. Deixou o dinheiro ao lado do caixa, chamando o amigo dela das cestas e das bananas em espanhol. Depois foi embora.

Aliviada, inspirou fundo, mas não se livrou da tensão.

Esta era a sua vida agora. Em todo canto que fosse.

Refazendo seus passos, porque havia deixado passar muitos itens enquanto o seguia, pegou tudo de que precisava e seguiu para o caixa. O rapaz voltou para lá e primeiro registrou a compra do homem anterior; depois passou a registrar os códigos de barras, posicionando caixas, latas e embalagens debaixo do leitor.

– *Temos muitos fregueses frequentes* – ele explicou. – *Meu pai, ele é o dono daqui, consegue se lembrar dos pais e dos avôs deles.*

– *Lealdade é algo bom.*

– *Mas cada vez mais aparecem rostos novos. As pessoas têm se mudado de todos os lugares.* – Ele levantou o olhar com um sorriso como se esperasse que ela preenchesse as lacunas. – *De onde você vem?*

– *De lugar nenhum.* – Ela pegou a carteira e tentou estimar o valor da compra. – *Não sou de lugar nenhum.*

– *Eu nasci aqui, mas os meus pais vieram de Cuba. Ah, tenho um cupom para estes.* – Ele se inclinou por baixo do balcão...

E ela alcançou a arma, ao enfiar a mão por baixo da jaqueta.

Sola deteve o instinto antes que acabasse estourando a cabeça dele, e forçou-se a manter o controle. Evidentemente, ele voltou a aparecer com uma pasta repleta de folhetos promocionais coloridos, em vez de com uma arma.

– *Está tudo bem* – ela disse enquanto ele começava a folhear as páginas. – *Mesmo.*

Ele ergueu o olhar.

– *Eu gostaria de ajudar.*

– *Estou com um pouco de pressa.*

– *Ah. Tudo bem.* – Ele deu de ombros e guardou a pasta. – *Vai ser um dia agitado?*

Ela fez que prestava atenção à seleção de bilhetes da loteria atrás dele, os rolos de bilhetes suspensos na vertical como as línguas dos cachorros no auge do verão.

– *Já vendeu um bilhete vencedor?*

Ele assentiu e sorriu.

– *Cinquenta dólares na semana passada.*

– *Maravilha.*

Após o valor da compra ter sido calculado, ela empurrou o dinheiro na direção dele e colocou tudo dentro de uma sacola enquanto ele providenciava o troco. Ela logo saiu dali com uma rápida despedida.

Teria que encontrar outro lugar para fazer as compras, e isso era uma droga porque o mercado dele era muito próximo e oferecia boas mercadorias – bem, bananas-da-terra, entre outras coisas.

Na rua, com as compras da lista da avó em sacolas de plástico, ela caminhou rápido, vasculhando os rostos de cada pessoa que vinha na sua direção, bem como dos pedestres do outro lado da rua e aqueles atrás dela. Não havia nada a temer, contudo. Nenhuma paranoia, tampouco.

Ok, talvez houvesse um pouco de paranoia. Conclusão: ela vivia a última cena dos *Sopranos*, esperando, esperando que o fim chegasse de um canto inesperado – a diferença é que não havia a trilha sonora do

Journey e ela tinha mais cabelos do que Tony Soprano. E uma cintura melhor também.

Voltar a Caldwell *não* ajudaria em nada nessa realidade, ela lembrou a si mesma. As pessoas que a perseguiam não lhe concederiam misericórdia porque fora para lá numa missão humanitária. Encarariam sua consciência como um golpe de sorte para eles.

Desde que ainda não a tivessem localizado sem terem revelado a própria identidade.

Quando saiu do elevador, no quinto andar do seu prédio, não se sentia bem a respeito de nada. Não se sentia bem em relação a Assail. Nem em relação às sombras ainda lançadas pela sua vida pregressa. Tampouco...

Ao abrir a porta do apartamento, parou de pronto e imprecou.

Havia uma mala junto à poltrona que fora realocada temporariamente pouco antes. E com ela havia uma sacola de lona, um par de casacos de inverno, dois pares de luvas e cachecóis, e a bolsa da avó.

– Vovó – ela gemeu.

A avó apareceu vinda dos fundos, a área da casa onde ficavam os quartos.

– Vamos agora. Dirija. Chegamos lá às oito da manhã se não pararmos.

– Não.

– Tem razão. Lá pelas dez.

A avó tinha trocado o vestido de ficar em casa por um dos seus feitos à mão. Até vestiu meia-calça e usava os sapatos elegantes. O cabelo havia sido penteado em cachos com spray para finalizar, parecendo o capacete castanho de Sally Field em *Flores de Aço*. E, sim, havia batom envolvido.

– Isso não é uma boa ideia, vovó. – Sola deixou que a porta se fechasse sozinha. – Não é seguro ficarmos em Caldwell.

– Eles nos deixarão seguras.

Sola analisou o apartamento, absorvendo todo o seu anonimato. Depois fitou a avó com uma expressão endurecida.

– Você sabe que tipo de homem Assail é. Sabe dos negócios dele.

– E?

Quando aqueles olhos envelhecidos retribuíram seu olhar firme, ela quis continuar praguejando. Mas sabia que não adiantaria. E deveria saber que "criminosos" e "fora da lei" eram termos relativos para a sua avó. A mulher tinha uma longa história com pessoas que eram menos que respeitáveis.

Entenda isso como entes queridos que não eram nem um pouco respeitadores da lei.

Muito bem, vamos à munição pesada, Sola pensou.

– Ele não é católico.

– Ele se converterá.

– Vovó. – Balançou a cabeça. – Você precisa parar com isso. Mesmo se o ajudarmos... e, francamente, o que podemos fazer se ele estiver em estágio terminal...? Ele e eu não vamos nos casar nem nada assim.

– Vamos agora. Por que estamos falando?

A mulher se inclinou, dobrou o casaco no braço e pegou a bolsa.

Jesus, Sola pensou. Agora ela entendia o que as pessoas tinham que enfrentar quando a deixavam zangada. Parede. Enorme. Intransponível.

Fechou os olhos.

– Fiz uma promessa a Deus. Prometi que, se Ele me salvasse, se eu voltasse a vê-la, eu deixaria... aquela vida... para sempre.

– Assail. Eu chamei na noite em que você foi levada. Ele veio quando precisei dele. Deus a trouxe de volta por meio dele. Por isso, nós vamos agora. Ajudamos quem nos ajudou. É assim que funciona.

Sola mudou as sacolas de posição para aliviar o incômodo das mãos e dos dedos. Quando isso não ajudou, ela deixou o peso no chão.

– Não sei se poderei protegê-la lá. Ou a mim mesma.

– Eu digo que eles cuidarão da gente.

Vai me perdoar, vovó?, ela se perguntou. *Se alguma coisa der errado, vai me perdoar?*

Vai me perdoar?

– Você é tudo o que importa – Sola disse rouca.

A avó se aproximou.

– Vamos. É a vontade de Deus.

– Como sabe disso?

O sorriso que surgiu era antigo, e sábio, e muito lindo.

– Eu também rezei. Para a Virgem Maria. Rezei para você ver Assail de novo, e então Deus trouxe aqueles dois homens até a nossa casa ontem à noite. Vamos agora. Venha.

Com isso, a avó, que não só não tinha carteira de motorista como tampouco alcançava os pedais de qualquer veículo que não fosse um triciclo, partiu na direção da porta.

– Traga as compras e as malas, Sola – ordenou por sobre os ombros.

Capítulo 9

Duas noites depois, já passava um pouco das dez quando Vishous se materializou num dos becos do centro, voltando à sua forma sob o abrigo de alguns prédios antigos ao leste dos arranha--céus da cidade.

Por um golpe de sorte, a escala de rotação normal não tinha requerido o seu retorno na noite anterior, por isso conseguiu se isolar de todos por umas boas 48 horas, tendo ido parar no rancho modesto no qual Layla morara durante seu estranhamento com o restante da casa. V. não tinha entrado em contato com ninguém, nem mesmo com Fritz para que lhe levasse comida e bebida.

Aprendera aquela lição muito bem, bem pra caralho.

Ora, Arby's o servira muito bem nos seus dias de solteiro, e estava bom o suficiente agora para ele.

Quando seu tempo para botar a porra da cabeça no lugar chegou ao fim, houve uma parte sua que discutia se deveria sair do radar em busca de uma realocação permanente. Cacete, havia lugares mais que suficientes para desaparecer se um macho não quisesse ser localizado. No fim, contudo, resolveu que queria lutar mais do que queria estar num retiro para fracotes.

Isso posto, o Hummer que ele estava procurando dobrou uma esquina como um predador perseguindo seu jantar, com os faróis desligados, as lanternas baixas, a fumaça que saía pelo escapamento subindo vermelho-alaranjada. E, quando parou diante dele, a porta do passageiro se abriu, e uma perna comprida com um coturno na ponta aterrissou com o solado grosso na neve compacta e suja.

Butch O'Neal fora humano por uns trinta e poucos anos, mais ou menos. Agora o antigo detetive da divisão de homicídios não só era vampiro, mas também parente de Wrath: um dos poucos sobreviventes de uma transição "estimulada", e seu corpo não só ficara mais alto, mas também alargara como se ele estivesse sob o uso de esteroides e puxasse ferro como Schwarzenegger nos tempos áureos. Compacto como um buldogue, perverso como uma cobra no combate, leal como qualquer fã do Red Sox tem que ser, ele era o irmão que Vishous nunca teve.

E o maldito sabia bem disso.

– Obrigado pela carona, Qh... O quê? Ah, tá, eu mando. – Inclinou-se um pouco mais para dentro da SUV. Riu. – Pode crer.

O policial fechou a porta, bateu a mão enluvada na chapa de aço do carro e deu um passo para o lado quando a segunda SUV blindada de Qhuinn rugiu à frente. A primeira tinha sido levada diante de uma CVS... quando o irmão deixara as chaves na ignição. Quer um convite melhor do que esse?

V. levantou a mão quando o veículo passou por ele. E depois começou a contagem regressiva mentalmente. Três... dois... um...

– Então. – Butch subiu a calça de couro apesar de elas já estarem agarradas ao saco como um suporte atlético. – Como cê tá?

– Vamos patrulhar.

– Por onde andou?

– Por aí. – Por que diabos ele não poderia ter morado numa caverna por todos esses anos? Sozinho. – Esta conversa já acabou pra mim, ok?

Enquanto V. começou a andar para o meio da rua, levantou o olhar para as janelas dos prédios decadentes em ambos os lados. Cada uma delas estava com as cortinas fechadas, e a maioria estava escura. Aquelas no térreo tinham grades de metal e nenhuma, absolutamente nenhuma, seria aberta por ocasião de um grito, o disparo de um tiro ou um pedido de socorro.

Nesse bairro, ninguém fazia perguntas, contato visual ou se envolvia nos assuntos que não lhes eram pertinentes.

O que o fez pensar que essa era a única coisa que a Sociedade Redutora tinha a seu favor. Aqueles malditos desalmados que eram controlados remotamente por Ômega não queriam envolvimento humano na guerra, assim como os vampiros também não o desejavam. Portanto, o ponto de encontro, por acordo mútuo, mesmo que não declarado, sempre fora a terra de ning...

– Você costuma mandar uma mensagem quando vai ficar fora – Butch disse atrás dele. – E ontem era noite de sinuca.

Quando V. não respondeu, o policial assobiou ao respirar.

– Quer dizer, então, que Manny está certo.

Vishous parou e girou.

– Sobre o quê.

O policial deu de ombros, com os olhos castanhos irritantemente firmes.

– Você e Jane estão bem?

– Perfeitos. Por quê.

– Sabe, você tem um modo interessante de fazer uma pergunta sem de fato usar ponto de interrogação.

– Isso é porque estou tentando não encorajar uma resposta.

– Então vocês brigaram.

Vishous cruzou os braços diante do peito. Por que ou fazia isso ou acabaria dando um soco – e o tira tecnicamente não fizera nada de errado.

– O que Manny disse?

– Que a doutora Jane está com um humor danado, daquele de soltar monstros tipo o kraken, desde antes de ontem. E ela está dormindo num dos leitos da clínica.

– Ela está bem. Eu estou bem. Nós estamos bem.

– Isso não é uma cantiga de ninar? Ou é parte da propaganda de um antidepressivo? Eu me confundo com os dois. – Quando V. se limitou a encarar o outro, Butch deu de ombros. – Eu só estou querendo dizer que, se você precisar...

O vislumbre de um movimento daquele que você quase não percebe, que duvida se é ou não real, surgiu na forma de uma sombra na abertura do beco. Mas Butch também o viu, pois se calou e se virou naquela direção.

Os dois enfiaram as mãos dentro das jaquetas de couro, onde seus arsenais ficavam, e buscaram abrigo atrás da carcaça de um carro que já não tinha janelas, portas, nem capô ou teto.

Equivalia a segurar um cabide para tentar brincar de esconde-esconde. Mas cavalo dado e dentes... e toda essa ladainha.

Só que... não havia o fedor de um *redutor* no ar. Nem de um humano. Pensando bem, o vento vinha por trás deles, portanto isso também não ajudava em nada. No entanto... Não, havia mesmo uma presença ali no buraco negro impenetrável daquele beco.

Ao longe, um jorro de obscenidades foi seguido de uma rajada de berros, mas a troca altamente intelectual estava a um belo quarteirão de distância e quem ligava se humanos queriam foder uns aos outros? Essa era uma das suas habilidades intrínsecas.

– Eu vi alguma coisa – Butch murmurou. – Juro que vi.

Vishous olhou para os dois lados da rua, depois se concentrou naquela área mais escura.

– Vou lá ver.

– Vou chamar o apoio...

– Não precisa.

Saindo de trás do carro destroçado, ele não tomou nenhuma precaução para se proteger. Se o ser que estava ali quisesse um pedaço de alguma coisa? Então ele estava mais do que disposto a lhe dar uma fatia.

A imprecação que o acompanhou foi com sotaque de Boston – todos aqueles "malditos" e "idiota" sendo pronunciados perto demais para o gosto de V. Relanceando para trás, meneou a cabeça e apontou para que o cara fosse para trás...

Uma faca veio cortando o ar na direção do rosto de V., e ele se abaixou e se virou para evitar a lâmina. Com um movimento rápido, ele apanhou a arma e a arremessou para longe. E foi então que ele viu... uma sombra.

Que não era lançada por uma silhueta. Estava parada sozinha, e se movia sozinha... agressiva como o diabo...

O golpe no alto do braço foi como um soco de um punho cheio de ferroadas de abelha, concentrado e difuso ao mesmo tempo, espalhando-se pelo corpo como um tremor repleto de dor das picadas venenosas de mil agulhas.

Incapacitado de imediato, V. cambaleou e caiu de modo a afastar-se de um oponente que ele não conseguia compreender – mas, antes que batesse no chão, Butch o segurou e o arrastou para trás.

O único pensamento de V. era se colocar de pé novamente. Brigar com aquela porra, qualquer que fosse. Assumir o controle da situação.

Nada disso, maestro.

Seu corpo estava descoordenado como o de um epilético, as juntas incapazes de funcionarem a contento, os membros flácidos a não ser nos pontos em que ficavam aleatoriamente rígidos. E o cérebro não estava muito melhor, seus pensamentos eram difusos e cheios de hiatos.

Enquanto a audição ia e vinha, ficou bem ciente de uma arma estendida à sua frente. Era o revólver do tira; Butch, de alguma forma, conseguira levá-lo de volta ao carro peneirado enquanto sacava sua 40 mm na escuridão...

A arma foi acionada, o carregador semiautomático cumprindo sua função com flashes de luz na ponta do cano toda vez que uma bala era disparada. *Pam! Pam! Squeeeee.*

Pam! Pam! Squeeeee.

V. franziu o cenho em meio ao seu delírio. Que som era aquele? Mas que diabos...

Enquanto a sensação de ferroada começava a passar, Vishous conseguiu enxergar direito e não soube explicar o que viu.

Definitivamente parecia que a sombra, tão genérica como qualquer uma que ficasse aos seus pés, se declarara livre do objeto fonte e agora flanava à frente com mais uma adaga. Extensões da totalidade atacavam Butch, às vezes com uma arma, às vezes sem, os golpes e socos eram brutais e acurados. Mas, pelo menos, as balas faziam a entidade recuar.

E cada bala acertada fazia a sombra emitir aquele guincho agudo, como se o balão de uma criança estivesse sendo apertado na abertura, com o ar passando pelo espaço quase fechado.

Vishous ordenou que suas mãos pegassem o par de armas no coldre do quadril e, embora fosse o mesmo que tentar dar ordens para alguém num idioma que lhe era desconhecido, no fim das contas, seus apêndices acataram os comandos. E bem na hora. Quando a munição de Butch acabou, a forma sombria correu na direção dele, e V. ergueu suas armas na posição de atirar. Descarregando as duas quase à queima-roupa, ele as esvaziou em cima da maldita coisa.

Bang! Bang! Bang! Bangbangbangbangbang...

SqueeeeeeeeeEEEEEEE...

Nada mais de bexiga de criança. Agora aquele som estava mais para pneus cantando no asfalto, o som era tão agudo que V. parou de ouvir o barulho e só conseguiu perceber a dor de cabeça latejante na lateral dos ouvidos. E depois um *bum!* sonoro foi emitido...

Tudo ficou muito silencioso a não ser pelas respirações aceleradas dele e de Butch.

– Que porra foi isso? – o tira disse.

No fundo do beco, de onde comandara seu soldado sombra a atacar, Throe, filho deserdado de Throe, caiu contra algo que ele não sabia o que era. A dor aguda no meio do peito era como ele acreditava que um ataque cardíaco devia ser, uma pressão crescente no esterno que o impeliu a olhar para o peito. Mas não, não havia nenhum ferimento, nenhuma fonte de sangue no seu casaco de pele de camelo.

Pensou que talvez uma bala das armas dos Irmãos o tivessem atingido. Com mãos trêmulas, afastou as lapelas e depois brigou com o terno e a gravata, tentando tirá-los da frente. Porém, nada manchava sua fina camisa social, a seda tão imaculada como quando a vestiu, ao pôr do sol.

Forçando os pulmões a se expandirem com o ar frio, ficou imaginando o que tinha causado o ferimento e lamentou o mau desempenho na luta. Fora até aquela parte nada nobre da cidade com um dos soldados do seu exército crescente, a sombra obediente ao seu lado, atrelada sem nenhuma rédea nem guia, saltitando em sua servidão. O motivo de sua vinda era a procura do que acaba encontrando: membros da Irmandade da Adaga Negra ou do Bando de Bastardos.

De fato, os interesses desses primeiros sempre estiveram em conflito com os seus, tendo em vista sua ambição ao trono, e os últimos agora eram seus inimigos, apesar de ter passado séculos com eles; havia muitos inimigos em oferta.

Durante a espera com seu bichinho de estimação, sentira-se reconfortado com a presença ao seu lado, nascida de seu sangue e da sua sombra – conforme as instruções que o ritual do seu Livro lhe dera. Esse era para ter sido o grande teste, visto que, até agora, as tarefas distribuídas às suas criações não tinham representado desafio algum.

O assassinato do *hellren* decrépito da sua falecida amante, por exemplo, não havia sido dificuldade alguma.

Não, o seu objetivo principal ao criar um exército não era para a erradicação da Sociedade Redutora, que vinha incomodando a espécie há milênios. Em vez disso, ele queria as cabeças da Irmandade e dos Bastardos em estacas, e o corpo de Wrath, o Rei Cego, tem chamas diante de uma plateia de cidadãos da raça, que então estaria motivada a se reunir atrás de um verdadeiro líder.

Ele.

Throe massageou o peito. Estivera tão certo do seu sucesso, mas agora precisava parar para pensar. Simples balas fizeram sua entidade recuar do alvo até ser destruída.

Baixou o olhar com uma carranca. A dor estranha começara exatamente quando a sombra fora estourada. Seria possível que...

Enquanto ele tentava respirar longa e lentamente, descobriu que a agonia não diminuía, e compreendeu que deveria partir sem demora. Os Irmãos estavam se recuperando de quaisquer ferimentos que a sombra lhes causara e saíam de trás dos restos daquele carro.

Estavam concentrados no beco em que ele se encontrava.

Sabiam que ele estava ali?

Cambaleando para bater em retirada, Throe obrigou as pernas a se apressarem, mas o desconforto ressonante no esterno e a baixa oxigenação o atrapalhavam. Enquanto prosseguia em meio à neve suja e à lama, tentou se desmaterializar até algum lugar seguro, mas a percepção sensorial estava alta demais e a descarga de adrenalina que surgiu ao se sentir exposto só piorava a situação.

Mais rápido. Ele tentou ir mais rápido.

Pelo menos eles jamais saberiam que havia sido ele. Sim, suas ambições eram bem conhecidas, mas quem haveria de adivinhar que ele vinha recebendo auxílio de uma fonte tão desconhecida e irreconhecível?

Seu Livro não era Ômega. Pelo menos não se revelara assim.

De fato, era um belo mistério para ele...

Franzindo o cenho, desacelerou. Por que nunca questionara quais eram... as origens... do Livro?

Como um motor engasgando por falta de combustível, seus pensamentos cessaram, não acontecendo mais nenhuma cognição.

De repente, Throe olhou por sobre o ombro e imprecou ante o fato de ter permitido tamanha aproximação do inimigo: os Irmãos estavam chegando à entrada do beco, e, embora aquele conhecido como Vishous, o mais alto de cavanhaque, parecesse estar claudicando, nenhum dos dois parecia deveras incapacitado.

Se o apanhassem, matariam-no.

Capítulo 10

Sentado diante da bancada da cozinha da casa de vidro de Assail, Ehric sentiu seu humor cair em terreno abominável. Tivera tanta certeza de que a mulher do primo reagiria favoravelmente à solicitação.

Mas, em vez disso, lá estava ele naquele banquinho, ainda a encarar a entrada iluminada para carros, observando o movimento zero de carros indo para ou voltando da mansão.

– Gostaria de algo?

Desviou o foco do que provara persistentemente ser desapontador. Markcus, o escravo libertado, estava parado junto à pia, o corpo magro rijo de tensão, o rosto jovem e antigo, os olhos atormentados encobertos por sombras de angústia e preocupação.

Em resposta, Ehric desejou arrancar a cabeça do macho às mordidas. Mas isso não só seria injusto, como também cruel. Markcus não era como os outros da casa, nascido e criado para a guerra. Muito pelo contrário, ele era um órfão do mundo, e, por ter sido libertado do cativeiro por Assail apenas nos últimos tempos, o macho necessitava de todo tipo de gentileza e paciência de que mercenários debochados eram, em geral, desprovidos.

Ehric correu os olhos pela tatuagem negra de escravidão, feita ao redor do pescoço do macho.

– Não, Markcus – respondeu com aspereza. – Estou muito bem, obrigado...

O telefone ao seu lado tocou com uma vibração que o fez se mover sobre o tampo de granito. Quando viu quem era, ele praguejou, mas atendeu.

– Curandeira – disse ele.

A doutora Jane, como era chamada, hesitou.

– Ehric, como está?

– Estou bem, obrigado. – Ele nunca compreendera o tempo desperdiçado com amenidades. Mas não desejava ofender a fêmea que tentava, com tanto empenho e por tanto tempo, curar o primo. – E você?

– Estou bem. – Houve uma pausa. – Escute, eu quis confirmar com você o que discutimos na nossa reunião de anteontem a respeito de Assail. Eu deixei um recado ontem.

– Não o recebi. – Com tal resposta, ele queria dizer que não tinha escutado a gravação. – Perdoe-me.

– Sem problemas. Eu... hum... não quero pressioná-lo de modo algum, mas só gostaria de esclarecer qual o seu posicionamento e o de Evale em relação ao seu primo. Lamento, mas não tenho certeza se vocês tomaram ou não uma decisão.

Incapaz de continuar imóvel no assento, Ehric se levantou e começou a andar na sala de estar que dava para o rio, o espaço vasto com a mobília que o primo adquirira com a casa. Com as luzes apagadas, o sofá e as poltronas, as mesas e abajures não passavam de formas e sombras numa palheta de preto e cinza, e a decoração não ajudou em nada para melhorar a sua mais absoluta falta de otimismo.

De fato, a condição de Assail vinha pesando nele há semanas, e ele não apreciava ser quem decidiria o destino do macho. No entanto, não suportava o sofrimento.

– Alô? – a curandeira disse. – Ainda está aí?

Parando junto à imensa extensão de vidro, fitou o gramado coberto de neve que terminava às margens do Rio Hudson. Do lado oposto da água preguiçosa, o centro urbano denso da cidade de Caldwell era um padrão desigual de luzes verticais estáticas e de horizontais que se moviam.

– Sim – murmurou. – Ainda estou aqui.

– Prefere não decidir nada agora? Não há pressa.

– A não ser pelo inferno em que ele está. – Ehric parou e se lembrou de que machos não expressam fraqueza. Só que sua boca continuou se movendo mesmo assim. – Odeio a prisão em que ele está. Ele é a última pessoa que desejaria estar imóvel, aprisionado num corpo que não pode controlar. Você diz que ele não tem ondas cerebrais... mas e quanto à alma?

A curandeira suspirou com lamento.

– Não, você está certo. Ele tem sofrido, e a qualidade de vida dele é... bem pobre, no mínimo.

– Pensei que tivesse arranjado uma solução. Uma pena, mas sinto que não seja verdade.

– Que tipo de solução?

– Não importa mais. – Quando se calou, ele esperou que lhe surgisse mais alguma ideia. – Estamos no fim desta situação, não estamos?

– Você tem o tempo de que você e seu irmão precisarem.

– Caso eu estivesse naquela condição, eu não apreciaria indecisão.

– Ele não aparenta sentir dor.

– Tem certeza disso ou é apenas uma suposição? – Quando ela não respondeu de pronto, ele assentiu, mesmo sem ela conseguir vê-lo. – Então não tem certeza.

– Os exames de imagem dele nos levam a crer que...

– Chegou a hora. Basta disso tudo. Evale e eu sairemos agora e iremos ao seu encontro. Faremos o que precisa ser feito, e estaremos aí quando ele... – A voz se partiu, e ele pigarreou. – Não o desertaremos em seus últimos momentos.

– Entendo que isso tudo seja muito difícil para vocês... – a curandeira disse com pesar – ... e estou contente... Bem, não que qualquer um de vocês esteja nessa situação, mas que vocês entendam a gravidade dos fatos. Eu mesma tenho tido muita dificuldade com o caso dele.

De fato, a tristeza na voz dela foi algo que o confortou, pois sugeria que ele e o irmão não estavam sozinhos em meio ao sofrimento.

A fêmea prosseguiu:

– Enquanto vocês providenciam sua vinda para cá, eu deixarei tudo pronto...

– Espere. – Ele fechou os olhos. – O que... o que acontece no final?

– Nós lhe daremos morfina para garantir que ele não sinta desconforto. Depois farei com que o coração dele pare de bater.

– Ele não sentirá nada?

– Não.

– Tem certeza?

– Quanto a isso, tenho absoluta certeza.

Quando Ehric reabriu os olhos, viu que seu gêmeo havia entrado na sala atrás dele. No vidro, o reflexo de Evale estava imóvel como uma montanha, a luz da cozinha tornando seu corpo uma sombra indistinta.

– Partiremos agora – Ehric comunicou à curandeira. – E encontraremos o transporte assim que eles puderem nos buscar.

Vishous penetrou a garganta do beco com as armas erguidas e os instintos em alerta total. Seu corpo, infelizmente, estava lento e descoordenado, como se seu sangue tivesse se tornado cimento de borracha e os ossos estivessem lutando para sustentar seu peso. Mas, maldição, ele iria descobrir se havia mais sombras.

– Já viu alguma coisa parecida com isso antes? – Butch perguntou num tom baixo.

– Não.

– Ouviu algo...

– Não.

– Leu a respeito...

– O que você acha – V. estrepitou.

O policial praguejou.

– Sabe de uma coisa, vou dizer "sim" para essa última parte porque estou absolutamente assustado com a ideia de que você não tem a mínima noção do que aquilo era.

Respirando pelo nariz, V. captou um cheiro remanescente no ar e parou. Franziu o cenho. Virou para a direita.

– O que foi? – Butch exigiu saber.

Farejando tal qual um cão de caça, Vishous se aproximou da parede do beco.

– Perfume. Recente. E tem cheiro de vampiro debaixo dessa coisa. Havia alguém aqui.

Butch se inclinou e farejou a lateral do prédio como se a argamassa fosse feita de cocaína.

– Acqua di Parma. Coisa cara. Isso mesmo, era um macho que é um de nós. Talvez um membro da *glymera*? Mas o que estaria fazendo nesta parte da cidade?

– Nada de sangue, porém.

– Então aquela sombra não o pegou.

Vishous removeu a luva forrada de chumbo da mão amaldiçoada e ergueu a mão brilhante e letal. Desejando que se fizesse luz a partir do centro da palma, ele iluminou o beco inteiro até uma distância de quatro quarteirões.

Não havia ninguém ali. E a neve estava tão compacta e coberta de gelo que uma retirada não deixaria nenhuma pegada – embora, levando-se em consideração que fosse um vampiro, ele teria se desmaterializado de qualquer maneira.

A menos que a entidade pudesse consumir um mortal?

– Não gosto de nada disso – V. murmurou ao abaixar a mão e voltar a pôr a luva.

Quando o vento mudou de direção e passou a bater em seu rosto, ele inspecionou as diversas camadas de cheiros entremeados e complexos, um trabalho complicado pelo frio porque ele abafava a intensidade dos odores: havia a nojeira característica de uma cidade, ou seja, uma combinação de fezes humanas e podridão genérica... o cheiro típico de combustível e fumaça de escapamento... de um aquecedor elétrico em algum lugar...

Nada remotamente vampiresco ou de *redutor*.

Quem quer que tivesse sido, já fora embora.

– Já senti esse perfume antes. – Ele apontou com a cabeça para a parede. – Só não consigo lembrar onde... Não... espera. Eu acho...

Pegando o celular, enviou uma mensagem de texto. A resposta foi imediata, e a reação que ele queria quase tão rápida quanto: em menos de um minuto, dois imensos guerreiros apareceram. Aquele com o lábio leporino e a foice nas costas era Xcor, o líder do Bando de Bastardos, vinculado à Escolhida Layla. Ao seu lado, Zypher era tão imenso quanto, porém preferia armas a facas grandes.

O que era um pequeno ponto contra o macho. Mas, pensando bem, V. vinha fabricando adagas por alguns séculos, portanto se inclinava em favor do aço.

– Cumprimentos – Xcor disse. – Qual é a…

No mesmo instante, a cabeça do macho se virou na direção da parede do beco. Em seguida, ele se aproximou.

– Throe – grunhiu ao inspirar.

Capítulo 11

Seis paradas.

Sola e a avó fizeram seis paradas no trajeto de mais de dois mil quilômetros rumo ao norte no sistema rodoviário, através da infindável, longa e estreita Flórida, passando pela Geórgia e as Carolinas e finalmente quase até Maryland, Pensilvânia e Nova Jersey.

A ideia de que poderia ter vindo até o código postal de Caldwell até as dez da manhã fora uma loucura. Ainda mais considerando que, depois de umas treze horas dirigindo, ela teve que sair de trás do volante e descansar por umas seis horas em LaQuinta. Mas, depois, vieram direto após o seu descanso e, cara, ela lançou um agradecimento a Jesus, em triunfo, quando finalmente atravessavam o estado de Nova York. Pense numa comemoração prematura. Àquela altura, ainda haveria horas de viagem, e quando conseguisse vencer o trânsito de Manhattan para ressurgir do outro lado, ela teria chegado à parte sofrida de qualquer viagem longa.

Aquilo Nunca Chegaria ao Fim.

No entanto, como a regra do começo, meio e fim era aplicável a tudo, incluindo a viagem, as placas indicando Caldwell começaram a aparecer, como as luzes de um avião de resgate para alguém perdido ao estilo Tom Hanks, ou seja, por um tempo enorme.

– Chegamos – sua avó disse quando a Northway fez uma curva e a ponte da cidade sobre o Rio Hudson surgiu como a Terra Prometida.

Ou, pelo menos, a terra "da menor probabilidade para se ter uma trombose nas pernas porque você finalmente pode sair do carro".

– Sim, chegamos.

No entanto, houve apenas um instante de alívio, aquele bálsamo para sua dor no pescoço e para os ombros enrijecidos. O alívio imediatamente foi substituído por um "Ai, meu Deus". Ela não fazia a mínima ideia do que aconteceria quando chegassem à casa de Assail. Primeiro porque não estavam à sua espera. Os primos dele foram embora sem que ela tivesse meios de entrar em contato. E também havia a questão da desconhecida condição de Assail e o choque de vê-lo depois de um ano.

Por que não pensara em pegar um número de telefone com Ehric? Pensando bem, ela não antecipara essa reviravolta nos acontecimentos, certo?

Enquanto as conduzia por cima da ponte rumo à região mais tranquila de Caldwell, ela olhou para a esquerda, à procura da casa de vidro de Assail em sua península. Ela não enxergava nada além de minúsculos aglomerados de luzes às margens, e Deus bem sabia que a casa grande dele ficava iluminada como o Centro Espacial Kennedy da NASA à noite.

Talvez ele estivesse no hospital? Ela não fazia ideia de onde ele estava sendo tratado.

Depois que desceram a ponte, ela pegou a primeira saída e depois o desvio, dado que a estrada da península era uma bifurcação a partir de uma curva que estreitava bastante o caminho. Por fim, passou por aquele chalé de caça, que era a última construção antes da mansão de Assail.

Agora seu coração começava a bater com força ante a bela e transparente casa que aparentava ser um ninho de passarinho, de um tentilhão Swarovski.

Sim, estava tudo escuro no interior, o que não lhe transmitiu muita confiança. No entanto, quando deu a volta para a garagem no fundo da casa, viu que havia luzes na cozinha e alguém parado junto à pia.

– Fique aqui – ordenou à avó enquanto parava o carro e verificava a arma.

Nove em dez vezes ela obedecia à senhora. Ok, nove e nove décimos a cada dez vezes. Mas, quanto se tratava de segurança física, ela sempre estaria encarregada, e sua avó reconhecia essas ocasiões.

– Tranque o carro – Sola disse ao sair do carro e fechar a porta.

Esperou até ouvir o som que garantia que o carro estava seguro. Em seguida, locomoveu-se até a entrada de trás da mansão, com os tênis de corrida guinchando sobre a neve, a respiração expelida em nuvens brancas, as narinas zunindo e os ouvidos tinindo.

Ah, janeiro no norte do estado de Nova York... Era o mesmo que estar no Círculo Ártico.

Ainda mais quando você está morando em Miami.

Antes que ela conseguisse bater ou se anunciar de alguma maneira, a porta de trás se abriu e ela arquejou. O homem de cabelos escuros parado diante dela tinha a metade do tamanho de Assail, com braços e pernas de alguém à beira da morte por inanição. Ou apenas moribundo.

– Assail... – ela sussurrou.

– Posso ajudá-la? – uma voz que ela não reconhecia perguntou.

O que... Espere. Certo, não, aquele não era Assail – o que era um alívio.

– Eu sou... sou uma amiga de Assail. Esta ainda é a casa dele, certo?

– Sim.

Quando não houve mais nenhuma informação, ela pigarreou.

– Posso vê-lo?

– Ele não está.

– Onde ele está?

– Quem é você mesmo?

Sola relanceou para o carro sujo de estrada e viu a avó sentada lá, aninhada no banco do passageiro, com a bolsa grudada ao colo. Trinta e seis horas. Sola havia conduzido aquela pobre senhora por trinta e seis horas num carro cujos amortecedores pareciam os de uma caixa de papelão, e cujo aquecedor rescendia a curto-circuito se o veículo estivesse a uma velocidade superior a 95 km/h.

Tudo isso para ouvir: *Quem é você mesmo?*

Ehric e Evale tinham ido à sua procura, certo? Ela e a avó não poderiam ter tido um sonho bizarro idêntico.

– Se Assail não está aqui, os primos dele estão disponíveis? – perguntou com uma voz mais estridente.

– Acabaram de sair.

– Pode se comunicar com eles?

O homem balançou a cabeça e recuou um passo, como se estivesse pouco à vontade em manter a porta aberta e não só por estar deixando o frio entrar na casa.

– Não. Eles estão… cuidando de assuntos particulares. Por favor, volte outra hora.

Ela parou a porta pesada com a mão e encarou fixamente o homem nos olhos.

– Pegue o telefone, agora mesmo, e diga a Ehric que estou aqui. E depois eu vou ajudar a minha avó a sair do carro e a acompanharei até aqui. Ela tem mais do que uns bons oitenta anos, e estamos na estrada há um dia e meio, e ela não vai ficar naquele maldito carro nem mais um minuto. Entendeu bem?

E caso ele não tivesse entendido? Ela apontaria a arma para ele. Estava farta de joguinhos e não aguentava mais ser educada.

Não que ela e Emily Post um dia já tivessem sido melhores amigas.

CAPÍTULO 12

Cinco minutos. Talvez menos.

Em cinco minutos, Sola e a avó estavam dentro da casa, usando o toalete e esticando as pernas depois do longo trajeto. E dois minutos depois disso? Ehric e Evale entraram pela porta dos fundos como se lançados por um canhão.

Os dois homens pararam no mesmo instante em que a viram, como se estivessem surpresos por ela ter aceitado seu pedido.

– Você veio – Ehric disse num tom estranhamente neutro.

– Sim. – Ela relanceou para o gêmeo dele. – Onde está Assail?

Ehric se curvou tanto que quase beijou as botas de combate.

– Vou levá-la até ele.

– Para qual hospital? Eu mesma vou dirigindo. – Relanceou para a avó. – Vovó, vamos...

– Vou ficar aqui. – A senhora despiu o casaco. – Traga as compras do porta-malas. Ele vai comprar mais coisas.

Quando apontou para Evale, o homem assumiu um zelo messiânico, e Sola ponderou se deveria insistir. Mas os primos de Assail nunca foram outra coisa que não respeitosos e, além disso, não lhe pareceu justo arrastar a avó até um hospital e pedir que a mulher ficasse esperando lá enquanto ela tentava inspirar um moribundo. Isso poderia levar horas.

Evale se pronunciou:

– Ela ficará segura aqui. Markcus e eu a protegeremos.

Se Markcus era o cara magro ali no canto, ficava difícil de acreditar que ele ajudaria num combate. Mas, pensando bem, será mesmo que Evale precisaria de ajuda? Somando-se tudo, ele tinha mais armas sob as roupas folgadas do que dedos nas mãos e nos pés.

– Ok – disse para Ehric. – Vamos.

O homem assentiu, e enquanto ele ia para a saleta onde ficavam os casacos, anexa à garagem, Sola relanceou para a avó, dando à senhora uma última chance de mudar de ideia. Quando a avó simplesmente foi até a geladeira para ver o que havia de suprimentos, Sola seguiu os passos de Ehric.

Quando passou pelo gêmeo dele, disse num tom baixo:

– Ela é mais velha do que acredita ser.

Evale segurou-a pelo braço, detendo-a. Olhos da cor de diamantes azuis cravaram nela como estacas no seu crânio.

– Você cuida do meu parente, eu cuido do seu.

O peito de Sola se contraiu e, nesse instante de conexão, ela percebeu o quanto estava sozinha no mundo. Nunca sentira como se tivesse ajuda para manter a si própria e à avó seguras e vivas – porque não confiava em ninguém, por motivos de necessidade. No entanto, esse assassino diante dela? Ele lhe ofereceu exatamente o tipo de promessa que os tornava quase... uma mesma família.

– Obrigada – agradeceu rouca.

Ele soltou a pegada forte e se curvou. Em seguida, ela voltou a andar em pernas trêmulas.

Na garagem, havia um Range Rover com vidros escuros que ela conhecia muito bem. Fora o SUV que ela usara após o sequestro, e vê-lo a levou de volta àquela noite terrível.

– Qual é o hospital? – ela perguntou ao se dirigir para o lado do passageiro.

– Você já esteve lá. Foi para lá que a levamos.

– Ah, entendi – concordou, apesar de ter poucas lembranças do lugar. O estado de choque faz isso com uma garota. – Fica muito longe da cidade?

– Não muito. Mas antes temos que pegar alguém.

Quando entrou, tateou a arma.

– Eu os conheço?

– Não se preocupe. – Ehric relanceou para ela do banco do motorista. – Não deixarei que nenhum mal lhe aconteça.

Na verdade, isso é tarefa minha, ela pensou. *Mas obrigada.*

Dez minutos mais tarde, eles entraram num centro comercial e o contornaram até os fundos, e um homem saiu de trás de uma montanha de neve que fora tirada da área do estacionamento. Ele era loiro e... Uau, muito bonito mesmo. Um segundo... Ela o reconhecia da vez anterior.

Conforme o cara se aproximava, Ehric a fitou.

– Por favor, tire a mão da arma. Se ele não nos acompanhar, não teremos permissão para entrar. Se ele pressentir algum tipo de agressividade, as coisas podem ficar... complicadas.

Sola deixou a mão à mostra, mas manteve as palmas sobre as coxas.

– Quem são essas pessoas?

– Amigos.

Entenda isso como farinha do mesmo saco, ela pensou quando mediu de novo o tamanho enorme do loiro. P.S., por que ela não podia andar com pessoas normais que tinham empregos normais?

O homem abriu a porta, se torceu como um pretzel para entrar, e preencheu todo o banco de trás enquanto estalava as juntas.

– E aí, pessoal, beleza? Oi, Sola, acho que você não se lembra de mim. Você não estava muito bem da última vez em que a vi. Meu nome é Rhage, e eu serei o peso morto neste trajeto. Por favor, mantenham todas as bandejas em seus lugares e os xingamentos a um nível mínimo. No caso de eu sentir enjoo aqui atrás, vou pedir para passar para o banco da frente, tanto faz se no banco do motorista ou no do carona. E, se a dama não se importar em me entregar suas armas, podemos seguir em frente.

Quando Sola se virou para trás para olhar para ele, Rhage lhe lançou um sorriso radiante, e os olhos azuis cintilantes eram tão maravilhosos que ela ficou momentaneamente estática por conta da sua cor. Era quase como se eles fossem iluminados por trás, de alguma maneira. Mas ela não se deixava enganar, desconsiderando o charme e a bela fachada, se ela não lhe entregasse todos os seus metais, ele logo deixaria aquele comportamento relaxado de lado tal qual um tecido camuflado sendo retirado de cima de artilharia antiaérea.

– Eu me sentiria melhor se mantiver minha arma – ela murmurou.

– Tenho certeza de que sim. Mas, nesse caso, você não irá até as minhas instalações. Então, que escolha você tem? E a propósito, se ao chegarmos lá eu a revistar, coisa que farei, e encontrar alguma coisa que deveria ter me entregado? Teremos problemas, nós três... Problemas de difícil solução amigável. Fui claro o bastante?

Sorriu de novo. E esperou, como se não desse a mínima para qual decisão ela tomaria. A escolha dela determinaria a reação de Rhage, e ele não se considerava responsável se o resultado fosse: A) "Amigável" ou B) "Um chute no traseiro".

Ehric mudou de posição do banco e começou a lhe entregar suas armas.

– Isso não se aplica só a você – explicou. – E eu confio neles.

Sola observou a apresentação, cobiçando o par de 40 mm do homem. Assim como o canivete e... aquelas seriam estrelas *shuriken*? E uma...

– Com licença – ela disse –, mas isso é uma granada?

Ehric olhou para a bomba compacta em sua palma.

– É, sim. Isso mesmo.

Enquanto a granada era passada para trás, como se não passasse de uma bala do tipo Halls-Mentho-Lyptus sendo dividida entre dois caras resfriados, ela compreendeu que se tratava de uma daquelas situações de "junte-se a eles se não pode contra eles".

– Eu não quero mesmo fazer isso – ela resmungou enquanto puxava sua 9 mm e a entregava. – De verdade... Mesmo.

Eeeeee uns vinte minutos mais tarde, eles estavam longe da cidade e da periferia, trafegando numa estrada de duas pistas através da floresta de sempre-vivas, ultrapassando placas com cervos saltitantes e sem avistar praticamente nenhum carro nas proximidades.

– Ei, ei! Aumenta o som!

O homem batizado em homenagem à principal emoção do Hulk esticou o braço entre os assentos e apertou o botão do volume bem quando eles desaceleraram e chacoalharam no asfalto ao passarem por duas raízes afundadas na neve e na vegetação rasteira.

– ... minha magnitude pode constranger, você tá chocada, eu sei...

Sola se virou rápido para trás, e o cara concluiu com isso que tinha uma plateia, então começou a contrair os bíceps enquanto cantava para ela, cada uma das palavras na entonação certa, como se tivesse feito isso um milhão de vezes antes.

– ... é adorável! Os humanos nunca vão te surpreender...

Eles começaram a sacolejar para cima e para baixo no terreno, a música num crescendo enquanto o loiro grandão cantava com vontade:

– ... vou te dizer então, de naaaaadaaaaaa!

Sola piscou e desviou o olhar para Ehric, que balançava a cabeça no ritmo da canção como um pai de família dando carona para um bando de crianças num Odyssey. Enquanto seu cérebro tentava conciliar os extremos *Deadpool*-Disney, ficou impossível não se perguntar por que ela vivia caindo em situações sem sentido – ainda que, pelo menos, esse filme tivesse uma trilha sonora que ela conseguia suportar. Se fosse *Frozen*? Ela teria que se matar.

Rhage cutucou o ombro dela como se quisesse sua atenção novamente.

– Minha filha ama *Moana*. Nós assistimos toda hor... O que tem dois polegares e puxou o céu?

Quando ele chegou à parte do "este cara", a jaqueta de couro dele se abriu e ela notou um par de adagas iguais presas ao peito enorme, posicionadas com os cabos para baixo. Ele fizera as armas deles desaparecerem em algum lugar, e só Deus sabia o que mais ele guardava debaixo d...

Quando Ehric parou o carro, ela olhou para fora do para-brisa e estranhou ver um portão de fazenda decrépito que mal conseguia fazer seu trabalho de impedir qualquer um de avançar. Evidentemente, eles simplesmente derrubariam aquilo ali para...

Os dois lados do portão velho se abriram e deram passagem aos visitantes, sua debilidade aparente evidentemente era apenas uma ilusão. Conforme progrediram, logo apareceu outro... e mais um... e outros ainda. A cada barreira sucessiva, a fortificação ficava mais moderna e mais forte e o artifício de "isto não é nada de especial" logo se desfez. *Quantas câmeras de segurança haveria escondidas naquelas árvores?*, ela se perguntou, quando a velocidade diminuiu ante uma barreira de seis metros de altura que parecia capaz de conter um velocirraptor.

– Vocês são do governo ou algo assim? – ela perguntou.

O cara no banco de trás agora estava ocupado cantando "Can't Stop The Feeling", por isso não respondeu, mas provavelmente não teria respondido mesmo que a música fosse apenas um som ambiente.

Mas, estranho... Havia algo errado naquela paisagem, tudo estava borrado, os pinheiros eram apenas borrões verticais e o chão era uma imagem indistinta de moitas despidas ou de rochas e troncos caídos. Seria neblina? Mas como isso estaria acontecendo em pleno inverno?

Puxando a manga da blusa, esfregou a janela, mas não havia nenhuma condensação na superfície do vidro. E se inclinar para a frente também de nada serviu. Deus, aquilo era tão espesso que os faróis não iluminavam mais do que três metros à frente. Além disso, era impossível distinguir alguma coisa...

Puxa vida.

O último portão era imenso, uma instalação digna dos militares, com placas de concreto, lanças de ferro e arame farpado. E, assim que passaram por ele, tudo ao redor do SUV voltou a ficar claro, a descida até um túnel subterrâneo suave como um asfalto de uma rodovia profissionalmente instalada e bem mantida. No fim dele, surgiu um estacionamento de vários pisos, e Ehric os levou até uma porta de aço reforçado.

Sim, foi para lá que Assail a levara depois do sequestro. Ela fora tratada ali.

– Chegamos – Ehric anunciou ao frear.

Antes que Sola conseguisse se desvencilhar dos eventos do ano anterior, a entrada para a instalação foi aberta e uma loira num jaleco de médico mantinha o peso para segurar as portas abertas.

Sola reconheceu a médica de imediato, e foi então que os tremores começaram. Qual era mesmo o nome dela... Jo? Jules?

Com a mão trêmula, Sola abriu a porta do veículo.

– Olá, doutora.

A mulher sorriu.

– Olá! Você me parece bem.

Jane, ela se lembrou. Eles a chamavam de doutora Jane.

– Obrigada. – Sola se aproximou e sentiu um impulso absurdo de abraçar a mulher como se fossem amigas. O que não eram. – Eu me sinto bem.

Mentirosa. Enquanto o período passado na clínica lhe voltava à memória, ela sentia sua Fiona Apple interior surgir, e todo tipo de emoção profunda envolveu sua consciência de maneiras das quais ela não gostava nem um pouco. Lembrou-se de ter chegado ali sangrando, machucada e com um ferimento à bala, com Assail ao seu lado. Fora examinada por essa médica, avaliada e suturada. Por quanto tempo permanecera ali? Não conseguia se lembrar.

Todos tinham sido tão agradáveis e profissionais, e tudo o que ela quis era não os ver nunca mais.

A doutora Jane cumprimentou os homens com um acenar de cabeça e depois se dirigiu a Sola.

– Então, Ehric me disse que veio ver Assail?

– Isso. – Ela pigarreou. – Não sei como poderei ajudar, mas... sim, é por isso que vim vê-lo. Isso.

Daria pra gaguejar mais?

A médica apoiou uma mão no braço de Sola.

– Estou feliz que tenha vindo. Vamos lá vê-lo.

Quando Sola entrou no corredor mais largo do que o túnel de um trem, a doutora Jane perguntou:

– Me diga uma coisa, o quanto você sabe sobre o estado dele?

– Sei que está morrendo.

Ehric se aproximou delas.

– Temos esperanças de que ela o inspire.

– Milagres por certo podem acontecer – comentou a médica. – E eu estou aberta a qualquer coisa, a esta altura.

Depois que o loiro aficionado por trilhas sonoras da Disney entrou, eles foram em frente como um grupo, os passos de todos ecoando no piso de concreto. Os homens trocaram algumas palavras, a médica respondeu, e Sola não ouviu nada. Estava ocupada demais olhando ao redor, tentando se situar e rezando para conseguir se controlar quando visse Assail.

Ele devia estar muito mal.

Passaram por muitas portas fechadas, nenhuma das quais era sinalizada. A certa altura, ela podia jurar ter sentido cheiro de pipoca, como se houvesse alguma cafeteria ou sala de descanso nas imediações, mas, em seguida, a médica parou.

– Quero que esteja preparada. – A mulher lhe sorriu com gentileza. – Ele saberá que você está aqui, eu prometo. Apenas converse com ele normalmente, ele a ouvirá...

– Espere, ele não está desperto? – Sola perguntou.

A doutora Jane olhou para Ehric.

– Não. Ele está inconsciente.

– Oh.

– Está pronta?

Sola encarou a porta diante da qual estava parada. Era uma porta bem comum, com o painel liso de metal pintado num suave tom cinza; no entanto, suas emoções confusas a transformaram num obstáculo de quilômetros de comprimento.

Faça isso, ordenou-se. *Siga em frente. Você dirigiu um dia e meio sem parar para chegar aqui.*

– Isso é mais difícil do que pensei – ela se ouvir dizer.

– Quer mais um tempo?

O que isso mudaria?

– Não. Estou pronta.

A doutora Jane abriu a porta devagar e, a princípio, o que jazia à frente naquele quarto pequeno e vazio não fez sentido. O leito hospitalar era esperado, assim como os sons dos equipamentos, mas o que ela viu debaixo das cobertas não...

– Assail – ela disse com voz entrecortada.

Cambaleando para a frente, ela voltou a se equilibrar antes de cair e, depois, simplesmente ficou ali, sem conseguir se mover.

Se não tivessem lhe dito que era ele, ela não teria reconhecido... nenhum indício... de que era Assail o paciente ali deitado, calvo e encolhido, naquela cama. A pele estava branca como a neve, as faces, encovadas, os lábios rachados entreabertos enquanto ele mal respirava...

Quando Sola percebeu uma pressão nos lábios, notou que sua palma tinha ido até o rosto para refrear a reação.

Ficou pensando em como aquilo podia ter acontecido. Como ele foi de um homem forte e saudável até... *aquilo*?

Mas, pensando bem, câncer era uma desgraça.

– Converse com ele – a doutora Jane a incitou baixo antes de erguer a voz. – Olá, Assail. Você tem visita.

Como se ele tivesse cem anos de idade e estivesse numa casa de repouso.

Sola baixou a mão e tentou encontrar alguma coisa, qualquer coisa, para dizer.

– Ainda é ele ali – a doutora Jane sussurrou. – O corpo físico pode parecer diferente, mas a alma dele permanece a mesma.

– Ai, meu Deus... O que devo dizer?

– Se você estivesse deitada aí, o que gostaria de ouvir?

Eu te amo. Você não está sozinho. Não vou te deixar. Enquanto seu coração batia forte e o estômago embrulhava, essas três frases simples ficaram repassando em sua mente. *Eu te amo...*

No passado, enquanto ele estava saudável e ela bem decidida, quando o tempo lhe parecia um rio sem começo nem fim, fora tão importante guardar essas palavras para si. Agora? A morte iminente apagava toda a autodefesa e aquela ilusão de escolha e livre-arbítrio, dando-lhe a coragem que lhe faltara.

Obrigando-se a dar a volta ao redor dele, esticou o braço para pegar a mão...

Franzindo o cenho, olhou para baixo.

– Por que ele está amarrado?

– Foi para a segurança dele e a nossa...

Sem aviso, as pálpebras de Assail se ergueram e ele olhou para ela – e Sola arquejou. Os olhos prateados estavam tão dilatados que não havia cor ao redor das pupilas, e a esclera estava vermelha, como se o crânio dele estivesse repleto de sangue e tivesse afogado todo o branco.

Enquanto ele encarava através da dor do seu sofrimento, Assail começou a arfar, o peito magro subindo e descendo enquanto os braços subiram, forçando as amarras que o mantinham preso.

Sola pegou a mão dele e apertou os dedos frios.

– Assail? Senti saudade.

A boca dele se moveu como se ele quisesse falar, mas nada saiu. Em vez disso, a resposta dele foi uma única lágrima cristalina que se formou no canto do olho... e caiu silenciosamente no travesseiro.

– Assail – ela implorou. – Consegue ficar comigo? Não vá agora. Fique aqui comigo por um pouco mais de tempo?

Sola não fazia ideia se ele conseguia enxergar com aqueles olhos, mas a médica estava certa. Assail sabia que era ela. Ele sabia, com a mais absoluta certeza, que ela estava ali.

Capítulo 13

– Você está ferido, cara.

Em vez de responder à codependência de Butch, V. se inclinou entre os dois bancos da frente do Hummer.

– E aí, Q., esta merda não anda mais rápido?

Qhuinn lançou um olhar bravo por cima do ombro.

– Estamos a 110 km/h numa pista com velocidade máxima de 70. E acabei de passar por dois faróis vermelhos. Isto aqui não é a *Millenium Falcon*. O que mais você quer?

– Corta pelo parque aqui. Passa por cima da sarjeta e vai arrastando a neve…

– Da próxima vez você dirige. Até lá, vê se cala a boca.

Recostando-se no seu banco, V. cruzou os braços diante do peito e se recusou a enfrentar o olhar firme e irritante do tira – que cortava como laser ao longo do banco de trás. Em vez disso, olhou para as lojas chiques na frente das quais eles passeavam. Quando o braço ardeu, ele reposicionou a maldita coisa, e depois teve que mudá-la de novo.

Tudo bem, o tira até podia ter razão, mas V. não iria ver o que estava acontecendo com seu bíceps, com certeza não.

Pelo menos não diante de testemunhas. Além disso, não havia sangue – e a manga da jaqueta de couro nem estava rasgada. Então, o que poderia haver de errado ali embaixo?

Quando seu celular tocou, ele leu a mensagem e escondeu uma careta quando seu braço berrou uma de novo.

– Wrath está pronto para nós.

– Todos vão estar lá? – Blay perguntou do banco do carona.

– Sim, até os Bastardos. – V. guardou o celular. – Então, vovó, dá pra ir mais rápido?

Qhuinn expôs as presas pelo espelho retrovisor.

– Põe logo um adesivo, babaca, se não consegue ficar sem nicotina.

Quando Qhuinn sintonizou em Guns N' Roses, V. quis dar um murro com força no irmão, mas era complicado discutir contra a lógica. Ele, na verdade, estava puto porque estava morrendo de vontade de fumar, e, a propósito, mal podia esperar até Qhuinn superar a sua fase rock. Que tal um pouco de Bryson Tiller, pelo amor de Deus.

Butch o cutucou com o cotovelo bem no machucado, obrigando-o a esconder um gemido.

– Pega um – o tira disse.

Quando a visão de V. se voltou para ele, apanhou o que quer que o tira estivesse oferecendo. Como que é? Chiclete de nicotina?

– Quando foi que você começou com isso? – V. perguntou ao tirar um pedaço do chiclete do seu casulo de plástico.

– Um mês atrás, mais ou menos. Não vou fumar na frente da Marissa, é nojento demais. Mas, sabe, é difícil superar velhos hábitos, e nos últimos tempos tenho passado por muito estresse.

V. colocou um quadradinho na boca e botou os molares pra trabalhar. O gosto não era ruim, mas também não era nada parecido com o de um Trident. O que importava era que, depois de alguns minutos, ele sentiu que precisava cada vez menos usar o motorista como alvo para prática de tiros, certo? Claro que ele poderia ter se desmaterializado até a Casa de Audiências, mas Butch, sendo mestiço, não podia bancar o fantasma, e V. nunca achou certo desertar o cara durante os transportes.

– Tem mais disso? – perguntou.

– Claro. Pega outro, se quiser.

Quando Butch jogou a cartela inteira, V. tirou cada um deles e os colocou na boca.

– Depois te compro outro – ele disse ao redor da bola de basquete que tinha agora na boca.

Quando Butch não respondeu, ele relanceou para o seu colega de quarto. O cara o encarava completamente atordoado.

– O que foi.

Butch balançou a cabeça bem devagar.

– Você está prestes a decolar pra fora da órbita terrestre, amigo. Nisso tudo tem nicotina suficiente pra abater um elefante.

– Vou ficar bem – ele murmurou enquanto eles viravam numa rua repleta de mansões.

Qhuinn foi até a entrada para carros e deu a volta até chegar à garagem de dois andares. Quando V. saiu, olhou para todas aquelas janelas do segundo andar e se lembrou de ter abatido os três humanos que tentaram matar Ruhn ali. Saxton, o advogado do Rei, tinha conseguido uma *ahvenge* mais do que adequada para seu amor, um fato surpreendente. Advogados tendiam a ser melhores com uma caneta num papel do que com uma adaga ao longo de um pescoço, mas motivação era a chave para tudo – e, graças a Saxton, aqueles humanos não desceram para o café da manhã, como o tira gostava de dizer.

V. gostara do seu trabalho naquela noite, de verdade.

Aproximando-se da porta de trás da mansão, ele tomou a frente e segurou a porta aberta para o tira, Qhuinn e Blay, depois os quatro atravessaram a cozinha e foram para a frente da casa grandiosa. Exceto pelos *doggens* que aspiravam no andar de cima, o lugar estava vazio por ordem do Rei, os horários dos civis foram reagendados e a recepcionista, dispensada.

Para o assunto a ser discutido não poderia haver testemunhas.

Bem quando chegaram ao vestíbulo, V. se separou do grupo e se encaminhou para o lavabo que os machos usavam, trancando-se antes de tirar a jaqueta para ver como estava o braço...

Puta... merda.

Não havia motivo para se aproximar do espelho para dar uma espiada melhor. O ferimento no formato de cobra ia do alto do ombro esquerdo até abaixo do cotovelo, e tinha a coloração de uma placa neon de um bar, um vermelho reluzente em contraste com a sua pele morena.

Naturalmente, seu primeiro impulso foi o de tocar e... ai. No entanto, não havia sangue, e a pele não estava cortada, estava mais para chamuscada – como se ele tivesse levado uma chibatada de uma correia quente e o golpe tivesse gerado uma queimadura de terceiro grau.

Jane deveria dar uma olhada no...

Não, ele se corrigiu. Isso não era uma opção. Além do mais, ele tinha treinamento e poderia cuidar de si mesmo.

Abrindo a torneira, pegou uma toalha de mão e limpou o ferimento com sabonete e água quente. Quando terminou, vestiu a jaqueta e verificou a manga de novo. O couro estava verdadeiramente intacto. Muito estranho.

Pensou na interação com a sombra, relembrando a sua aproximação, a briga, o extermínio. Era muito ruim ele não saber o que era aquilo, mas havia algo muito pior do que o desconhecido.

Muito, muito pior.

Saindo do banheiro, seguiu o caminho das conversas ao entrar na sala de jantar e escolheu um lugar fora do caminho por dois motivos: não, ele não queria falar sobre o ataque até todos estarem ali – falaria daquilo uma única vez. Mais do que isso, *não*, ele não queria explicar para ninguém mais que tivesse notado por que ele e Jane não andavam mais de mãos dadas onde quer que estivessem juntos. E NÃO, ele não queria nenhum comentário sobre o volume saltado na sua bochecha.

Por isso, foi para um canto e ficou na sua.

A sala de jantar era o estilo típico de Darius: elegante, velha guarda, cheia de classe. Também estava essencialmente vazia agora. A mesa feita à mão, que fora tão comprida quanto uma pista de boliche e tão brilhante quanto um espelho, tinha sido retirada junto às dúzias de cadeiras e as duas mesas auxiliares do tamanho de SUVs. As únicas coisas que restavam do aspecto antigo da casa eram o tapete, imenso como um gramado, e o candelabro, que pendia como uma galáxia no centro daquele espaço.

Havia duas poltronas dispostas, uma diante da outra na frente da lareira de mármore, e a escrivaninha do advogado do Rei estava mais afastada à esquerda. Todas as noites, cidadãos civis iam e vinham, demorando-se o quanto precisavam com seu líder, buscando bênçãos para seus casamentos e filhos, juízos em disputas e orientações em questões, tanto as importantes quanto as menores. Eram os Modos Antigos num mundo moderno, quando Wrath assumira a posição do pai depois de tantas eras sem nenhum contato com aqueles a quem governava.

E isso significava que a Irmandade e seus guerreiros afiliados tinham retomado as funções de guarda privada do Rei. Ainda que a vasta maioria dos machos e das fêmeas vistos ali fossem cidadãos cumpridores da lei, ninguém se arriscava com a vida de Wrath. Dois dos irmãos estavam sempre ao lado dele, como todos os outros prontos para chegarem assim que chamados.

Quando se consideravam tanto os turnos necessários para propiciar uma noite de folga aos irmãos como o fato de o centro de treinamento precisar ser gerenciado e também a necessidade de indivíduos para fazer a segurança dali? Mesmo com o acréscimo do Bando de Bastardos, eles tinham pouco pessoal – ainda mais que, segundo a lei, os Bastardos não podiam ficar a cargo da segurança de Wrath, e não estavam acostumados ao programa de treinamento, e os *trainees* eram inexperientes demais para serem úteis. E os machucados?

V. pensou naquela sombra solta nas ruas e sentiu um desconforto tão pouco característico dele quanto uma vontade repentina de assar pão. Ou pintar aquarelas. Ou fazer crochê.

Precisamos de mais lutadores, ele concluiu. Xhex e Payne teriam que subir a bordo.

Enquanto vasculhava a mente à procura de mais pessoas que poderiam chamar para aquele serviço, Abalone, Primeiro Conselheiro do Rei, chegou, assim como Saxton. E se fez o silêncio, o calor debaixo da fervura das conversas diminuindo.

Quando Wrath entrou com George, seu cão guia, a presença imponente do Rei era o tipo de circunstância que muda a energia de um ambiente de uma maneira tão certa quanto uma tempestade elétrica. Mas ele não estava sozinho.

Ah... que maravilha, V. pensou. A noite melhorava a cada instante.

Lassiter, o anjo caído, o macho de sangue prateado, que tinha fetiche pelo sol e gosto horrível para roupas e televisão, era uma sombra severa do seu típico estado idiótico, os cabelos negros e loiros estavam trançados ao longo das costas. O ouro no pescoço e nos pulsos era a única coisa que brilhava nele.

Cacete. Era como se ele tivesse acabado de receber a notícia de que o reality show *The Real Housewives of New Jersey* havia sido cancelado.

Wrath e George prosseguiram até a poltrona à direita da lareira acesa. Quando o Rei se sentou, o golden retriever se enrolou numa bola junto aos coturnos, enfiando o focinho no rabo comprido.

– Então. – Wrath se virou na direção de V. – Fiquei sabendo que vocês conheceram um amigo novo hoje.

Enquanto todos olharam para ele, V. foi cruzar os braços diante do peito, mas desistiu por conta do machucado.

– Não sou eu quem precisa dizer alguma coisa aqui.

– Você passando o microfone? – Wrath murmurou. – Isso não é comum.

– Posso falar sobre os detalhes do ataque – ele disse. – Mas eles não são o problema. A questão é... isso não é coisa de Ômega, certo. Não é da Sociedade Redutora. – Ele se concentrou em Lassiter. – Se fosse assim, você não estaria com essa cara, estaria?

No centro de treinamento, Jane custava a acreditar que Assail estivesse consciente. Entretanto, os olhos dele pareciam focados em Sola, e ele parecia estar ouvindo a mulher, mas e os exames de imagem dele? Jane procurava indícios de que aquilo fosse um reflexo.

Quanto mais ele permanecia "acordado" e mais acompanhava as mudanças de posição da cabeça de Sola enquanto ela lhe falava, mais provas sugeriam que um milagre de fato acontecera – por isso Jane se afastou do leito. Não foi muito longe, no entanto. Os acessos violentos podiam aparecer sem sobreaviso, uma lição aprendida a duras penas, por isso, dada a mudança imprevista e ainda não avaliada do seu estado neurológico, ela preferia não se arriscar. Só Deus sabia do que Assail era capaz.

Contudo, ele definitivamente parecia compreender quem estava ali. Os olhos estavam fixos em Sola, cuja mera presença suscitara o que toda a medicina não fora capaz de fazer. Ela o trouxera de volta – por quanto tempo?

Jane relanceou para Ehric por sobre o ombro, que pairava junto à porta. Pelo visto, o ciborgue não era tão impassível assim: um brilho de lágrimas reluzia nos olhos dele, um rubor de emoção coloria o rosto de vermelho. Ele tinha razão em trazer aquela mulher até ali.

Ele tinha feito a coisa certa.

Sim, ela pensou ao se virar novamente na direção do casal. Aquele era um milagre que o amor podia provocar, a alma se estendendo para fora de um corpo alquebrado para se conectar, talvez pela última vez, com sua outra metade.

Já tive isso, ela pensou com um nó na garganta. *Eu vivi essa conexão... Tive essa bênção no meio do peito me aquecendo.*

Quando uma tristeza a envolveu certeira como a sombra da morte, ela ordenou a si mesma que retornasse à raiva que vinha mantendo em banho-maria desde que havia visto Vishous no terraço da sua cobertura.

Indignação justificada era onde precisava se manter. Aquela tristeza era perigosa.

Um arquejo vindo do leito chamou sua atenção...

Bem quando ela desviou o olhar para lá, Assail virou a cabeça para trás no travesseiro, começou a sofrer convulsões, os braços repuxando as amarras, as pernas chutando o que o prendia por baixo do lençol.

– Para trás – Jane ordenou a Sola.

Enquanto a outra mulher abria caminho, Jane apertou o botão de emergência e apanhou um mordedor, forçando-o entre os dentes de Assail. A medicação antiepilética estava bem ao lado da cama, a ampola já preparada com benzoadizepina, e ela a apanhou, injetando o remédio direto no acesso intravenoso.

– O que temos aqui? – Manny perguntou ao entrar apressado.

– Acabei de administrar lorazepam. – A doutora Jane verificou os batimentos cardíacos no monitor. – Deve começar a fazer efeito...

O alarme da pressão sanguínea disparou, indicando uma queda crítica.

– Todos para fora do quarto! – Jane exclamou.

Ehric não teve que ouvir isso duas vezes, mas Sola balançou a cabeça e se encostou na parede.

– Não vou sair. Não me obrigue a isso.

Jane imprecou, mas não discutiu. Tinha outras coisas com que se preocupar.

– Maldição, ele ainda tem batimentos cardíacos, por isso não podemos dar um choque.

– Vamos perdê-lo – Manny murmurou ao reajustar o gotejamento do soro. – Se continuar assim, ele não vai...

– Me dê a epinefrina. – Olhou para Ehlena, a enfermeira deles, que havia acabado de entrar. – Me dê a maldita EpiPen.

Quando Ehlena foi verificar a medicação, Manny se colocou entre as duas.

– Jane, você está indo rápido demais...

– Acha que isto vai acabar bem? – Ela apontou para o monitor com o indicador. – Ele vai morrer nas nossas mãos...

– Ele não vai aguentar a epi.

– Você está errado. Já fiz isso com ele antes; me dê isso. – Jane arrancou o medicamento da mão de Ehlena. – Sei o que estou fazendo.

Epinefrina podia ser administrada através do acesso intravenoso numa série de doses ou numa infusão contínua de Dextrose 5%. Mas ela também não queria que ele voltasse a convulsionar – e já passara por isso com ele. Aplicação intramuscular era a única opção segura quando ele alternava entre o coma e os espasmos.

Com a EpiPen na mão, a doutora Jane empurrou Manny para o lado, afastou o lençol e expôs a coxa magra de Assail. Com a perda de peso, a pele estava frouxa ao redor dos músculos encolhidos, e ela apanhou o máximo de carne que conseguiu, apertando o alvo entre os dedos. Depois tirou a tampa com os dentes e cravou a caneta dosadora, lançando a epinefrina no corpo dele.

Bem sutilmente, ela percebeu um cheiro no ar. Algo semelhante a temperos. Mas, antes que conseguisse identificar o odor, a pressão dele voltou a cair.

Ela olhou para Ehlena.

– Me dê outra dose.

– Você vai matá-lo – Manny estrepitou.

Ela olhou diretamente para seu sócio na clínica.

– Ele vai morrer de qualquer jeito. Mas vou pro inferno antes de ficar de lado sem fazer nada para tentar impedir. Ehlena, me passe outra dose!

Capítulo 14

Quando pegou a saída da Rua Três na Northway, seguindo na direção do centro de Caldwell, Vitoria sentiu os efeitos do *jet lag* diminuindo. O cenário das torres brilhantes tão altas no céu noturno a reavivou.

Pensou que era esse o motivo de sua ida até ali, até aquele comércio, até aquela população, até aquela metrópole um pulinho ao norte de Manhattan. Eles alimentariam as suas ambições em vez de deixá-las morrendo de fome.

O trânsito estava leve nas estradas, visto que era quase meia-noite e, depois de uma série de ruas erradas, ela encontrou a avenida correta e... lá estava. A galeria de arte do irmão.

O prédio ocupava um quarteirão inteiro, seu contorno era audaz e altivo, o lado externo era coberto por aço escovado e painéis de vidro escurecido, com portas amplas como a de celeiros embutidas nas paredes.

Estava escrito Galeria de Arte Benloise em letras de forma com luzes azul neon por trás delas.

Ao virar na primeira rua antes da galeria, ela estacionou na parte de trás, onde havia uma placa delimitando a área de estacionamento dos funcionários e onde as entregas eram feitas. Depois de desligar o motor do carro alugado, teve um pouco de dificuldade para tirar a chave da ignição e se lembrou do quanto detestava dirigir. Abrindo a porta, esticou o Gucci salto agulha...

Neve derretida tal qual uma mão fria e úmida saindo do túmulo se agarrou ao seu pé, encharcando as tiras de cetim com facilidade e fazendo-a encarar com raiva o que deveria ter sido pavimentação limpa. Em vez disso, o chão estava coberto por uma combinação de óleo automotivo, fuligem da cidade e neve fora da data de validade.

Relanceou para o par de portas dos fundos, numa das quais estava afixada a placa APENAS FUNCIONÁRIOS. Parecia estar a quilômetros de distância, e ela chegou a pensar em estacionar um pouco mais perto. Mas concluiu que isso seria trabalhoso demais. Além disso, esses sapatos eram da estação anterior. Apoiando o outro salto, estendeu as mãos para se equilibrar – e aterrissou com a palma no exterior de aço frio do carro.

Ao se retrair e sacudir a queimadura de frio, uma torrente em espanhol, pouco adequada à irmã do seu irmão, escapou dos seus lábios. Os dois últimos dias, contudo, haviam sido um martírio. Teve que tirar as roupas das malas ela mesma; a cama não estava com lençóis recém-lavados; não tinha contado com ninguém para preparar seu banho à tarde; e ela teve que comer McDonald's.

Pelo menos gostou das batatas fritas.

Mas odiou todo o resto. Sua juventude pobre era uma lembrança havia muito esquecida não apenas pela passagem do tempo, mas também pelas circunstâncias. Quando alguém está acostumado a ser servido, a transição para a autossuficiência, pouco importando o quão transitória fosse sua intenção de permanecer nessas condições, era um despertar desagradável.

E também aconteceram outros problemas. Vitoria havia telefonado para a galeria para informar que estava a caminho, e uma mulher desagradável, Margot Fortescue ou algo assim, se mostrou muito resistente à ideia de que as coisas mudariam por ali. A família Benloise estava de volta, no entanto, e sim, embora a ausência de Ricardo e de Eduardo tivesse permitido que a situação se gerenciasse sozinha, essa época agora era passado...

A porta do prédio se abriu e uma figura ampla preencheu o espaço entre os batentes.

– Não achei que ocê ia vim – uma voz masculina disse.

– Que bem articulado você é – Vitoria murmurou para o frio.

– Oi?

Madre de Dios, ela pensou ao apertar o casaco de lã St. John. Ele tinha como ser mais idiota do que aquilo?

Mas, pensando bem, ela não esperava que a força bruta tivesse um domínio perfeito do idioma – algo que para ela obter tinha sido necessário concluir o mestrado. E ela não o estava contratando por conta da sua gramática, não é mesmo?

Enquanto dava a volta no carro, foi escolhendo onde pisar como se sua vida dependesse disso – e um escorregão podia muito bem se tornar um evento letal dada a quantidade de gelo. Por que calçara aqueles sapatos? Estava muito mais frio ali do que tinha ponderado ao fazer as malas, e o terninho de lã Chanel e o casaco eram tão finos quanto folhas de papel para protegê-la da friagem.

– Você deve ser Streeter – ela disse quando, por fim, chegou à entrada.

– Isso aí.

Com a luz atrás dele, era impossível enxergar suas feições. Mas ela aprovou a largura dos ombros e o fato de que a cintura não era a de um beberrão descontrolado. O que ela não gostou foi do fato de ele não sair da frente.

– Você vai sair da minha frente? – ela exigiu saber.

– Por que veio aqui?

– Eu expliquei ao telefone. Sou Vitoria. Este é o negócio do meu irmão, por isso é meu também.

– Ele não me disse que ocê ia vim. Ele não disse nada pra ninguém faz um tempo.

– Saia da minha frente – ela estrepitou. – Tenho negócios a discutir. A menos que esteja ganhando tanto dinheiro agora que não saiba como gastá-lo.

Streeter não hesitou muito mais. E obedeceu porque era o que homens como ele faziam. Eram todos retroescavadeiras nesse aspecto: seu poder necessitava de direção e sua motivação era o dinheiro. Deixado à própria sorte, como sem dúvida ele estava desde que Ricardo ou Eduardo o chamaram para algum trabalho pela última vez, ele estaria propenso a se conformar em ser um simples objeto inanimado com problemas para pagar as contas.

Quando Vitoria entrou, ele fechou a porta enquanto ela olhava ao redor. Os fundos da galeria eram bem o que ela esperava encontrar, um espaço de pé-direito alto com a fiação e os dutos expostos e pendurados como estalactites caídas das vigas de metal. Instalações maiores esperando sua hora de exposição diante de filas de clientes, tal qual passageiros de um ônibus antes do embarque, algumas ainda em suas caixas, outras cobertas por panos. Cubículos para os subordinados estavam dispostos entre arquivos de metal, o equipamento de escritório e os telefones silenciosos àquela hora. Uma parte reservada para descanso com uma mesa, uma cafeteira, um micro-ondas e uma minigeladeira ficava num dos cantos.

Streeter os trancou ali dentro.

– Como conseguiu o meu número?

– Sei tudo sobre os funcionários do meu irmão. – Ou melhor, ela acessara remotamente o servidor da galeria três meses atrás e pegara as informações necessárias. – E também como contatá-los.

O homem foi para a parte iluminada e cruzou os braços diante do peito. O nariz fora fraturado algumas vezes e a pele tinha cicatrizes de acne.

Desapontador, de fato. O contorno do corpo sugerira que a associação entre eles poderia ser múltipla.

– Você me levará até o escritório do meu irmão, onde conversaremos sobre os seus serviços.

– Recebo o meu cheque direitinho pela UPS.

– E está satisfeito com o seu padrão de vida? Já possui tudo o que deseja ter?

Houve uma breve pausa, durante a qual ele, sem dúvida, reconsiderava os acessórios do último lançamento de carro esportivo americano.

– O escritório do senhor Benloise fica lá em cima. Mas tá trancado e eu não sei a senha. Ninguém entrou depois que ele não voltou mais.

– Mostre o caminho – ela disse com secura. – Não terei problemas para entrar.

Depois de entrar no espaço da galeria, atravessaram-no até uma porta sem sinalização que revelou um lance de escada sem placas nem carpete, pouco mais de uma escadaria de metal pintada de preto. À medida que subiam com ele na dianteira, ela notou que as paredes de ambos os lados também estavam pintadas de preto fosco e a iluminação era automática, partindo de lâmpadas embutidas no teto igualmente escuro.

No alto, ela posicionou o corpo entre o teclado e Streeter, e inseriu a data de nascimento da mãe. Quando a trava se soltou, ela lançou um olhar por cima do ombro.

– O meu irmão não apreciaria o modo como está olhando para as minhas pernas. E também estou armada e atiro bem. Você pode enriquecer ou ser enterrado. Diga-me, qual a sua escolha?

Antes que ele conseguisse se mexer, ela revelou a 9 mm escondida no casaco e a empurrou na direção da virilha do homem.

Quando Streeter arquejou e, na defensiva, tentou segurar a arma, ela revelou uma segunda que encostou na garganta dele.

– Não duvide de mim. Nunca – ela alertou. – Não tenho nenhum apego a você. Viva ou morra, pouco importa para mim. Se me for útil, contudo, você será muito beneficiado.

Houve um silêncio tenso. Depois, Streeter murmurou:

– Você é irmã dele mesmo.

– Os cabelos e os olhos escuros não me denunciaram? – ela disse de um jeito arrastado. – As pessoas na nossa cidade sempre disseram que Ricardo e eu temos o mesmo formato de rosto também. Agora, desculpe-se.

– Eu... sinto muito.

Ela lhe deu um minuto para absorver a realidade. E depois recuou um passo e abriu a porta. Quando entrou no escritório do irmão, as luzes se acenderam em sequência, iluminando uma rampa comprida e estreita... que culminava numa plataforma elevada. Sobre a plataforma, havia uma escrivaninha grandiosa que tinha sido colocada como uma caixa de joias sobre uma cômoda.

Não havia computadores. Nenhum arquivo. Nenhuma bagunça sobre o tampo liso. Apenas uma luminária e um cinzeiro para os charutos do irmão. E apenas duas cadeiras. A de Ricardo e a de um visitante.

Ao se aproximar, a tristeza a estrangulou, imagens suas e dos seus irmãos surgindo uma após a outra, das infâncias partilhadas e de mais tarde, quando já estavam adultos. Ricardo sempre fora aquele que ela respeitara, sendo que muitas das suas ordens a sufocaram. Eduardo sempre fora o engraçado, porém, um elemento suavizador para as discussões entre ela e o irmão mais velho deles.

Sumiram. Ambos. E, com a morte pressuposta deles, ela também perdera um pedaço de si própria.

Mas isso não a deteria.

Subindo na plataforma, virou-se para Streeter e apoiou o peso contra a escrivaninha.

– Existem relatórios sobre todos os funcionários. Meu irmão Ricardo era bem meticuloso quanto a essas questões. – E isso se aplicava aos funcionários de fato e aos bandidos contratados. – O seu era bastante exemplar. Foi por isso que o contatei; estou procurando um segurança particular e pagarei bem por isso.

– De quanto a gente tá falando?

– Pagarei três vezes mais do que você ganhava de Ricardo.

– Tô dentro.

– Bom.

Vitoria sorriu e relanceou ao redor do espaço vazio. Depois se concentrou nele.

– Agora, diga-me o que você acha que aconteceu com os meus irmãos.

– É a vinculação.

Quando o Irmão Rhage falou, Ehric olhou ao longo do corredor do centro de treinamento. Os dois estavam do lado de fora do quarto de Assail – e ele estava tentando ignorar a discussão que conseguia ouvir através da porta fechada.

– O que disse?

– Esse cheiro. Não consegue sentir? Eu consigo. É a vinculação dele com essa mulher. Foi uma boa decisão trazê-la para cá.

– Veremos se dará certo.

Com uma imprecação, Ehric andou para cima e para baixo, mas sem ir muito longe. Os curandeiros ainda estavam discutindo com muito ardor, e ele ficou se perguntando em nome do Fade o que estava acontecendo com o primo.

O Irmão deu umas batidinhas no nariz perfeitamente reto e perfeitamente proporcional.

– Pode crer, quando ela entrou no quarto, ela o acordou. Ela fez o que ninguém mais pôde fazer.

– Parece mais que ela o lançou mais rápido para a morte. – Ehric esfregou os olhos. – Pensei que poderia reavivá-lo com um pouco menos de trauma.

– O amor o fará sobreviver. E depois vai ficar tudo bem.

– Não compartilho seu otimismo. E, mesmo se funcionar, ela terá que para a Flórida.

– Por quê?

– Ela não sabe.

– Que ele mora aqui? Não estou entendendo. Pensei que ela era...

– O que ele é. – Ehric voltou a olhar para o Irmão. – Ela não sabe que ele é vampiro.

Rhage franziu o cenho.

– Isso não necessariamente porá um fim a essa história. A minha Mary não sabia o que eu era e certo; bem, precisou acontecer um milagre. Mas eles acontecem.

– Isso não é importante. Se ele morrer agora...

A porta se abriu, e o doutor Manello saiu do aposento.

– Deu certo. Não consigo acreditar, mas deu certo. Por enquanto, ele voltou a ficar estável.

Faltou pouco para Ehric pular para dentro do quarto, só que então ele parou de pronto. Sua versão de "deu certo" era o primo sentado e pedindo pudim para comer. A ideia de Manello era, evidentemente, a existência de batimentos cardíacos e de um pouco de respiração e, sim, podia-se chegar a essa conclusão: Assail ainda estava deitado naquele travesseiro, ainda amarrado, ainda da cor dos lençóis brancos, ainda de olhos fechados.

Mas estava respirando sozinho e aquele pequeno gráfico com bipes regulares indicava que o coração fazia seu trabalho a contento. Ou, pelo menos, correto o suficiente para que nenhum alarme disparasse.

A doutora Jane e a enfermeira estavam junto à cabeceira de Assail, falando rapidamente, assentindo e apontando para as leituras das máquinas enquanto trocavam seringas.

Ehric voltou sua atenção para Marisol. A mulher humana estava encostada no canto oposto, o corpo encolhido em si mesmo, os olhos tão arregalados que ela era quase uma versão anime de si própria.

Aproximou-se dela.

– Posso lhe trazer alguma coisa?

Depois de um momento, o olhar dela se fixou nele.

Algo se passou entre eles, algo não verbalizado e poderoso. E ele só se deu conta de estar abrindo os braços e de ela estar envolvida por eles, como uma irmã.

– Não entendo – ela disse ao virar o rosto na direção de Assail. – Isso aconteceu tão rápido. Quanto tempo ele ainda consegue aguentar?

– Não sei. Acredito que ninguém saiba. E não falemos disso aqui e agora.

– Você tem razão. – Ela se afastou um pouco. – Estou contente por você ter me procurado para me contar. Estou contente em estar aqui com ele, pelo tempo que ainda lhe resta..

Ehric assentiu.

– Meu primo escolheu a fêmea certa.

Marisol segurou o braço dele e apertou.

– Não vou embora. Não até tudo ter terminado. Só pra você saber.

Ehric relaxou dentro da própria pele.

– Obrigado.

A doutora Jane se aproximou dos dois e apontou para a porta com a cabeça.

– Vamos conversar lá fora, ok?

Ehric atravessou o quarto e manteve a porta aberta. Quando as fêmeas passaram, ele relanceou de volta para a enfermeira, que ajustava algo em um dos monitores. Depois se concentrou no primo. Assail sempre fora tão invencível, o tipo de macho tão controlado e com tanta força de vontade com seus objetivos que exércitos inteiros poderiam cair diante dele, não por ele ser da realeza, mas porque ele desejaria queassim fosse.

E agora não restava nada dele a não ser uma casca insignificante.

Então esse era o mal que a morte trazia, Ehric pensou. Era a derradeira castradora, transformando até alguém como seu primo numa sombra decrépita do que ele um dia fora, a essência defunta deixando para trás apenas o couro para apodrecer.

Prefiro me matar a permitir que isso aconteça comigo, Ehric pensou. *Ao inferno com o Fade.*

Iria para o *Dhunhd* antes de se alistar para uma desintegração até seu coração parar. Ou, melhor ainda, morreria com honra, protegendo aqueles a quem amava em batalha – que agora perfaziam três, ele percebeu: Evale, Assail... e esta fêmea humana.

Porque demonstrar lealdade ante seu sangue era conquistar lealdade.

Quando ele se juntou às fêmeas, a doutora Jane pigarreou.

– Não há uma maneira fácil de dizer isto. Mas, apesar do breve retorno da sua consciência, nada mudou de verdade. Não estou sugerindo que tomem uma decisão hoje. – A médica levantou as palmas diante dele. – Eu só quero ajustar as suas expectativas. Com os resultados de exames que temos, é impossível que...

– Ele olhou para mim – Marisol disse num tom sério. – Ele olhou direto para mim.

– Ou apenas abriu os olhos – a doutora argumentou com gentileza.

– Não. Você está errada. – Marisol voltou para a porta. – Vou entrar. Não se dê ao trabalho de me qualquer outra coisa. Sei o que vi.

Enquanto a mulher desaparecia dentro do quarto, Ehric teve que sorrir.

– Assail escolheu alguém exatamente como ele mesmo. Ela não aceita "não" como resposta, curandeira.

A doutora Jane meneou a cabeça com tristeza.

– Infelizmente, isso não depende dela. E temo que o corpo e o cérebro dele já tenham tomado uma decisão.

Ehric pensou em todo o tempo que passou na instalação subterrânea, todas as noites, e até alguns dias também. Por mais que quisesse acreditar em outra hipótese, ele sabia que a médica estava certa.

– Então eu a trouxe aqui para se despedir.

A doutora Jane apoiou uma mão no braço dele.

– Lamento muito mesmo.

Num avanço inexorável, um cansaço se enroscou ao redor do seu corpo como uma jiboia, apertando, apertando, apertando e arrancando o ar e a energia de dentro dele.

– Isto é um pesadelo, sendo que o final é a única coisa pior do que o meio.

– Eu queria ter podido fazer mais – disse a curandeira. – Apenas não se sinta pressionado, ok? Você, Sola e Evale têm todo o tempo de que precisarem. Estamos mantendo-o o mais confortável que podemos.

Ehric olhou para a porta.

– Não permitirei que isso continue para sempre.

Capítulo 15

Marisol... *Marisol!*

Enquanto gritava o nome de sua fêmea na cabeça, Assail flutuava acima do corpo, como se sua consciência fosse uma entidade à parte do confinamento físico, a pipa de uma pessoa nas alturas em ventos existenciais, amarrada à carne por um barbante invisível – seguro nas mãos de Marisol.

Foi a presença dela que o tinha trazido de volta ali para baixo, para aquele quarto hospitalar no qual observara o próprio corpo – por quanto tempo mesmo? A chegada dela, inesperada, jubilosa, um milagre, estabeleceu-se como o chamado de uma sereia que ele seguiu desde o mundo inferior para o qual passara.

Marisol!, ele repetiu.

Estava diretamente acima dela, pairando como um pensamento ainda não proferido. Como ela não conseguia ouvi-lo?

Quando ele tentou de novo, ela apoiou o quadril no colchão alto e enxugou uma lágrima do olho.

Não desista de mim, ele lhe disse. *Por você, eu voltarei... Não deixe que me matem.*

Quando ela começou a chorar copiosamente, ele sentiu o cheiro das lágrimas dela e mudou de posição, de modo a poder olhá-la. Quis ter braços para segurá-la, um peito no qual ampará-la, um corpo com o qual protegê-la e servi-la.

Em vez disso, ele não era nada além de espírito.

– Ah, meu Deus, Assail... – Ela fungou e pegou uma das mãos amarradas dele nas suas. – Eu queria ter sabido. Eu teria vindo antes. É por isso que ficava me ligando? Por que não falou comigo quando eu atendia? Por que não me contou?

Estendendo-se, ele a afagou no rosto...

Marisol ergueu a cabeça num rompante e olhou diretamente para sua matéria etérea. Mas, em seguida, sacudiu a cabeça como que para clareá-la e voltou a se concentrar nas partes dele que permaneciam no leito hospitalar.

– Eu teria vindo na mesma hora.

Ele ficou imaginando como voltara para lá. Seu corpo era como uma casa da qual ele estava trancado do lado de fora, e não importava o quanto quisesse entrar, ele não conseguia passar pela porta.

– Senti tanta saudade... – Ela se inclinou para a frente e puxou um lenço da caixinha, pressionando-o contra as bochechas. – Fiquei lá em Miami, olhando para a baía à noite... Desejando que você estivesse comigo. Não o previ que você fosse acontecer na minha vida. Nunca imaginei... você.

Marisol, ele gemeu.

– Eu deveria ter lhe dito antes, eu deveria ter dito alguma coisa... Mas eu tinha medo. Eu nunca... – Pigarreou. – Eu nunca pensei que me sentiria deste jeito... Não era para ser assim comigo.

Enquanto o polegar dela acariciava sua mão, o afago ressoou através dele e ele tentou sentir cada nuance, e usou essas sensações como ponto de entrada.

– Pessoas como você e como eu... Nós não temos finais felizes com cercas de madeira, filhos e cachorros. – Inspirou fundo. – Esse nunca é o nosso futuro. Ainda assim, se tivesse sido somente eu, talvez eu pudesse ter ficado depois da morte de Benloise. Talvez eu tivesse conseguido. Mas a minha avó deve vir primeiro. Não posso me arriscar porque, sem mim, ela não tem nada... e eu tenho que tomar conta dela.

Eu entendo, ele lhe disse. *Mas ela sempre foi bem-vinda conosco. Eu jamais teria lhe pedido para escolher, e eu teria cuidado de vocês duas.*

– Você foi embora antes de eu poder lhe dizer adeus. Aquela noite em que parti, procurei você pela casa, mas você... tinha ido embora.

Não era verdade. Ele se escondera nas sombras atrás da casa e testemunhara em reservado a partida dela. Não confiara em si próprio para não implorar e, apesar da agonia, ele respeitara a escolha dela de seguir o próprio caminho.

Mas vê-la partir destruíra uma parte sua.

Enquanto ela continuava a murmurar-lhe palavras, contando-lhe sobre o apartamento em Miami, sobre a avó e a igreja católica que frequentavam, ele continuou tentando voltar para seu corpo... para aquela carne inanimada... e recuperar o acesso uma vez mais. Empurrou, empurrou, empurrou, esforçou-se para abrir uma entrada naquela forma que envolvera sua alma.

Jamais compreendera que havia duas partes para os vivos.

E apenas uma para os mortos.

Agora compreendia.

Contudo, quanto mais tentava, mais bravo ficava, e isso parecia ir contra seus esforços. Com a raiva surgindo, ele sentia cada vez menos o toque de Marisol, o seu cheiro, a sua voz.

–... rezou por nós. – Marisol sorriu com tristeza. – Acredita nisso? Minha avó, ela pediu a Deus que nos reencontrássemos, e então seus primos me procuraram.

Assail empertigou-se e juntou todas as suas forças, mudando de posição até estar frente a frente consigo, os olhos fechados, a cabeça raspada e a tez pálida agora apenas lembretes horrendos de que qualquer traço físico atraente que pudesse ter tido já não existia mais.

Agora!, ordenou-se. *Tenho que voltar agora!*

Mas a resistência era grande demais. Era como se um campo de força cercasse seu corpo, e quanto mais forçava para entrar, mais forte o campo se tornava. Também havia dor enquanto ele se lançava metafisicamente contra aquela barreira repetidas vezes, um choque elétrico como se todo aquele esforço provocasse fricção estática.

No fim, ele perdeu a energia necessária para continuar tentando e recuou.

Não era para ser assim, ele percebeu. *Isto não...*

– Por isso, eu deveria ter lhe dito antes – ela sussurrou. – Mas... eu tinha medo. Não confiava em você, não confiava em mim... Às vezes eu me perguntava se a minha partida de Caldwell tinha mesmoa ver com você...

O que..., ele perguntou. *O que quer me dizer?*

– Eu te amo, Assail. Eu te amo com tudo o que eu sou e com tudo o que serei, e, se você morrer hoje à noite ou amanhã ou no dia seguinte, eu só quero que saiba que você estará sempre comigo. Bem... aqui.

E foi então que aconteceu.

Quando ela tocou o coração, uma paz maravilhosa o envolveu e, em vez de lutar para retornar ao seu lar terreno, ele se moveu como uma brisa pelos espaços entre suas células, preenchendo o que antes estivera vazio, reavivando aquilo que estivera à beira de perecer...

O grasnido foi tão baixo que Sola não teve certeza de ter ouvido alguma coisa... Ou talvez ela mesma tivesse produzido aquele som? Havia tanta pressão em seu peito e a garganta estava tão apertada que cada inspiração sua e cada exalo era um esforço.

– Eu te amo – repetiu, porque, por mais triste que fosse situação, a sensação de revelar seu segredo era muito boa...

Clique... Cof.

Sola se retraiu.

– Assail?

Aqueles olhos estavam abertos de novo, o vermelho e o negro mais uma vez aassustavam-na e restauravam sua confiança.

– Você voltou? – ela perguntou, inclinando-se para ele.

Marisol passou a mão pela testa dele, como se os lindos e espessos cabelos negros ainda existissem.

– Oi.

A voz dela saiu entrecortada e o corpo todo tremia, mas ela não se importou. Naquela fração de segundo, Assail estava com ela – e ela sabia sem nenhum aconselhamento médico que isso poderia terminar num segundo.

– Estou bem aqui.

Clique... clique.

Ele tentava se comunicar, a língua se movia na boca seca.

– Psiu. – Sorriu-lhe, no que ela esperou que fosse um sorriso normal.

Na realidade, ela se preparava para mais um ataque, para a movimentação apressada do corpo médico para dentro do quarto e para a tristeza horrenda que seguiria isso tudo.

– Não, não tente falar. Teremos tempo para isso. Você tem todo o tempo do mundo.

Desde quando foi verbalizada, a mentira serviu para ambos. De outro modo, ela irromperia em lágrimas.

A mão dele se moveu na sua, e ela apertou com mais força.

– Estou bem aqui.

Afagou-lhe o rosto. Pressionou os lábios na testa dele. Acariciou-lhe as sobrancelhas.

– Fique comigo – disse emocionada. – Por favor, não vá...

Assail começou a balançar a cabeça. No entanto, os olhos permaneciam concentrados nela e nenhum alarme soou – então aquilo não era uma convulsão. Não, era uma maneira de se comunicar, Sola percebeu.

– Você vai ficar? – ela sussurrou.

Quando ele assentiu, ela começou a chorar, as lágrimas caindo no rosto dele.

– Que bom. Isso é muito bom... – Sola sorriu. – Senti saudade.

Fitando-o no rosto, não era importante o fato de ele ter perdido os cabelos ou de os seus olhos não estarem normais. Pouco importava que ele estivesse naquela cama de hospital e que o corpo encolhera à metade do seu tamanho habitual.

O amor o transformava no homem que ela conheceu.

Para ela, ele era lindo independentemente da sua aparência.

Capítulo 16

– Não cabe a mim dizer.

Enquanto Lassiter lançava o comentário inespecífico, Vishous ponderou os méritos de golpear o anjo caído diante de todo mundo, e do tio deles.

O lado que apoiava essa ideia: a sala de jantar da Casa de Audiências era, definitivamente, grande o suficiente para V. dar início àquilo; Lassiter mais do que merecia um castigo por infrações de menor potencial ofensivo que variavam desde monopolizar o controle remoto até as leggings com estampa de zebra, as quais o David Lee Roth de 1985 gostaria de reaver; e também, V. sendo filho de uma divindade, teria grandes chances de sobreviver à retaliação que sem dúvida se seguiria.

O lado que dizia que aquela não era uma boa ideia: Wrath muito provavelmente não aprovaria que a reunião se transformasse numa luta de vale-tudo; Lassiter dispunha de truques na manga que poderiam machucar pra valer; e isso não faria o anjo abrir a boca.

Se ele não queria revelar merda nenhuma a respeito daquelas sombras, nada faria com que ele abrisse o cano de escapamento.

– O que isso quer dizer? – V. exigiu saber, falando ao redor da massa de chiclete de nicotina que ainda tinha na boca. – Sabe que porra eles são ou não?

Enquanto a Irmandade e os Bastardos agiam como se estivessem assistindo a uma partida em Wimbledon, todas as cabeças se voltaram na direção de Lassiter, como se esperassem uma resposta à altura da provocação, e Vishous olhou para Wrath. As sobrancelhas do Rei estavam abaixadas por trás dos óculos escuros, o corpo imenso se derramava por sobre a poltrona como se um adulto estivesse sentado num bebê-conforto.

Difícil interpretar como o irmão encarava a situação. Talvez estivesse irritado. Talvez estivesse de boa. Mais provavelmente, ele esperava para ver o que aconteceria em seguida.

Mas, verdade, não havia nada do tipo "V., arrebenta com ele pra mim" emanando do Rei Cego.

Maldição.

Voltando a se concentrar em Lassiter, V. disse lentamente:

– Vamos lá, anjo, conte-nos o que sabe.

Lassiter balançou a cabeça, os bizarros e lindos olhos firmes se assemelhavam a uma âncora no fundo do mar.

– Não posso interferir nisso. Não é função minha alterar o caminho à frente de vocês.

V. mastigou com mais força e reconheceu que, de fato, um barato monstruoso estava por vir. Isso ou estava prestes a sofrer um AVC de tanta frustração.

– Por que está tentando bancar uma de Morpheus? Flo da Progressive é mais o seu estilo.

– Já basta – Wrath interferiu. – V., conte-nos o que aconteceu.

Quando V. começou a contar, estreitou os olhos na direção do anjo, desafiando-o a entrar na conversa.

– Butch e eu estávamos no nosso território. Uma entidade apareceu do nada e nos atacou. Era uma forma preta, elástica, capaz de esticar porções suas como se fosse de borracha, mas dura como aço quando te acerta. Também estava armada com um par de adagas convencionais.

– Vocês se machucaram? – Wrath perguntou.

– Não. Nem um pouco. – Enquanto Butch tossia ante a mentira, V. seguiu em frente. – Eu a matei... ou destruí, sei lá, ao atirar à queima-roupa nela. A coisa guinchou pra caralho, e depois sumiu. Sem resíduos. Sem cheiros. Sem... nada... – Fez uma pausa. – Algo que queira acrescentar, anjo?

Lassiter não demonstrou reação alguma. Apenas permaneceu num dos cantos, afastado dos guerreiros, o brilho de ouro conferindo-lhe um halo que desconcertou V.

Alguma coisa estava acontecendo ali.

– Se não vai contribuir com nada – V. ralhou com o FDP –, então por que está aqui.

– Cala a boca, Vishous. – Os óculos escuros de Wrath percorreram a sala. – Não vou perguntar se alguém mais já viu uma merda dessas. Tenho absoluta certeza de que o assunto já teria sido comentado. Evidentemente, Ômega tem uma nova arma.

– Não sei se é Ômega. – V. se retraiu ao pegar um dos seus cigarros de dentro do bolso quando o bíceps reclamou. – Talvez algo novo tenha surgido.

– Você diz isso baseado em quê?

Quando V. acendeu a ponta do cigarro com seu isqueiro Bic, foi difícil inalar com o chiclete de nicotina na boca, mas ele deu um jeito.

– Não tinha cheiro de *redutor*. Não tinha nenhum vestígio de Ômega, e eu sinto o mal. Butch também consegue. Os indícios simplesmente não estavam ali.

– Temos que redobrar a artilharia – Tohr opinou ao lado de Wrath. – Precisamos preparar todos com munição extra.

– Uma pena que Assail está fora dessa – alguém murmurou. – Aquilo que ele arranjou pra gente era demais.

– Temos como descobrir quais eram os contatos dele? – alguém perguntou.

– Aqueles primos dele devem saber...

– Mais uma coisa. – Quando todos os olhos retornaram para ele, V. exalou. – Havia alguém na área pouco antes do ataque. Certo, Xcor.

Xcor, que estava ali com seus rapazes, curvou-se diante do Rei.

– Meu antigo tenente, Throe. Ele esteve lá.

– De que porra vocês estão falando? – Wrath exigiu saber.

– Senti cheiro de perfume no beco quando a coisa chegou. – V. deu de ombros. – E cheiro de um macho. Xcor foi até lá quando o chamei e ele o identificou.

Uma explosão de comentários se seguiu, à qual Wrath pôs fim assobiando por entre os dois dentes frontais com tanta força que fez o candelabro balançar.

– Xcor – o Rei disse –, o seu rapaz tem acesso a algum truque especial?

– Ele era, e acredito que ainda seja, um aristocrata – o Bastardo replicou. – Portanto, além das boas maneiras que ele não necessitou utilizar enquanto esteve conosco, ele não tem nenhuma habilidade que nós não tenhamos lhe ensinado.

– Então foi coincidência – Tohr disse. – Throe estava simplesmente por acaso naquela parte da cidade?

– Talvez ele esteja metido em drogas – alguém sugeriu.

V. continuou encarando Lassiter. Alguma coisa ali não fazia sentido. E não só em relação ao amiguinho de Xcor e àquela sombra obscura.

Quando uma onda de tontura o atingiu, ele balançou a cabeça para clarear as ideias e baixou o olhar para o cigarro. Mastigou um pouco mais a bola de basquete que tinha entre os molares.

E ficou se perguntando exatamente quanta nicotina tinha em seu corpo.

Resolveu que estava na hora de acrescentar um pouco de álcool. No segundo em que aquela reunião terminasse, ele daria um jeito naquela tontura com um pouco de Goose para ter uma boa noite.

O que não faria era voltar para o Buraco para ver o quanto Jane não estava ali.

Não mesmo. Não conseguia nem pensar nisso.

O quarto de paciente que Jane vinha usando era o genérico para os casos de pouca gravidade. A cama era padrão de hospital, com cabeceira e pés reclináveis, e toda vez que se deitava ali, lembrava-se de que talvez fosse bom eles melhorarem a qualidade dos lençóis e dos travesseiros.

Ao se fechar dentro do quarto, ficou sem energia nenhuma e simplesmente permaneceu parada como um boneco, encarando os lençóis amassados. Levando-se tudo em consideração, lidara bem com tudo aquilo: sua exaustão era tanta que, assim que se deitasse, desmaiaria. Só havia um problema. Toda vez que fechava os olhos, ela via o amor que Sola e Assail sentiam um pelo outro, e tinha a sensação de que essa lembrança subjugaria o seu cansaço.

Seguindo para o banheiro, não acendeu a luz porque não queria se ver no espelho. Ela estava em busca de água quente, e não do seu reflexo, então se inclinou para dentro do box estreito e ligou o jato quente.

Os Crocs ficaram contentes em serem chutados. As meias, arrancadas. Em seguida, a roupa cirúrgica estava no chão. Embora isso tivesse demorado apenas um minuto e meio, pareceu ter demorado uma hora até ela estar sob o jorro quente, inclinando a cabeça para trás a fim de molhar os cabelos.

Isso mesmo, fantasmas tomam banho. Se quiserem. E, às vezes, era gostoso fingir ser normal... Fingir precisar lavar os cabelos para ficar bem, ter que limpar o corpo, esfoliar, pelo amor de Deus.

Existe um motivo para justificar os rituais. Quando você está perdido na própria vida, eles lhe dão uma estrutura fictícia, como as paredes de papel em uma casa feita de cartas; a ilusão de que as coisas são previsíveis e seguras por vezes é a única coisa que te faz seguir em frente.

Apanhando o frasco de xampu, foi um tanto agressiva demais no aperto e acabou com a mão cheia do produto, mas não o desperdiçaria.

Não que aquilo já não fosse um total desperdício desde o início...

Quando ela jogou o xampu na cabeça, uma batida na porta de fora foi tão alta que ela ouviu o barulho, apesar da água corrente.

– Oi? – ela gritou.

– Ele acordou de novo – Ehlena respondeu.

Jane afastou a cortina e botou a cabeça para fora.

– Assail está de volta?

A enfermeira se inclinou para dentro do quarto e sorriu.

–Sim! E sem convulsões. Ele está bebendo água.

Jane empurrou para trás o xampu que escorria pela testa.

– Repete... o que você disse?

– Você ouviu direito. Com um canudinho.

– Meu Deus, isso é fantástico! Mas não remova as amarras. Temos um longo caminho à frente. Já vou sair daqui...

– Não, está tudo bem. – Ehlena fez um gesto para ela se acalmar. – Demore o tempo de que precisar, eu te aviso se houver alguma emergência...

– Eles precisam de mim...

– Jane. Está tudo bem. Eu venho te buscar se alguma coisa acontecer. Aproveite seu banho.

Jane fechou a cortina com força e enxaguou o xampu do cabelo.

– Só preciso de um minuto!

Saltando para fora do box, secou-se rapidamente e vestiu de novo as roupas, quase saindo sem colocar as meias e calçar os Crocs. Disparando corredor abaixo, ela...

Parou de repente.

Manny estava parado do lado de fora da porta de Assail com Ehlena. Mas não estava sorrindo.

– O que aconteceu? – Jane perguntou. – Ele está convulsionando? Deixe-me ver...

– Não. – Manny se colocou no caminho dela. – Você não precisa entrar aí agora.

Jane franziu o cenho.

– Como é?

– Você e eu vamos dar uma voltinha para conversar. Ehlena ficará aqui e monitorará a situação. Se precisar de nós, ela irá nos buscar.

– Do que se trata isto? – Jane olhou de um para outro. Depois balançou a cabeça. – Não importa, só vou dar uma olhada nos...

Manny colocou uma mão no braço dela.

– Já verifiquei tudo. Ele está consciente. Os sinais vitais estão estáveis, um pouco baixos, mas ele ainda está amarrado. Não há nenhum motivo para você entrar. Só estará interrompendo-os.

Jane abriu a boca. Fechou-a zangada.

– Não estou entendendo qual é o problema.

– E é precisamente por isso que você e eu vamos conversar.

Manny a fez virar num círculo e a conduziu para longe da clínica – e, a cada passo, a necessidade compulsiva de ir até o quarto do paciente para... *fazer alguma coisa*... suscitava a sua vontade de gritar.

– Isto é ridículo. – Ela encarou seu parceiro. – O que é isto... Uma espécie de intervenção?

– Pra falar a verdade, é isso mesmo.

Quando os passos dela vacilaram, ele a forçou a seguir adiante, ou seria arrastada. Acabaram parando diante da piscina, após Manny abrir a porta para o espaço úmido e quente. Ele a deixou entrar na frente, e ela estava tão irritada que foi adiante pisando duro, atravessando a antessala de lajotas e entrando no espaço designado para a piscina, com seu pé-direito alto e raias olímpicas.

Ela girou para ficar cara a cara com ele.

– Está sugerindo que há algo errado no tratamento do meu paciente? Sou uma tremenda de uma médica, e uma cirurgiã ainda melhor. Você não tem do que reclamar...

– Não existe uma maneira agradável de dizer isto, Jane.

– Que diabos você...

– Você perdeu a sua objetividade. – Ele apoiou as mãos nos quadris estreitos, seu belo rosto estava sério. – Você fica tempo demais aqui embaixo. Tem trabalhado além da exaustão e, cedo ou tarde, vai cometer um erro.

Por um momento, ela só conseguiu encarar o homem como se ele fosse um estranho. Mas ele não era. Manny ainda era o cara alto e grande de cabelos escuros com quem esteve nas trincheiras durante anos, o Hawkeye da sua Hunnicutt.

– Não consigo acreditar que estou ouvindo isso de você! – ela estrepitou. – Você está trabalhando direto também.

– Tiro umas folgas. Durmo com a minha mulher. Eu a vejo todos os dias...

– Não torne isto um assunto relacionado a Vishous. Não ouse transformar isto num assunto pessoal...

– *É* pessoal, Jane. Assim como também é profissional.

– Tanto faz. Estou fazendo coisas importantes, necessárias. Dou tudo o que posso aos meus pacientes e você sabe muito bem...

– Você dá demais. Esse é o problema. – Ele levantou as mãos quando ela foi interrompê-lo. – Não, você vai me ouvir. E quando eu tiver terminado, pode me mandar à merda, se quiser. Mas você vai calar a boca e me ouvir.

– Não acredito nisso... – ela resmungou.

– Acredite. E acha francamente que você é a primeira médica com quem tenho este tipo de conversa? Hein? Sério? Fui chefe de departamento no St. Francis antes de vir para cá. Cansei de fazer este tipo de coisa com pessoas como você e como eu. Você precisa de uma folga antes que acabe tomando uma decisão errada, da qual se arrependerá.

Jane passou a mão pelos cabelos e descobriu que ainda estavam molhados. Provavelmente ainda devia haver espuma neles. Quem ligava para isso?

– Olha só, temos poucas pessoas trabalhando. Somos só você, eu e Ehlena. A Irmandade e os guerreiros podem se machucar a qualquer instante...

– E é essa a função dos telefones. Jane, estou te dizendo, como amigo e como colega de trabalho, que você está precisando de um pouco de perspectiva. E quem sabe assim você e Vishous podem finalmente...

– Para. Espera um instante. – Ela se inclinou para a frente com raiva. – Ele te ligou e pediu pra você fazer isso? Porque é a maior idiotice, Manny. Não ouse ficar do lado dele por conta de algum código entre homens porque...

– Lado? Eu não estou do lado de ninguém...

– Ele te contou que me traiu? Hein? Esse assunto surgiu na conversa de vocês?

Manny se retraiu.

– Jesus, Jane.

– Deduzo que ele tenha se esquecido de mencionar essa parte, então?

– Vishous e eu não conversamos sobre...

– Não importa. Vocês, do sexo masculino, se apoiam. Eu só esperava mais de você depois de tudo o que passamos.

Manny desviou o olhar, fixando-o na água azul ainda parada. Quando voltou a olhar para ela, seu rosto estava frio e os olhos impassíveis.

– Sabe de uma coisa, você e eu, chega de conversa.

– Ótimo. Posso voltar ao trabalho, *senhor*?

– Não, não pode.

– Como é? – Jane ergueu uma sobrancelha para ele. – Você não é o encarregado aqui. Cheguei aqui antes de você.

– Wrath está no comando. E a menos que você se afaste por 24 horas, estou disposto a procurá-lo e lhe dizer que, em minha opinião profissional, você está incapaz de exercer o ofício no momento. A escolha é sua, e é melhor tomá-la agora. Ou você sai ou farei com que a afastem.

– Não fiz nada de errado!

– Talvez na sua opinião, mas não estou confortável com a maneira rápida com que agiu com Assail. Você tomou conta daquele quarto, apanhando seringas e usando-as sem antes verificar...

– Fui eu mesma quem encheu aquelas seringas! Eu sabia o que havia dentro delas!

– Existe um motivo para verificarmos tudo duas vezes. E se Ehlena ou eu a tivéssemos trocado por outra coisa?

– Mas vocês não fizeram isso!

– E como você sabia? – Manny se inclinou à frente. – Você e eu administramos este lugar juntos, e temos que ser os supervisores um do outro. Não existe nenhum Comitê de Avaliação dos Cuidados com os Pacientes verificando os resultados, nenhum Conselho Curador de um hospital, nenhuma Comissão Conjunta vindo nos inspecionar para garantir que nós temos e estamos acatando as melhores práticas da Medicina. Somos você e eu, e precisamos nos policiar.

– Ehlena não tem nenhum problema comigo.

– Quem você acha que abordou a questão?

Jane balançou a cabeça e encarou os azulejos, acompanhando o desenho azul e preto neles. Depois começou a se afastar.

– Tudo bem – informou por sobre o ombro. – Se quer ficar com a clínica, pode ficar, gênio.

Capítulo 17

Depois que Streeter saiu da galeria, Vitoria se trancou dentro dela e foi para o escritório do irmão, Eduardo, no primeiro andar. Não teve que perguntar qual deles era. A porta era dourada.

Quando foi inserir o código que havia aberto todo o resto, preocupou-se que talvez não fosse funcionar ali. Eduardo tinha seu jeito de fazer as coisas; mas não precisou se preocupar. Aquilo era, no fim das contas, um estabelecimento de Ricardo, portanto ele esperaria poder entrar em qualquer espaço sob seu teto.

E também, no fim das contas, o irmão mais novo sempre acabava fazendo o que lhe ordenavam.

Abrindo a porta, entrou no cômodo escuro e, no mesmo instante, luzes se acenderam em arandelas de bronze.

– Ah, Eduardo...

Nada de minimalismo ali. Não, era tudo Versace, luxo com estampas de pele de animais e toques em dourado, a escrivaninha tal qual uma encomenda da realeza francesa no século XVIII. E pense numa bagunça, embora nada ali tivesse sido causado por algum saque. Eduardo fora obcecado apenas com relação a números e dinheiro, não a asseio: havia papéis em todos os cantos. Uma calculadora com a fita de papel deslizando até o chão. Três aparelhos de telefone desalinhados uns em relação aos outros. Canetas aqui e acolá. Uma caneca de café com dois centímetros de mancha desidratada no fundo.

A poltrona de couro moderna na qual Eduardo se sentara estava virada para a saída, como se ele tivesse saltado dela e se retirado às pressas. Ou talvez se levantado, num susto, devido a alguma invasão.

Nenhuma janela. Nenhum armário. O ar estava tão abafado que ela quis espirrar.

Seguindo em frente, preparou-se ao olhar para o chão atrás da escrivaninha. No entanto, não havia nenhum corpo ali – e alguém teria sentido o cheiro, se houvesse.

Ela quase esperou encontrá-lo ali.

Quando os dois irmãos começaram a trabalhar juntos, no papel pareciam uma dupla improvável, o mais velho tão disciplinado e decidido, o mais jovem tão vaidoso e exuberante. A única coisa que tinham em comum era a confiança nascida pela conexão familiar – que era necessária nessa linha de trabalho onde a lei legítima não podia ser usada para governar as interações e os acordos contratuais. Ainda assim, existiam limites para o amor fraterno.

Na verdade, assim que Ricardo desapareceu, ela chegou a pensar se o relacionamento entre os irmãos não tinha se concluído à maneira antiga, com um túmulo.

Mas agora? Com o escritório de Eduardo tão obviamente intocado e parecendo que ele saíra afobado, talvez por causa de um chamado para ajudar? Parecia mais provável que ambos tivessem sido mortos por outra pessoa.

Ou outras pessoas.

Sentando-se na poltrona macia, encarou os recibos velhos, as contas... os recados anotados num diário com capa de couro que estava aberto, como uma prostituta com sua privacidade exposta.

Exatamente. Vitoria pensou que era aquilo mesmo que queria encontrar.

Todos os rabiscos naquele livrinho estavam num código em espanhol que reconhecia da sua juventude. Inteligente, ele. Seria necessário um falante nativo com habilidades em desvendar códigos para decifrar os enigmas..

E, vejam só, Eduardo, ganancioso como era, mantinha anotações precisas sobre todos os acontecimentos, tanto em relação ao tráfico de drogas como também... de armas? Interessante, eles diversificaram os negócios com armamentos.

Lucrativo. Inteligente.

Virou mais uma página. E outra. E mais uma, até a última anotação. Não havia nada em relação à arte; mas, pensando bem, isso era a operação de fachada da casa, um artifício para os outros, então todos aqueles negócios eram processados e devidamente registrados por uma equipe bem treinada, e com a transparência adequada. Ela mesma já lera os relatórios quando acessara o servidor.

Ricardo organizara tudo tão bem que os negócios haviam continuado em funcionamento sem ele nos últimos doze meses.

Ah, que homem bom, ela pensou. Eduardo incluíra nomes ali e números de contato dos dois lados da mesa, bem como uma lista de preços e locais de entrega. Isso era perfeito – sim, houve um lapso no fornecimento, mas não havia motivo para pensar que um preço competitivo para cocaína e heroína não fosse atrair de volta aqueles que antes foram leais.

Afinal, as leis de economia num livre mercado se aplicavam ao tráfico de drogas.

Retornando à anotação final, releu que haveria uma entrega junto ao rio para alguém chamado... Assayl? Devia estar escrito errado. No entanto, esse nome apareceu com frequência.

Parecia lógico começar a apuração dos fatos com essa pessoa, fosse quem fosse, e ver se a pista a levaria a algum lugar. E se esse fosse o último encontro? Talvez Assayl fosse o assassino.

Ou talvez outro "cliente".

Durante sua reunião com Streeter, o homem alegara que pouco sabia a respeito dos desaparecimentos dos seus irmãos, e Vitoria acreditou nele. Considerando o tipo de pessoa com quem Ricardo tratava de negócios, tanto do lado dos importadores como também o contingente de distribuidores do lado americano, era absolutamente concebível que seus parentes tivessem sido eliminados de uma maneira tão discreta que ninguém encontraria os corpos. Mas a ausência de uma mensagem era o estranho. Normalmente, algo teria sido enviado à família na América do Sul, uma fotografia dos corpos, um souvenir repulsivo.

Uma ameaça de que o rastro deveria ser deixado de lado ou mais complicações se seguiriam.

Todavia, nada lhe fora enviado. E como nenhum dos irmãos chegou a se casar, ela era a parente mais próxima.

Olhando para o teto, imaginou os irmãos trabalhando ali, Ricardo em cima, tanto figurativa quanto literalmente, cuidando da estratégia e dos negócios do segundo andar, Eduardo registrando tudo na sua caverna estilo Studio 54/Neiman Marcus.

E então algo interrompeu esse fluxo.

Mas o quê?

Quando seu celular não oficial tocou no casaco, ela o pegou.

– Streeter.

– Como sabia que era eu?

– Você é o único que tem este número. Que informações conseguiu?

– Pois é. Não pensei a respeito até chegar em casa. Tenho um amigo, sabe. Ele também trabalhava pros seus irmãos. O nome dele era Two-Tone porque ele tinha essa marca de nascença no rosto. Mais ou menos na época em que os seus irmãos sumiram, ele e eu saímos e ele disse que estava indo fazer uma coisa no dia seguinte. E nunca mais voltou.

– Conte-me mais – ela murmurou, acomodando-se mais à frente na poltrona.

– Ele disse que ia cuidar de uma pessoa. Cê sabe. "Cuidar".

– Onde? Aqui em Caldwell? Ou na casa em West Point?

– Não. Noutro lugar. Ele disse que ia sair da cidade, ia prum lugar no norte.

– Consegue se lembrar do dia exato?

– Acho que foi na semana do meu aniversário. Foi por isso que a gente saiu.

Enquanto o homem tentava determinar a data, e para tanto fazia todos os tipos de comentário em seu calendário mental, Vitoria foi acompanhando os números até ele chegar a um cálculo exato.

– Ah, agora eu lembro – Streeter concluiu. – Foi na quarta.

Ora, ora, ela pensou. A última anotação no meio do diário era exatamente nessa data.

– O que mais pode me dizer?

– É só isso.

– Você tem acesso ao domicílio do seu amigo?

– O que dele? Ei, olha só, eu não gosto d...

– A casa dele! – ela estrepitou. – Consegue entrar na casa dele?

– Consigo.

No entanto, ela não sabia por que estava se importando em perguntar. Já havia passado tanto tempo...

– Vá até lá. Veja se consegue encontrar alguma coisa. Quero saber onde ele foi e com quem.

Quando encerrou o telefonema, ela relanceou para a escrivaninha. Teria que inspecionar cada folha de papel dali – e também da mansão. Ricardo tinha muitos arquivos ali, tudo escrito em espanhol, como se não confiasse muito nos computadores.

Os segredos dos seus irmãos seriam os seus segredos.

Os melhores planos de ratos e vampiros...*

Vishous estava distraído e saltando da própria pele quando entrou no Buraco. Em algum momento entre sua resolução de não ir para lá e o final da reunião com o Rei na Casa de Audiências, ele havia sido incumbido de vasculhar as mídias sociais atrás de qualquer informação sobre sombras saindo de becos e atacando pessoas.

Não era o tipo de tarefa que conseguiria fazer com facilidade só com seu telefone.

Quando fechou a porta atrás de si, ouviu todo aquele silêncio e pensou... *Caramba, o lugar está vazio demais.* E quando avançou para a sala de estar, tudo estava tão arrumado, sem nenhuma mochila de lona atrapalhando a base da mesa de pebolim, nenhum periódico médico abandonado com a leitura incompleta sobre o sofá, nenhuma caixa de cereais aberta sobre a bancada da cozinha.

---

* Referência ao poema de Robert Burns, "Os melhores planos de ratos e homens costumam dar errado". (N. T.)

Fritz evidentemente esteve ali. Fora isso, ninguém de fato estivera naquela sala de estar. Com ele e Jane evitando o lugar, e Butch e Marissa sendo mais felizes no quarto juntos, não havia muita coisa acontecendo ali para bagunçar o lugar.

Despindo a jaqueta de couro, fez uma careta e ignorou o braço dolorido quando se dirigiu para o armário de bebidas junto à pia da cozinha com o intuito de tirar uma bela e boa garrafa de Goose. Tirando a tampa da vodca, bebeu direto do gargalo...

E o acesso de tosse o fez babar na frente da camiseta.

Chiclete de nicotina não combinava com bebida. Quem haveria de saber.

Ao cuspir o chiclete do tamanho de um punho, contudo, resolveu que era mais uma questão de espaço.

Isso mesmo, no gole seguinte, tudo aconteceu conforme planejado: a vodca desceu até o estômago com suavidade, seu outro vício assumindo o comando do volante.

Dirigiu-se até os computadores, se desarmou e tirou a camiseta molhada. Depois se sentou e acessou três do seu quarteto de brinquedinhos. Imagens de câmeras de segurança surgiram em um monitor, a internet em outro e um blog que vinha acompanhando no terceiro.

Damn Stoker não vinha postando muita coisa no seu site – que era o resultado que V. orquestrara, para citar Rhage.

Depois que Vishous apagara as informações de todos os links de vampiros que a senhorita Jo Early vinha colocando na rede e comentando, como também a memória recente da mulher, aquela pequena ameaça estava neutralizada. Praticamente. Ele e aquela mulher provavelmente teriam que cruzar caminhos de novo. Ela estava prestes a enfrentar o maior problema da sua vida, e ele ainda não decidira como abordar a questão. Ponderou levar o problema até Wrath, mas depois a merda toda com Jane aconteceu e...

Tanto faz. Jo Early estava prestes a descobrir em primeira mão o motivo da porra de seu enorme interesse em vampiros, e ele imaginou que ainda não havia mencionado isso com ninguém porque ainda ponderava se devia ou não se envolver.

A senhorita Early era mestiça, produto de uma humana com um vampiro, e estava prestes a passar pela transformação. Ela ainda não sabia disso, porém. Ou ele deduzia que ela não sabia porque não havia nenhum indício de ela ter tentado contato com a espécie – e, pela lei, se um mestiço aparecesse, o Rei deveria ser avisado.

Então, o que fazer...? Ela morreria sem ajuda.

Inferno, provavelmente acabaria morrendo de todo modo – e V. dificilmente era um Bom Samaritano. E qual era o problema? Ela muito provavelmente procuraria atendimento médico quando desmaiasse – ou acabaria na traseira de uma ambulância até o pronto-socorro do St. Francis por causa da ligação de alguma outra pessoa para o número de emergência em vez de ele fazê-lo.

O que levaria a exames que mostrariam todo tipo de anomalia, infelizmente.

Deus, os humanos eram um pé no saco, e a única razão de a coexistência ser possível era a crença deles de que os vampiros eram um mito. Provas concretas do contrário não eram uma coisa boa. Se a guerra contra a Sociedade Redutora fora um cacete? Enfrentar os Homo sapiens num ringue faria com que essa merda parecesse um passeio no...

No fim do corredor que dava para os quartos, a porta para o túnel subterrâneo se abriu.

–... maldito sabe-tudo...

Jane entrou como se estivesse no meio de uma briga com alguém – só que estava sozinha, falando consigo mesma quando desapareceu dentro do quarto deles.

Dela. Seu. Tanto faz.

Vishous se levantou devagar de trás dos seus computadores.

Sons sugeriam que ela estava tirando coisas de gavetas com o toque delicado de um lutador profissional cujo pano de fundo se aproximava de resmungos. E, alguns minutos mais tarde, ela saiu com uma mochila no ombro. Trocara a roupa cirúrgica por um par de jeans e uma jaqueta Patagônia, e marchou como se não fizesse a mínima ideia de que ele estava lá.

Mas isso mudou rapidamente. Quando ela apareceu sobre o arco da sala de estar, parou de imediato quando olhou para ele, assustando-se tanto que deu um pulo para trás.

Ele ergueu as palmas.

– Desculpe. Estou aqui.

Os olhos dela dispararam para a porta da frente. Depois ela inspirou fundo.

– Tudo bem. Esta é a sua casa. Não tem problema.

Houve uma longa pausa e, enquanto a fitava, ele concluiu que nunca a vira tão exausta. Os cabelos loiros estavam uma bagunça, havia círculos escuros debaixo dos olhos verde-floresta, e os ombros estavam abatidos. Considerando-se tudo, ele se surpreendeu em ver que ela desperdiçava energia ao permanecer em sua forma corpórea. Mas, pensando bem, ela evidentemente estava irritada com alguma coisa e devia querer a satisfação de pisar duro por aí.

Fantasmas apenas pairam.

– Como você está – ele disse com cautela.

– Ok e estou de saída.

Vishous fechou os olhos e praguejou.

– Podemos conversar, por favor?

– Acabamos de fazer isso. Até mais... Espera, o que é isso?

Vishous abriu os olhos.

– O que é o quê?

– No seu braço. Como diabos você conseguiu isso? – Ela baixou a mochila e se aproximou da mesa dos computadores. – É um ferimento bem feio. Parece ter infeccionado.

Ele não tinha interesse algum em mostrar a sua nova arte corporal – nem mesmo para ela. Mas se isso servisse para mantê-los sob o mesmo teto por mais um tempo? Tudo bem. Ele faria as vezes de paciente para o papel de médica dela.

Engraçado como a raiva que tinha sentido quando discutiram na cobertura havia sumido. Em seu lugar, ele sentia um vazio – o que fazia sentido. Jane levara um pedaço dele consigo quando anunciara o distanciamento entre eles.

Virando o braço para ela, deu de ombros.

– Não dói.

Jane se inclinou para baixo com as sobrancelhas unidas.

– Quando isso aconteceu? Há duas noites?

– Não. Foi mais recente do que...

Quando ele sibilou ante o seu toque na parte baixa do ferimento, ela lhe lançou um olhar entediado.

– Pensei ter ouvido que não estava doendo.

– Talvez um pouco.

– Venha. Pro banheiro. – Quando ele continuou parado ali, ela o segurou pelo pulso e o puxou. – Vamos. Não saio daqui até termos cuidado disso.

Tudo bem, ele pensou conforme seguiam pelo corredor até o quarto deles – seu, dela, tanto faz. Tinha esperanças de poderem conversar enquanto ela – bem, não havia nada ali a ser limpo. Mas talvez ela tivesse alguma ideia para reduzir o inchaço.

Deus, quem haveria de pensar que seu objetivo seria o de conversar com uma fêmea. Mas, pensando bem, Jane sempre fora diferente.

E, por causa disso... ela o tornara diferente.

Capítulo 18

– Está bem, então. Também te amo, vovó.

Quando encerrou a ligação, Sola devolveu o celular para Ehric e alongou os ombros doloridos. Os dois estavam do lado de fora do quarto de Assail, parados juntos no corredor, e ela tomava o cuidado de manter o tom de voz baixo. Assail havia adormecido, e ela não queria perturbá-lo.

Isso se ele estivesse apenas dormindo e não inconsciente de novo. Contudo, nenhum alarme estava disparando. E enquanto não ouvisse aquele som horrível, o apito agudo e a equipe médica entrando apressada como se fosse uma batida policial, ela tinha que acreditar que estava tudo bem. Pelo menos por enquanto.

– Obrigada – disse ao primo de Assail. – Eu só queria me certificar que minha avó estava bem e deixá-la a par dos planos. E eles confiscaram meu aparelho.

Ela não se deu ao trabalho de perguntar como foi que ele conseguiu ficar com o dele. Àquela altura, esse tipo de coisas estava muito embaixo na sua lista de preocupações.

O homem se curvou.

– Eu mesmo irei ver como ela está assim que chegar em casa. E repito: você está segura aqui, eu prometo. Eu também ficaria, mas é muito melhor você estar aqui com ele do que eu.

– Estou bem agora que falei com minha avó. Parece que ela ficou a noite inteira cozinhando. Você pode tentar convencê-la a ir dormir? Não tive sucesso, mas quem sabe se você tentar?

Ehric sorriu.

– Serei bastante persuasivo quanto a isso.

O homem loiro e grandalhão de nome hostil passou pela porta de vidro e veio andando até eles.

– Pronto para irmos?

– Obrigada – Sola agradeceu a Rhage. – Por me trazer aqui.

O cara tirou a embalagem de um pirulito – de um pirulito recheado, para ser mais evidente – e o colocou na boca.

– Estou contente que o tenha feito recuperar a consciência. Agora o mantenha conosco, está bem? Precisamos dele.

Sola estreitou os olhos ao se perguntar: *Para quê? Drogas?*

Seriam esses os intermediários nas ruas? Achava que não. Não pareciam tipos que recebiam ordens e, além disso, por que eles ficariam ali no hospital?

– Farei o que puder – murmurou.

Quando os dois se afastaram, ela os observou à distância enquanto enfiava as mãos nos bolsos da blusa de moletom e se apoiava nos calcanhares. Seu cérebro lhe dizia que muito daquilo tudo não fazia sentido, mas, no fim, o estado de Assail era a única coisa sobre a qual estava preparada para pensar.

Uma lição que aprendera ao estar do lado errado da lei? Não torne suas as merdas dos outros.

Girando, voltou a entrar no quarto e, de imediato, olhou para as máquinas que o monitoravam. Nada disparara, e Assail jazia ali pacificamente. O primeiro impulso dela foi o de ir ver se ele ainda estava vivo, como se fosse um bebê no berço. Em vez disso, contentou-se em observar o peito subindo e descendo.

Ele sofrera tanto, ela pensou ao ver a cabeça careca e o corpo magro demais. O câncer era uma praga, e a única coisa pior do que a doença era o que os médicos faziam para tentar livrá-lo disso.

Uma batida suave à porta fez com que erguesse a cabeça.

– Entre.

Ehlena, a enfermeira, se inclinou para dentro do quarto.

– Olá. Desculpe importuná-la, mas, se ele conseguir se alimentar, gostaríamos que ele fizesse isso.

Uma desculpa perfeita para acordá-lo, ela pensou.

– Ele está dormindo agora, mas... – Sola relanceou para Assail e sorriu. – Ah, espere, os olhos dele estão se abrindo. – Ela deu a volta e pegou a mão dele. – Ei.

Quando o olhar dele cravou no seu, a boca se moveu.

– Está me dizendo olá, não está? – Quando ele assentiu, ela sorriu um pouco mais. – Isso mesmo. Entendo tudo o que você quer dizer.

Ehlena se aproximou.

– Assail, gostaríamos que Ghisele entrasse para que você possa tomar...

Quando ele balançou a cabeça com firmeza, a enfermeira se calou, e Sola se preparou para mais uma convulsão. Mas ele simplesmente olhou para Ehlena como se tentasse se comunicar telepaticamente com ela ou algo assim.

– Ah, bem... – Ehlena pigarreou. – Muito bem, então. Sola, nós gostaríamos de trocar o cateter dele e fazer algumas outras coisas para as quais preferiríamos que ele tivesse um pouco de privacidade. Você poderia descer pelo corredor até a sala de descanso e aproveitar para comer alguma coisa? Só precisaremos de vinte minutos. É a quarta porta à esquerda.

– E quanto à comida para ele?

– Sim, nós lhe daremos comida.

Quando Assail apertou sua mão, ela lhe sorriu.

– Volto logo. Assim que eles permitirem.

Ele lhe sorriu o melhor que pôde, em seguida ela voltou para o corredor e...

– Ah, desculpe – disse ao esbarrar numa mulher que estava tentando entrar no quarto.

Quando Sola recuou, pensou: *Uau, que manto lindo.* O tecido era branco como uma nuvem, comprido até o chão e oferecia mais balanço do que qualquer peça saída do armário de Ginger Rogers.

E que mulher. Tinha cabelos loiros – do tipo natural, aparentemente – e feições perfeitas, e era tão alta que até mesmo Sola teve que levantar o olhar.

– Não, não. A culpa é minha – disse a mulher com uma reverência. – Perdoe-me. Mas fui convocada para...

Ehlena abriu a porta.

– Ghisele. Olá, deixe-me apresentá-la a Sola. Ela é a fêmea de Assail.

– Será um prazer servir – disse a mulher ao se curvar novamente. – Permitirá que eu lhe ofereça...

– Entre, Ghisele. – Ehlena puxou a mulher para dentro e olhou para Sola. – Ela é outra enfermeira aqui. Trabalha conosco.

Em seguida a porta foi fechada na cara de Sola.

Onde eles contrataram os funcionários ali, no concurso de Miss Estados Unidos?

Sacudindo a cabeça, foi passear e pensou no sotaque da mulher. Havia muito pessoal cuja língua materna não era o inglês, e isso era reconfortante. Estava acostumada a ouvir todo tipo diferente de sotaque, ainda que não conseguisse determinar a origem daqueles dali. Mas, pensando bem, ela estava mais acostumada às variações dos dialetos sul-americanos.

Encontrou a sala de descanso sem dificuldades e foi dar uma espiada na máquina de comida, que era – bônus – grátis. Nenhum dólar era exigido para a liberação de um pacote de pretzels ou de Doritos, nem de uma barra de Snickers ou de Milky Way. E havia a máquina de bebidas da Coca-Cola, que tinha tudo desde refrigerante até Gatorade de limão, tudo grátis. Também havia frutas, sanduíches e sobremesas – até Hot Pockets para serem colocados no micro-ondas.

Tudo grátis.

Ok, talvez aquilo fosse uma universidade?

Estranho, muito estranho.

Seu estômago não estava interessado em comida nem bebida, então ela pegou uma xícara de café e um donut; depois voltou ao corredor e encontrou o banheiro feminino – que se mostrou ser um vestiário provido de boxes com chuveiros, pias e banheiros. E, meu Deus, mais um bônus: eles ofereciam todo tipo de artigos de toalete. Desodorante, spray para o cabelo, escovas, maquiagem, remédios como Tums, Advil e Band-Aids... Era como se uma CVS inteira estivesse disposta em cestinhos ao longo da bancada acima das cubas.

Havia até embalagens fechadas de escovas de dente.

Não se lembrava de já ter apreciado flúor mais que nesse dia.

Saindo de lá com hálito fresco, caminhou até a ponta oposta do corredor, onde haviam entrado pelo estacionamento, e depois percorreu todo o caminho na direção contrária até a porta de vidro que abrigava alguma espécie de escritório. E desceu e subiu. E de novo.

Dessa vez, ao passar pelo quarto de Assail, Ehlena saía com a outra enfermeira, que amparava o braço contra a cintura.

– Tudo bem? – Sola perguntou.

– Perfeito. – Ehlena sorriu. – Você já pode voltar.

– Ok. Obrigada.

Sola franziu o cenho quando as duas se afastaram, falando em voz baixa. Mas, em seguida, abriu a porta e...

– Meu Deus...

Assail estava sentado na cama, com os olhos atentos, a cor de volta ao rosto. E, quando ele se concentrou nela, sorriu de modo tímido, mas bem alerta.

– Olá, linda – ele disse numa voz suave. – Você é uma tremenda vista para os meus olhos cansados.

Enquanto ela permanecia parada na soleira como se tivesse visto um fantasma, Assail se admoestou. O sangue da Escolhida Ghisele era tão puro – e fazia tanto tempo que ele não se alimentava por conta de tanto desgaste físico – que a energia extraordinária que percorria seu corpo fez acelerar semanas e semanas de recuperação.

Tudo isso num período de... 23 minutos. De acordo com o relógio na parede oposta.

Se ela fosse vampira, como ele, teria compreendido a situação no mesmo instante e se alegrado. Sendo humana, seria impossível explicar isso a menos que ele revelasse...

De uma vez só, seu cérebro sofreu uma descarga, os pensamentos que estiveram trafegando de maneira ordenada em trilhos neurais se desintegraram.

Tudo deixou de existir em sua mente, absolutamente tudo.

– Xxxxx? – Marisol se aproximou com preocupação no rosto. – Xxxxx, xxxx xxxx?

A boca dela se movia e os sons chegavam aos seus ouvidos, mas ele não conseguia decifrar as sílabas.

No entanto, conseguia reconhecer a expressão no rosto dela. Ela estava preocupada e lhe perguntava o que havia de errado. Sim, os olhos demonstravam preocupação, e ela se inclinou na sua direção, e falou um pouco mais.

–... a enfermeira? Devo chamá-la?

Com a mesma brusquidão com que tudo deixara de fazer sentido, sua compreensão voltou a funcionar no cérebro, as palavras tendo nexo novamente, e sua mente processando a realidade como deveria.

– Não – respondeu. – Por favor, não os chame. Eu só... fiquei um pouco tonto por um instante.

– Tem certeza? – Ela lhe segurou a mão e afagou. – Eu posso...

– Você está loira agora.

Ela ergueu a mão e tocou os cabelos curtos.

– Odeio isto. Mas é necessário, não quero ser identificada. Bem... é uma mudança de qualquer maneira.

Por um instante, ele pensou no fato de ela estar se escondendo – e odiou que ela não o permitisse tomar conta dela. Mas talvez isso fosse mudar agora. Talvez ela ficasse com ele ali depois da recuperação.

Quando levantou a mão para tocar nela, a amarra no pulso conteve seu braço, e ele tentou abaixá-lo discretamente para que ela não percebesse – não queria ter que explicar o motivo da necessidade da contenção. Não queria suscitar a ideia de que ele seria capaz de machucá-la.

Mas se lembrou do porquê tivera que ser amarrado. Lembrou-se de ter sentido os vermes sob a pele, a queimação, a ardência, os incessantes movimentos deles coçando-o, mordendo-o. Coçara a pele para arrancá-los, para libertá-los... mordera os próprios braços...

Enquanto os ecos das alucinações se tornavam tão vívidos que ameaçavam assumir o comando, incitou-se a permanecer presente ali com Marisol. Enxergá-la, sentir o seu cheiro e o seu calor. Sentir o toque dela não só onde seus dedos pousavam, mas também no seu coração e na sua alma.

Fora a sua vinculação a ela a responsável por reparar os danos neurológicos. Ele sabia sem sombra de dúvida que a presença de Marisol tinha sido o motivo pelo qual o que antes não funcionava agora estava próximo da normalidade: os machos da espécie eram tão ligados às suas fêmeas que eram capazes de grandes feitos de força e poder em favor das suas companheiras.

Evidentemente, isso incluía o retorno à sanidade.

Ainda assim, odiava que ela o visse assim.

Marisol se sentou na cama ao lado dele e acariciou seu braço de cima a baixo. Enquanto ela fazia isso, ele revelou uma carranca para o membro magro como um alfinete, cuja musculatura atrofiara tanto que a pele estava flácida.

– Feio.

– O que disse? – ela perguntou.

– Eu estou... feio.

– Não para mim. – Ela balançou a cabeça. – Nunca para mim.

Quando o olhar dela percorreu sua cabeça, ele teve uma vaga lembrança de a doutora Jane se aproximar dele com um barbeador. Por que eles rasparam sua cabeça... ah, por isso. Assail arrancou os cabelos, convencido de que havia vermes dentro de seu crânio. Estivera tão aterrorizado que mordera as amarras para se libertar, agarrar e arrancar os fios negros até estar sangrando com os ferimentos autoinfligidos.

Sim, foi por isso que tiveram que raspá-lo. Depois disso, trouxeram-lhe um espelho para provar que não havia nada ali – e ele se acalmara ao ver que tudo havia sido removido.

Isso aconteceu na época em que ainda tentavam usar a razão com ele em meio à psicose.

– Sinto muito – disse rouco. – Não queria que voltasse para... para isto.

– Estou aqui. Isso é tudo o que importa.

– Meu cérebro está... doente.

– Não temos que falar sobre isso se o assunto for aborrecê-lo.

– Está doente.

– É onde... onde o câncer está?

Assail franziu o cenho, perguntando-se se estava em mais um momento de distanciamento. Mas...

– O que Ehric lhe disse?

– Não mais do que isso. – Ela balançou a cabeça. – Mas não preciso dos detalhes se não estiver com vontade de falar a respeito.

– Sinto muito – repetiu. Embora dessa vez o pedido fosse pela mentira que ele não poderia desfazer.

Como poderia? Havia acabado de recuperá-la. Explicar-lhe que a situação era algo intrínseco ao fato de ele ser um vampiro era a última coisa que desejava confessar. Provavelmente ela ficaria horrorizada pelo que ele era, e ele a perderia de novo – e, desta vez, nada a traria de volta.

– Eu te amo – disse com urgência. – Eu estava tentando lhe dizer isso antes. Quando não conseguia falar.

Os lindos olhos escuros se arregalaram de surpresa e depois brilharam de felicidade.

– Então era isso o que você estava me dizendo.

– Sim.

– Eu pensei... Bem, estou feliz em ouvir as palavras. – Afagou-lhe o rosto. – Elas significam tudo para mim.

Deus, os olhos dela eram adoráveis, cercados por cílios por baixo dos arcos das sobrancelhas. E havia cor na face dela, o rubor da alegria tornando-a mais jovem, mais livre... mais viva do que jamais a vira antes.

Quando uma onda de exaustão pós-alimentação o assolou, Assail desesperadamente quis continuar a conversa, se certificar de que ela e a avó estiveram em segurança em Miami, descobrir como o ano anterior tinha sido a elas.

– Você trouxe a sua avó... – O cansaço se ergueu sobre seus ossos e começou a arrastá-lo para baixo com força. – Conte-me... Trouxe a senhora Carvalho?

– Sim, eu trouxe. Ela está na sua casa agora. Com os seus dois primos e... havia outro homem lá? Um rapaz?

– Ele é... amigo da família. Está hospedado conosco. Você... pode... confiar... nele...

Quando ele deu um bocejo que estalou o maxilar, os olhos começaram a fechar.

– Não se vá...!

– Não irei. – Ele a ouviu dizer antes de deslizar para o sono. – Não vou deixá-lo. Prometo...

Capítulo 19

Quando Jane foi buscar suas coisas no Buraco, não teve a mínima intenção de chegar perto de Vishous – ainda mais um Vishous seminu, no banheiro do antigo quarto de casados... de vinculados... de qualquer coisa que eles fossem. Mas, acima de tudo, ela era uma médica, e, quando via uma lesão que parecia infeccionar, não permitiria que suas confusões pessoais a impedissem de assistir um paciente.

E o que quer que estivesse acontecendo naquele braço dele não era nada bom.

Debaixo das luzes junto à pia, ela inspecionou a pele. O ferimento estava inchado e muito vermelho, e ele sibilou de novo quando ela tocou até mesmo a pele saudável de cor natural ao redor dele.

– Como isto aconteceu? Esbarrou em algo enferrujado? Eles estavam usando um pé de cabra quando o atacaram?

Quando não houve resposta alguma, ela levantou o olhar. Vishous a encarava com aqueles seus olhos diamantinos, o rosto retesado de arrependimento.

Não se deixe levar, disse para si mesma com o coração acelerado dentro do peito. *Não se esqueça de onde o encontrou, naquela maca da cobertura.*

– E então? – ela insistiu ao recuar um passo. – O que foi isso?

– Nada.

Ela revirou os olhos.

– Tudo bem, banque o durão... mesmo que isso pudesse ajudar a diagnosticar sua infecção. Mas você vai me deixar abrir isso para poder limpar. E depois vai tomar antibiótico. Talvez na veia.

Embora, considerando-se a expulsão da sua maldita clínica, tivesse que contar com a ajuda de Manny para isso. Um encaminhamento, que droga.

Jesus Cristo, como odiava sua vida agora, odiava de verdade.

V. apontou para o armário debaixo da bancada.

– Tem um kit de sutura e um bisturi debaixo...

– Eu sei, fui eu quem pôs ali.

Juntamente com um kit de primeiros-socorros à altura de uma ambulância. Enquanto ela pegava aquele peso e o colocava em cima da bancada, ele se moveu para o lado – e foi inteligente o bastante para não oferecer ajuda. Veem? Era um verdadeiro Albert Einstein com presas.

– Não quero lidocaína – V. argumentou quando ela se pôs a alinhar a gaze estéril, a solução salina na qual acrescentaria antisséptico e o kit de sutura.

Ela fez uma pausa e olhou por cima do ombro.

– Isto vai doer.

– Que bom.

Imprecando baixinho, ordenou-se a deixar isso para lá. Esse gosto que ele tinha por sentir dor não era da sua conta e, além disso, para ser honesta? Queria machucá-lo um pouco.

Depois de vestir as luvas, limpou a superfície lesionada com solução antisséptica e depois testou a ferida com o indicador.

– Temos que retirar o pus.

Ela pegou o bisturi e foi para a base da ferida, inseriu a lâmina verticalmente e depois seguiu o contorno por um centímetro.

Os músculos do tronco de V. se retesaram em resposta, e ela tentou não notar o quando ele era espetacularmente bem formado. Nenhuma gordura, em parte alguma. Ele era só firme debaixo daquela pele macia e esticada, um animal mais do que ela jamais vira em um homem humano.

Concentre-se, Jane...

– Mas que diabos? – ela murmurou.

Nada. Nenhuma infecção. Não havia nenhum líquido vazando, nenhum cheiro, nada. Ela tentou abrir um pouco mais o ferimento. E mais alto ainda. Mas não importava o quanto cutucasse o ferimento de mais de vinte centímetros, não havia nada ali que sugerisse um combate entre a invasão bacteriana e as células brancas dele.

– Está mais para reação alérgica – concluiu. – A inflamação e a irritação. O que diabos causou isso em você?

– Não sei. E é a mais absoluta verdade.

Jane relanceou pelo peitoral amplo até o queixo e o cavanhaque dele.

– Não viu o que foi?

– Não, vi muito bem. Atacou o Butch e a mim. Eu só nunca vi nada parecido com aquilo antes.

Jane se endireitou.

– Não foi um *redutor*?

– Não. Ninguém sabe o que era, entende. Era o que eu estava fazendo quando você chegou. Eu estava prestes a pesquisar nos grupos de vampiros e ver se alguém mais já se deparou com uma dessas sombras.

Medo, como um alarme de incêndio, disparou dentro dela.

E foi estranho – e talvez fosse um ponto para V., não que ela quisesse admitir que ele merecia um – que somente naquele momento ela se deu conta de que a mãe dele, a Virgem Escriba, não existia mais mesmo. Porque o primeiro conselho dela, sua reação inicial, ante a ideia de que havia uma ameaça desconhecida à espécie, era a de que ele fosse falar com a fundadora metafísica e espiritual da raça.

A voz de V. passou pela sua cabeça, do momento em que estiveram brigando:

Você não me perguntou nem uma vez como eu me senti. Nem me perguntou como eu descobri que ela se fora.

Pigarreando, Jane disse:

– Talvez você tenha que ir até o Santuário. Talvez a informação esteja lá e não aqui embaixo. Na biblioteca ou... sei lá.

Vishous esfregou a têmpora tatuada como se estivesse com dor de cabeça.

– Os livros dos registros são inúmeros. Datam de séculos.

– Mas são toda a história da raça, não? E devem estar organizados de alguma maneira.

– Por data. Não por assunto. Mesmo se todas as Escolhidas me ajudassem, eu não conseguiria passar por todos eles num período razoável. Além disso, e se essa coisa for recente? Ninguém registra mais nada.

– Bem, para isso não há conserto. Mas, se as Escolhidas registraram a história, elas se lembrariam de algo importante assim, não? Talvez você possa perguntar a elas. Estão todas nos Grandes Campos de Rehv. Você poderia ir falar com elas de modo a restringirem a sua pesquisa.

– É verdade. Eu poderia fazer isso.

– Então vamos... – Ela balançou a cabeça. – Quero dizer, vá você. Você deveria ir.

Aqueles olhos cravaram nos seus.

– Eu faria bom uso de uma ajuda. Se você tiver tempo disponível.

Jane abaixou o olhar para a gaze que tinha na mão. Havia uma mancha vermelha bem no meio do quadrado branco estéril.

Manny não permitiria que ela chegasse perto da clínica. E ela iria para uma das muitas propriedades da Irmandade, ficaria enfiada lá como uma prisioneira, amaldiçoando sua vida e seus colegas de profissão e todo mundo nesse ínterim.

Ou... poderia ajudar V. nessa tarefa.

Pensou em todas as reuniões secretas a que ele ia, em todas as portas fechadas, nos ambientes em que não era bem recebida, nas informações que ele nunca partilhava.

– Tudo bem – ele murmurou. – Sei que está ocupada...

– Tem certeza de que quer que eu saiba alguma coisa relacionada a isso?

Quando falou, havia amargura em sua voz, e ela teve que admitir que isso a magoava já há algum tempo. Claro que não quisera reconhecer isso, afinal, tinha sua própria vida, e ela também não podia comentar detalhes sobre os seus pacientes. Mas esteve tão alheia sobre como ele passava suas horas, de como ele levava a vida, com o que ele se comprometia... Ele e a Irmandade eram tão ligados, eram praticamente uma entidade, considerando-se o relacionamento no trabalho e a vida fora dos turnos, as piadas internas, toda aquela coisa de macho.

Coisas com as quais não se importava – desde que sentisse que ela e V. tinham uma conexão.

– Não tenho problema nenhum em você saber de alguma coisa – ele disse.

– Tem certeza?

– O que isso quer dizer...

Ela levantou uma mão.

– Não quero discutir.

Ele inspirou fundo, a cicatriz em forma de estrela no peito se expandindo em sua forma e depois voltando ao estado normal.

– Nem eu. E estou falando sério. Diabos, você provavelmente é a única que entenderia isso tudo. Você é uma das pessoas mais inteligentes que já conheci.

Jane desviou o olhar e tentou esconder o pequenino raio de sol que brotou, inesperado e desconhecido, em seu rosto.

Não lhe contaria isso... Mas esse elogio significava mais para ela do que qualquer cantada sobre sua beleza ou atratividade teria significado.

Vindo de alguém como ele? Era o melhor elogio que ela poderia receber.

– Ok. – Sua voz estava rouca, por isso ela limpou a garganta e aprumou os ombros. – Irei com você.

Apesar de ainda haver muita noite pela frente, Throe se acomodou na cama, reclinando-se sobre travesseiros macios como nuvens.

No retiro dos seus aposentos, ele seguia – depois de um hiato grande demais – as tradições da sua classe. Na época anterior à que fora banido para o Bando de Bastardos e forçado a aprender a lutar ou morrer, uma mansão tal como esta que tomara para si, e criados tal como os que criara, e momentos como esse, no qual poderia se deitar caso não estivesse se sentindo bem, eram partes normais do decorrer da vida.

Na realidade, já estava recuperado da estranha dor no peito da noite anterior. Portanto, isso era apenas abundância de cautela e amor ao luxo.

Também era tempo de qualidade com seu amor.

Esticando a mão, pousou a palma na capa do volume antigo que provara ser um meio para o seu objetivo.

– Meu amor – murmurou ao fechar os olhos.

O Livro se aqueceu ante seu toque, comunicando-se com ele como sempre fazia, completando-o, sendo que jamais soubera estar tão oco, restaurando-lhe as forças depois da dor e do esvaziamento experienciados no beco.

Sim, pensou, estava de volta ao seu antigo eu, forte de novo. Precisava de mais tempo com seu amor e depois tudo ficaria bem – mesmo que a perda de um dos seus soldados o tivesse comprometido, isso seria apenas temporário. Faria mais deles.

Enquanto Throe permanecia deitado num quarto adequado a um membro da *glymera*, seus pensamentos embarcaram num idílio do passado recente, como se ele estivesse visitando um museu e o corpo docente o detivesse de tempos em tempos diante de um quadro.

Lembrou-se de ter ido procurar a vidente numa parte decadente da cidade e de ter sido chamado pelo Livro como se ele tivesse pronunciado seu nome. Estivera à procura de magia negra, isso era fato – embora não tivesse declarado isso na época. Só do que estivera ciente – ao subir os degraus até o segundo andar do prédio antigo e se ver transportado para outra dimensão, na qual seu corpo mudava de posições – era de ter ambições ao trono, e que elas não vinham sendo atendidas a contento.

Sem os músculos de Xcor e do Bando de Bastardos, e com a aristocracia completamente castrada com o desmantelamento do Conselho, ele não avistara um caminho a seguir.

– Mas então eu o encontrei – ele murmurou.

O Livro lhe mostrara como criar as sombras, o feitiço que requeria o pouco sacrifício do seu sangue e um pouco de dor. Fora tão fácil, o único senão era que o feitiço criava apenas um de cada vez.

Se ao menos houvesse um programa de fidelidade para a maldita coisa.

No momento, tinha cinco – não, quatro – entidades sombra sob seu comando. A fim de derrotar a Irmandade, ele precisaria de muitos mais. Um exército adequado.

A ideia de repetir o feitiço incontáveis vezes o frustrava. Mas que escolha tinha? E eles eram uma arma que precisava de uma defesa melhor. Se podiam ser eliminados por balas?

Sob sua palma, o Livro se tornou frio como cubos de gelo, como se discordasse – e ele virou a cabeça no travesseiro em direção ao livro.

– Como pode discordar? Meu soldado foi derrotado com presteza... Ai! – Afastou a mão da capa e franziu o cenho. – Sério? Você precisava fazer isso?

Nos recessos da mente, enquanto encarava o objeto inanimado, ele tinha a noção de que tudo aquilo era muito estranho. Tudo a respeito do que estava fazendo parecia... como se estivesse sujeitado a outro. Esses eventos, essas escolhas, esse... caminho... era seu apenas na superfície...

O Livro abriu a capa; suas páginas, já não mais empoeiradas devido ao uso, começaram a virar com velocidade crescente. E depois parou num determinado ponto.

Inclinando-se para o lado, ele olhou para a tinta na página. Como de costume, não fazia sentido algum, mas ele já passara por isso antes. Tinha que esperar até que fosse traduzido para ele, para o seu idioma...

Ele sorriu, um calor se espalhando pelo peito.

–Tenho minha fé – murmurou. – E minha fé me tem...

Ao longo da página, a mesma frase, escrita em caracteres do Idioma Antigo, estava em todos os tamanhos, as palavras se encaixando umas nas outras, formando um lindo desenho.

– Não vamos discutir, meu amor – ele sussurrou ao abaixar a cabeça e pressionar os lábios na página. – Tenho minha fé, minha fé me tem. – Acariciou a página, sentindo a maciez de veludo que era como a pele de uma fêmea. – Tenho minha fé, minha fé me tem. Tenhominhafé-minhafémetem...

Uma ereção se ergueu no quadril e ele enfiou uma mão debaixo do lençol. Empurrando a palma por baixo da cintura do pijama de seda, ele se agarrou e sentiu uma ferroada de luxúria atravessá-lo. Tudo do que precisou foi um pouco de movimento, firme e forte, para encontrar o enlevo enquanto dizia as palavras para a página repetidamente...

Uma batida à porta o fez erguer a cabeça. Era o seu chá. Earl Grey numa bandeja de prata com cubos de açúcar e uma fatia de limão ao lado.

A sombra que ele mandara buscar isso esperaria até que a Terra deixasse de existir, sujeita ao desejo de Throe e não ao seu próprio, pois, apesar de se mover, não tinha cérebro próprio.

O oposto do seu Livro.

– Meu amor – disse ele ao estender a língua e lamber a tinta da página.

O gosto era glorioso, de sexo feminino excitado, e, quando ele começou a ejacular, tudo estava certo no seu mundo...

E ele até tinha boa criadagem, finalmente. Algo tão difícil de encontrar.

Capítulo 20

Os Grandes Campos de Rehv, à margem do Lago George, era um conjunto típico de construção das casas de veraneio nos Adirondacks dos anos 1870. Com telhas de cedro, varandas múltiplas e tão perto da água que era possível cuspir as sementes de uma melancia ou jogar o gelo do seu Gim e Tônica no lago sem dificuldade nenhuma. Com as montanhas íngremes cobertas de gelo emoldurando o terreno e colunas de fumaça se erguendo a partir das cinco chaminés, era o tipo de lugar no qual você gostaria de se entocar com um belo livro até a chegada da primavera.

Enquanto Jane esmagava a neve com suas pisadas até a porta dos fundos, mantinha as mãos nos bolsos e a cabeça abaixada. Estava tão frio que as orelhas queimavam nas pontas e a pele das bochechas se esticava, mas ela não queria resolver o "problema" desaparecendo.

Era gostoso estar ao ar livre, sem estar distraída por alguma emergência, e ela parou e olhou ao redor. Acima, o céu estava repleto de estrelas que brilhavam tão intensamente que pareciam furos numa cortina de teatro, e a lua alta, quase cheia, fornecia aquela luz que conferia um tom azulado ao cenário invernal.

– Tão lindo – murmurou.

– Concordo.

Quando relanceou para V., ele não estava olhando para o firmamento. Ele a olhava fixamente.

E, por mais que a expressão dele estivesse reservada, seus olhos não estavam nem um pouco.

Com o coração começando a bater forte, desviou-se dele.

– Melhor entrarmos.

A porta da cozinha se abriu antes que eles subissem na varanda de trás, e a Escolhida Cormia pôs a cabeça para fora.

– Bem na hora! Os pãezinhos acabaram de sair do forno.

A fêmea loira vestia um suéter de tricô irlandês tão grande que terminava abaixo dos joelhos, e seu sorriso era tão belo quanto o nascer do sol, quente e acolhedor. A companheira de Phury era uma rara combinação de bondade sem nada excessivo, uma pessoa genuinamente afetuosa que era o par perfeito para o gêmeo de Z. – e, sem ela, Phury jamais teria derrotado os demônios que o viciaram.

Ah, o amor de uma boa mulher. Não era assim o ditado?

Maravilha. Agora seu peito voltava a se apertar enquanto aquela sua parte traidora, aquela menina lamurienta nada adulta, aquela porção da sua personalidade fraca e queixosa, se perguntava por que não bastara para Vishous.

Só que aquilo era uma tremenda asneira de primeira ordem.

– Obrigada – disse à Escolhida ao entrar. – Estou com fome.

Mentirosa, pensou ao fingir interesse ao verificar o conteúdo das assadeiras sobre o fogão a gás.

Depois de morar com a Irmandade por tanto tempo acabara se acostumando a cozinhas profissionais imensas. Aquela era uma muito mais pessoal em relação a dimensões, com um fogão Viking de seis bocas bem razoável e uma geladeira de tamanho normal, um forno barrigudo que lançava BTUs tal qual um padre distribui bênçãos na época da Páscoa. E o restante do espaço fora reformado tendo em mente a preservação dos traços autênticos da casa o quanto fosse possível: a vitrine no canto era uma antiguidade, com vigas expostas pintadas de cinza e granada, as tábuas do antigo assoalho envernizadas, mas não pintadas, para mostrar a idade que tinham.

– Então, o que os traz aqui? – Cormia perguntou ao se aproximar do forno para transferir os bolinhos das assadeiras para um cesto com as pontas dos dedos. – A sua mensagem não disse muita coisa, V. Não que precisem de um motivo para vir. Vocês são sempre bem-vindos.

Enquanto V. começava a explicar sobre o ataque, Jane se sentou junto à ilha e observou toda a jovialidade se dissipando das feições da Escolhida.

– Vou pedir que todas desçam – a fêmea disse quando ele terminou.

Depois de cobrir o cesto com um pano de prato para manter os pães quentes, Cormia saiu, e os passos foram sumindo à medida que ela se afastava e depois se transferia para o segundo andar.

Deixados a sós, Jane tentou se lembrar da última vez em que ela e Vishous ficaram juntos no mesmo ambiente – com ambos devidamente despertos.

Chegou à conclusão de que havia sido na época em que Xcor foi mantido em cativeiro. Quando ela foi até a Tumba para avaliar os sinais vitais do Bastardo e Vishous estava de guarda. Conversaram sobre nenhum dos dois querer filhos. O que fora um alívio na época.

Agora? Essa concordância lhe parecia mais distanciamento, mais separação.

Quando Vishous pigarreou, ela o fitou – e, como se estivesse esperando sua atenção, ele disse:

– Eu lhe devo um pedido de desculpas. Pelo modo como falei com você na cobertura na outra noite. Fui desagradável e defensivo.

Ela se concentrou no cesto. O pano de prato em cima era vermelho, aquele deixado de lado era azul, e a combinação fez com que pensasse num Quatro de Julho.

– Tudo bem – acabou dizendo. – Nós dois estávamos bem chateados.

– Sinto muito mesmo pelo que aconteceu. A coisa toda.

– Sabe o que mais magoa? – ela disse de repente. – O fato de você ter arranjado um tempo para fazer planos e pensar em… outra pessoa. Isso faz com que eu sinta como se eu não estivesse aqui. Que eu não sou importante para você. Quero dizer, claro que a parte da traição também conta. Mas, mais importante do que o sexo, o que me mata é que você deu prioridade a outro alguém… quando tudo o que eu queria era ser vista por você. *Vista*… de verdade.

Houve um barulho de tecido e um rangido... e, quando ela voltou a erguer o olhar, ele estava bem ao lado dela, pairando em sua jaqueta de couro preta com os ombros largos, as armas escondidas em sua maioria, o rosto cheio de ângulos enquanto permanecia parado debaixo da luminária antiga de ferro.

– Eu não queria mais ninguém – ele disse. – Eu não quero mais ninguém. Só você.

Quando sua garganta se contraiu, ela sussurrou.

– Então por que você fez aquilo?

– Nunca vou me perdoar. – Esticou o braço e a tocou no rosto, mas não com a mão enluvada. Com aquela que estava quente e nua. – E você tem razão. Não tinha nada a ver com você... até eu resolver que não conseguia seguir adiante. Então *tudo* teve a ver com você.

Seus olhos se encontraram enquanto mais passos eram ouvidos no andar de cima, muitos deles cruzando o assoalho enquanto Cormia reunia as Escolhidas.

– Eu sinto muito – confessou numa voz emocionada. – Mais do que você jamais vai entender. Eu te amo, Jane. Sempre foi você... Fiz uma coisa estúpida, imperdoável. E quanto ao sexo, juro pela minha alma que não toquei nela. Assim que ela chegou, eu a mandei embora. Eu não conseguiria fazer aquilo, não dava.

Ela vasculhou o rosto dele, aquele seu rosto cruelmente belo e tatuado.

– Você me magoou. – A voz dela estava tão áspera que nem se parecia com a dela.

– Eu sei.

– Não faça mais isso.

– Não farei. – Ele se inclinou para a frente e pressionou um beijo na testa dela. – Você tem a minha palavra.

Quando ele se endireitou, ela percebeu algo – e deu uma risada desconcertada. Depois riu num gracejo.

– Ai, meu Deus.

– O que foi?

– Não acredito que acabei de citar *Uma linda mulher*. – Levou as mãos ao rosto e riu mais. – Acabei de dar uma de Julia Roberts.

Ele sorriu, o cavanhaque se alargando.

– Nunca vi esse filme. Não... espera. Lassiter assistiu a ele uma vez. É aquele que tinha a ruiva com um monte de sacolas de compra ou algo assim?

– Esse mesmo. Bem, nunca imaginei que fosse agir assim.

V. logo se tornou sério.

– Lamento que tenha sido eu a obrigá-la a isso.

– Não vou dizer que está tudo bem. – Inspirou fundo. – Porque não está.

– Eu sei. E concordo.

Conforme vozes femininas se aproximaram, Cormia entrou na cozinha e apontou por cima do ombro.

– Podemos nos reunir na sala de estar, junto à lareira, porque lá é mais quente?

– Bem pensado – V. concordou ao recuar para que Jane pudesse ficar de pé. – Vamos.

Nada.

Nenhuma das Escolhidas jamais ouvira falar de uma entidade sombra, quer em suas funções de Escolhida, quer em alguma conversa sobre a raça.

Depois do encontro com as fêmeas sagradas, V. saiu da antiga casa maravilhosa de Rehv e deixou a porta aberta para Jane segui-lo.

– Não estou surpreso – comentou.

– Tinha certeza de que elas saberiam alguma coisa.

Os dois caminharam pela neve, as respirações formando nuvens, as botas esmagando a camada superior de gelo sobre a neve fofa de baixo.

Cacete, pensou ele. Não havia mais motivos para ir verificar as mídias sociais. Se as fêmeas da Virgem Escriba não sabiam identificar a aparição, os zés-ninguém do planeta não saberiam...

Mas, pensando bem, Phury libertara as Escolhidas de sua prisão no Santuário já havia algum tempo. Portanto havia um intervalo desde que as bacias refletoras foram utilizadas com regularidade e quando aquela imagem transparente, alta e sombria apareceu no beco.

– Acho que agora voltamos – V. disse ao desacelerar até parar.

Cacete. Ele não queria ir embora porque Jane acabaria se afastando quando chegassem a Caldwell...

– E quanto a Amalya? – ela perguntou.

Quando ele se virou para a mulher, ficou enfeitiçado pelo modo como o luar caía sobre as feições dela, fazendo os cabelos loiros brilharem. Maldição, como queria beijá-la. Queria fazer ainda mais com ela.

– Desculpe, o que disse? – murmurou.

– Ela ainda está lá no Santuário, como Directrix. Talvez ela saiba de alguma coisa?

– Você vai comigo?

– Ah... Sim, claro. Acho que consigo ir até lá. Nunca tentei.

– Posso te ajudar. – Quando ela assentiu, V. se aproximou. – Vou ter que passar meus braços à sua volta.

Quando Jane se empertigou, ele lhe deu um tempo para mudar de ideia. Mas, em seguida, ela assentiu, por isso ele se aproximou ainda mais e esticou os braços, a jaqueta de couro rangendo no frio.

– Feche os olhos – orientou-a.

V. não viu se ela seguiu suas instruções. Não era necessário, de um jeito ou de outro. Ele nem sabia muito bem por que lhe dissera aquilo; inferno, talvez porque tivesse esperanças de que ela se esquecesse de que era ele ali. Ou, mais provavelmente... Ele não queria que ela visse o quanto ele se sentia vulnerável.

Numa série de movimentos lentos, ele passou os braços ao redor e se aproximou dela.

Ela ainda se encaixava. Mas a sensação era diferente. Abraçando-a, era como se fosse a primeira vez de novo, o momento em que você segura outro corpo junto ao seu, e todos os seus sentidos estão atentos à maneira como os ombros dela batem na parte interna dos seus bíceps, e como a cabeça dela se encaixa debaixo do seu queixo e qual é a fragrância do xampu dela.

Apesar de Vishous tê-la orientado a fechar os olhos, era ele quem abaixava as pálpebras.

– Segure-se em mim – disse rouco. – Lá vamos nós.

O mundo girou com eles no centro do Universo – ao redor do qual todas as coisas giravam, e depois houve uma onda e um choque... e simples assim, o frio e a noite desapareceram.

O Santuário era um arco-íris de gramado verde com tulipas multicoloridas; seu clima, uma eterna tarde de primavera sob um céu leitoso que não tinha nenhuma fonte evidente de luz, mas toda a iluminação que você poderia desejar. O ar estava estabilizado a perfeitos 22°C, a umidade conferindo um orvalho sem fazer você suar. Estruturas ao estilo greco-romano com galerias abertas e janelas em arcos, sem vidro, salpicavam o terreno, como peças de xadrez colocadas estrategicamente num tabuleiro.

Vishous não queria soltar dela.

No entanto, soltou.

E, ao recuar, sentiu as mãos dela deslizando pela sua cintura, o que provocou uma onda de desejo em seu corpo.

Ainda que a frustração sexual não fosse a melhor amiga dos homens, era bom voltar a desejá-la. Não só lembrar como era sentir isso, mas de fato viver a sensação, a experiência.

– Para onde vamos? – Jane perguntou com a voz rouca.

Ele se remexeu para voltar a se concentrar.

– Para os aposentos particulares da minha mãe. Vamos esperar Amalya lá. Ela já sabe que estamos aqui. A Directrix sempre sabe quando alguém atravessa a barreira.

Quando começaram a andar, ele quis segurar a mão dela. Contudo, não queria pressioná-la e tornar a situação constrangedora de novo.

– Puxa, este lugar é lindo – Jane murmurou. – As cores... me fazem pensar em algum lugar além do arco-íris.

– Como assim?

– Aquele filme de Judy Garland... aquele em que metade era em branco e preto, e a outra metade, colorida? Minha irmã, Hannah, antes de morrer... Ela e eu costumávamos assistir a ele todos os anos. Caramba, minha cabeça vai... Por que não consigo me lembrar do título? Havia um cachorro, Toto. E a tia Em, para quem ela queria voltar.

E o caminho de pedras amarelas e o Espantalho. O Homem de Lata e o Leão Covarde. Ok, isso vai me enlouquecer... Havia uma bruxa e uns macacos assustadores. Eu odiava aqueles macacos, sempre me davam pesadelo, e fizeram com que eu não quisesse mais ir ao zoológico.

V. sabia o nome do filme, mas gostava do som da voz dela conversando, por isso não disse nada e deixou que ela continuasse descrevendo-o enquanto caminhavam pelo gramado uniforme, digno de um campo de golfe.

Mais adiante, o Templo da Escriba, uma parede alta de mármore branco, tão imaculada como se um prato de porcelana tivesse sido enfiado no chão, delineava o espaço privado da sua mãe. Não havia uma porta convencional para entrarem no pátio. Em vez disso, uma seção se abria para o caso de você ser bem-vindo.

Quando se aproximaram, caminhando lado a lado com tanto ainda não verbalizado, ele se preocupou com a possibilidade de serem barrados devido a uma má vibração, como se fossem portadores de uma virose intestinal que demandava quarentena. Ou, talvez, com a ausência permanente da Virgem Escriba, tudo estaria trancado...

Não. O mármore que estivera lá deu lugar à abertura.

Ao entrarem, o som da fonte, que agora fluía novamente, era como um coro sem uma música específica nem um conjunto determinado de vozes; era mais um som ambiente que o fazia pensar "ah, isso sim que é bom".

Os pássaros que levara à mãe, duas vezes, ficaram silenciosos por um momento. Retomaram o cantar adorável até que o gorjeio das gargantas aviárias se tornasse parte do cenário, como a água da fonte, tão perfeitamente orquestrado para estabelecer um clima agradável. Ante aquele cenário, os ombros se relaxaram, as entranhas se destorceram e o coração, ainda tão frágil poucos momentos atrás, começou a bater num ritmo tranquilo.

Jane continuou andando, as botas que calçou no Buraco já não estavam mais sujas de neve, pois a grama a havia raspado das solas. Ele imaginou que o casaco a deixaria com calor – e, como esperado, ela o retirou e depois passou uma mão pelos cabelos curtos.

Eu te vejo, ele pensou. *E você é linda para mim.*

– Agora nós esperamos? – ela perguntou ao vagar ao redor, depois parou no vestíbulo anterior ao quarto de sua mãe. – Até Amalya nos encontrar?

– Isso.

– Ei, olha só. Tem uma cama e umas coisas... Não, não tem muita coisa, mas uma cama tem. – Ela relanceou para trás, na sua direção. – Não achei que a Virgem Escriba dormisse. Sabe... como nós?

V. deu de ombros.

– Não sei o que ela fazia aí dentro.

Ela girou rápido.

– *O Mágico de Oz*. Esse é o nome do filme. Puxa, pensei que tivesse ficado louca de vez.

Houve um longo silêncio. E Vishous se deu conta de que lembraria dela ali para sempre, parada diante da imensidão de mármore branco, fitando-o com a parca dobrada no braço e as botas para neve.

– Senti saudade de você. – Deixou escapar. – Mais do que gostaria de admitir. E agora que está aqui comigo, não consigo entender por que diabos me esforcei tanto pra não te dizer isso.

Capítulo 21

Na tarde seguinte – seria mesmo tarde? Os ponteiros do relógio marcavam duas e pouco e ela *sentia* que era de tarde –, Sola saiu do quarto de Assail para que Ehlena e aquela outra enfermeira, a do manto longo, pudessem remover o cateter dele.

Ele dormira em períodos de duas a três horas, e Sola fizera o mesmo, graças a uma cama de armar que levaram para ela. Como ele ainda estava amarrado, não podiam se deitar juntos, mas mesmo assim era bom esticar o corpo e tirar o peso dos pés bem juntinho a ele.

Ehric se mostrava verdadeiramente diligente enviando-lhe mensagens sobre a avó no aparelho que lhe havia entregado. Fotos também: imagens da senhora junto ao fogão, diante da tábua de corte, apontando para Evale como se estivesse lhe dando alguma ordem, fazendo com que Sola sorrisse de alegria e de alívio. No último mês em Miami, ela tinha nutrido a preocupação de que a avó talvez estivesse diminuindo o ritmo, mas talvez tudo o que ela precisava era de mais bocas para alimentar, uma casa maior para organizar e uma rotina com mais tarefas a desempenhar além de ir à igreja.

Ehlena saiu do quarto.

– Acredito que ele queira tomar banho.

Sola ficou alerta.

– Mesmo? Puxa, uau! Tiraram as amarras?

– Sim. – A outra mulher fez um gesto para que ela fosse devagar. – A verdade é que ainda não sabemos como ele vai se portar. Não quero alarmá-la, mas o estado mental dele pode mudar rapidamente e sem qualquer aviso. Por isso, por favor, tome cuidado.

– Sei cuidar de mim – Sola disse com gravidade. – Odiaria ter que fazer isso com ele... Mas sei lidar com as coisas se elas se encaminharem para esse lado.

Ehlena estendeu uma mão para ela.

– Temos esperanças de que isso não seja necessário. E você sabe como nos chamar.

– Então ele pode tomar banho? Posso ajudá-lo com isso?

– Sim, o doutor Manello o liberou para o banho. Há uma cadeira dentro do box para ele se sentar e também um botão de alarme na parede, você vai ver onde está. Estarei no quarto ao lado se precisar de mim.

A outra enfermeira saiu do quarto, aquela do manto longo, e o braço dela estava na mesma posição, grudado ao tronco como se ela estivesse escondendo algo ou como se ele doesse. Mas ela foi bastante educada, fazendo a reverência dela e murmurando algumas palavras de respeito.

Sola respondeu com amabilidade, mas não desperdiçou tempo: voou para dentro do quarto porque tinha o palpite de que... Isso mesmo, Assail estava sentado na beirada da cama como se prestes a ficar de pé, como se estivesse em condições de sair dançando e cantarolando por aí – e, muito provavelmente, cairia de cara no chão, quebrando os dentes porque estava fraco demais para fazer qualquer outra coisa além de usar os lençóis.

– Deixe-me te ajudar – ela disse ao se precipitar.

– Eu consigo...

– Não consegue porcaria nenhuma...

Só que ele conseguiu. Ele ficou de pé e não oscilou, o corpo permaneceu firme nas pernas magras, a respiração apenas um pouco acelerada, as mãos afastadas do corpo enquanto ele encontrava seu ponto de equilíbrio.

– Olha só pra você... – Sola sorriu e teve que piscar para afastar as lágrimas. – Daqui a pouco vai fazer polichinelos.

– Posso segurar no seu braço?

– Tive esperanças de que fosse pedir isso.

Sola o deixou estabelecer o ritmo, e, embora ele avançasse como uma senhorinha idosa, ela nem se importou. A ideia de que havia algum progresso, qualquer tipo de avanço para longe do precipício da morte em que ele tinha estado na noite anterior já bastava para ela. Sim, sabia que ele ainda era um paciente terminal, e ela teria que continuar a enfrentar essa realidade... Mas, pelo tanto que pudesse, permaneceria no presente. Qualquer outra coisa era simplesmente difícil demais para imaginar.

– Ok, então vou ajustar a temperatura da água – informou quando entraram no banheiro. – E você vai estacionar no vaso bem aqui... Vamos abaixar a tampa. Excelente. Bom trabalho. Agora, me deixe ligar a água.

Enquanto ele permanecia sentado, ela esticou o braço para dentro do box azulejado e girou a torneira toda para o lado do "Q". Depois se virou e...

Assail já não estava mais sentado. E não estava perto do vaso sanitário.

Ele fora para a pia e encarava o reflexo no espelho.

Com a mão trêmula, tocou o vidro e o reflexo da face encovada, das sobrancelhas proeminentes demais, dos lábios frouxos.

– A água está quase boa – ela sussurrou. Apesar de não estar. – Venha, vamos para baixo do jato.

Mas Assail continuou de pé, encarando a imagem do que evidentemente era um homem moribundo.

Quando os joelhos dele começaram a ceder, ela o apanhou, passando um braço ao redor do corpo frágil. Ele pesava tão pouco, mas ela não se permitiu ficar pensando a respeito.

– Sente-se – orientou ao ajudá-lo de novo para o vaso sanitário.

Depois se ajoelhou diante dele. Quando os olhos dele marejaram, ela se sentiu deveras impotente.

– Está tudo bem – murmurou ao tirar a toalha do varão. – Solte tudo.

Dobrando a toalha ao meio, ela pressionou a maciez no rosto dele – e, então, de alguma forma, ele acabou nos seus braços, apoiando-se nela em busca de forças, o corpo desabando sobre o dela.

Com círculos lentos, Sola moveu a palma ao redor dos ossos pronunciados das costas e costelas dele.

– Estou com você – ela lhe sussurrou ao ouvido. – Chore tudo, você vai se sentir melhor...

Uma batida à porta o enrijeceu e ele levantou a cabeça assustado como se a ideia de que alguém o visse em tal estado de vulnerabilidade fosse aterrorizante.

– Estamos bem – Sola disse com firmeza ao mesmo tempo em que trazia a cabeça de volta para baixo, protegendo-o. – *Não* entre.

A voz de Ehlena estava abafada pela porta fechada.

– Só vim ver se estava tudo bem. Vou lhes dar privacidade.

– Obrigada.

Depois de um instante, Assail levantou a cabeça como se ela pesasse mil quilos. E, antes que conseguisse falar, Sola lhe enxugou o rosto.

– Vamos cuidar do banho mais tarde...

– Nunca pensei... – Ele pigarreou. – Nunca pensei que eu fosse voltar. Pensei que estivesse perdido para sempre. Estou com muito medo, Marisol. E se eu... Eu não quero ficar perdido de novo.

Ela teria dado o mundo para ser capaz de lhe dizer que ele não tinha que se preocupar com isso. Mas não iria mentir para ele.

– Não vou sair de perto de você. Não importa quanto tempo você tenha, estarei aqui.

Com dedos trêmulos, ele tocou no seu cabelo, na curva do seu maxilar. E depois se demorou na boca dela, fazendo uma carícia leve no lábio inferior.

Ela sabia exatamente o que ele estava pedindo.

– Sim – ela disse. – Assim que você conseguir.

Fitando o rosto de Marisol, Assail desejou desesperadamente estar com sua fêmea. Queria-a nua e debaixo do seu corpo excitado, penetrando-a, e os dois chegariam ao orgasmo ao mesmo tempo.

Infelizmente, isso mais parecia um país distante, alcançável apenas após uma viagem traiçoeira e exaustiva. Mas ele poderia chegar lá. Pedira à Escolhida Ghisele que voltasse dentro de oito horas. Ela vinha se alimentando da Irmandade para manter as forças tão necessárias que transferia para ele, e talvez com mais uma alimentação ele esqueceria da paranoia de ter uma recaída.

Toda vez que tomava a veia da Escolhida, ele progredia a olhos vistos. Mas como desejava que fosse o sangue de Marisol dentro dele...

Por um momento, Assail conduziu essa fantasia, mas logo voltou ao presente. Apartado de sua loucura há pouco tempo, ele não gostaria de se perder em lembranças e devaneios. Em ambos os casos, pensamentos tão vívidos o afastavam da realidade do toque, dos cheiros, da visão e do paladar, e essa dissociação o aterrorizava.

Tivera o bastante disso para lhe durar uma vida inteira.

– Vamos voltar para a cama.

– Quero ficar limpo – argumentou. – Eu só quero... me sentir limpo.

Como se um bom xampu e um sabonete fossem limpar esse pesadelo dele.

– Tudo bem – Marisol concordou ao se levantar. – Vamos ao banho, então.

Ele desprezou completamente o modo como ela teve que ajudá-lo a se levantar, mas tinha aprendido sua recente lição com o espelho acima da pia: enquanto ela o ajudava a tirar a camisola hospitalar, não olhou para si mesmo.

Não, muito obrigado. Ele não iria gostar do que veria ali assim como não gostara de ver seu rosto e o crânio raspado.

E, maldição, queria ficar de pé por conta própria debaixo do jato do chuveiro, como qualquer macho faria, mas, com o calor a envolvê-lo por conta da água quente, ele já sentia a pressão sanguínea baixando. Portanto, usaria o banquinho...

– Ah... – suspirou. – Isto é maravilhoso.

– Quente demais? Frio demais?

– Perfeito.

Inclinando-se para trás para recostar a cabeça calva na parede de azulejos, ele deixou a cascata maravilhosa descer pela sua pele.

– Quer que eu o lave? – Marisol ofereceu.

– Ah, sim – respondeu. – Por favor. Seria muito generoso da sua parte.

Envergonhado pelo pouco que podia fazer por si, ele recorreu aos seus modos aristocráticos, como se a boa educação pudesse, de alguma maneira, compensar sua fraqueza. No entanto, Marisol não pareceu julgá-lo de modo algum – ou sequer menosprezá-lo. Na verdade, ela sorria e parecia estar gostando de ajudá-lo. E foi gentil com a esponja em sua pele supersensível.

Era tão bom ter as mãos dela sobre si. Assail não queria que isso terminasse.

– Prontinho.

– Escovar os dentes? – ele murmurou entorpecido.

– Claro.

Ela voltou com a escova já munida de pasta e isso ele conseguiu fazer sozinho. Em seguida a água foi desligada, escorrendo ruidosamente pelo ralo.

Marisol o envolveu numa toalha grossa, e juntos voltaram para a cama. Quando se deixou relaxar contra o travesseiro, ele percebeu que aquilo era o máximo de esforço que fizera desde que o doutor Manello fora apanhá-lo em sua casa para sua ida até o hospital, visando à desintoxicação...

Assail tomou a mão de sua fêmea com urgência e disse com voz firme.

– Chega de drogas.

Ela piscou.

– Ok. Posso dizer aos médicos que não quer mais...

– Não. Cocaína nunca mais. Nunca. – Balançou a cabeça enfaticamente. – Nunca mais vou fazer isso. Nunca deveria ter começado a usar, mas, depois, me descontrolei. Isso quase me matou. Ela é uma droga maligna e estou livre dela para sempre.

Sola se inclinou para perto dele e sorriu.

– É bom ouvir isso.

Quando ela ficou séria, ele teve a sensação de que ela pensava no tráfico em que ele estivera envolvido.

– E também vou me retirar dos negócios – disse. – Não serve mais para mim.

– Espere... Está dizendo que ficará dentro da lei? Isto é, completamente legítimo?

Assail franziu o cenho ao pensar nos seus interesses passados. Desde que chegara ao Novo Mundo, empenhara-se em ganhar dinheiro... porque era isso o que sempre fizera. E preferira o mercado negro porque odiava pagar impostos, e, mais que isso, apreciara passar a perna no sistema legal humano. Mas, a menos que o mercado de ações tivesse despencado durante o período em que ele estivera fora do planeta, ele tinha mais dinheiro do que poderia gastar na sua longa vida centenária.

Na verdade, o dinheiro nunca fora uma necessidade, apenas um motivador.

Uma compulsão em ganhar.

Só que, agora, depois de tudo pelo que havia passado nas últimas semanas – ou meses? –, ele descobriu que não queria mais fazer parte desse tipo de conquista. Inferno, já desistira do ramo das drogas para se livrar da inconveniência de ter negociado com aquele Redutor Principal. Tivera planos de importar e vender armas e munição, mas, na verdade, para quê?

– Isso não fará mais parte da minha vida, Marisol.

Quando lágrimas surgiram nos olhos dela, ele deduziu que fossem de felicidade. Mas não tinha tanta certeza.

– Isso é uma boa notícia para você – ele investigou. – Não é?

– Claro que é. – Ela pareceu se recompor. – É a notícia que eu mais queria ouvir.

– Deite-se co...

Quando seus pensamentos pararam de repente, e não havia nada além de um espaço em branco na cabeça, ele entrou em pânico. Era assim que a situação seguiria, contudo: esses pequenos soluços cognitivos criando um som proverbial de gafanhotos cricrilando em seu crânio... e depois se resolvendo sozinhos.

Marisol lhe falava, e ele tentou não se agitar quando não conseguiu interpretar adequadamente as palavras dela...

– Deite-se comigo – disse rapidamente. – Deite-se comigo? Eu estou bem. Juro. Eu só tenho essas pequenas... interrupções. Mas elas se resolvem sozinhas.

Ela ficou onde estava, encarando-o como se tentasse diagnosticá-lo tal qual uma médica. Mas algo deve tê-la satisfeito porque ela assentiu e se deitou na cama com cuidado. Quando ela se esticou ao seu lado, ele rolou na direção dela. Os dois inspiraram fundo e ele teria apagado as luzes mentalmente caso tivesse forças.

– Estarei melhor pela manhã – murmurou. – Só preciso descansar.

– Claro. Tudo ficará... – Ela exalou lentamente. – Pela manhã, tudo ficará bem.

Uma centelha na voz dela não lhe pareceu certa, mas o sono se aferrou a ele, e Assail se contentou com sonhos do futuro nos quais ambos ficariam juntos. Aqui. Em Miami. No Antigo País. Pouco importava.

Mas, sim, ele seguiria o exemplo dela e sairia daquela vida.

Deuses, por que não decidira se aposentar antes?

Capítulo 22

– Uma palavrinha com você, se me der licença?

Na noite seguinte, Vitoria ergueu o olhar da escrivaninha do irmão Eduardo e contemplou a ideia de sacar a arma.

– Como entrou aqui?

– A porta estava entreaberta.

A mulher parada à porta do escritório, falando em um tom autoritário, do tipo "ganho sempre", era toda feita de ângulos: cabelos pretos cortados rentes ao queixo e muito lisos, como se fossem cortinas. Corpo anoréxico vestido num terninho *avant-garde* com linhas assimétricas e ombreiras saídas do guarda-roupa de Alexis Carrington Colby. Nariz fabricado à custa de cirurgia plástica e sobrancelhas erguidas de modo a fazê-la parecer sob os holofotes de um palco, apesar de não ser o caso.

Senhorita Margot Fortescue. Aquela que tinha se revelado tão resistente a tudo, ainda mais quando Vitoria informou aos funcionários da galeria bem cedo, lá pelas nove da manhã, que ela assumiria o comando dos negócios. Felizmente, os outros foram mais receptivos e acolhedores. Mas, pensando bem, quantas galerias de arte havia em Caldwell? Mesmo os esnobes precisavam de empregos.

Quer dizer, quando eram os vendedores e não os compradores, que ficasse bem claro. Um mundo de diferença.

Vitoria se recostou e resolveu que se trancaria no escritório na próxima vez que ali entrasse.

– O que posso fazer por você?

A senhorita Fortescue fechou a porta com força. Mas, pensando bem, ela sem dúvida devia fazer tudo com algum tipo de declaração.

– Gostaria de ter alguma prova da sua identidade.

Isso foi dito como se houvesse a intenção de chocar. Assustar. Provocar uma agitação.

Portanto, quando Vitoria não reagiu, a senhorita Fortescue levantou a sobrancelha esquerda, que havia sido traçada como se fosse uma peça arquitetônica, em um espasmo.

– E então?

– A vida está repleta de desejos não alcançados. – Vitoria sorriu. – Precisamos aprender a nos ajustar a certos desapontamentos...

– Não sabemos quem você é. Você poderia ser qualquer pessoa. Eduardo e o senhor Benloise não nos disseram que tinham uma "irmã".

A última palavra fora proferida com um tom que colocava sua definição mais para os lados de "ladra" ou "intrusa" do que o relacionamento com uma mulher da mesma linhagem.

Quando os olhos da mulher pousaram na escrivaninha, sua expressão se tornou remota – e foi assim que tudo ficou claro. Ah, sim... Eduardo estivera se divertindo com esse protótipo de precisão e desaprovação, não é verdade?

Vitoria sorriu.

– Evidentemente, você não era importante o suficiente para merecer informações quanto à família. É isso o que acontece com meros conhecidos ou colegas de trabalho.

A senhorita Fortescue plantou uma mão no mata-borrão e se inclinou à frente.

– Sei o que mais era vendido aqui. E sei que Eduardo registrava...

– Você costuma ultrapassar os limites com frequência? Ou sequer consegue distingui-los? Acredito que este último leve ao anterior.

A mulher pareceu confusa, porém se recobrou com rapidez.

– Posso acabar com esta farsa. Eduardo me contou coisas, e quando os dois pararam de vir para cá, houve muitos boatos. Fiquei calada, mas isso pode não durar muito mais.

Vitoria se sentou mais à frente e entrelaçou as mãos no caderno de anotações do irmão. Quando seu telefone descartável começou a tocar, ela deixou que caísse na caixa postal.

– Isto é uma galeria de arte. Meus irmãos vendem arte, e acredito que esse seja o motivo de estar empregada aqui?

– Sei tudo sobre esse caderninho. – A mulher apontou para o objeto que Vitoria cobria. – Sei o que está aí.

– Diga-me uma coisa, meu irmão entrou em contato com você recentemente? – Quando só houve um silêncio sepulcral, ela prosseguiu: – Sim, foi o que pensei. Sinto que você é menos divertida do que seu comportamento jovial e suas roupas sugerem.

– Disseram que ele está morto.

– Quem disse? – Quando não obteve resposta, Vitoria meneou a cabeça. – Você sabe tão menos do que alega saber, e imagino que seja desapontador quando a posição de alguém é menos elevada do que a suposição. – Vitoria fez que olhava para o relógio. – Já são seis horas? Hora de fecharmos.

– Quero provas de quem você é.

– Sim, você já deixou isso claro. Contudo, o motivo da minha preocupação, se eu fosse você, é se eu teria ou não um emprego no dia seguinte.

– Está me ameaçando?

– Não, nada disso. – Colocando-se de pé, Vitoria contornou a mesa. – Por que eu despediria alguém que acabou de sugerir que meus irmãos estavam envolvidos em atividades ilegais? Isso merece uma promoção. Agora vá e feche a porta ao sair.

– Estou começando a achar que Amalya não virá.

Quando Jane falou isso, Vishous fitou-a. Os dois haviam passado o dia no pátio, sentados no piso de mármore dos aposentos privativos da mãe dele, apoiados na borda da fonte. Típico do Santuário, considerando que nem mesmo sua pedra fria deixava a bunda deles dormente. Mesmo depois de todas essas horas, era como se tivessem ficado relaxando em duas espreguiçadeiras.

– Acho que não. – Ele esfregou os cabelos. – Ela sabe que estamos aqui. Quero dizer, era assim que as coisas funcionavam.

Na verdade, ele meio que esperara que a Directrix magicamente se materializasse do lado de fora dos aposentos da mãe dele e anunciasse que ela fora a escolhida, a sucessora apontada pela Virgem Escriba.

Mas a novidade ainda não fora anunciada. E quanto ao sumiço de Amalya? Significou que ele e Jane tiveram horas e horas de conversa a respeito de absolutamente nada sério e de difícil digestão. Esquivaram-se do trabalho de ambos, do distanciamento na vida comum. Em vez disso, falaram sobre a recuperação de Assail, o progresso de Luchas, a desintegração da Sociedade Redutora, a profecia do Dhestroyer – e sobre a propaganda do Twix, bem como as previsões sobre o Super Bowl e a teoria sobre Atlântida.

Esse último porque também entraram numa guerra de citações sobre o filme *Os Caça-Fantasmas* original.

– Eu sinto muito por nunca ter te perguntado – Jane confessou com suavidade.

Ele voltou a se concentrar.

– Sobre o quê?

– Sobre a perda da sua mãe.

Houve uma pausa e depois os olhos dela prenderam os de Vishous. No silêncio que se seguiu, ele entendeu que ela o convidava a se abrir… deliberadamente lhe dando espaço e atenção.

V. dobrou os joelhos e apoiou a mão enluvada em um deles. Flexionando os dedos, ele a visualizou sem a proteção.

– Sabe quando você sai à noite e olha para cima esperando ver o céu? E, quando o faz, é essa combinação de uma coisa que te afeta porque pode estar tanto nublado quando límpido, chovendo ou nevando… e mesmo assim é totalmente impessoal? O céu é ao mesmo tempo disponível quanto irrelevante, e ela também era assim. Estava sempre ali, e não sei… Talvez ela tivesse tentado se conectar a mim e à minha irmã o melhor que pôde. Mas ela era péssima com pessoas. – Olhou significativamente para Jane. – Herdei isso dela. – Depois deu de ombros. – Então é isso o que eu sinto, num nível pessoal. Mas também existe outra parte, muito mais importante. Sinto como se a raça estivesse exposta, e não gosto disso. Há muitas merdas estranhas acontecendo ultimamente. Quero dizer, ela desaparece e nós estamos nos aproximando do fim de uma guerra, mas daí eu dou de cara com essa sombra num beco? Não gosto nada disso, sabe? Estamos numa encruzilhada e, às vezes, uma direção nova não melhora a situação.

Jane assentiu.

– Faz sentido para mim.

Quando ela proferiu tais palavras, o corpo inteiro de V. se afrouxou, a musculatura que nem sabia que estava tensa relaxou.

– Você acha que também... – Jane pigarreou. – Acha que talvez esteja desapontado porque a relação entre você e a sua mãe não chegou a um conserto? Que enquanto ela estava viva... ou o que quer que ela estivesse... havia a possibilidade de que, em algum momento, ela poderia vir a ser quem você precisava que ela fosse? Mas agora essa possibilidade não existe mais?

– Não precisava de merda nenhuma dela.

– Todos precisam de alguma coisa das suas mães. É assim que funciona.

Quando ele sorriu, ela disse:

– O que foi?

– Ninguém nunca discorda de mim. Só você.

Jane baixou o olhar para as próprias mãos, as sobrancelhas se unindo.

– Não é uma das minhas qualidades, certo?

– Na verdade, é uma das partes de você que eu mais amo.

Quando ela relanceou para ele em surpresa, ele se inclinou rapidamente e a beijou na boca – mesmo não devendo fazer isso. Então, para encobrir seu deslize, pôs-se de pé e ofereceu a mão.

– Acho que é melhor irmos embora.

Jane se levantou sozinha, deixando a palma dele suspensa no ar – outra coisa que ele amava nela. Ela nunca precisaria de nada dele nem de nenhum outro macho. Ou fêmea. De ninguém. Jane cuidava de si mesma – e com tanta competência que conseguia cuidar de todos os outros também.

– Voltamos do mesmo jeito como viemos? – ela perguntou rouca.

– Isso, é só a gente se concentrar e...

Com um movimento rápido, ela se encaixou nele, envolvendo-o com os braços e segurando-o firme.

Vishous fechou os olhos e a abraçou, inclinando a cabeça para baixo de modo que o nariz se acomodou no calor do pescoço dela.

– Não dá pra dizer que sinto muito.

– Pelo quê? – ela sussurrou.

– Por te beijar.

Antes que ela conseguisse responder, ele os enviou de volta à Terra. Mas ele desejou que eles pudessem continuar sozinhos no Santuário.

Para sempre.

CAPÍTULO 23

– Quero ir para casa.

Assail estava sentado na cama com uma bandeja de rodinhas cheia de comida diante de si, os olhos alertas de volta ao normal, as partes brancas luminosas – como devem ser. E Sola, junto a Ehlena e ao doutor Manello, estava tão animada quanto aterrorizada ante a exigência dele.

Se ele era um caso terminal, precisava ficar ali. Afinal, se um imprevisto acontecesse, ele receberia o cuidado de pessoas treinadas a lidar com esse tipo de condição.

– Olá? – ele chamou. – Algum dos três vai me responder?

Sola olhou para os outros dois e concluiu que a decisão estava muito acima da sua alçada. Seu papel era mais de um apoio. Ajuda na hora de tomar banho, de escovar os dentes...

Mas era difícil não querer afastá-lo daquele ambiente clínico, mesmo que apenas por um tempo. Ele permanecia desligado de todos os monitores e do acesso intravenoso. O cateter há muito estava sem uso. E, a não ser por algumas pílulas, cujo propósito ela desconhecia, ele praticamente não estava mais sendo medicado. Qualquer que tivesse sido o estado agudo em que estivera por conta do tratamento contra o câncer estava superado. Por enquanto.

– E então? – ele insistiu. – Vocês acabaram de me colocar dentro de sei lá eu quantas máquinas nas últimas seis horas, e vocês mesmos disseram que meu cérebro está funcionando dentro dos limites normais. Portanto, qual é o problema?

Sola teve que sorrir. A cada hora que passava, ele voltava a ser o homem que conhecera e que tanto a irritara. Assail sempre tivera uma aura déspota, como se tivesse passado a vida dando ordens e tendo-as seguidas sem questionamentos. Era irritante, e sexy – dependendo se ela concordava com ele no assunto ou não.

– Todos vocês se esqueceram de como falar em inglês? – ele questionou aborrecido. – Ou eu estou tendo uma das minhas ausências de novo?

– Vamos falar sobre essas... Como as chama mesmo? – O doutor Manello enfiou as mãos nos bolsos do jaleco branco. – Ausências?

– Não, não. Nada disso. – Assail balançou o indicador de um lado a outro. – Não vou cair nessa. Está procurando uma desculpa para me manter aqui.

A atitude dele impeliu todos a encararem Sola.

Pigarreando, Sola se pronunciou:

– Contanto que me digam o que devo observar e quando chamá-los, fico feliz em poder cuidar dele. E sempre posso chamar o número de emergência...

– Falando nisso – o doutor Manello a interrompeu. – Eu lhe darei um número de telefone. Conseguimos chegar até vocês num piscar de olhos. Melhor ficar em contato direto conosco.

– Então isso é um sim? – Os olhos de Assail eram como lasers no médico. – Vão me deixar ir para casa?

– Tenho uma condição – disse o outro homem. – Ou eu ou a doutora Jane iremos lhe prestar visitas regulares.

– Então eu o verei na semana que vem. – Assail sorriu. – Vou deixar marcado.

Sola teve que desviar o olhar. Esses comentários que ele fazia, como o de se afastar do tráfico de drogas, ou de marcar compromissos num calendário, a lembravam de que ele não estava na posição de fazer planos de longo prazo. Ela não sabia se era apenas uma ilusão, uma negação, ou parte dos seus problemas cerebrais, mas, cedo ou tarde, a realidade chegaria com toda força – e ela detestava isso por ele.

O doutor Manello fez um gesto de desconsideração com a mão.

– Você é uma graça. Que tal a cada doze horas? Não, não. Melhor oito.

Com um movimento de estreitar os olhos, Assail indagou em seu melhor tom de *Masterpiece Theatre*.

– É de fato necessário?

– Isso mesmo. Vamos fazer assim. A menos que prefira continuar aproveitando as nossas instalações luxuosas cinco estrelas?

– Tudo bem. – Assail cruzou os braços diante do peito. – Eu os aguardarei com a respiração rarefeita.

– É assim que se fala.

Quando a equipe médica saiu para providenciar uma ambulância – ou sabe-se lá que tipo de transporte, talvez o Range Rover –, Sola pediu licença.

– Volto já – disse a Assail.

No corredor, ela chamou o doutor Manello.

– Desculpe, posso tomá-lo emprestado um segundo?

O homem se virou e sorriu.

– O que posso fazer por você?

– Tem certeza de que isto está certo?

– Sim, estou. Conseguimos chegar lá rápido se algo acontecer, e as imagens do cérebro estão boas. Você está lá com os primos dele, e eles podem controlá-lo até chegarmos lá.

Pergunte a ele, ela pensou. *Pergunte os detalhes sórdidos do diagnóstico e do tratamento.*

Em seguida, ela deveria fazer as perguntas verdadeiramente terríveis que a deixavam mais ansiosa: *Quanto tempo Assail ainda tem? Isso vai ter um final horrível? Você tem certeza de que fizeram tudo o que era possível?*

O doutor Manello apoiou uma mão no ombro dela e o apertou.

– Vai ficar tudo bem. Além disso, tirá-lo daqui vai lhe fazer bem. Ehlena está ligando para Ehric neste instante e, assim que ele conseguir um acompanhante, eles estarão aqui.

Sola parou de divagar, afastando-se daquilo que a aterrorizava e voltando aos assuntos passíveis de controle. Haveria tempo, quando estivesse mais forte, para a conversa difícil. *Leve-o para casa e acomode-o lá*, ordenou a si mesma.

– Vai me dar os remédios dele? – Ela pigarreou para tirar o nó que sentia na garganta. – Ou terei que ir à farmácia para comprar alguma coisa?

– Nós lhe daremos tudo. Não se preocupe.

O médico foi fiel à sua palavra. Dentro de meia hora, Ehric chegou no Range Rover e Sola tinha uma bela sacola de remédios com instruções detalhadas e todo tipo de números para os quais ligar. E então Assail saiu da clínica sozinho, rejeitando auxílio da equipe médica, do primo e até mesmo dela.

Evidentemente era uma questão de orgulho, e enquanto ele se esforçava para manter a cabeça erguida e o maxilar tenso em virtude do esforço e da concentração, ela teve que piscar para afastar as lágrimas. Mas ele conseguiu chegar até o estacionamento e entrar na parte de trás do SUV sem escorregar, cair nem pedir ajuda.

O loiro grandão mais uma vez estava ali com eles como acompanhante, e quando Sola se acomodou no banco de trás junto a Assail, ele lhe sorriu da frente.

– Bom ver você de novo. E fico feliz que seja nessas circunstâncias.

– Eu também. – Ela relanceou para Assail e tentou não se preocupar com a palidez e com a exaustão que ele parecia sentir. – É bom voltar para casa.

Foram embora em seguida. Ela não prestou muita atenção ao sistema de portões e à neblina estranha dessa vez. Estava ocupada demais observando Assail.

Depois de um breve período para se recuperar do esforço, Assail começou a brilhar de felicidade ao olhar para fora da janela – e ela tentou sintonizar essa emoção. A triste realidade de que o estavam levando para casa para morrer era demais para ela – a ponto de ela quase desejar que dessem meia-volta e retornassem para a clínica.

Esse renascimento dele era apenas uma centelha, não uma labareda de verdade.

Deus, essa gangorra de emoções era algo exaustivo. Num minuto ela mal podia esperar para levá-lo para casa; agora ela queria voltar para o hospital... Só Deus sabia como ela estaria se sentindo ou quais pensamentos se seguiriam.

– Olhe a neve – Assail disse ao estarem na estrada. – Caiu tanta...

O rosto dele estava maravilhado, como se ele fosse uma criança, e se acomodou mais à frente, concentrando-se na iluminação provocada pelos faróis na estrada. Quando ele levou a mão para trás e começou a tatear, ela não teve muita certeza do que ele almejava, até que suas mãos se resvalaram e ele segurou a sua.

Fechando os olhos, recostou a cabeça e sentiu os solavancos do trajeto, a calefação atingindo-a nos tornozelos, o calor da palma dele contra a sua.

Não sei como fazer isto, ela pensou. *Não sei como...*

– Chegamos!

Sola despertou num susto e olhou ao redor. Estavam no longo caminho para carros da casa de Assail, a casa envidraçada estava iluminada logo à frente – como se reconhecesse que seu proprietário finalmente retornava.

Ao se locomoverem até a garagem, a porta do meio subiu, e Ehric estacionou na vaga coberta. Ninguém se moveu até o painel pesado se fechar novamente – e, na hora em que isso aconteceu, todos saíram ao mesmo tempo.

Evale abriu a porta da mansão, seu rosto estava tanto tenso quanto cheio de esperanças.

Assail recusou a ajuda e não parou de sorrir enquanto se aproximava lentamente do primo.

– Saudades?

Evale desceu os poucos degraus e se aproximou, os braços se esticaram para abraçar sua família. Os machos trocaram palavras sussurradas, e Sola desviou o olhar para lhes conferir privacidade.

– Cara, quem está cozinhando? – Rhage perguntou.

Sola inalou fundo e, claro, captou todas as nuances da magia da avó.

– Minha avó – ela respondeu. – É ela quem está junto ao fogão.

– Está na cara que ela é um gênio.

– Concordo – Sola disse quando Assail gesticulou para que se aproximasse dele.

De mãos dadas, entraram na antessala e depois foram para a cozinha. A avó não ergueu o olhar da frigideira que manejava.

– Lavar as mãos – ordenou brava. – Hora de comer.

Era o jeito da avó, claro – amor demonstrado pelo esforço, em vez de com palavras. E Sola teve que sorrir – ainda mais quando percebeu que a mesa estava posta para cinco, e o rapaz magro que ela ameaçara com sua arma servia água nos copos. Ele se endireitou ao ver Assail e empalideceu como se fosse desmaiar.

– Markcus – Assail o admoestou. – Não vamos ficar emotivos. Estou em casa e ficarei bem.

Sola fechou os olhos e teve que se lembrar de que essa provavelmente era a melhor postura que ele tinha que assumir. Positividade era algo bom.

Assail se aproximou dele e abraçou o homem; em seguida, Rhage voltou para a porta dos fundos.

– Por mais que eu queira ficar, vejo vocês mais tarde. Mas cuidem-se e chamem se precisarem de nós.

– Faremos isso – Assail prometeu ao ir até a pia e começar a lavar as mãos. – Muito obrigado, como sempre, pelo seu préstimo.

– Sem problema.

O homem acenou e saiu para a noite. Sola deduziu que alguém estaria ali para buscá-lo.

– Tem certeza de que não seria melhor ele esperar aqui? – perguntou. – Está muito frio lá fora.

Assail meneou a cabeça.

– Ele ficará bem.

Travessas de comida saíram de dentro do forno, dentro do qual estavam sendo mantidas aquecidas e foram levadas pelas mãos fortes da avó até a mesa. Ehric e Evale lavaram as mãos na pia do bar, do lado oposto do cômodo, e depois se sentaram em suas cadeiras como crianças comportadas prontas para o almoço na escola. Markcus se juntou a eles, e Assail conduziu Sola a uma cadeira vaga, que puxou a ela.

Foi mais ou menos nessa hora que a avó parou de se movimentar e apenas encarou Assail. A expressão dela estava congelada, mas os olhos, não. Eles trafegaram por ele todo, percebendo... absolutamente tudo.

Ele hesitou depois de ajeitar a cadeira para Sola.

– Senta. – A avó apontou para a cadeira na cabeceira da mesa. – Você vai comer bem agora.

Assail corou, mas seguiu a ordem, acomodando-se na cadeira. E, então, a avó de Sola se aproximou dele com uma expressão séria. Levando as mãos ao redor do próprio pescoço, removeu a correntinha de ouro na qual havia uma pequena medalha pensa.

– Este é São Rafael. Vai te proteger e te curar. Você vai usar isto e não vai tirar.

Ela transferiu a correntinha para o pescoço de Assail e passou a falar em espanhol, oferecendo uma oração em prol da saúde dele enquanto lhe amparava o rosto em suas velhas e belas mãos.

Sola esfregou os olhos quando eles se encheram de lágrimas.

– Agora, coma – a avó estrepitou. – Todos vocês. Magros demais!

Quando a avó voltava para junto do fogão, parou e deu um abraço forte em Sola. E então os primos de Assail começaram a passar a comida adiante. O homem, no entanto, simplesmente ficou olhando para a medalhinha.

Sola pigarreou.

– Não se preocupe, não deixarei que ela o converta.

– É muito gentil da parte dela. – Assail ergueu o olhar. – De fato, muito gentil.

– Há mais de onde isso veio. – Sola aceitou a travessa de *enchiladas*, e percebeu que estava faminta. – Temos um santo para cada ocasião.

Ele se virou para o fogão.

– Senhora Carvalho? – Quando a mulher olhou para ele, Assail ergueu a medalha. – Obrigado. Estou muito honrado.

– Coma. Vamos à missa à meia-noite...

– Vovó, não acho que seja uma boa ideia...

– Sim – Assail a interrompeu. – Isso é perfeito. Iremos, sim.

Uma vez tomada a decisão, ele começou a encher o prato, e aquele sorriso especial no rosto dele fez com que se parecesse renovado de dentro para fora.

Depois de um momento, Sola resolveu simplesmente seguir a maré. Ela não fazia ideia de quanto tempo teriam juntos, por isso aproveitaria muito bem cada segundo de que dispunha.

Fazer qualquer outra coisa significaria o desperdício de uma dádiva que jamais esperaria receber.

Capítulo 24

Assail começou pela sopa de fubá, que era uma combinação espetacular de couve e linguiça num caldo espesso. Depois se serviu três vezes de feijoada, com muito pão de queijo como acompanhamento. A sobremesa foi banana com queijo, uma espécie de pudim de banana.

Ele não foi o único a se fartar. Todos, incluindo Marisol, comeram como se não comessem há um ano. E, quando terminaram, todos empurraram as cadeiras para trás e continuaram sentados, pois o esforço de se afastarem mais da mesa era trabalhoso demais.

Mas Assail tinha algo em mente, algo pelo qual não conseguia mais esperar.

Olhando para Marisol, disse:

– Poderia, por favor, me ajudar a subir até o quarto? Eu gostaria de tomar um banho e de descansar um pouco antes de irmos à igreja, e precisarei de ajuda.

Marisol assentiu e se levantou.

– Deixe-me limpar os pratos primeiro...

– Não – a senhora Carvalho disse com firmeza. – Eu limpo. Depois também vou descansar. Saímos às onze e trinta. Não quero atrasar.

Assail se levantou.

– Permita-me assegurá-la, senhora, de que o auxílio de sua neta será meramente de enfermagem.

– Você é um bom rapaz. Agora, vá! Fora da minha cozinha!

– Honrou-nos imensamente com esta refeição.

Isso fez com que todos os machos se levantassem e se curvassem diante da diminuta anciã de cabelos grisalhos, e o rubor que tingiu o rosto enrugado da senhora Carvalho foi indício de que eles lhe agradaram – embora jamais fosse admitir isso.

– Chega de cerimônias – ela resmungou ao lhes dar as costas e seguir para a pia, de onde pegou o detergente. – Todos, fora.

Ehric e Evale seguiram a instrução ao pé da letra, amparando os estômagos com as mãos como se estivessem carregando rochas na altura da cintura, e desapareceram para o andar de baixo, onde ficavam seus aposentos. Quando Markcus hesitou, Assail teve que lhe fazer um favor.

Passando um braço ao redor dos ombros do jovem macho, Assail disse baixinho:

– Vá também e descanse.

– Tem certeza?

– Esta é uma discussão que você jamais vencerá. Encontraremos outras maneiras de servi-la, eu lhe prometo.

Quando Markcus assentiu e seguiu o exemplo dado pelos gêmeos, Assail ficou livre para estender o braço na direção de Sola e usar a desculpa da sua condição física para atraí-la para perto.

Por baixo da calça fina que lhe fora dada para voltar para casa, ele já estava parcialmente ereto, seu impulso sexual desperto ressuscitando-o ainda mais, o desejo lhe dando foco e uma premência à qual estava muito familiarizado. No entanto, ele parou ao fazerem a curva para a escada ao ver seu escritório.

– O que foi? – Marisol perguntou. – Precisa se sentar?

– Passei muitas horas aí dentro. – Apontou para a porta, para o feixe de luz do corredor que adentrava a escuridão e aterrissava em sua escrivaninha como se fosse presságio. – Tanto tempo e esforço.

– Venha – ela convidou com suavidade. – Não vamos pensar em nada agora. Vamos levá-lo para o chuveiro.

Ele permitiu que ela o dirigisse na subida, e se surpreendeu com a fraqueza que sentia nas pernas. Mesmo com a perda de peso, elas se esforçavam para levá-lo para o andar de cima.

Também estava escuro na suíte principal, e ele acendeu as luzes mentalmente...

– Você instalou detector de movimento? – Marisol perguntou.

– Ah... hum, sim. Fiz isso. – Teria que tomar cuidado com esse tipo de coisa. Vampiros não precisavam usar interruptores. – Olhe só para este lugar. Eu... voltei.

O quarto era circular e tinha janelas em toda a sua extensão, a vista do cenário invernal se estendia por quilômetros. Emoldurado por raiz de nogueira clara, tudo brilhava sob a iluminação suave, a decoração moderna e elegante não competia com o pano de fundo daquele incrível horizonte noturno.

– Nunca pensei que voltaria a ver isto. – Aproximou-se da janela e fitou o rio, as montanhas ao longe, a cidade na margem oposta da água. – Agora aprecio isso tudo muito mais.

– Olha só, você não tem que ir à igreja. A minha avó é da velha guarda, e muito devota, mas isso não significa que...

– Ah, mas eu irei. – Virou-se para a sua Marisol. – Não estou familiarizado com os costumes, mas gostaria de aprendê-los.

– Então não é cristão? Não que isso seja importante para mim.

– Não, não sou. – Diminuindo a distância entre eles, ele se aproximou e pôs uma mão na lateral do pescoço dela. Esfregando o polegar na jugular, murmurou. – Então, me diga, eles perdoam os pecados? Pois temo ter mentido para aquela boa mulher no andar de baixo.

Os olhos de Marisol se acenderam e as pálpebras pesaram.

– Sobre o que mentiu?

– Não quero tomar banho. – Encarou os lábios da sua fêmea, observando-os se afastarem. – E auxílio de enfermagem não é o que necessito de você agora.

Marisol se apoiou no corpo dele, as mãos indo para trás dele.

– Acredito que conseguiremos sua absolvição.

– Acredita? Isso é uma notícia excelente, de fato.

Inclinando a cabeça, resvalou os lábios nos dela, e o contato provocou uma descarga de energia em seu corpo. Tão suave, tão macia... tão vital. Parecia ter completado uma vida desde que a beijara adequadamente, e a sensação do contato fez seu mundo girar.

– Ah, Marisol – ele inspirou.

Conduziu a situação devagar, reaprendendo o contorno dos lábios dela, pedindo e recebendo permissão para entrar. Juntos, eles recuaram para a cama redonda e, quando se deitaram, ele diminuiu a intensidade das luzes.

– Então você também tem controle remoto?

Assail levantou a cabeça.

– O quê?

– Para as luzes.

Maldição, ele teria que ficar muito mais alerta quanto a essas coisas. Como resposta, beijou-a ainda mais, descendo as mãos pelos braços e pelas costelas dela. Sola era ouro líquido debaixo do seu toque, arqueando-se ao seu encontro, cujo corpo escondido pelo véu das roupas era uma inspiração infindável. E, quanto mais a tocava, mais espesso se tornava o cheiro da excitação dela. E logo ele se viu dividido entre se apressar para estar dentro dela... e querer que o momento durasse para sempre.

Recuando um pouco, ele a fitou nos olhos escuros e afastou os cabelos loiros curtos dela. Concluiu que sentia falta da cor natural. Sua Marisol era uma beldade natural, direta e objetiva demais para perder tempo com coisas como tendências de maquiagem e produtos que não acrescentariam nada ao que já brilhava. Mas ela era sublime de qualquer forma que se apresentasse a ele.

Como se soubesse o conteúdo de seus pensamentos, pegou a barra do blusão e da camiseta que vestia por baixo e os puxou por sobre a cabeça.

– Marisol... – ele gemeu.

Os seios dela eram exatamente como ele se lembrava, do tamanho perfeito e não estavam cobertos com renda, mas por um simples sutiã com taças de algodão. Com dedos trêmulos, ele afagou a clavícula, desceu pelo esterno... e depois delineou o contorno do sutiã, primeiro para um lado, depois para outro. A respiração dela ficou suspensa e depois se soltou quando ele fez isso, os mamilos enrijecendo e se revelando.

O fecho ficava na frente.

O que, em seu atual estado mental, era um sinal evidente de que o Criador era uma força benevolente no mundo.

– Tenho que ver você – Assail gemeu e abriu o fecho.

As taças caíram para os lados e ele arquejou ao passar a palma pelo centro do corpo dela. A boca era uma investigadora ávida enquanto ele lhe dava prazer, sugando as pontas e se entregando aos sons que ela emitia, ao sabor dela, e ao fato de que o cheiro do sexo dela fazia sua cabeça zunir – de uma boa maneira.

Ela vestia calça jeans, e ele se demorou para retirá-la, junto à calcinha, ao longo das pernas compridas e musculosas. As mãos trafegaram pela extensão delas, afagando-as enquanto ele retornava para cuidar dos seios. E ele parou apenas quando ela tentou se enfiar debaixo daquelas calças cirúrgicas folgadas que o cobriam.

– Eu não... Quero ficar com elas – ele disse, rouco.

– Tudo bem. Mas não por minha causa.

Ele balançou a cabeça, pensando na imagem com que se deparou no espelho da clínica.

– Como pode dizer isso?

– Porque é você. – Ela lhe sorriu e o tocou no rosto. – Ainda é você.

– Marisol, há tanto mais que eu gostaria de fazer com você... mas não sei o quanto mais terei forças.

– Não se preocupe. Qualquer coisa com você será incrível.

Uma onda súbita de emoção o acometeu e ele sentiu lágrimas surgirem. Mas isso não era nada sexy. Assim como seu corpo, sua cabeça raspada, seu...

E, no entanto, Marisol estava deitada em seus braços esquálidos e patéticos, fitando-o como se ele fosse um deus.

Isso era amor, não?

Quando ele não conseguiu falar nem se mover, as sobrancelhas dela se uniram.

– O que foi?

Assail pigarreou.

– Existem tantas maneiras de contar a alguém que gostamos delas.

– Sim... – ela afagou o rosto dele um pouco mais –, existem.

Marisol o aproximou de sua boca, puxando-o para cima dela. Quando ele se acomodou entre as coxas, conseguiu sentir o calor dela e seus dedos se atrapalharam para descer a cintura da calça pela ereção. Seu sexo, entretanto, continuou no caminho, atrapalhando, pois era a única coisa em seu corpo que não havia diminuído.

Graças aos céus.

– Maldição...

– Deixe-me ajudar...

Os dois seguraram o cordão que mantinha a calça no lugar como se a parte do vestuário tivesse a chave que abria as portas para o paraíso, as mãos se atrapalhando e se entrelaçando, ele se inclinando para trás até acabar caindo. Em algum momento em meio a isso tudo, o absurdo da situação o abateu e ele começou a rir – e ela logo se juntou a ele.

– Você amarrou isso com o quê? – ela perguntou. – Um guincho e um guindaste?

– Tesouras! – Ele riu. – Precisamos de tesouras!

– Onde?

– No banheiro?

Marisol cambaleou nua para fora da cama, e ele se virou de modo a apreciar a vista enquanto ela ia para o banheiro numa missão divina. Sentiu o impulso de acender as luzes sobre a pia para ajudá-la, mas se conteve. Além disso, ver o corpo dela se mover era a dança mais bela que ele já vira, quer houvesse luz ou sombras.

Quando ela voltou, triunfante, ele sorriu.

– Sabe, fiquei subitamente feliz em não ter feito um laço.

Marisol montou nele, à altura das coxas.

– Não vou te machucar.

– Sei disso. E posso lhe assegurar que estou apreciando tudo isto.

Levantando as mãos para trás da cabeça, ele teve um lapso momentâneo quando as palmas tiveram um lembrete tátil de que agora estava calvo – mas logo ela estava fazendo uso daquelas tesouras afiadas de aço no nó obstinado de tecido.

– Isso é muito excitante – ele disse arrastado.

– Concordo. – Ela piscou para ele. – Quase... lá!

Quando ela se esticou para depositar a salvadora deles no criado-mudo, ele se aproveitou da oportunidade e encontrou o mamilo dela com os lábios – e ela acabou derrubando as tesouras quase quando chegava ao seu alvo.

– Nos importamos por elas estarem no chão? – Ela arquejou.

– Não – ele respondeu com a boca cheia.

Dessa vez, quando ele foi empurrar a calça, ela não causou nenhum problema, e Marisol se sentou sobre ele.

Quando os dois olharam para a ereção, ele disse secamente:

– Tenho permissão para apontar o fato de que a minha perda de peso parece não ter afetado essa porção da minha anatomia?

Marisol gargalhou, e depois o segurou – e então foi a vez dele de arquejar e se arquear mais em direção ao toque dela.

– Por favor... – ele gemeu.

– Não tenho como discordar.

Cavalgando-o novamente, ela direcionou a excitação dele e... se sentou, empalando-se da mais maravilhosa das maneiras.

Os olhos de Assail se reviraram, e o corpo mergulhou na sensação de completude.

– Minha Marisol...

Era verdade, Sola pensou ao começar a se mover para cima e para baixo. Assail definitivamente não perdera nada em circunferência nem em extensão. Ele a preenchia e muito mais, e o alongamento era tão incrível, a possessão tão absoluta que o corpo dela estava vivo de prazer.

Mas ela foi gentil com ele. Manteve o ritmo num balançar lento – que mais do que bastava. E ele estava logo ali junto a ela, movendo-se no mesmo compasso, a ereção entrando e saindo, a fricção tão boa que a fazia arquejar.

– Marisol... – ele disse de novo, os dedos cravados nas coxas dela. – Deus...

O orgasmo dele reverberou por ela, e Sola não ficou para trás, seu clímax alçando-a para o alto, colorindo-a com uma alegria tão grande que ela quis chorar.

Quando os dois se aquietaram, ela tomou cuidado ao se acomodar ao lado do parceiro, para não ficar por cima – e se lembraria da alegria no rosto dele pelo resto da sua vida. Assail estava resplandecente, transformado, mais jovem e mais cheio de vida do que nunca.

Difícil saber quem passou os braços ao redor de quem primeiro, mas isso não era relevante. A única coisa de que ela se deu conta era de estarem deitados de frente, coração contra coração, a cabeça dela aninhada na curva do braço dele, o calor vindo do teto mantendo-a aquecida enquanto o corpo nu esfriava sobre a colcha.

– Assail?

– Sim – ele murmurou.

– Você não tem que se converter.

– O quê?

Ela se afastou minimamente.

– Se a minha avó for insistente hoje à noite, eu só quero que saiba que eu aceito você do jeito que você é. Não temos que ter a mesma religião para ficarmos juntos.

– Bom saber. – Ele resvalou a boca dela com a ponta do dedo. – Mas não estou preocupado.

– Minha avó sabe ser bem persuasiva.

– Ela já me aprova. – O sorriso dele era como ela se lembrava, sensual, um pouco sombrio, muito atraente. – Afinal, ela e eu somos parecidos. Nós dois gostamos de como as coisas devem ser feitas.

– Isso lá é verdade.

– Vamos para o chuveiro agora? – ele perguntou. – Posso ajudá-la com o sabonete.

– Pode? – Na verdade, parecia uma ideia brilhante. E não só porque ela gostava de ficar limpa. – Quer me ajudar? Ora, ora, que cavalheiro que você é...

Inclinando-se, ela o beijou. E o beijou um pouco mais.

No fim, acabaram indo para a água quente. Mas demorou um pouco.

Capítulo 25

Quando passou pelo armário do depósito, entrando no escritório do centro de treinamento, Jane deu uma espiada no relógio. Oito da noite. Fazia vinte e quatro horas desde que Manny a expulsara dali. Bem, aproximadamente vinte e quatro horas.

Será que ele seria tão preciso assim?

No corredor, viu-se remexendo na roupa hospitalar enquanto seguia na direção dos quartos da clínica. Sempre deixava peças do uniforme limpas no Buraco, e, assim que ela e V. aterrissaram na Terra, ela pediu licença, tomou banho e vestiu a sua segunda pele de algodão folgado azul.

Quando reapareceu, V. estava se armando, preparando-se para sair para o campo de trabalho com Butch de novo. Quando Jane saiu, ele a fitou como se houvesse pendências a fazer ou dizer, mas sem ter certeza de quais eram os limites. Ela também se sentiu assim.

Sobre ele... sobre o seu trabalho...

Acabou acenando sem jeito para se despedir de V. – e não tinha a mínima ideia do que estava reservado para eles em seguida. Se encontrariam na Última Refeição? Ou... mandariam mensagens? Ou...

Deus, sentia como se estivesse namorando o marido.

Enquanto pensava nos fatos desconhecidos, ficou imaginando se Manny a expulsaria de novo ou se a forçaria a...

– Oi.

Jane parou de imediato e levantou o olhar. Falando no diabo... Manny estava diante da sala de exames principal, a porta se fechava lentamente atrás dele como se ele tivesse acabado de sair.

– Oi pra você também. – Ela pigarreou. – Como estamos?

Quando em dúvida, deixe a resposta em aberto, ela concluiu. Aquela frase podia cobrir uma série de assuntos: a situação dela, os pacientes atuais, o tempo... qualquer coisa.

– Estamos bem. – Ele passou um bloco de notas da mão direita para a esquerda. – Mais importante, como está você?

– Bem. Isso aí. Estou ótima.

Deixa para pausa constrangedora. E então, de repente, ela resolveu que estava cansada demais para se preocupar com orgulho.

– Sinto muito mesmo por ter discutido com você – disse num rompante. – E você tinha razão. Eu preciso tirar umas folgas e organizar melhor meus horários. Perdi todo sentido de perspectiva e, apesar de ter tido sempre em mente, e sempre terei, o que for melhor para meus pacientes, eu arrisquei potencialmente os meus cuidados por estar exausta e envolvida demais.

Manny exalou de alívio.

– Estou bem aliviado em te ouvir dizer isso. E, olha só, eu não tive a intenção de que parecesse uma intervenção. Eu só não sabia de que outro modo lidar com a situação.

– Você fez a coisa certa.

– Bem, seguindo essa linha de pensamento... – Ele levantou o bloco de notas. – *Ta-dá*!! Nossa nova grade horária.

Ela se inclinou sobre o bloco e sorriu ante as anotações.

– Pois é, você tem letra de médico. Alguém já mencionou isso antes?

Ele franziu o cenho e virou a folha para si.

– Pensei que ficaria melhor em letra de forma.

– Acho que entendi o mês... Janeiro?

– Hum... Na verdade eu comecei com fevereiro.

Ela riu e foi para o lado dele.

– Então, me conta o que temos aqui.

Ele apontou para as coisas anotadas nos pequenos quadrados que ele havia elaborado.

– Nós dois trabalhamos à noite. Depois dormimos em dias alternados. Assim teremos ampla cobertura quando os Irmãos estão fora a trabalho, mas, quando o sol aparece, só um de nós está aqui. E, se não houver nenhum caso crítico, nós dois podemos voltar para casa. A cada sete dias, porém, um de nós tem um dia inteiro de folga, sincronizado com o dia de troca de turno. Vê aqui?

Ela assentiu com o estômago começando a relaxar.

– Sabe de uma coisa? Acho que isso vai dar certo.

– Mas tem outra questão. – Quando ela o fitou, ele pareceu estar armado. – Vamos contratar outra enfermeira – e outro médico.

Jane abriu a boca. Depois fechou.

Disse a si mesma para pensar antes de falar.

– Você está certo quanto à enfermeira... – Assentiu. – Não é justo que tenhamos folga, sem que Ehlena tenha essa opção. Mas outro médico?

Ela se visualizou trabalhando com alguém como Havers noite após noite – e teve certeza de que não aguentaria os ares de superioridade. Sem dúvida, qualquer vampiro com formação médica viria da *glymera*, porque esse era um trabalho que apenas os aristocratas tinham o direito a aspirar.

Espere... Havia algum outro médico na espécie?

– Escuta só. – Manny levantou a palma. – Dessa forma, poderemos passar a atender dia sim, dia não. E mais mãos significam menos estresse.

– Desde que sejam boas mãos. Tem alguém em mente? Nem sei se existe alguém mais além de Havers.

– Não fui tão longe assim.

– Bem, quero participar das duas contratações.

– Eu não aceitaria se fosse de outro modo. Quer dizer que me apoiará quando eu apresentar o assunto a Wrath?

Cruzando os braços diante do peito, a voz alta que gritava em sua mente: *Não! Isto é meu!* sugeria que ela ainda estava próxima demais de tudo aquilo. Claro, Vishous montara aquelas instalações para ela, e ela e Manny estabeleceram as práticas de trabalho ali, e cuidavam dos pedidos de suprimentos e trataram de cada um dos casos que lhes surgira.

Mas a instalação tinha que ser boa para os pacientes, acima de qualquer outra coisa.

E o seu desejo de controlar tudo, nesse caso, estava mais para um direito de posse muito perigoso.

– Tudo bem, eu o apoiarei – disse com firmeza. – Em tudo.

– Sei que é difícil, Jane.

Ela riu.

– A verdade é que este lugar, o trabalho que fazemos aqui, é o meu bebê.

Engraçado colocar a situação nesses termos, ela pensou.

– Quero dizer, é tudo o que eu tenho. – Franziu o cenho. – Espera, o que estou tentando dizer é que…

Manny pôs a mão no ombro dela.

– Sei exatamente o que está dizendo. E o que eu quero é nos colocar numa maratona possível, sustentável. Estamos correndo os 100 metros há tempo demais, porque foi necessário. Agora chegou a hora de mudar o nosso paradigma para o futuro.

– Concordo. Então, quando vamos falar com o Rei?

– Vou marcar uma hora e vamos juntos.

– Só precisa me avisar.

Foi difícil não encarar o fato de que Manny estava assumindo a liderança e marcando reuniões de funcionários como prova do fracasso na sua parte de se policiar e a cada um dos envolvidos. E, Deus, ela odiava a ideia de trazer pessoas novas para a equipe. Mas precisava se adaptar. Ela se adaptaria.

Além disso, quando foi a última vez, antes da noite e do dia anterior lá no Santuário, que ela e Vishous passaram algum tempo juntos?

Não dera a mínima importância à ideia de que o havia abandonado. Sempre simplesmente pensara no seu trabalho e nos seus pacientes – e essa era a questão, não?

– Voltando… – ela disse pragmaticamente. – Como ficaram as coisas na minha ausência?

– Bem, tudo bem. Dei alta a Assail.

– Você deu? – *Esse paciente era meu*, ela pensou. – Quero dizer, ele continuou a melhorar?

– Ele estava preparado para sair marchando daqui por conta própria se eu não o deixasse ir. Os exames de imagem estavam bons. As funções vitais também. Eu o mandei para casa com os remédios anticonvulsivantes, e disse a eles que a cada oito horas, mais ou menos, eu ou você iríamos até lá para ver como ele ficará durante a próxima semana. – Sorriu para ela. – Dito isso, pensei que você gostaria de ser a primeira a ir lá, estou certo?

– Você está...

Ehlena saiu correndo da sala de exames.

– Temos dois feridos nas ruas. Ferimentos à bala e uma perna quebrada.

– Filhos da mãe – Manny imprecou. – Vou pegar a ambulância.

– Qual o endereço? – Jane perguntou. – E quem está ferido?

– Trade com a 21. Vishous e Butch. Phury telefonou.

Por uma fração de segundo, Jane sentiu o mundo rodar. Mas logo seu treinamento e sua experiência a fizeram se concentrar.

– Vou na frente para estabilizá-los.

Às vezes a vida acontece muito rápido.

A morte também.

Enquanto arrastava para trás no beco a parte inferior inútil do corpo, Vishous praguejava como o inferno para o seu coturno esquerdo.

Não que fosse culpa da bota que seu pé estivesse num ângulo de noventa graus.

Ainda que, na verdade, tivesse sido meio culpa do calçado. Quando correu em disparada na direção do *redutor* que estava atirando em Butch, V. antecipara um jogo pé no chão. A surpresa? O fato de que o assassino os fizera sair rolando para fora do beco indo parar diretamente no caminho de um Uber.

Freios guinchando. Humanos saindo atordoados do Ford Explorer. Muita derrapagem na neve e no gelo.

O *redutor* levara a pior no impacto contra o para choque e a grade da frente, mas V., de alguma forma, conseguira fazer com que a pena esquerda ficasse presa ao *spoiler* dianteiro – cortesia do tamanho e da biqueira de aço do seu coturno.

Baque! Quebra! Arranca!

Ele não conseguia sentir nada ali embaixo, então não sabia se era apenas uma torção no tornozelo – eba! – ou uma fratura múltipla – droga! –, mas, de todo modo, estava impossibilitado de caminhar.

E estava morrendo de medo pelo Butch.

– O que temos, Phury? – V. gritou de novo.

Quando ainda assim não obteve resposta, Vishous se sentou mais para a frente e tentou ver o que estava acontecendo virando a esquina. Seu irmão estivera ocupado apagando a memória dos humanos daquele carro e, sem dúvida, chamando por reforços.

Pare de perder tempo com esses humanos, quis gritar. *Vá ajudar Butch.*

Ele não fazia ideia de qual era o estado do seu colega de apartamento, e não enxergava muito além ali na rua para conseguir se informar. A merda que ele bem sabia era que a maldita arma do filho da puta do assassino disparara algumas vezes antes que V. tivesse tirado o morto vivo da vertical, e definitivamente havia cheiro de sangue de vampiro no ar.

O tira deve ter sido atingido.

– Maldição, Phury! Fala comigo...

Do nada, a imagem da sua Jane se formou, clara como se sua mente tivesse lançado um pedido ao universo para chamá-la...

– O que temos aqui? – ela perguntou ao se ajoelhar diante dele.

V. se retraiu.

– Hein?

– A sua perna. Torção ou fratura?

– Você está aqui de verdade? – Mas, em seguida, ele chutou o próprio traseiro. – Não se preocupe comigo! Estou bem... Butch foi alvejado! Vá!

Ela fez contato visual por um segundo, como se o estivesse avaliando. Depois assentiu.

– Vou cuidar dele. Não se preocupe. Não importa o que for, eu dou um jeito.

Então ela se inclinou para baixo, deu-lhe um beijo rápido e intenso e saiu em disparada.

Conforme a via se afastando, uma sensação de orgulho absoluto e de segurança o envolveu quase a ponto de lhe marejar os olhos.

Quaisquer problemas que ele tivesse com a dedicação dela ao trabalho, ele não desejaria que ninguém mais – Havers, Manny, nem ele mesmo – tratasse do ferimento a bala do seu melhor amigo. Butch não podia estar em melhores mãos...

Um som suave acima da cabeça chamou sua atenção para a saída de incêndio acima dele, e ele inflou as narinas, inspirando fundo.

– Filho da puta – murmurou ao espalmar a arma.

Antes que conseguisse atirar para avisar que tinham companhia, um *redutor* despencou da escada de ferro que se prendia à lateral do prédio, o peso comprimindo sua coluna desde a base da nuca até a bunda. Cortesia do impacto, o pé fraturado/torcido/qualquercoisado-gênero resolveu despertar e começar a falar, e a dor foi tão grande que ele desmaiou por uma fração de segundo.

Tempo mais que necessário para o assassino tirar a arma da sua mão e começar a maldita festa.

Capítulo 26

Vitoria cobriu o trajeto da casa do irmão Ricardo em West Point até Caldwell em menos de vinte e cinco minutos. Na verdade, àquela hora da noite, mas de dez, havia pouco trânsito e ela já havia refinando seus caminhos e encontrado atalhos. Enquanto dirigia o carro alugado, sintonizou na estação de músicas latinas que havia encontrado no rádio, o indicador com unha muito bem-feita batendo no volante.

Não estava voltando para a galeria, contudo.

Não, não. Em vez de pegar a segunda saída para o centro da cidade, ela permaneceu na rodovia. Alguns quilômetros mais ao norte, saiu da interestadual e entrou numa parte da cidade que, tecnicamente, fazia parte do subúrbio, mas, em termos arquitetônicos, estava mais para o distrito financeiro com suas casas modernistas feitas de concreto, aço e grandes painéis de vidro.

Isso fazia muito mais sentido, ela pensou enquanto as instruções do mapa arcaico a levavam ainda mais para dentro da terra das pessoas que preferiam gastar suas fortunas com coisas feias para preencher os espaços despidos e ocos.

Era absolutamente perfeito.

Depois de alguns recálculos, a casa que estivera procurando estava localizada num labirinto de ruas – e sua localização nos limites da comunidade homogênea também era lógica.

Vitoria dirigiu na frente do endereço uma vez... deu a volta virando à esquerda algumas vezes... e voltou a passar ali.

A residência era de dois andares, com uma sala aberta em um dos lados, toda de vidro, e com uma espécie de alas ao fundo. Comparada às outras, era bem menor e num terreno que não era muito bem iluminado e ajardinado, uma declaração do tipo "quase lá" em vez de "cheguei".

Se fosse uma planta, alguém poderia aguar e mudar de vaso na esperança de que vicejasse para se equiparar às outras ao seu redor.

Mas não era assim que o mercado imobiliário funcionava. Mas, mais uma vez, era isso mesmo o que esperava encontrar.

Achar um lugar adequado para estacionar era uma coisa a se pensar com seriedade, e ela se contentou com uma pequena vaga a meio quilômetro de distância. Antes de sair do carro, cobriu a cabeça com o capuz da parca que usava e enfiou o celular descartável no fundo do bolso com zíper.

Ao sair, olhou ao redor sem mover a cabeça. A noite estava tão fria que os pedestres casuais preferiam ficar dentro de casa, e os poucos que caminhavam com seus cachorros estavam ensimesmados, concentrados apenas nos amigos de quatro patas.

Vitoria foi retrocedendo até a casa.

Entrou na propriedade pela rua de trás dela, esgueirando-se por uma cerca de sempre-vivas podada na horizontal.

Nenhuma cerca para cachorros, mas ela teria palpitado mesmo que não haveria bichos de estimação.

Quando parou para inspecionar a casa, pensou... *Que gramado adorável.* Tanto a ser visualizado antes de invadir, tantas informações úteis.

E lá estava... sim, lá estava o que tinha vindo procurar. Sim, a proprietária do terreno. E bebendo uma taça de vinho branco num roupão de seda preto.

Vitoria ficou onde estava, observando, aguardando. Quando ninguém mais apareceu, aproximou-se, atravessando o gramado nas sombras porque a casa estava iluminada apenas por dentro, e não por fora.

A garagem tinha uma porta externa do lado oposto e, num outro golpe de sorte, ela não teve que arrombar a fechadura. A porta se abriu como uma boa anfitriã, permitindo-lhe acesso ao espaço para dois carros, no qual só havia um veículo – uma Mercedes branca de uns quatro ou cinco anos – estacionado bem no meio.

Estava ficando mais fácil.

Havia três degraus de madeira conduzindo à porta de metal que dava para o interior da casa, e quando Vitoria subiu um, depois outro e… o terceiro, cerrou o punho com a luva de couro preta.

Toc, toc, toc.

Depois recuou para o piso de concreto e esperou, certificando-se de ficar um pouco de lado.

A porta se abriu, a figura de roupão de preto com a taça de vinho branco ficou emoldurada pela luz do corredor atrás.

– Olá? – Essa foi a exigência impaciente enquanto a proprietária tateava na parede à procura do interruptor. – Jonathan? Esqueceu sua chave…

Vitoria puxou o gatilho da pistola que tinha em mãos, descarregando três balas belamente abafadas pelo silenciador que havia acoplado à ponta do cano.

Os braços da senhorita Margot Fortescue se moveram, o vinho se derramou por cima do ombro dela e os pés tropeçaram em si mesmos quando ela caiu para trás.

Vitoria saltou para o primeiro degrau e segurou a porta, mantendo-a aberta.

A senhorita Fortescue arquejava como um peixe, a pele imaculada empalidecendo enquanto a pressão sanguínea caía, as mãos agarrando o piso cinza no qual ela estava. O roupão escorregadio se abrira e havia três pontos de sangue na camisola de seda branca por baixo dele.

Vitoria moveu a pistola e atirou três vezes mais, encravando mais balas no peito, mesmo tendo certeza de que atingira seu objetivo com as três primeiras.

Nenhum movimento se seguiu, e nenhum arquejar.

A porta tinha um peso para se fechar sozinha, mas ela não queria nenhum barulho, por isso a guiou silenciosamente.

Saiu do mesmo modo como entrou: contornando a Mercedes e atravessando o jardim. Correu ao longo da cerca e parou junto ao arbusto…

Cessou o movimento abruptamente e não se moveu mais.

Um daqueles donos de cães e seu animal caminhavam pela rua do lado oposto, o par movendo-se com agilidade, o dono porque estava com frio, o poodle padrão porque estava energizado, talvez após uma recente defecação.

Vitoria voltou a tirar a pistola do coldre. Preferiria não ter que usar a arma novamente, pois matar testemunhas em potencial poderia agravar a situação, criando uma montanha de corpos tal qual se empilha lenha. No entanto, faria isso se fosse necessário.

Se o par tivesse sorte, o cão não farejaria nada. Não olharia na sua direção nem latiria. Não faria seu dono vir investigar a fonte de interesse canino.

E não era esse o tema da noite?, Vitoria pensou. Cuidar da própria vida, em tantas situações, era o melhor modo de garantir saúde e bem-estar duradouros.

Capítulo 27

Jane odiou ter que deixar Vishous ferido e abatido no chão, mas sabia que ele estava seguro naquela soleira – e, ao contrário de um ferimento a bala, a lesão na perna dele não era nada fatal. Além disso, ele estava lúcido e tinha boa coloração.

Movendo-se rapidamente, correu para a rua e se desviou dos carros cheios de humanos de quem Phury apagava a memória... Depois saltou por cima de um assassino que se debatia numa poça de sangue negro... e finalmente chegou à escuridão do beco seguinte para procurar Butch.

– Oi, aqui – um sotaque conhecido de Boston a chamou. – Que bom... te encontrar aqui.

Ela parou e se virou.

– Onde você está?

– Atrás das latas de lixo.

Mudando o sentido de seu caminho, ela partiu para uma fila de latas de lixo de metal. O tira estava sentado usando a parede de tijolos como apoio, com as pernas esticadas diante de si, um braço caído, e o outro amparando o ferimento localizado em algum lugar do lado esquerdo do esterno.

Jane tirou a mochila com o kit médico das costas.

– Como estão as coisas, colega?

– Bem, bem. – Butch sorriu debilmente. – Estou fazendo planos de viagem para a primavera. Pensei em levar a Marissa para a Fashion Week e... – Gemeu ao tentar se mover. – Cacete.

– Deixe-me dar uma olhada. – Ele deixou que ela afastasse a mão e Jane logo suspirou de alívio. – Tudo bem. Acho que foi mais no ombro do que pensei a princípio...

O som de tiros ecoando fez com que ela se virasse. Na rua, assim que o SUV se afastou, Phury tinha a arma em punho e corria na direção do beco em que Vishous estava.

– Ah, merda, V.! – ela gritou. – É onde ele está...

– Estou bem pra ir lá! – Butch grunhiu ao começar a se levantar. – Estou indo, V...

Jane empurrou o tira de volta no chão e o manteve ali.

– Você não vai a parte *alguma*.

Mais tiros. E então Phury cambaleou para trás na rua. Ele gritava para um agressor, que Jane não conseguia ver, quando caiu de joelhos.

Em seguida, como algo saído de um filme de terror, o tronco dele absorveu os impactos que o faziam se mover para trás tal qual um boneco, a cabeleira gloriosa flutuando para trás quando ele despencou sobre a neve.

Jane se pôs de pé e pegou o celular.

– Fique aqui...

– Também vou!

Quando mais balas soaram numa série de disparos, ela apontou o indicador para o macho.

– Fique. Aqui.

Permitindo-se desaparecer da sua forma corpórea, correu diretamente para a linha de fogo. As balas de aço que voavam a partir do beco em que V. estava a atravessavam, deixando ondulações como se atravessassem água, sua não matéria registrando a penetração e a saída dos tiros quentes.

Jane patinou na neve e caiu diante de Phury. Vishous era o mais importante naquele momento para ela, mas ela tinha que ser profissional – e as regras de triagem se aplicavam ali.

Quando ela tentou tocar nele, Phury arquejou e tentou tirá-la da frente, os braços se debatendo através de sua forma fantasmagórica.

– Sou eu – ela disse apressada, colocando o rosto diante do dele. – Jane.

Quando ele se acalmou, ela tentou entender o que estava acontecendo naquela troca de tiros. Havia mais tiros, mas ela não sabia se isso era algo bom, porque o reforço da Irmandade havia chegado, ou ruim, porque outros *redutores* estavam ali e V. estava morto.

– Fui atingido – Phury disse ao arranhar a jaqueta de couro e tentar despi-la. Ela o ajudou com o zíper e então...

– Graças a Deus – murmurou ela ao ver o colete à prova de balas.

A peça tinha feito seu trabalho, interceptando as balas e mantendo-as longe do corpo do macho. Mas ainda assim poderia haver danos internos...

O assassino que atirava do beco corria como se a sua não vida dependesse disso. Sangue negro vazava do pescoço, um gêiser destampado, mas o maldito ainda estava de pé. E estava armado.

Concentrado em Phury, ele levantou a arma, apontando o cano direto para a cabeça do Irmão.

Coletes à prova de balas só funcionavam nas partes que cobriam. Um tiro no crânio seria letal.

Então, pouco antes de o *redutor* puxar o gatilho, Jane viu o inacreditável.

Vishous estava de pé, de alguma forma andando para fora do beco. Ele sangrava na lateral do rosto e arrastava o corpo, mas estava puto da vida e completamente comprometido com a luta. Inferno, ele até segurava as adagas em ambas as mãos e sustentava o rosnado de uma fera nas feições.

Quando tudo se moveu em câmera lenta, Jane teve um instante de orgulho absoluto pelo seu companheiro. Mesmo ferido, ele lutava para proteger seu irmão – e ganhar.

Mas a questão era outra ali, tudo acontecendo ao mesmo tempo. Um, dois, três.

O *redutor* puxou o gatilho.

Jane assumiu sua forma corpórea para bloquear a bala.

E Vishous lançou as adagas.

Assail preferiria ser aquele que estava dirigindo para a igreja. Como macho, considerava isso tarefa sua. As duas fêmeas que o acompanhavam, contudo, tinham uma opinião diferente com relação a essa tradição – portanto, lá estava ele no banco do passageiro do Range Rover enquanto Marisol assumia o volante.

Pelo menos lhe restava uma vista adorável para admirar. No brilho do painel, o perfil de sua fêmea era tão lindo que o hipnotizava por completo, deixando tudo em suspenso, menos seu coração. Mesmo com o boné enterrado na cabeça, ele apreciava a curva da face, a voluptuosidade dos lábios, a coluna da garganta acima da parca...

De fato, não conseguia desviar o olhar. Mas, pelo menos, não ofendia ninguém. Pelo canto do olho, percebeu a avó sorrindo no banco de trás – e sua Marisol relanceava na sua direção vez ou outra, e seu rubor era uma dádiva secreta e charmosa.

Todavia, nem tudo estava perfeito para ele.

Mudando de posição no banco, não gostou de como o casaco de caxemira ficou folgado, mesmo sobre o terno completo que vestia por baixo. E desgostou do terno ainda mais, pois fora feito sob medida à sua estrutura antiga e agora o apequenava, transformando-o no filho que usava a roupa do pai.

Enquanto pensava em seu peso, murmurou:

– Já estou ansioso pela nossa próxima refeição, senhora Carvalho.

– Belo café da manhã – respondeu a avó. – Bem grande.

– Isso é bom. Tenho muito a recuperar.

– Você esteve doente.

As palavras foram ditas como uma absolvição, um perdão para o que, em outras circunstâncias, teria sido uma grave ofensa.

– Vocês duas não poderiam ter chegado em hora melhor – murmurou.

Ah, como queria estender o braço para pegar a mão de Marisol, ainda mais quando ela lhe sorriu. Mas ele tinha que ser discreto em respeito a ela e à avó.

Cerca de dez minutos mais tarde, estavam num estacionamento ao lado de uma grande catedral. O edifício o lembrou daquelas construídas pelos humanos no Antigo País: os contrafortes, as pontas góticas e as extensões de vitrais levando-o para casa de maneira intensa e íntima demais para ser suportável por muito tempo.

– Que bela igreja – comentou quando Marisol parou o carro em uma das vagas.

Havia mais uns quinze outros carros num espaço grande o suficiente para abrigar uma centena, e os veículos estavam todos agrupados junto ao passeio que conduzia à entrada.

Quando ele saiu, abriu a porta para a senhora Carvalho, oferecendo a mão a fim de ajudá-la a descer. Fechando a porta, apontou o cotovelo na direção da avó de Marisol e ela o pegou, passando o braço pelo dele.

Esperaram que Marisol desse a volta no carro, e ele amou a expressão no rosto de sua fêmea. Aquele leve sorriso.

– Prontos? – ela perguntou, a respiração saindo em nuvens na noite fria.

– Vamos. Ah, senhora, a sarjeta. – Ele ajudou a avó a subir na calçada. – Lá vamos nós.

Conforme prosseguiam na calçada na qual havia sido despejado sal com o intuito de derreter a neve, ele olhou para a altura imponente da catedral à frente. A estrutura era mantida em perfeitas condições, nada embotado em sua grandiosidade, o interior iluminado visto através dos vitrais, transformando os desenhos em joias.

– Eles sempre fazem rituais à meia-noite? – Assail perguntou.

– É uma missa. – Marisol relanceou por cima da cabeleira branca da avó para ele. – É chamado de missa. E esta catedral a realiza às quintas e sábados todas as semanas, assim como em determinados feriados. Caldwell tem uma comunidade católica bem ativa, e, com tantas pessoas trabalhando em turnos duplos, os serviços são oferecidos para que os trabalhadores tenham a oportunidade de participar dos cultos, o que, de outra forma, não teriam.

O som de vozes atrás deles o fez olhar por cima do ombro. Um homem e uma mulher vinham na sequência, ambos enterrados em seus casacos e conversando baixinho. Enquanto os observava, foi estranho perceber que, por mais que tivesse vivido entre humanos por tanto tempo, nunca passara muito tempo com eles. Sim, tratara de negócios com eles, evidentemente, mas nada dedicado a uma atividade de entretenimento.

Ainda que, sendo bem justo, ele nunca buscara atividades de entretenimento com nenhuma companhia.

As portas da igreja eram pesadas e entalhadas, e, por força do hábito, adiantou-se para abri-las, mas Marisol chegou a elas antes – o que deve ter sido muito bom. Ele não estava muito forte, e a mera caminhada até ali já o tinha feito respirar com dificuldade.

No interior da construção, viu-se num vestíbulo amplo com um carpete vermelho, paredes em madeira escura e placas em pedra com inscrições em latim.

– A chapelaria fica aqui – Marisol murmurou.

Quando retornaram sem os casacos, ele se viu remexendo no paletó folgado e na gravata, que era a única coisa segurando o colarinho ao redor do pescoço.

– Marisol – a avó orientou –, você tem que tirar o boné. Não pode usá-lo.

– Vovó, eu tenho que usá-lo.

As duas passaram para a língua nativa, a discussão sussurrada e veloz. Em seguida, a senhora Carvalho resmungou algo e foi na frente.

O boné ficou onde estava, e sim, escondia boa parte, se não quase todo o rosto de Marisol. Mas ele odiava o motivo de ela ter que usá-lo.

– Venha – ela convidou, puxando-o pela mão.

O ambiente para adoração era magnífico, com um teto alto, estátuas de mármore e piso de pedra polida que parecia não ter fim. Centenas de bancos em seis seções de filas apertadas até o altar que ficava debaixo de um glorioso mural de Cristo num trono. De fato, o espaço ocupado pelos assentos era tão vasto que as trinta pessoas à frente eram quase insuficientes para preencher o ambiente.

Ante indicação de Marisol, foram para a esquerda, alguns bancos atrás do último ocupado por alguém. Quando se acomodaram, com Marisol no meio e ele no corredor, Assail inspirou fundo.

Considerando as imediações em que havia passado os últimos tempos, era um milagre inesperado estar naquele lugar de incrível paz.

E então o órgão começou a tocar, com os tons graves ecoando em seu peito, os agudos atingindo notas altas... chegaram à sua alma.

Estou em casa, pensou.

Embora isso não fosse uma questão do lugar em que se encontrava, mas das pessoas que o acompanhavam.

Capítulo 28

Do outro lado da cidade, na entrada do beco, Vishous gritou quando viu Jane passar da sua forma translúcida para a completamente corpórea bem quando o maldito assassino começou a atirar.

– Não!

Ela estava bem entre Phury e o atirador, protegendo seu paciente, o irmão dele, com o próprio corpo. E, enquanto as balas a penetravam, as adagas que V. lançara com acuidade perfeita cravaram nas costas do *redutor*.

Tomado de fúria e de terror, Vishous se lançou no ar, o tornozelo torcido o impelindo rumo a um tropeço, mas o impulso mais do que compensou. O avanço foi insuficiente, por isso ele se enrolou, rolou a distância que faltava e segurou a cabeça do *redutor* com as duas mãos.

Ele virou com tanta força que separou o crânio do alto da coluna, e tudo o que restou foram fitas de pele e nervos segurando o membro ao seu lugar.

Desejava infligir tanta dor mais ao bastardo sem alma... só que precisava chegar a Jane.

Abandonando o corpo não morto, claudicou pela neve até sua *shellan*, que caíra de costas. Quando a alcançou, ela levantou a cabeça e baixou o olhar para o próprio corpo. Havia buracos na jaqueta Patagônia perpassada pelas balas.

A respiração dela estava muito errada – curta, rápida, superficial.

– Não... – ele gemeu. – Estou te perdendo de novo...

Ela murmurava algo para ele quando seus olhares se cruzaram – o sangue manchava seus lábios, a pele estava pálida demais.

– Amo... você...

E então ela começou a desaparecer em pleno ar.

– Jane! – Ele passou os braços ao redor dela.

– Meu Deus! – Ele ouviu alguém dizer. – O que ela fez? O que ela...

No lugar de Jane, havia algo nas mãos dele... balas. As balas que estavam dentro dela caíram nas suas palmas.

– O que ela fez?

Ele girou a cabeça na direção da voz masculina. Phury o encarava horrorizado, as palavras saindo do macho como se ele se sentisse responsável.

Vishous tateou a neve onde ela estivera. O sangue dela estava lá, manchando de vermelho as partes antes brancas... mas ela...

– Jane!

Berrou o nome dela. E então, sem respostas e nada além do mais puro terror na alma, ele se virou e se lançou sobre o assassino. Atacou a carcaça, apesar de isso não resolver nada, rasgando com as presas e dilacerando com as mãos, sendo coberto pelo fétido sangue negro – até um par de faróis brilhantes cegarem seus olhos e alguma força o afastar da sua presa.

Debatendo-se, chutando e mordendo, ele se foi desvairado, brigando contra tudo e contra todos ao seu redor...

O soco deferido o acertou em cheio no maxilar, um golpe que o atingiu como uma bomba atômica. No mesmo instante, o cérebro e o corpo se afrouxaram, embora ele ainda permanecesse consciente quando a cabeça girou no pescoço, como uma daquelas bolas presas a uma corda do jardim de infância.

Ele voltaria a funcionar em pouco tempo, seu desejo de *ahvenge* por seu amor era uma força expansiva demais para ser negada – mas aquelas suas pernas e seus braços se recusavam a seguir qualquer comando. Continuou ali largado, como um espantalho nos braços de um dos seus irmãos, com sangue de *redutor* escorrendo pela boca, as roupas rasgadas, a respiração rouca e forte como se fosse um vento de temporal.

Naquele momento, percebeu a merda que era perder a mãe.

Ele não lamentava a perda da fêmea. Sequer achava que ela tivesse sido, em vida, particularmente boa para a raça. Não... É que fora ela a lhe trazer de volta a sua Jane.

Sem a Virgem Escriba? Ele vinha se sentindo aterrorizado que a magia, ou qualquer que fosse a merda que mantinha Jane em seu estado de existência eterna estivesse comprometida. Se a merda falhasse, para quem ele recorreria?

Não havia mais ninguém para quem rezar. Não havia mais ninguém a quem exigir que essa magia continuasse funcionando.

E o pior? O destino, puto maldito, resolveu ser justo e colocá-lo exatamente na posição que lhe provocou tamanho terror que ele nem quisera reconhecer sua existência.

O cachorro não viu Vitoria.

Com isso, seu dono viveu para morrer em outro dia.

De volta ao carro alugado, ela seguiu em frente sem pressa, obedecendo às leis de trânsito ao se afastar do bairro da senhorita Fortescue de volta à Northway. No entanto, não retornaria à casa em West Point.

Seu mapa antigo a levou a outro destino – porque um dispositivo GPS é rastreável em sistemas de carro ou telefones –, e ela ficou ainda menos impressionada do que em sua primeira parada em termos de relevância arquitetônica e incitação ao desejo. Esse bairro rude de classe média baixa era dividido em lotes do tamanho de cartões-postais, as casas ali presentes possuíam apenas um andar e estavam em condições precárias. A maioria tinha portas e janelas cobertas por grades e cercas de ferro ao redor dos jardins com carros dentro dessas barreiras.

A casa de Streeter era a sétima da rua à esquerda, e, quando ela parou e estacionou, pensou que os dois lugares que havia visitado nessa noite combinavam com seus donos: a senhorita Fortescue era uma metida ambiciosa, uma forasteira observando o mundo das grandes fortunas, que desejava desesperadamente poder bancar tudo aquilo que vendia; Streeter era um capanga durão que fazia o que precisava fazer a fim de sobreviver.

Somando-se tudo, Vitoria ficaria com uma centena desse último antes de querer se misturar com um dos primeiros.

Depois de ter lhe mandado uma mensagem pelo telefone descartável, ela esperou com pouca paciência. Ele não a fez esperar muito tempo.

O homem apareceu vestido de preto da cabeça aos pés, o capuz do casaco puxado sobre a cabeça, escondendo-lhe o rosto. Parou para trancar a porta e depois andou na direção dela, com o olhar fixo no caminho maltratado até a cerca de arame como um homem determinado a cuidar dos seus assuntos, deixando os outros com os seus.

Vitoria saiu de trás do volante.

– Bebeu ou se drogou hoje à noite?

– Fumei um baseado às cinco.

– Você dirige. – Ela deu a volta no carro e entrou do lado do passageiro. – Vou dormir no trajeto até lá.

– Ok.

Streeter assumiu o lugar que ela ocupava antes, e os dois partiram rumo à Northway.

– Conte-me novamente a história – ela ordenou ao enfiar as mãos nos bolsos do casaco e cruzar as botas de neve à altura dos tornozelos.

– Two-Tone disse para veia dele...

– Por favor, não se refira a nenhuma mulher dessa maneira. Ou terei que começar a chamá-lo de Pinto Pequeno. Prossiga.

Ele olhou para ela, a luz do poste iluminando sua expressão de surpresa.

– Ah. A... sei lá o que ela é dele... me deixou entrar na casa dele. Ela pensou que ele tava fugido, e que eu sabia onde ele tava e tava escondendo dela. Quando eu disse que não sabia de merda nenhuma, ela me deixou espiar em tudo. Ela ainda acha que ele vai voltar pra casa.

– E depois? – Vitoria fechou os olhos visando absorver a voz perfeitamente simpática de Streeter, com sua dicção e gramática perfeitamente horríveis.

– Fiz ela tentar se lembrar da última noite que viu ele. Ela levou ele pro bar no dia que o vi, sabe. Ele tomava muito cuidado com esse lance de beber e não dirigir.

– Quanta nobreza da parte dele – Vitoria murmurou, encostando a cabeça e se virando para ele.

– Ela disse que ele recebeu uma ligação no caminho. Eles tavam brigando e ele respondeu o telefone e ela ficou puta. Enquanto ele tava no telefone com sei-lá-quem, ele ficou falando de encontrar um cara uma hora depois e também sobre o lado sul da Iroquois. Ela achou que era a Avenida Iroquois, que fica, sei lá, do outro lado da cidade. Ela disse que ouviu ele dizer "um quilômetro" depois, e que antes eles tinham que pegar um pacote.

Streeter passou por um caminhão à direita, pouco antes de a estrada se estreitar para duas faixas no sentido norte.

– Ela achou que ele ia encontrar uma garota, mas ele disse que ela era louca. Ela deixou ele no bar, mandou ele se foder, e depois tentou ligar pra ele. Ele nunca mais atendeu o telefone, e foi isso. Então, eu andei pensando... Morei a vida inteira aqui. Nunca ouvi ninguém falar do lado sul da Avenida Iroquois. Mas que merda que ela pensou? – Olhou para Vitoria. – Foi isso que eu te falei. Tem uma Montanha Iroquois. E ela tem um lado sul, com certeza. Depois que eu lembrei. Uma vez, quando tava trabalhando pra ele, eu ouvi o senhor Benloise mencionar um lugar seguro lá no norte onde dava pra esconder coisas. Ele disse que era quase na fronteira. É onde a Iroquois fica.

– Espero que tenha razão.

Cinco horas num trajeto de ida eram um grande investimento de tempo. Mas ela dormiria na ida e na volta, e resolveria parte do seu *jet lag*.

E seria melhor ela descansar. O dia seguinte na galeria seria puxado. Queria estar cedo lá quando a polícia aparecesse para interrogá-la a respeito do homicídio misterioso que havia acontecido na noite anterior, a pobre senhorita Fortescue encontrada por seu/sua empregado/namorado/namorada/poucoimporta, morta ao estilo execução no corredor de trás de sua casa.

Por um profissional.

– Acorde-me quando estivermos próximos – ordenou. – E pare de ultrapassar o limite de velocidade. Não quero chamar a atenção da polícia.

Quando Streeter assentiu em obediência, Vitoria fechou os olhos de novo e sorriu. Ricardo não teria aprovado nada daquela noite, especialmente o modo como optou por despachar a vendedora dele. Ah, o motivo por trás do assassinato era válido, e algo com que ele teria concordado. Mas a sua irmã? Com uma pistola? Matando uma mulher de uma maneira tão atrevida, ainda que calculada?

A questão era que Vitoria não aprendera somente inglês em todos os anos de sua distância.

As aulas das artes escusas lhe custaram duas ou três vezes mais do que os honorários normais: sendo mulher, ela teve que convencer os homens a ensiná-la a atirar, a lutar, a matar, e, como irmã de Ricardo, ela teve que garantir que tudo isso fosse bem discreto. Caso ele tivesse descoberto? Era possível que ele mesmo tivesse atirado nela.

Mas, graças ao tempo e à prática, ela se tornara muito apta a solucionar os próprios problemas. Se podia usar um Streeter, tal era sua opção. Entretanto, se não houvesse ninguém disponível? Ou se fosse uma circunstância especial que necessitava de um toque pessoal?

Ela mesma resolvia o problema.

Capítulo 29

Quando recobrou a consciência, Jane se ergueu e levou a mão ao peito. Havia tufos na frente da parca, buracos que sangravam penas brancas, mas, ao inspirar fundo, a sensação de asfixia passou. A dor também se havia esvaído.

No entanto, estava apenas parcialmente corpórea.

Olhando ao redor, retraiu-se. O beco cheio de neve fora substituído pelo gramado verde, pelas flores coloridas vicejantes e pelas construções que pareciam pertencer à Roma de César.

Por que estava no Santuário?

– Vishous? – Pôs-se de pé. – V.?

Ok, então, ou estava morta... ou aquilo seria um tipo de recomeço cósmico? Tipo um retorno existencial ao remetente para o caso de, se ela "morresse", retornar para os domínios da Virgem Escriba?

Girando num círculo, inspecionou o cenário. Estava bem no meio de um gramado lindo, a meio caminho de onde V. lhe contara serem os dormitórios das Escolhidas e a Piscina Refletora.

Uma sensação de pânico inundou seus circuitos, mas ela logo se recuperou. Uma vez recomposta, deduziu que era melhor encarar a situação de frente e...

Ah, bem, tinha acabado de fazer isso.

Não?

Demoraria um tempo para voltar a usar essa expressão.

De um jeito ou de outro, era provável que precisasse tentar ficar totalmente corpórea e averiguar os acontecimentos. Descendo o zíper da parca até embaixo, tirou a peça e ficou olhando para seu corpo. Ao empregar toda a sua força de vontade, mentalizou-o para que ele reassumisse sua forma, até mesmo se preparando para sentir dor.

Só que não houve nenhuma. Sentiu-se muito bem ao retornar para seu corpo – o que poderia significar duas coisas: ou estava morta e esse era o além, ou era mesmo imortal.

Ao se lembrar de como aconteceram os tiroteios, preocupou-se com Vishous. Lembrou-se vividamente de ele a ter segurado, do rosto retorcido de horror, da dor física dela se interpondo entre ambos, impedindo-a de lhe dizer as coisas que queria.

Em seguida, tudo ficou escuro.

Tinha que voltar para ele, tinha que voltar para a Terra. Para poder lhe dizer que estava bem.

Imersa nos pensamentos sobre como ele os transportara até ali, ela não sabia exatamente o que ele havia feito. Apenas se prendeu a ele e o deixou fazer todo o serviço, o corpo dele se tornou de súbito conhecido e exótico enquanto a realidade lhes girava ao redor.

Não tinha importância. Ela poderia fazer isso. Fechando os olhos, prendeu a parca junto ao peito, e, seguindo a teoria de que entrar e sair daquele reino equivalia a se transportar de um código postal a outro em Caldie, ordenou-se a sair dali.

Quando não deu certo na primeira tentativa, estalou o pescoço, inspirou fundo e tentou outra vez.

Depois da terceira tentativa, praguejou e percebeu que não era tão fácil assim.

Será que ficaria presa ali até que alguém, por acaso, aparecesse? Merda.

Jane resolveu ser proativa e começou a andar pelo cenário tranquilo. Por certo, acabaria se encontrando com Amalya, a Directrix, ou uma Escolhida que tivesse ido até lá para se rejuvenescer... Alguém, qualquer um.

Só que, em vez disso, o que ela encontrou foram os próprios arrependimentos. E, puxa, eles começaram a conversar com ela.

– O que diabos há de errado comigo? – perguntou para a grama. – Por que desperdicei todo esse tempo?

Não que tratar dos seus pacientes não fosse importante. A questão era que passara horas a fio entre os casos cuidando de papelada e de assuntos sem urgência, os quais poderia muito bem ter delegado. Por que não voltara para casa? Poderia ter estado com V. Eles poderiam ter ficado juntos.

Ou, caso ele estivesse em seu turno de trabalho, ela poderia ter dormido, ou assistido sem parar a *AHS* ou *Stranger Things* na Netflix.

Mas não, ela estivera obcecada demais estandodisponívelparaocasodealguémprecisar...

Como se os telefones não funcionassem na montanha da Irmandade. Como se ninguém pudesse ter ido procurá-la. Ou talvez alguém poderia ter cuidado de casos de trauma menores...

Seu celular. Ela tinha o maldito aparelho consigo.

Ela o pegou e desceu a barra de rolagem até o número de Vishous...

– Maldição.

Ok, ela não estava nem um pouco surpresa por não ter sinal para chamadas e nem para mensagens. Claro. Até parece que a Verizon cobria outros mundos? Ou será que o Santuário usava um sistema interno?

De volta ao plano A. Que era o de andar até encontrar alguém.

Deus, ela só precisava dar um jeito de Vishous saber que ela estava bem.

Sola rezou com tanta fé naquela catedral em prol da cura de Assail que, mais tarde, a caminho de casa, percebeu que os cotovelos e os antebraços estavam doloridos de tanto que pressionara as palmas. E talvez ter pedido isso fosse errado. Disseram-lhe, muitas vezes e por diferentes pessoas fiéis a Deus, para nunca pedir por resultados específicos, mas, em vez disso, pedir que se fizesse a vontade de Deus. A questão era que Sola tinha um problema com isso. Simplificando a questão a uma metáfora absurda, ela meio que sentia que fazê-lo era o mesmo de procurar uma tia que sempre lhe dera meias de Natal e informar a ela: "Olha só, pode fazer o que bem quiser".

Ela simplesmente foi um pouco mais específica, dando um ligeiro direcionamento...

De repente, retraiu-se atrás do volante e pensou: *Puxa, eu não acabei de transformar Deus numa velha tia solteirona. Verdade. Não fiz isso...*

– Então, Assail, que religião? – sua avó perguntou do banco de trás.

Durante a pausa constrangedora que se seguiu, Sola olhou para fora da janela, rumo ao céu, e assentiu na direção geral de Deus. Evidentemente, a pergunta da avó era uma réplica à sua zombaria.

E eu amo meias, pensou. *Meias são presentes bons, elas mantêm seus pés quentinhos, vêm em cores diferentes. Sou muito grata pelas meias que tive em minha vida, as meias que Você escolheu me dar...*

– Marisol?

– Sola?

Quando os dois a chamaram ao mesmo tempo, ela voltou à realidade.

– Perdão. O que foi?

– Meias? – Assail perguntou. – Você estava falando sobre meias...

– Precisa de meias? – a avó o interrompeu. – Compro mais para você. Todo mundo precisa de meias.

Pelo menos isso distraiu a avó do assunto anterior.

– Desculpem, eu só estava falando sozinha. Não preciso de meias, obrigada.

– Compro mais – insistiu a avó. – Assail, responde à pergunta.

Sola fechou os olhos. Depois voltou a se concentrar na estrada. Queria dizer a ele que não era necessário responder a isso, mas...

– Sou agnóstico, senhora Carvalho. Embora a missa por certo tenha sido muito tocante.

– Você vai de novo com a gente. Mas, da próxima, na nossa igreja. Vai conhecer Padre Molinero...

Sola sacudiu a cabeça e olhou pelo espelho retrovisor.

– Não podemos voltar para lá, vovó. Isso não é uma opção. Já lhe disse isso.

Os olhos da avó se estreitaram, e, quando a tristeza se abateu no rosto envelhecido, Sola desejou que a mulher rebatesse, como era do seu estilo. Desafio era vida; derrota, a morte.

– Mas podemos continuar indo à catedral – Sola disse ao chegarem ao fim da ponte e virar na primeira saída ao longo das margens do Hudson. – Está bem?

Assail concordou de pronto. Sem hesitação.

– Claro.

A avó se recuperou rapidamente.

– Da próxima vez, vai conhecer o Bispo Donnelley. Ele vai abençoar você.

– Um pedido, se não for muito? – Assail se virou para olhar para o banco de trás. – Podemos ir às missas da meia-noite? Descobrirá que sou uma coruja.

– Também prefiro esse horário – assentiu Sola. – Por mim, tudo bem. Há menos pessoas.

– Não importa que horas, desde que a gente vá.

Sola relanceou pelo espelho retrovisor novamente. A avó se recostava no banco, satisfeita, e aquele sorriso em seu rosto era do tipo que ela teria escondido caso soubesse que alguém o via.

Tirando uma mão do volante, Sola a estendeu ao longo dos bancos. Quando segurou a palma de Assail, ele olhou na sua direção.

Eu te amo, formou as palavras com a boca.

Assail levantou a mão livre e pressionou as pontas dos dedos nos lábios. Depois, esticou o braço e os levou até a boca de Marisol.

– Também te amo – anunciou ele em voz alta.

Enquanto corava, Sola podia jurar ter ouvido a avó rir de leve. Mas talvez tivesse apenas imaginado.

Pensando bem, sua avó sempre quisera um bom rapaz católico para ser seu neto, e se Assail de fato mantivesse a promessa de não traficar mais e fosse à igreja? Ela poderia acabar conseguindo aquilo pelo que tanto rezara.

De repente, Sola perdeu toda aquela leveza.

Sim, isso poderia acontecer... se Assail vivesse por tempo suficiente. *Mas quais eram as chances de isso acontecer?*, Sola pensou com tristeza.

Capítulo 30

Lá no Santuário, Jane não fazia ideia de quanto tempo se passara, estava se passando, tanto faz... Poderiam ter sido dez minutos ou mil anos, e ela tinha a sensação de que seria o mesmo tanto para ela. No que dizia respeito a esse lugar sagrado, os minutos pareciam ser como seu horizonte, sem começo nem fim: não importava o quanto andasse, ela nunca parecia capaz de alcançar o anel de árvores que abarcava o cenário. Toda vez que acreditava finalmente ter chegado a ele, tudo recuava sozinho e a cuspia de volta do lado oposto, com as árvores às suas costas. Era o bastante para enlouquecê-la.

Bem, isso e o fato de não haver ninguém por perto.

E a outra coisa irritante? Estivera caminhando sabe-se lá por quanto tempo e mesmo assim não se sentia cansada, não tinha sede nem fome, e não precisava fazer xixi.

Ok, tudo bem, percebia que era insano se irritar com o fato de não se sentir desconfortável – ou por não ter que ficar de cócoras nos canteiros de flores da Virgem Escriba como quem acampa na floresta, pelo amor de Deus. Mas isso lhe parecia mais uma confirmação de que ela não existia, o que a fazia se sentir perdida e sozinha para além da ausência de companhia.

Até ali, ela tinha se mantido plenamente corpórea. Como se estivesse mostrando o dedo do meio para aquele papo de "eu não estou viva".

Ah, Deus... Rezava para que Vishous não estivesse fazendo nada de mal a si mesmo.

Para se impedir de enlouquecer de preocupação, determinou uma rota para si, sua necessidade de pôr uma ordem na situação e no que a cercava perseverando apesar de isso ser dificilmente necessário. Até parecia que alguém do outro mundo apareceria ali com uma prancheta e diria: *Espere, você perdeu o banho, e sua velocidade diante do Templo das Escribas Isoladas foi 1 km/hora mais lenta na sua terceira volta.*

Quando foi que se tornou tão inflexível?

A disciplina, sua amiga de sempre, se transformou num cabresto, ligando-se sem critérios a tudo, e sua invasão evidentemente foi crescente; o tipo de circunstância que ela percebeu apenas quando se tornou estabelecido.

Até que o que deveria ter sido uma virtude a estrangulou.

Sempre tivera confiança saudável em si mesma e nas suas habilidades. E conquistara essa autoconfiança, maldição. Mas, agora que ponderava a respeito do foco mantido no trabalho, ela viu, graças a esse período de reflexão involuntária, ainda que crucial, que ela equiparava os seus esforços obsessivos-compulsivos à salvação dos seus pacientes.

Que a segurança e o bem-estar de toda a Irmandade e dos lutadores na guerra fossem para o inferno.

Como se ela fosse o único obstáculo que se encontrava entre eles e a morte.

Rhage estava certo em desafiá-la a responder quando fora a última vez em que participara de uma Primeira ou de uma Última Refeição, e agora ela entendia por que não ia mais a elas: aquela imensa mesa cercada de machos e de fêmeas, de famílias e de crianças, já não eram mais amigos com os quais se divertir.

Eram desastres prestes a acontecer.

Ela não via Z. sorrindo para a sua família. Em vez disso, ela o visualizava sendo alvejado na barriga no campo de batalha e se esvaindo em sangue, e ela tendo que tratar dele com uma cirurgia. Mas e se, em vez de encontrar os dois buracos – que, no caso, ela encontrara –, ela metesse os pés pelas mãos, deixasse de perceber o segundo raspão na veia cava inferior e ele morresse ali mesmo?

Bem, então, ele não estaria mais à mesa, estaria? E Bella e Nalla? As vidas delas estariam destruídas. Porque ela, Jane, não teria feito seu trabalho bem o bastante. Nalla literalmente não teria um pai pelo resto de noites e dias de sua vida, e Bella ficaria de coração partido pelo resto da vida. Uma família arruinada.

Ou, que tal então, a vez em que Beth esteve em trabalho de parto? Placenta prévia. Com a paciente chegando à clínica numa maca, se, em vez de Jane ter tirado L.W. e feito uma histerectomia bem-sucedida, ela tivesse se recusado a remover o útero, de modo que a paciente sangrasse até morrer?

Nesse caso, a vida de Wrath estaria acabada, ele abandonaria o trono e a raça inteira perderia seu líder. A Irmandade jamais seria a mesma e, graças ao trauma, eles teriam saído na noite seguinte e vários deles teriam sido mortos no campo de batalha porque estariam em processo de sofrimento por aquela perda.

Existiam exemplos demais a ser contados. Layla com os bebês. Peyton, o *trainee*, alvejado na cabeça. Xcor. Rhage.

Cada um deles acabou sob os seus cuidados no último ano. Ou já seriam dois?

O problema era que ela não cuidava de pacientes desconhecidos, aqueles que não se relacionavam a ela de modo algum: errar em circunstâncias clínicas normais já era horrível o bastante – diabos, ela sabia de médicos que cometeram erros no trabalho e nunca, jamais superaram isso. Mas acontecer algo assim com alguém a quem você amava? E via todas as noites? Com quem ria e chorava, vivia experiências lado a lado?

Existe um motivo pelo qual as pessoas não tratam dos seus entes queridos. No entanto, para ela, tal era a definição do seu trabalho.

Não era de se admirar que ela estivesse pirando.

Parou, perscrutou ao redor – e resolveu que talvez esse cenário todo já não tivesse mais nenhuma importância. Será que ainda teria um futuro? Ou ficaria presa nessa dimensão para sempre?

E quanto a Vishous? Ele iria se culpar. De alguma maneira, ele encontraria um modo de se sentir responsável pela sua escolha de proteger Phury, e isso levaria a um desastre.

Quando o coração de Jane começou a bater forte em virtude de todas as variáveis que ela não conhecia e não podia controlar, ela se concentrou no que tinha diante de si para não perder a cabeça de vez.

Demorou um tempo até que o contorno e as dimensões do templo fossem completamente percebidos. A estrutura de mármore branco era a menor que ela vira naquele campus, mais alta do que larga, estranha, sem janelas. Na verdade, parecia-se muito com um cofre... ou um túmulo...

Sem nenhum som, um dos lados dos painéis que serviam como porta se abriu.

– Olá? – ela chamou. – Amalya?

Quando se aproximou e subiu os degraus, Jane estava mais que pronta a receber algum tipo de ajuda, respostas... um alívio daquilo tudo – e, nos recessos da mente, entendeu que era assim que seus pacientes se sentiam quando ela os abordava.

– Olá? – Abriu mais o pesado painel e espiou dentro. – Ai... meu... Deus.

Era a caverna de Ali Babá, pensou maravilhada ao entrar no quadrado de dez metros quadrados. Em todas as partes para onde olhava havia pedras preciosas – e não ao estilo Jared Jewelers ou Shane Co, ou seja, em que os brilhantes têm muito espaço entre si. Não, aquilo ali era *Os Goonies*... Era o One-Eyed Willie, com dúzias de caixas com o que pareciam ser safiras, rubis, esmeraldas e... diamantes verdadeiros. Também havia ametistas, opalas, quartzos amarelos e águas-marinhas. Pérolas também. E todas elas eram do tamanho de polegares, ou até maiores.

A fortuna representada ali era incalculável e tão incompreensível que ela foi de compartimento em compartimento, fitando todos os conteúdos em estado de esplendor. Não tocou em nada, ainda que imaginasse qual seria a sensação de tocá-las, lisas e macias em suas mãos quentes.

Também havia outras coisas naquele cofre, ainda que ela tivesse demorado um pouco a percebê-las. Numa série de mostruários e prateleiras de mármores e vidro, havia uma coleção sem sentido, que incluía desde revólveres – que pareciam ter pertencido à Revolução – até fósseis e... aquilo era um meteorito? Também havia uma tigela com pedras preciosas incrustadas. Um cetro...

Jane parou diante de uma das últimas caixas de uma fileira e franziu o cenho. Qualquer que tivesse sido o objeto ali, ele já não estava mais lá, embora o vidro não estivesse quebrado. Mas, definitivamente, dava para saber que houvera algo ali por conta do grande contorno quadrado chamuscado no veludo vermelho de baixo.

Como se a coisa tivesse sido radioativa.

Ou clamada por uma mão má.

Na Terra, às margens do Hudson, Assail saiu da cama e vestiu um roupão no mais absoluto silêncio. Marisol estava nua entre os seus lençóis, os cabelos agora loiros em seu travesseiro. Ela só poderia ficar ali cerca de uma hora, mais ou menos, antes de ele ter de despertá-la para que fosse para o porão. Assim, a avó a encontraria pela manhã onde deveria estar. Mas ele não queria deixá-la ir. Preferia-a exatamente onde ela estava agora.

De pé, observou-a respirar, e começou a se sentir como se saído do universo do senhor Stoker, o vampiro observador, sem alma e faminto, acima de uma frágil vida humana a qual pretendia sugar até a morte.

Era isso o que ela pensaria dele se um dia descobrisse o que ele de fato era. Na realidade, odiava mentir para ela – o que era irônico, considerando-se que sempre estivera muito à vontade dizendo falsidades tanto a inimigos quanto à família durante toda a sua vida –, mas ele temia ainda mais a reação de Marisol à verdade.

Perturbado, obrigou-se a se distanciar e desceu até o primeiro andar, fechando as portas atrás de si.

Havia mais um motivo para isso, além de querer manter o silêncio.

Diante do escritório, ondas de desconforto tremularam em seu tronco, e ele levou um tempo para entrar e atravessar o espaço até a escrivaninha. Sentando-se na cadeira estofada, apoiou as mãos no mata-borrão. Se ligasse o computador – o que não fez –, acessaria suas contas, verificaria seus portfólios, avaliaria a sua fortuna crescente ou, quem sabe, sentiria algum ânimo.

Talvez não. Sua fortuna já não lhe parecia tão importante quanto fora antes.

Preparando-se, girou a cadeira com os pés e abriu a gaveta de cima, à esquerda. Dentro dela, havia um frasco marrom-escuro do tamanho de um tubo de balas.

Tivera menores do que esse antes. Depois, outros maiores se fizeram necessários. Mais para o fim, quase fora preciso preparar uma mala.

A mão de Assail tremeu quando se estendeu para apanhar o frasco. Estava vazio, sem nenhum resíduo de cocaína. Não era uma surpresa. Durante aquelas últimas semanas, fungara coca com tamanha regularidade que provocara um buraco no septo.

Rolando a embalagem circular pela palma, admirou-se como um objeto inanimado sem quase nenhum valor intrínseco podia desnudá-lo até os ossos como uma granada explodindo ao fim do punho.

Esperou... e esperou... para ver se a necessidade o chamava.

Quando isso não aconteceu, sentiu um momento de liberdade eufórica, uma sensação flutuante de vitória por ter vencido o inimigo, liquidado o demônio... E, sim, sua bela dama estava, de fato, no andar de cima. Mas uma sensação de cautela superou a ilusão. Era fácil resistir à tentação em um momento de paz e relaxamento. O truque seria fazer isso quando não estivesse assim.

Voltou a guardar o frasco na gaveta e a fechou. Não tinha certeza do motivo de manter o recipiente e não queria analisar isso atentamente. Seria um lembrete sombrio de tudo pelo que passara para se manter nos eixos? Ou um contêiner para o qual recorrer quando tivesse uma recaída do seu vício?

Assail não suportava a resposta porque não confiava em si mesmo.

E foi com essa percepção que ligou o computador, o brilho azul do monitor parecendo-se com a luz de uma fogueira. Suas senhas lhe voltaram com facilidade – o que foi um alívio – e, graças ao mercado de ações, deduziu que estava satisfeito com o andar das coisas.

Enquanto enlouquecia, enriquecera.

Recostando-se, tentou avaliar se estava cansado. Sentia dor nos músculos, desacostumados ao movimento. Estava com um pouco de fome, porém pouco propenso ao esforço necessário para resolver a questão. Também sentia um pouco de frio.

O silêncio da casa o envolveu e, por algum motivo, toda aquela quietude lhe pareceu opressiva, roubando-lhe o alívio prazeroso que sentira desde que as amarras lhe foram tiradas dos pulsos e dos tornozelos.

Desde que ele voltara a habitar o próprio corpo.

Era só aquilo que havia na vida agora? Sentar-se passivamente diante do computador, observando os números mudarem por forças nas quais ele não tinha participação alguma, tampouco controle?

Não queria retornar ao caos e à loucura do seu vício nem dos seus negócios ilegítimos. Mas, sem opções acerca de jeitos de usar seu tempo, ele sentia uma versão existencial de daltonismo, o mundo com menos doses de vivacidade e profundidade. Claro, como macho vinculado, ele viveria pela sua fêmea, isso era fato. Mas devia existir mais para ele em vez de se tornar apenas mais uma peça de mobília daquele cômodo elegante.

Marisol não teria muito respeito por seu *hellren,* nesse caso.

Assail voltou a abrir a gaveta. Junto ao frasco havia um celular não rastreável, e quando foi ligá-lo, se deu conta de que, evidentemente, ele estaria descarregado.

Talvez fosse um sinal, pensou. Afinal, se estava fora dos negócios, por que precisaria acessar um telefone que usara para tal finalidade?

Uma sensação incômoda de vazio o fez seguir em frente. O carregador estava ligado a uma tomada debaixo da escrivaninha, e quando ele pegou o fio para transferir um pouco de carga ao aparelho, amparou o Samsung entre as mãos. Demorou um tempinho até que o dispositivo se acendesse. Enquanto esperava, ele considerou a possibilidade de devolver o celular à gaveta ou de talvez jogá-lo fora. No fim, contudo, levantou a tampa e descobriu que havia quatro mensagens de voz.

Inserindo a senha, a mensagem mais antiga foi a primeira, e era uma que havia salvado antes.

– Recebi sua mensagem. Estou disposto a encontrá-lo para um café. Fique bem, meu amigo.

Eduardo Benloise. Respondendo a um pedido para que se encontrassem usando um código previamente acordado. E quando Assail e os primos interceptaram o homem no local combinado? A dedução de Eduardo era a de que estariam ali para a entrega de um milhão de dólares em dinheiro – e porque o homem fora ganancioso e gostara de esconder coisas do irmão mais velho –, e ele concordara sem problemas em ir desacompanhado, sem que ninguém da organização soubesse do encontro.

Só que nenhum dinheiro passou de mãos. Em vez disso, Eduardo fora subjugado contra sua vontade e colocado, com o mesmo cuidado que se emprega a um pacote de correios, no banco de trás do Range Rover de Assail, uma alavanca a ser acionada na hora certa.

Assail guardara a mensagem como um lembrete de ter tomado a atitude certa em relação a Marisol.

A segunda mensagem fora uma ligação interrompida de duas semanas atrás, um engano. A terceira também.

A quarta, contudo, tinha sido gravada mais cedo naquele mesmo dia, umas doze horas antes. E era de uma fêmea com apenas uma pontada de sotaque.

– Boa tarde, senhor. Estou telefonando em nome da Galeria Benloise a respeito da sua aquisição datada de doze de dezembro. Os nossos registros mostram que houve um atraso na entrega, e gostaríamos de ter a oportunidade de discutir a questão quando lhe for conveniente. Se já esteve em contato conosco, por favor, desconsidere esta chamada. Obrigada.

Assail franziu o cenho e ouviu a mensagem de novo. Duas vezes.

Sim, ela tinha sotaque, e o encobria muito bem. Os "erres" e a entonação não eram precisos.

Ela era sul-americana.

E quanto à aquisição à que ela se referia?

Nenhum número tinha sido fornecido na mensagem, mas isso seria desnecessário. Estava na lista de chamadas.

– Assail?

Ante o som da voz de Marisol, ele levantou o olhar. Ela descera as escadas e ia na direção da cozinha.

Ele guardou o celular na gaveta e fechou o máximo que podia, com o fio ainda ligado à tomada. Depois se levantou.

– Aqui dentro, meu amor.

Os passos dela foram rápidos, mas suaves na volta, e quando ela chegou à soleira da porta, hesitou.

– Por que está no escuro?

– Só estava verificando as minhas contas. – Indicou o monitor. – Estou satisfeito em comunicar que posso pagar as contas de gás e eletricidade por, pelo menos, mais um ano. Talvez no ano seguinte.

– Ah... que bom. – Marisol deu uma tossidela. – Fiquei preocupada quando acordei e você não estava lá.

Quando ele estendeu os braços, ela se adiantou. Vestia a camisa usada por ele para ir à igreja e as pernas nuas dela eram lindas.

– Não precisa se preocupar comigo. – Ele a abraçou e a beijou no esterno, logo acima do coração. – Estou bem.

– Quer voltar para a cama?

– Hummm... Sim. – As mãos dele trafegaram para baixo até o quadril dela, e antes que percebesse, já estavam debaixo da barra da camisa, contra a pele nua quente e macia.

– Devemos voltar para cima? – ela perguntou rouca.

– Quero você aqui.

Ele a encostou na escrivaninha e depois a incitou a se sentar, empurrando o teclado e um cinzeiro para longe. Quando o monitor quase caiu de lado, ele não se importou.

Desejando a porta do cômodo fechada, a luz do corredor foi interrompida e a escuridão se apossou do escritório a não ser pela luz azul do monitor...

Merda, ele pensou. A porta. Não deveria tê-la fechado com a mente. Todavia, pelo menos Marisol, em sua crescente excitação, não pareceu ter notado.

– Você vai ter que ficar quietinha – ele disse com sensualidade ao apoiar as pontas dos dedos nas coxas dela. – Não deve atrapalhar ninguém.

– Como sabe que não será você quem estará arfando? – ela rebateu.

– Porque isto aqui não vai ser para mim.

Dito isso, ele abriu as segundas gavetas dos dois lados da escrivaninha e afastou as pernas dela, colocando os pés nos apoios que ele criara para ela. Depois se ajoelhou.

Ela começou a arfar quando ele se pôs a afagar o interior das coxas.

– Lembre-se – ele disse ao resvalar os lábios em um dos joelhos. – Você não vai querer acordar ninguém.

Deslizando as mãos na direção do centro dela, ele não a tocou. Ainda. Abriu o último botão da camisa. E depois o acima desse. E então o seguinte...

Ele queria ir até o fim, mas no improvável caso de alguém bater à porta, ou pior – e algo nunca visto –, entrasse sem bater, ele precisava resguardar a privacidade dela.

As pontas da camisa foram muito obsequiosas quando as afastou e as tirou do caminho, as faixas gêmeas de tecido contentes em ficar junto aos quadris dela.

E lá estava ela, nua, exposta e aberta para ele.

– Hummm... – ronronou ao beijar um caminho do joelho até os limites daquilo que estava se excitando tanto para ele.

Erguendo o olhar, ele sorriu. Ela apoiara as mãos, o corpo se inclinava para trás, mas ela mantinha a cabeça para a frente de modo a poder observar.

Assail esticou a língua e pôs um fim ao preâmbulo. Lambeu o meio dela, estalando a parte alta do sexo. Depois a selou com um beijo.

O gemido que ela tentou abafar o fez sorrir, mas ele tinha trabalho a fazer. Chupando-a e lambendo-a, ele demorou o quanto quis, deleitando-se com a sensação e o sabor dela, com o calor e a excitação – ansioso por mais ainda, afastou-lhe os joelhos, as mãos apertando-a.

Os sons das lambidas eram altos no silêncio do ambiente – assim como a respiração dela. E os dois aumentaram o volume quando ele começou a chicoteá-la com a língua que dançava, provocadora, de modo que os quadris dela se moviam para a frente e para trás, cavalgando-lhe o rosto.

Quando ela gozou, as palmas guincharam no mata-borrão e ela se arqueou, empurrando o monitor para a parede.

Mas ele não lhe deu nenhum tempo para a recuperação.

Pois era um mestre muito cruel em tudo o que fazia.

Capítulo 31

No sofá de couro do Buraco, Vishous recobrou a consciência ao som do documentário da ESPN *30 for 30*, com o narrador fazendo uma retrospectiva sobre... Ric Flair, um lutador da velha guarda.

V. abriu os olhos com esforço desproporcional ao peso das pálpebras. Usara menos força para levantar pesos na maldita academia.

A mesa de pebolim foi a primeira coisa que conseguiu focalizar. A TV de tela plana atrás dela, a segunda. A terceira foram os dois machos de pé na cozinha, com os corpos próximos, as cabeças inclinadas de modo que a conversa sussurrada entre eles não podia ser ouvida.

Butch e Rhage tinham bebidas nas mãos: o primeiro, um copo alto com um líquido marrom dentro, sem dúvida nada da variedade Coca-Cola/Dr. Pepper/Pepsi. O segundo segurava uma caneca do tamanho de uma banheira, e V. soube sem ter que farejar o ar que era chocolate quente Swiss Miss sem marshmallows, preparado com leite, não com água.

Ainda assim, todos esses detalhes de onde ele estava e quem ou o que estavam ao seu redor não eram relevantes. Eram mais uma entrada, um petisco para seu cérebro, não o prato principal.

A dor era mais o ponto da sua existência, e à medida que sua consciência ganhava cada vez mais força, as lembranças de ter segurado Jane nos braços, e de perdê-la de novo, o atingiram como um cano de ferro repetidamente até que seu crânio nem tanto afundasse em si mesmo, mas se pulverizasse.

Qualquer que tivesse sido a droga que lhe administraram, ela estava se esvaindo aos poucos, não de uma vez só, e ele ficou frustrado com isso – ainda que ele não soubesse precisar a razão. A sobriedade equivaleria a mais sofrimento.

Jane, ele articulou. *Jane...*

Quando sentiu algo correndo quente pela face, ele se questionou quem estaria derretendo uma vela sobre ele...

Um par de olhos bizarros sem pupilas apareceu diante dele de um jeito tão inesperado que V. deu um pulo, a cabeça batendo na almofada de couro atrás dele.

Lassiter era a última pessoa no maldito mundo que ele queria ver, o horror loiro e moreno de boca grande era exatamente o que o médico não havia prescrito.

– Cala a boca – V. murmurou. – Sai fora...

O anjo levou o indicador aos lábios.

Shh. Está tudo bem.

Jane sumiu!, V. quis berrar. *Ela desapareceu e eu estou pouco me fodendo se você ou qualquer outra pessoa...*

Lassiter estendeu o braço e pôs a mão no antebraço de V.

Shh. Está tudo bem.

O diabo que está!

Enquanto o macho o apertava, V. olhou para a cozinha e ficou se perguntando por que Butch e Rhage não percebiam o visitante malquisto. Mas, pensando bem, os dois estavam tão de saco cheio das aparições de Lassiter quanto ele est...

De uma vez só, o mundo girou ao seu redor, como se ele estivesse numa chaminé e tudo estivesse escorrendo para dentro dele.

Em seguida, o que ele percebeu era que estava cercado por grama verde e céu leitoso enquanto jazia de costas nas premissas do Santuário. E, sem nenhum motivo aparente, se questionou por que acabava sempre aterrissando no gramado agora, em vez de parar dentro dos aposentos particulares da mãe. Antes, ele sempre chegava no pátio.

Talvez porque ela já não estivesse mais ali? Tanto faz.

– Lassiter – disse rouco. – Mas que porra que é o seu problema?

Sentando-se, esfregou os olhos e descobriu que estava diante do Tesouro... e o aborrecimento caído – isto é, o anjo caído – não estava em parte alguma.

Depois de um momento, notou que a porta para o cofre estava aberta – o que era estranho. Aquilo estava sempre fechado.

V. se levantou e foi até lá porque não pensou em nada mais para fazer em meio à sua agonia e, além disso, estava curioso quanto à capacidade de as suas pernas o sustentarem. Ora, ora. Elas conseguiam.

Quando chegou à porta, quase não olhou dentro, mas algo lhe impeliu a direcionar o seu olhar...

Havia uma figura do lado oposto, de costas para ele, com a cabeça baixa como se estivesse olhando para uma caixa...

Cabelos loiros curtos. Corpo delgado. De uma fêmea. Muito fêmea...

– *Jane* – ele gemeu, pensando que fosse uma aparição surgindo para torturá-lo.

Só que ela se virou na sua direção.

A surpresa num rosto lindo e conhecido fez seu mundo girar de novo.

– *Jane!*

Mesmo que aquela fosse a piada mais cruel que Lassiter pudesse fazer com ele, V. seguiu o roteiro, atravessando o espaço e chocando o corpo com o que certamente parecia ser o da sua *shellan.*

– Vishous? – ela perguntou, como se estivesse igualmente confusa.

Ele espalmou a nuca dela e fechou os olhos e, ao beijá-la, rezou para que não fosse fruto da sua imaginação, um produto das drogas administradas.

– Pensei que tivesse te perdido – confessou rouco.

E, ao proferir tais palavras, percebeu que eram verdadeiras não só pelo tiroteio, mas pelo distanciamento que se estabelecera entre eles.

Os braços de Jane o apertaram com força, como se ela soubesse que era disso que ele precisava.

– Nunca – ela respondeu entre lágrimas. – Você nunca vai me perder...

– O que está fazendo aqui?

– Não sei. E não me importo com isso agora... Só me beija de novo!

Enquanto se agarrava ao companheiro com uma força desesperada, Jane sabia que provavelmente estava deixando Vishous sem ar, mas precisava da garantia visceral de estar viva e ele também.

O oxigênio teria que ficar no banco de trás por um minuto.

– Meu Deus, eu pensei que você tivesse morrido – ele murmurou, a voz vibrando de emoção. – Não acredito que está aqui. O que aconteceu? Por que você... Cacete, nem sei o que estou dizendo.

Recuando um pouco, ela o fitou. Depois, teve que tocar em seu rosto, passando os dedos pelas tatuagens na têmpora, e nos ossos da face, no cavanhaque. Os olhos diamantinos brilhavam de amor, um amor tão grande que ela se viu grata e cheia de arrependimentos.

Por que desperdiçaram o tempo que lhes havia sido dado? Por que se perderam um do outro? Como puderam deixar isso acontecer?

– V. – ela o interrompeu com urgência. – Eu sinto muito ter me envolvido tanto no meu trabalho...

– O quê? O que você... Não, eu sinto muito por ter sido um tremendo babaca. – Quando ela tentou falar de novo, ele balançou a cabeça. – Posso te beijar de novo? Por favor, só me deixa...

Sem perder um segundo, ela lançou os braços ao redor do pescoço de V. e se pressionou contra a boca dele, os calcanhares se levantando do chão. As bocas se encontraram uma vez mais e a sensação de macio no macio a desestabilizou.

– Por favor – ele gemeu. – Por favor, preciso de você.

Ela sabia exatamente o que ele pedia, e não hesitou. Recuando até sentir a parede, foi para o cordão que sustentava as calças cirúrgicas na cintura e o soltou, deixando-as caírem no chão. As botas eram um problema à parte, mas ela conseguiu atravessar a linha de chegada com a da esquerda, chutando-a ao longo do Tesouro. E foi só disso que ela precisou para se livrar de metade das calças.

V. cuidou dos seus problemas de calças quase ao arrancar o zíper da braguilha, em seguida Jane se viu pendurada no pescoço dele enquanto ele puxava as pernas dela ao redor dos seus quadris...

A penetração foi tão rápida e profunda que ela gritou. E depois não soube mais que diabos fez... pois não se importou.

Vishous era dominador por natureza, uma força no mundo que não podia ser negada. E ele fazia sexo exatamente desse modo: bombeou furiosamente, o corpo grudado ao dela, a integridade estrutural da parede de mármore contra a qual ela apoiava as costas era o único motivo que os mantinha de pé.

E mesmo isso era apenas um "talvez", e não um "definitivamente". Dado o ritmo da excitação, era provável que ele a fodesse através da parede até chegarem à grama – e ela amou isso. Ela amava a quase violência, a dor no limite, a sensação de ter entrado em uma floresta encontrando ali uma fera esbravejante e de se deitar a fim de ser possuída.

Ele era o descontrole que ela, de outro modo, não permitia entrar na sua vida. E sentira falta disso. Sentira falta dele.

Quando começou a chegar ao clímax, lágrimas rolaram pelo seu rosto. A percepção de que deixara a conexão se perder a fez entrar em pânico – e se tivesse perdido aquilo para sempre? E se tivesse deixado de existir no meio do caminho? Ou pior... e se tivesse simplesmente continuado como estivera, com sua prioridade estacionada no trabalho, e todo o resto lentamente desaparecesse?

E não era apenas ela. Vishous também tinha falhas em que trabalhar. Lapsos que teria que mudar.

Mas, pensando bem, o amor verdadeiro requeria muito mais do que simplesmente a equação garoto-encontra-garota, e o desejo mútuo era a parte fácil. A vida não ficava sentadinha sem interromper uma conversa entre duas almas unidas. Não era uma dama de boa criação e voz agradável solicitando à criadagem que trouxessem canapés. Não, a vida estava mais para um coquetel com convidados que ambos estavam satisfeitos em receber... e outros tantos pertencentes a fraternidades, os quais tropeçavam, caíam e vomitavam nos pés de todos.

Vishous desacelerou o ritmo.

– Você está chorando. Merda, eu te machuquei...

– Só estou feliz por estarmos juntos. – Ela fungou e enxugou as lágrimas com os polegares. – E só o que eu quero é mais disto.

– Eu também. – Ele a beijou. – É isso o que eu quero também.

O sofrimento no rosto dele, nos olhos de diamante, era uma janela para as profundezas daquela inteligência fria e calculista, e ela sabia que a vulnerabilidade não era algo que ele demonstrava sequer aos Irmãos. Aquele era um presente para ela, um testemunho de seus sentimentos, a fundação da relação deles, que, ainda bem, não havia desmoronado, mas havia estado apenas parcialmente ofuscada por um tempo.

– Eu te abandonei – ela sussurrou. – Não tive a intenção, mas foi o que eu fiz.

– Eu também te abandonei. – Ele sacudiu a cabeça. – Tenho culpa...

– Não, você esteve em casa em muitos dias em que eu continuei na clínica...

– Quando foi a última vez que foi para casa e eu não tinha uma bebida na mão?

Jane abriu a boca. Fechou-a.

– Exato – ele disse ao afastar o cabelo dela para trás. – Andei bebendo cada segundo em que não estive em campo desde que minha *mahmen* pôs o pé na estrada. E mesmo antes disso, com a guerra se intensificando e aquela merda com o Xcor, eu estava sempre me oferecendo para trabalhar. Eu também andei sendo consumido pelo trabalho. Não foi só você.

– Como podemos garantir que isso não volte a acontecer?

V. rolou os quadris, o membro escorregando para dentro e para fora dela, fazendo-a gemer.

– Ficamos ligados. É isso que faremos.

Ela teve que rir.

– Consigo viver com isso...

Quando ele começou a se mover de novo, penetrando e recuando, penetrando e recuando, ela apertou as pernas ao redor do companheiro.

– Consigo viver por isso – ela se corrigiu quando os dois começaram a ter um orgasmo.

Capítulo 32

Vitoria acordou quando a velocidade do carro mudou, o zunido constante dos 110 km/h diminuindo de intensidade quando Streeter desacelerou com o intuito de pegar a saída em cuja placa se lia Reserva Montanha Iroquois. Uma tremenda mudança de cenário. O terreno sem espaços vazios de Caldwell se fora; em seu lugar, não havia nada além de neve e de montanha.

Nada de luzes residenciais, nenhum carro nem caminhão, nada além de quilômetros de selva gélida.

O isolamento era inesperadamente intimidador, lembrando-a de alguns dos lugares remotos da Colômbia que ela jamais quis conhecer. Quer fosse a tundra ártica ou uma floresta tropical, ela não era muito de se aventurar além dos caminhos determinados, na verdade. Se o carro quebrasse ali, por exemplo, quem os ajudaria?

Streeter olhou para ela com uma expressão distanciada.

– Acordou.

– Aqui estamos nós. Por que não me acordou?

– Tá acordada agora – ele murmurou.

– O que deu em você? – Se ele não aguentasse dirigir até ali sem aviso-prévio, ele não lhe serviria como apoio. – O que foi?

– Acabei de receber uma mensagem dum amigo meu. Ele fez hora extra na segurança da galeria durante as exposições.

Que bom que ele sabia ler.

– Você não deveria enviar mensagens enquanto dirige.

– Margot Fortescue foi encontrada morta pelo namorado na casa dela.

Vitoria fez que franzia a testa.

– Essa era aquela que achava que mandava nos negócios. Tive que lhe passar uma descompostura hoje. Uma pena.

– Ela costumava trepar com o seu irmão. Sabia disso?

– Qual deles? E modere a língua, entendeu? – Desceu o zíper do casaco. A pistola estava ali. – Sou uma dama. Meus ouvidos são delicados.

– Eduardo. Ela ficava com ele. – Streeter relanceou para ela de novo. – Cê matou ela?

Arqueando uma sobrancelha, Vitoria fingiu se retrair.

– Eu? Bom Deus, o que está pensando? Claro que não. Por que me importaria se ela estivesse viva ou morta?

– Margot sabia das coisas. Por isso. Só fiquei pensando se essa mer... hum... esse assunto surgiu quando você falou com ela, ou algo do tipo.

– Não. Admito que ela não gosta de mim... Quero dizer, que ela *não gostava* de mim. Mas, ao que tudo leva a crer, isso não será mais um problema. Não que fosse um, para início de conversa. – Vitoria sentou-se à frente quando uma placa foi iluminada pelos faróis do carro. – Estamos chegando perto. Seis quilômetros. Sabe para que lado fica o sul?

– Na direção de onde viemos.

Conforme seguiam adiante, ela fitou o pico da montanha que se elevava muito acima das copas das árvores.

– Diga-me, que tipo de informações Margot sabia?

– Sobre o outro lado dos negócios. Ela sabia que outras coisas eram vendidas pelos seus irmãos. Mas não acho que ela sabia dos detalhes.

– E como você soube disso?

– Two-Tone transou com ela algumas vezes. Ela fez parecer que estava por dentro das mer... coisas. Ele não me contou mais do que isso.

– Que modelo de perfeição a mulher era. – Vitoria apontou para a frente. – Diminua aqui.

Streeter afundou o pé no freio quando chegaram a uma bifurcação na estrada marcada por uma grande placa de madeira onde se lia Reserva Montanha Iroquois.

– Por aqui – ela ordenou.

Ele acelerou, como o bom pau-mandado que era, mas em pouco tempo se tornou impossível seguir adiante. Ninguém havia limpado a neve na região. Quem quer que fosse o responsável pela atividade, havia parado o trabalho ao pé da subida.

– Não dá pra passar – Streeter anunciou. – Não dá mais pra ir. Isso não vai dar certo...

– Continuamos a pé.

Ele se virou para ela.

– O quê?

À guisa de resposta, ela se inclinou à frente, pôs a marcha na posição de estacionamento e tirou as chaves da ignição.

– Vamos andando.

– Ficou louca?

– Tenho equipamento para nós dois.

Quando ela saiu do carro, o frio era tremendo, mas seria minimizado prontamente. A montanha, por sua vez? Inclinando a cabeça para trás a fim de olhar para o pico coberto de neve, ela se sentiu bem menos confiante a respeito da subida.

Oitocentos metros, disse a si mesma. Só tinham que subir mais oitocentos metros.

Indo até o porta-malas, ela o abriu e tirou dois pares de sapatos para neve que encontrara na imensa garagem do irmão – que não eram nem metade do tesouro que ela encontrara ali. Tantos artigos úteis... E também havia o Bentley Flying Spur e o Rolls-Royce Ghost, ambos com aparência de muito bem cuidados, assim como a mansão.

Estava ansiosa pela melhoria no transporte a partir da manhã seguinte. Mas aqueles carros não eram do tipo para serem usados à noite, à procura de corpos. Não, isso era trabalho para um carro alugado.

– Calce isto. – Ela jogou um par dos sapatos para Streeter quando ele se aproximou. – As tiras são ajustáveis.

– Não vou andar em nenhum lugar com isso.

– O sapato vai nos acelerar.

– Sou fumante.

– Claro que é. Agora pare de arranjar desculpas e se vista adequadamente. Tenho luvas, calças e jaquetas de esqui, e tenho outras peças para nos ajudar.

Depois de uma série de resmungos da parte dele, os dois se prepararam e partiram, com ela na dianteira, ele acompanhando atrás. Os sapatos foram um excelente acréscimo de última hora, permitindo que eles caminhassem na superfície da neve quando começaram a subida sobre a camada lisa que era a estrada. Com o cenário todo branco, o luar que aparecia esporadicamente entre as nuvens fazia com que as luzes na cabeça fossem desnecessárias, mas cada um deles tinha uma, caso isso se fizesse necessário.

Ela se sentiu bem em estar ali, enquanto subia, a respiração saindo pela boca e subindo por cima de um ombro, como uma fumaça da chaminé que era o seu corpo.

Atrás dela, Streeter respirava chiando. Mas o exercício lhe faria bem – e, caso morresse, ela simplesmente o deixaria ali onde estava para ser encontrado apenas na primavera.

– Diga-me uma coisa, Streeter. Por quê?

– Hein?

Ela parou e se virou. Ele estava uns trinta metros mais atrás, e, quando chegou perto, o rosto estava rubro.

– Achou mesmo que eu a tivesse matado?

Demorou um pouco para ele ter ar o suficiente para conseguir responder.

– J-j-jimmy foi quem me avisou. O irmão dele... polícia de Caldwell.

– Jimmy é o segurança da galeria?

– É. – Mais respiros profundos. – Ele disse que tava... pegando o cheque dele... e você tava no escritório do Eduardo... ele viu a Margot entrar lá. Quando saiu... parecia puta.

Vitoria sorriu, mesmo estando muito contrariada. O segurança tinha um irmão policial? Maldição.

– Posso lhe assegurar, se algo aconteceu com essa mulher, não tive nada a ver com isso. Venha, vamos em frente.

No prédio do Tesouro, no Santuário, Vishous continuava firme nos seus coturnos, com um braço apoiado na parede de mármore e o outro ao redor da sua fêmea para mantê-la junto aos seus quadris. Ele sentia como se tivesse melhorado de uma doença, se livrado de uma gripe humana que superara a barreira das espécies e viera bater à porta do seu sistema imunológico. Sem os sintomas, ele se sentia renovado, com uma espécie de estrela cadente da Disney ao seu redor e dentro dele, com a brigada de unicórnios e de arco-íris logo atrás.

– Não quero te soltar – ele anunciou.

– Deve estar ficando cansado de me segurar assim.

– Não… – E, mesmo se estivesse, não se importava. – Mas você deve estar desconfortável.

Ele voltou a colocar Jane no chão com cuidado e só ficaram se fitando nos olhos.

– Acho que tenho a resposta pra pergunta que eu não queria fazer – ele murmurou.

– Que era?

V. observou o rosto dela.

– Fiquei preocupado se você ainda estaria por perto depois que a minha mãe se foi. Se a magia ou sei lá o que ainda estaria valendo, entende. E está.

– Está, sim. – O sorriso dela era radiante. – Ainda estou aqui.

Quando os olhos dele marejaram por conta de todos os malditos sentimentos, ele quis arrancá-los do crânio a colheradas.

– Estou tão feliz por ninguém mais me ver assim, entende.

– Os seus irmãos te amam.

– E eu os amo. Mas, quando o assunto é esse tipo de merda, prefiro que só você esteja na minha caixinha de areia.

Ela se encostou nele.

– Isso quer dizer que não tenho que disputar com ninguém para a diversão com os seus brinquedinhos?

Ele ficou sério.

– É exatamente o que isso quer dizer. Você sabe disso, não sabe?

– Sim, eu sei. – Ela lhe afagou o rosto. – De verdade.

V. deu um sorriso oblíquo.

– Seguindo essa linha de raciocínio, dá pra você imaginar, aí na sua cabeça, todo tipo de brincadeira de encher baldinhos e de mexer em alavancas de câmbios dos carrinhos de areia?

– Feito.

Depois das risadas, conversaram tranquilamente por um tempo e foi tão incrivelmente bom estarem normais – bem, o quanto podia ser normal entre um vampiro e uma fantasma.

Segundo essa teoria, com quem mais eles poderiam ser "normais"?

– Será que a gente devia descer? – Jane perguntou ao colocar as calças de novo. – Todos devem estar preocupados.

– É. Claro. – Só que, quando ele subiu o zíper e ela calçou a bota, nenhum dos dois fez qualquer movimento para sair.

Para matar o tempo, V. olhou à sua volta, para todas aquelas caixas de pedras preciosas.

– Sabe, nunca entrei aqui antes.

– Não conseguia *acreditar* nessas joias.

– É a fortuna da raça.

Ela meneou a cabeça.

– Como foi que tudo isso veio parar aqui?

– Quem é que vai saber?

– E você viu os revólveres? – Ela apontou para trás do ombro, na direção das armas antigas. – E o que você acha que devia estar aqui?

Com a testa franzida, ele se aproximou do mostruário de mármore que estava vazio. No entanto, algo devia ter estado sobre o forro de veludo. Havia uma marca chamuscada retangular bem no meio dele.

– Mas que diabos... – V. murmurou.

– V., você está mancando. Acho que precisamos dar uma olhada no seu tornozelo.

Ele relanceou por sobre o ombro e baixou as pálpebras.

– Podemos fazer um exame interno?

– Em você ou em mim?

– Nos dois.

Jane riu e se juntou a ele diante do mostruário vazio.

– Estranho, né?

– Era um livro. Aposto como era um livro. Apesar de não haver nenhuma identificação do lado de fora.

Mas, pensando bem, a câmara não era bem um museu onde havia plaquinhas de latão explicando todos os artigos que havia ali e a sua proveniência.

Tanto faz. Não era problema seu. Até onde ele podia saber, sua *mahmen* descobrira uma vírgula fora do lugar numa das páginas e fritara o tomo num acesso de fúria.

– Venha, minha fêmea – ele disse ao tomar Jane nos braços. – De volta à terra dos vivos. Meus irmãos sem dúvida estão se organizando à minha procura neste exato momento.

Jane estava sorrindo quando ele os tirou de lá, materializando-os diante da entrada imponente da mansão. Quando os conduziu até o vestíbulo e mostrou a cara para a câmera de segurança, ele manteve o braço ao redor de Jane.

Fritz se pôs a abrir a porta, mas Vishous terminou o serviço por ele, empurrando a porta pesada para ajudar o *doggen*...

Como esperado, toda a Irmandade estava reunida e se armava como se prestes a sair em busca do pobre traseiro dele antes que o alvorecer impossibilitasse os planos.

Todos os olhos se viraram para Vishous, e ele identificou tanto choque quanto surpresa naqueles rostos familiares, o que lhe causou certo encabulamento repentino.

Para encobrir a sensação, Vishous lhes lançou um sorriso dissimulado.

– Voltei, vadias... sentiram a nossa falta?

Houve alguns gritos e depois as pessoas se aproximaram para abraços e outras bobagens. Tais reações, em outras circunstâncias, teriam lhe dado coceira. Mas não esta noite. Não esta noite. Depois de tudo o que passara com Jane, ele queria se apegar à sua verdadeira família, ao momento presente, ao ponto em que se encontrava na vida. Claro, a guerra era uma merda, e o futuro, desconhecido, e o perigo estava em toda parte, mas com Jane ao seu lado e seus irmãos e guerreiros da casa vindo para abraçá-lo? Ele não conseguia deixar de pensar que tudo ficaria bem.

E, quando Fritz anunciou a disposição da Última Refeição à mesa para todos, e os irmãos seguiram rumo ao bar, para drinques de comemoração, Vishous pôs o braço ao redor de Jane e a beijou na boca.

Encostando no ouvido dela, disse:

– Estou querendo rebatizar o nosso quarto.

– Eu também. Quanto tempo temos que ficar?

– Para o jantar, mas sem sobremesa.

– Fechado.

Ele estava seguindo a multidão para a sala de bilhar quando um detalhe o fez olhar por cima do ombro.

Lassiter estava parado no canto oposto do vestíbulo, com o rosto sério e os olhos intensos. Não havia nada de jocoso no cara. Nenhum riso. Nenhuma alegria, tampouco.

Um sinal de alerta contraiu os ombros de V. e disparou coluna abaixo até a bunda. Ele pensou que alguma coisa não estava bem certa ali. Mas não sabia dizer o quê.

– V.?

Quando Jane o chamou, ele voltou ao presente – e o anjo caído desapareceu em pleno ar.

– Você está bem, V.? – ela perguntou.

– Estou – respondeu, voltando para a sala de jogos. – Tudo bem. Tudo… muito bem.

Sem dúvida era apenas uma sensação estranha depois de todo o ocorrido que o deixava paranoico. O anjo provavelmente estava chateado porque a terceira temporada de *Stranger Things* estava atrasada ou alguma baboseira do tipo.

Afinal, Lassiter só se importava de verdade consigo e com a TV.

Capítulo 33

A aurora começava a dar sinal da sua chegada com um feixe rosado no horizonte quando Vitoria decretou que estavam numa busca insana. Ela, além do par de pulmões em colapso de Streeter, haviam chegado ao pé da montanha Iroquois após subir, conforme instruções, o que devia ser mais do que oitocentos metros. Ou dois quilômetros. Ou cinquenta. No entanto, nenhuma passagem, nem sequer a ramificação de uma trilha, aparecera.

Quando Vitoria parou, também arfou um pouco – e entendeu que sua frustração era tão grande que chegava a praguejar em espanhol mentalmente.

– Vamos... voltar? – Streeter perguntou com a respiração chiando.

Ela investigou ao redor e não viu nada além daquela única estrada coberta de neve que prosseguia acima para o cume e o que quer que houvesse lá – uma parada para piqueniques, um observatório, uma estação florestal.

Sentiu necessidade de culpar a informação trazida por Streeter, mas de nada serviria agir assim. Essa tinha sido uma lição arduamente aprendida. O seu desejo de chegar a um resultado específico tinha atrapalhado sua análise da informação e os levara àquela busca infundada.

Desperdício de tempo e de energia.

– Sim. – Permitiu-se apenas uma única imprecação em sua língua nativa. – De volta para o carro.

Retomando a liderança, ela fez um pequeno círculo e seguiu em frente, colocando um sapato de neve diante do outro por cima do rastro deixado na subida. Por mais que fosse um alívio descerem, sua raiva não lhe permitia apreciar esse respiro.

Talvez fosse melhor abandonar a busca pelos corpos dos irmãos. A bem da verdade, o motivo de querer encontrá-los não era tanto por conta de um enterro e um encerramento da questão, ainda que fosse se sentir bem ao agir corretamente e depositá-los em túmulos adequados. Não, seu desejo era saber que de fato eles se foram. Que não precisaria mais se preocupar em recuperar os negócios só para que eles acabassem voltando como se advindos de um milagre, roubando-lhe do seu futuro...

Vitoria desacelerou e então parou.

– O que foi? – Streeter gemeu atrás dela.

Ora, ora... Lá estava: o caminho que vinham procurando. A trilha era tão estreita e sem indicações que ela não havia notado na subida porque a neve disfarçava o espaço. Foi somente graças a outra perspectiva que ela conseguiu ver a brecha na floresta, um buraco no meio da folhagem perene.

– Encontramos o caminho – anunciou.

O sucesso renovou suas energias, e por certo melhorou a respiração de Streeter. Os dois foram rápido em meio ao túnel de floresta, e lá estava. Sim, era o esconderijo do seu irmão: a estrutura tinha um andar e nenhuma decoração, apenas uma fila de janelas logo abaixo do telhado, que davam acesso à entrada de luz no interior. Um carro coberto de neve estava estacionado ao lado e havia um tanque de combustível do tamanho de um abrigo aninhado do lado oposto.

Embora nada disso fosse garantia de que os pertences remetiam a Ricardo.

Foi a porta quem o indicou. Não havia uma maçaneta, apenas um painel de sistema de segurança que oferecia as escolhas de uma senha numérica ou de leitura biométrica.

Se fosse apenas um chalé de caça no meio da floresta, quase na fronteira com o Canadá, por que seria necessária tamanha segurança?

Vitoria seguiu em frente, o barulho dos sapatos de neve alto o bastante em seus ouvidos. Nunca fora muito dada a premonições, mas, ao se aproximar da porta, teve uma bem clara.

Coisas ruins aconteceram ali. Muito ruins. Embora... não recentemente: a camada de neve estava absolutamente intocada por pegadas humanas ou rastros de pneus, e Deus bem sabia que o carro enterrado na neve não tinha ido a parte alguma nos últimos tempos.

Antes de tentar a combinação numérica, fez uma pausa e olhou para o céu. Depois de oferecer uma oração em espanhol, digitou a data de nascimento da mãe.

O barulho da trava foi automático, como se forças do além-túmulo a tivessem incitado a entrar, a liberação da trava fez pressão de modo a entreabrir a porta.

Vitoria acendeu a lâmpada da cabeça, e um facho claro e azulado queimou sua visão até que ela se ajustasse. Esticando a mão, abriu mais a porta, e o feixe de luz originário da lanterna em sua testa penetrou a escuridão profunda.

– O que cê tá vendo?

Ela não se deu ao trabalho de responder a Streeter. Inclinando-se, soltou as amarras dos sapatos de neve e se livrou deles.

– Fique aqui – ordenou.

– Tudo bem.

Quando apoiou um pé além da soleira, ela se virou... e viu uma mão cortada à solta no chão, bem perto da porta, como parte do cenário que alguém encontraria numa loja de horrores. Os dedos estavam curvados em direção à palma, congelados, a pele apodrecida cinza e branca.

Fora cortada com precisão.

– Fique de prontidão – ouviu-se dizer.

– Tá.

Quando Streeter respondeu, ela franziu o cenho e percebeu que o conselho havia sido dirigido para si mesma. Esquecendo-se dele, seguiu em frente e fechou quase que totalmente a porta. Deus bem sabia que ela não queria arriscar e acabar trancada ali dentro... Só que não havia motivos para se preocupar. Havia o mesmo tipo de teclado com leitor de digital do lado de dentro...

Concluiu que a mão devia ter sido usada para isso. Alguém fugira dali, livrando-se de uma vingança do irmão ao cortar aquela mão para usar a digital. Porque a pessoa não sabia a senha.

Inspirando o ar, que estava tão frio quanto o do lado de fora, sentiu cheiro de bolor e de umidade, mas não o fedor da podridão da morte. Pensando bem, a julgar pela camada de pó sobre tudo, ninguém entrava ali há muito tempo – então, quaisquer corpos que pudessem estar no abrigo já tinham passado do processo de decomposição.

Primeiro viu as botas. Depois as pernas, longas e cobertas por calças jeans que estavam manchadas – então não eram dos seus irmãos; nem Eduardo nem Ricardo vestiam aquele tipo de calça. O tronco do homem grudado aos jeans estava vestido com um moletom largo, e havia mãos nas bases de cada braço. Então aquele não era o indivíduo cujas digitais foram usadas na fuga.

Quando inspecionou o rosto retorcido, se retraiu. O homem sofrera bastante ao morrer, e o rosto acinzentado e congelado trazia um ferimento horrendo no globo ocular.

Uma queimadura, concluiu ela. Alguém o atingira com uma tocha ou com um sinalizador.

Movendo a cabeça ao redor, inspecionou o interior e não encontrou nada surpreendente: cozinha embutida, banheiro minúsculo, leitos para dormir. Havia alguns indícios de pouca vivência ali, como embalagens de comida e latas de refrigerante, assim como algumas armas, por isso ela deduziu que haviam ficado ali por algum tempo antes de alguma confusão acontecer.

Direcionando a luz para cima, notou as janelas estreitas em toda a volta no alto das paredes. Inteligente. Não queriam que ninguém espiasse ali dentro...

Do lado oposto, havia outra porta, uma mais parecida com a da entrada do que com a do banheiro.

Vitoria passou por cima do cadáver e seguiu até o que descobriu ser uma escadaria para o porão. Quando a luz penetrou o buraco negro, algo se moveu lá embaixo, e ela começou a descida com cuidado, apoiando a mão enluvada no parapeito afixado à parede.

Sentiu um leve odor de morte da metade para baixo, um perfume horrível que ativou a parte mais antiga do seu cérebro, disparando pensamentos de que deveria parar, dar meia-volta e sair dali de imediato – o que ela se recusava a fazer.

Ao pé das escadas, parou e analisou à sua volta.

Havia três celas imediatamente à frente, e um corpo trancado numa delas, com o braço através das grades, sem uma mão. A cabeça do homem fora bem surrada, havia uma poça de sangue seco ao redor dela, e as feições estavam irreconhecíveis por conta dos machucados e do apodrecimento.

Vitoria inspirou fundo. Mais jeans. Aquele não era nenhum dos seus irmãos.

Virando-se, ela...

– *¡Ay... Dios mio!* – exclamou.

Ao fazer o sinal da cruz às pressas, seu estômago se contraiu e depois ela sentiu ânsia... e teve de cobrir a boca para não vomitar.

Um cadáver estava apoiado na parede oposta, pendurado pelos pulsos por meio de correntes. O homem estava nu, a cabeça pensa para o lado e um rastro comprido de sangue escorrera pela lateral do pescoço pelo peito e pernas, e outro ferimento de algum tipo no abdômen.

Ela sabia que era Ricardo pelas mãos e pelo corte de cabelo.

Mas tinha que ter certeza.

Indo para a frente, tremia tanto que os dentes tiritavam e as mãos batiam nas laterais do corpo. E, quando se inclinou para baixo, a fim de iluminar as feições do rosto, começou a chorar. Os olhos secos estavam arregalados de horror, a boca esticada como se Ricardo tivesse gritado pedindo pela ajuda que nunca viria, a pele terrivelmente enrugada e caída em tiras, dado que ele estava morto havia tanto tempo... e ninguém tinha ido até ali para reclamar os restos mortais.

Pelas numerosas práticas violentas que Ricardo infligira a outros, pelas muitas mortes causadas, direta ou indiretamente, pelos limites rígidos que impusera a ela, havia muito com o que justificar aquele fim doloroso, solitário e terrível.

Todavia, ao encarar os restos pútridos do rosto que conhecera a vida toda, ela não pensou em todas essas coisas ruins. Ela se lembrou dos vasos de flores nos aniversários da mãe. Ainda que estivesse diante do corpo de um homem, ela pensou na alma da criança.

Lamentaria a morte dele depois, pois tal era a característica que eles mais tinham em comum: todos aqueles anos difíceis de pobreza, que foram o incentivo da ambição de Ricardo, também serviram ao mesmo propósito para ela. Foram sujos e pobres juntos, caçoados nas ruas quando mendigaram, surrados e enxotados.

Quando as emoções surgiram, houve a tentação de sucumbir a elas. De cair de joelhos e chorar. De levar as mãos para o alto numa derrota assustada e voltar para a segurança da América do Sul.

No entanto, esse era o motivo de sua vinda. Uma tábula rasa – e Eduardo também estava morto. Sabia disso sem sombra de dúvida. Se alguém fizera isso a Ricardo, então o outro também fora assassinado.

Vitoria quisera uma revolução. Então teria que ser capaz de digerir o derramamento de sangue.

Ao se forçar a voltar para o andar de cima, tropeçou no primeiro degrau, mas em nenhum outro mais. No topo, pigarreou algumas vezes e inspirou pelo nariz. Por algum motivo, quis tirar o cheiro das narinas antes de sair, como se fosse aplacar as lembranças. Ou talvez simplesmente estivesse tentando recobrar o fôlego. Ou...

Não conseguia pensar direito. Mas precisava começar a fazê-lo imediatamente.

Em direção à porta parcialmente aberta, disse rouca:

– Nada.

Do lado de fora, Streeter girou com a fumaça do cigarro subindo para o céu que clareava.

– Não?

Ela fez o que desejou ser uma negação e fechou a porta atrás de si. Antes de voltar a calçar os sapatos de neve, verificou que a tranca havia sido acionada.

– Quer dizer que isso foi perda de tempo? – ele resmungou.

– Sim. Foi.

Se ele a conhecesse melhor, ou tivesse prestado atenção, teria notado a rouquidão na sua voz. E que as mãos tremiam. E que respirava com dificuldade. Mas ele era deveras egocêntrico, e isso era simplesmente perfeito.

Ajustando as tiras dos sapatos de neve, Vitoria voltou a andar, num ritmo mais rápido do que antes.

Não tinha escolha a não ser deixar os corpos, mesmo o do seu irmão. Seria melhor fingir que não sabia de nada, para o caso de um dia ser procurada pela polícia. O que deveria demorar muito. Afinal, o chalé era totalmente afastado e muito protegido, e os rastros dela e de Streeter há muito teriam sido encobertos por mais neve.

– Sinto muito.

Vitoria olhou por cima do ombro sem diminuir o ritmo.

– Pelo quê?

– Por estar errado. Por te fazer perder tempo.

Então ela perdeu o ritmo.

– Tudo bem. Não se preocupe com isso. Todos cometemos erros.

– Obrigado, chefe.

– De nada, Streeter.

Conforme seguia em frente, ela tentou se distrair com planos de investigar mais a fundo os nomes no diário de Eduardo. Mas foi difícil. A garganta de Ricardo fora dilacerada, pelo amor de Deus.

Que tipo de animal tinha feito aquilo?

Capítulo 34

Algum tempo depois do nascer do sol, Jane estava com o rosto no travesseiro. O corpo nu jazia de bruços sobre o colchão, com as pernas afastadas, e havia um bom motivo para as duas coisas. Um peso enorme estava em cima dela, movendo-se, penetrando-a, o ritmo semelhante ao de ondas do oceano na maré alta. Suas mãos estavam pressionadas por grandes palmas, mantendo-as no lugar. Presas, afiadas e deliciosas, estavam cravadas em seu ombro, numa mordida profunda.

Como Vishous conseguia estar em todos esses lugares ao mesmo tempo era uma questão a se considerar – numa outra hora.

Bater as nádegas ao encontro dele demonstrou o seu desejo, e ele entendeu de pronto, liberando as presas e tirando o peso de cima dela, para que Jane conseguisse ficar de quatro. Assim que ela se posicionou tal qual uma mesa, V. voltou à ação, o corpo tão maior do que o dela que ele se tornou uma gaiola ao redor de Jane, com um braço plantado junto a ela, o outro envolvendo o tronco por baixo, entre os seios. A mão na qual ele mantinha a luva estava travada na clavícula dela, e ela se sentiu bem presa e protegida.

O impulso de pistão era tão forte que, se V. não a tivesse segurado, ela teria atravessado a cabeceira da cama – mas, felizmente, seu macho era forte o bastante para manter tanto o ritmo quanto ela no lugar.

Puxa vida, provavelmente estavam acordando Butch e Marissa com a cama batendo daquele jeito.

Algo pelo que se desculpariam mais tarde.

Jane não desperdiçaria um momento sequer com nada além daquilo que estavam fazendo. A alegria de se entregar à experiência, e deixar de lado sua propensão a dar ordens, antecipar, planejar e executar para se entregar. A confiança que sentia por V. era o conduíte; o amor, a conexão. E também havia o conhecimento de que, pelo menos no que se referia a ela, ele estava disposto a retribuir na mesma moeda. Ele se entregaria a ela de todos os modos solicitados ou desejados...

Um orgasmo se acendeu dentro dela, atingindo seu sexo como o estalo de um chicote e, como se estivesse à espera disso, a pelve de V. avançou uma vez, duas... três vezes. Depois disso, tudo aconteceu dentro dela, a ereção jorrando enquanto ele a preenchia.

Em seguida, um grande colapso.

Quando os olhos dela foram capazes de recuperar o foco, ela fitou o relógio: 8h38.

– Você é o melhor despertador do mundo – murmurou.

O riso de V. soou baixo e um tanto malicioso.

– Nada de apertar o botão da soneca, viu?

– Nem pensar.

– Que pena.

Rolaram de lado e se encaixaram, então ela o instigou:

– Tenho um plano. Tenho que ir fazer esse check-up em Assail, depois volto pra cá e pretendo passar o dia aqui. Ehlena está de plantão na clínica, e Manny e eu estamos no turno da noite.

– Gosto desse novo esquema.

– Eu também. E eu não iria a parte alguma agora se ainda não estivéssemos fazendo controles periódicos nele.

Ela se virou e beijou Vishous, depois deslizou dos braços dele. Seguindo para o chuveiro, ela sorria, e acendeu a luz do banheiro de propósito. Lá, no espelho, residia a versão mais feliz de si, a qual ela não via há muito tempo, e ela quis apreciar a imagem.

– Vou me encontrar com Payne em meia hora – V. disse ainda da cama.

Jane se inclinou para dentro do quarto de novo.

– É mesmo?

– É. – Ele levou as mãos para trás da cabeça e cruzou os tornozelos. – Para praticar um pouco de luta. Na academia.

– Vocês vão conversar sobre a mãe de vocês, né?

Os olhos dele se desviaram.

– Imaginamos que, se fizermos isso a esta hora do dia, teremos um pouco de privacidade.

– Acho que é uma boa ideia.

– Mary... Hum, a Mary vai estar lá.

Jane ergueu as sobrancelhas.

– Verdade?

– Fui eu quem sugeri.

O sorriso de Jane se ampliou e depois ela se deteve olhando para o imenso e nu corpo de Vishous, deitado na cama bagunçada como se fosse um leão ao sol.

Os olhos diamantinos voltaram para ela.

– Tire uma foto – ele sugeriu em um tom manso –, vai durar mais tempo. E você pode ficar com ela no bolso, pra olhar pra mim quando eu não estiver por perto.

– Você é bem inesquecível.

– Vai me fazer corar. – Virou de lado. – Vai em frente.

O sexo se apoiava na coxa, semiereto, e, quando ela olhou para ali, a coisa se endureceu ainda mais.

V. deslizou uma mão para baixo e se espalmou.

– Posso te bagunçar todinha de novo assim que você sair do banho?

– Você está...

– Ainda morrendo de tesão. Tenho alguns meses para compensar, sabia? – Mão subindo, mão descendo. – Além disso, gosto da ideia de você por aí no mundo comigo, e só de calcinha.

Jane gargalhou.

– Que tal esfregar minhas costas no chuveiro?

– Pensei que nunca fosse pedir – ele disse ao saltar da cama. – Temos bastante tempo pra eu te esfregar na frente também, se formos rápidos. Que tal?

Quarenta e cinco minutos mais tarde, Sola andava de um lado para outro na cozinha de Assail. A doutora Jane chegara apenas um pouco atrasada, desculpando-se profusamente ao entrar pela porta da garagem.

Médica e paciente estavam na ampla sala de estar, as vozes baixas eram ininteligíveis. Sola quis permanecer lá com eles, mas acreditou que era importante terem um pouco de privacidade. Além disso, não confiava na sua capacidade de autocontrole. Parecia inconcebível ao estado de saúde de Assail qualquer possibilidade a não ser continuar a melhorar, ficar mais forte a cada dia, estar ali com ela na semana e no mês seguinte, e no ano depois disso.

Ela podia jurar que ele melhorava a cada instante. A questão era que os sentimentos eram uma reação à realidade, e não a ditavam...

Quando a porta para o porão se abriu, Ehric e Evale apareceram. Os irmãos estavam semiadormecidos, os cabelos espetados do mesmo modo, como se não bastasse serem iguais, tinham que dormir na mesma posição.

– Alguma novidade? – Ehric perguntou ao se aproximar e se sentar à mesa.

– Nada ainda.

– A sua avó ainda está dormindo – ele disse ao esfregar o rosto. – Fomos bem silenciosos.

– Fico feliz. – Sola parou junto ao fogão. – Fico preocupada por ela ficar muito tempo de pé, ainda que boa sorte ao tentar fazer com que descanse.

– Vamos garantir que a lista de compras dela seja atendida – Ehric murmurou. – Ao pôr do sol, não antes disso.

– Boa ideia.

Quando Sola voltou a gastar as meias ao caminhar sobre elas, Evale começou a vasculhar as prateleiras.

– Posso ajudar? – ela se ofereceu, ainda que não fosse a sua cozinha. E embora não cozinhasse. E também não soubesse nada de nada naquele momento.

– Estou procurando os pimentões.

– Os recheados? Estão na geladeira.

– Não, os pequenos... Ah, aqui estão.

O cara levou um pacote até a bancada, e ela não prestou muita atenção até ele começar a levar algo até a boca...

– Não! – ela ladrou, erguendo as mãos. – Pare!

O primo de Assail parou com uma Naga Jolokia prestes a cair numa boca que nunca mais seria a mesma.

– O que foi?

– Coloque isso na mesa e lave as mãos! Isso vai te deixar doente!

Ele franziu o cenho e encarou o pedaço de mais-quente-que-o-inferno.

– Tem certeza?

– Isso é uma Naga Jolokia. Você precisa manipulá-la com cuidado. Ela é capaz de te queimar por dentro.

– Comi ontem à noite. – Lançou a pimenta para dentro da boca e começou a mastigar. – Gosto delas.

Sola não conseguiu se mover por um instante. Mas logo disparou para a geladeira, onde apanhou uma caixa de leite, e depois pegou um copo no armário. Havia um atraso quando aquele tipo de pimenta era comido assim, uma a uma, e, se ela conseguisse fazê-lo cuspir o vegetal e começasse a lavar o resíduo com leite, talvez evitasse a necessidade de a doutora Jane ter outro paciente para tratar...

Sola se virou e acabou congelando no lugar.

Evale a fitava com uma curiosidade jovial enquanto mastigava – como se incapaz de compreender a sua intenção, mas gostava dela mesmo assim e a respeitava o bastante para lhe dar espaço para ser estranha. E depois levou uma segunda pimenta à boca.

– Manda uma – Ehric disse de onde estava sentado.

Em resposta, Evale girou e lançou uma pimenta ao longo do cômodo, acertando o irmão em cheio na boca.

Sola ficou ali parada com um copo de leite e revirando os olhos, como numa partida de tênis, entre o par de seres aparentemente indestrutíveis.

– Deixe-me ver isso – pediu, estendendo a mão. – Não, não quero tocar em nenhuma, só quero ver a embalagem.

Talvez estivesse se confundindo – não. Ao dar uma olhada na etiqueta da sacola de celofane, viu que ela tinha todos os avisos necessários. Mas talvez ela estivesse passada, tipo uma munição que tivesse falhado ou algo assim?

Uma rápida fungada e ela descobriu que o cheiro delas estava tão horrível quanto deveria ser. Ainda assim, ela cutucou uma com a ponta do dedo e a encostou na língua. Ela sabia muito bem que não deveria fazer o teste da mordida – e, se não estivesse precisando de uma distração, não teria se dado ao trabalho da verificação.

Deu uma lambida. Esperou...

– Ai, meu Deus! – Dobrando-se ao meio, tossiu. – Como é que conseguem...

– Vai comê-las?

Quando Evale estendeu a mão, Sola lhe devolveu o pacote e atacou o leite. Enquanto tentava acalmar o PUTAMERDA que estava acontecendo na ponta da língua, ele e Ehric continuaram a devorar as pimentas uma a uma.

E depois pegaram outro pacote do armário.

– Não entendo como vocês conseguem...

A doutora Jane e Assail entraram na cozinha, e Sola tentou interpretar suas expressões.

– Primo – Ehric disse –, gostaria de uma...

– Não, não. – Sola se colocou entre eles. – Ele não precisa comer Naga Jolokia. Certo? Melhor assim, não? Quem sabe mais tarde.

– O que estão comendo? – a médica perguntou casualmente.

– Isto. – Evale mostrou a embalagem. – São uma delícia.

A médica assentiu.

– Vishous ama isso. Come como se fosse bala.

Sola só conseguia balançar a cabeça.

– Vocês são incríveis.

Depois retornou ao assunto relevante e deparou com o olhar de Assail à procura de uma resposta. Quando ele lhe deu uma piscada, ela não entendeu muito bem o significado.

– Bem, estou indo agora. – A doutora ajeitou uma mochila nas costas. – Manny virá aqui ao anoitecer, e acho que traremos Ghisele também... para ajudar o meu sócio no exame.

De repente, a ansiedade começou a ecoar em Sola. Uma tempestade de energia negativa estremecendo-a tanto que ela se esqueceu do ardor que ainda sentia na língua.

– Eu a acompanho, doutora Jane – ofereceu-se ao seguir para a porta dos fundos.

– Não...

– Por aí não...

– Garagem...

Os três homens falaram ao mesmo tempo, com uma urgência muito maior do que a demonstrada por ela no não incidente com as Naga Jolokias.

– Desculpem – disse ela. Preocupações com a segurança, com certeza.

A médica passou um braço ao redor dela.

– Vamos por aqui.

Ao saírem, Sola estava ciente de Assail encarando-as com seus olhos de luar intensos. Mas, como os primos estavam falando com ele, Assail continuou na cozinha.

Na garagem, Jane antecipou quaisquer perguntas.

– Ele está muito bem – informou a médica. – Acho que podemos começar a relaxar um pouco.

Sola franziu o cenho.

– Mas e quanto ao câncer? Ainda está no cérebro dele, não? Isto é, como pode dizer que posso começar a relaxar?

A doutora Jane quase conseguiu disfarçar sua reação. Quase. Mas o retraimento sutil e o arregalar dos olhos eram o tipo de evidência que, quando alguém teme pelo futuro de um amado e interpreta cada maldita nuance da pessoa que melhor conhece a situação, tornam-se tão óbvias quanto o sapateado de um ator da Broadway.

A outra mulher pigarreou.

– Hum, veja bem, acho que seria bom você conversar com Assail.

– Você é a médica dele.

– Por favor, fale com ele.

– Sobre o câncer dele.

Os olhos verde-floresta da doutora Jane se desviaram muito sutilmente para a esquerda.

– Aham.

– Ok. Vou fazer isso.

Sola pronunciou as palavras de modo a lançar no ar um desafio que talvez não fosse merecido, mas não iria se preocupar com o assunto no momento. Ela se virou e marchou de volta para a casa. Quando chegou à cozinha, os três homens a fitaram.

– Importa-se se conversarmos agora? – ela disse ao passar por Assail.

Não esperou por ele. E ele a seguiu até o corredor que dava tanto para o escritório como para a escada que levava ao segundo andar.

Girando sobre os calcanhares, ela teve que se lembrar de que, fosse qual fosse a situação, ele tinha estado havia pouco muito doente e hospitalizado por conta disso.

– Quer me contar o que está acontecendo? – ela exigiu num tom baixo.

O rosto de Assail, belo como o pecado, estava frio.

– Sobre o quê? Diga-me.

Sola cruzou os braços diante do peito. Nos recessos da mente, ela se questionou se não estava indo longe demais – mas não, seus instintos lhe diziam que as coisas ali simplesmente não faziam sentido.

– A sua médica não quer me informar sobre o câncer. E tenho a sensação de que isso ocorre porque você não tem câncer.

Capítulo 35

Enquanto Marisol permanecia diante dele como se estivesse pronta para entrar numa briga de bar – e ganhar –, Assail sentiu uma exaustão que não tinha nada a ver com a sua recuperação. Na verdade, esse era o problema de mentir para aqueles próximos a você. As inverdades sempre surgiam e nunca de uma maneira a justificar a falsidade, por menor ou maior que ela fosse.

Porque, de fato, nunca havia uma justificativa para mentir para alguém que te ama.

– Você está ou não com câncer? – a fêmea exigiu saber.

Assail desejou ter mais tempo. Mas para quê? Como se isso fosse mudar aquela parte.

– Venha – disse ele, segurando-a pelo cotovelo. – Eu gostaria de um pouco de privacidade.

Marisol se soltou da mão dele, mas o seguiu até o escritório. Quando ele fechou a porta, ela foi até as janelas que se estendiam do teto ao piso.

– Por favor, não afaste as cortinas – ele disse quando ela esticou a mão.

– Por quê? Não gosta da luz do dia?

– Não, não gosto.

– E então? – Ela se virou de frente. – Vai me dizer o que está acontecendo aqui?

Assail se acomodou em uma das poltronas estofadas, posicionadas em oposição aos computadores. Ao apoiar o queixo no punho, ele a fitou.

– Lamento que tenha sido ludibriada pelos meus primos.

Ela piscou, como se precisasse de um instante para absorver a novidade.

– Quer dizer que seu estado não é terminal.

– Era. Não é mais.

A risada dela foi curta e dura.

– Não sei se devo ficar aliviada ou ir buscar a minha avó para voltarmos para Miami agora mesmo.

– Lamento que eles tenham escolhido a desonestidade.

Marisol apontou um dedo para ele.

– Não distorça a história. Eles podem ter começado, mas você sustentou a mentira.

– Tem razão.

Quando ele não prosseguiu, ela voltou a cruzar os braços.

– Estou esperando. E quero saber tudo agora, o que quer que seja.

Enquanto se esforçava para encontrar em sua cabeça vazia palavras que fizessem sentido, Assail não conseguia decidir o que era pior. Revelar sua fraqueza para ela ou saber, nas profundezas do seu coração sombrio, que o verdadeiro segredo era algo que nunca poderia partilhar com Marisol: não poderia lhe dizer o que ele era. Via de regra, sua espécie não se revelava para os humanos – e em cada instância rara, extremamente rara, quando esse princípio era violado, se o humano de alguma forma conseguisse aceitar os fatos, ele teria que deixar sua vida para trás e encontrar um modo de participar do mundo vampírico.

Isso exigia uma completa imersão. Era um caminho sem volta.

Assail não estava preparado para pedir isso dela – porque a avó, a maior responsabilidade dela, que por acaso era uma católica muito devota a Deus, teria que ser descartada na lateral proverbial da estrada... ou a senhora Carvalho teria de participar.

E isso não aconteceria. Mesmo que Marisol conseguisse se envolver nessa realidade, a avó, com suas tradições, seus códigos severos e seu Deus, jamais conseguiria fazer isso.

Assail não estava disposto a arruinar a vida maravilhosa daquela senhora.

– Você tem mais um minuto – Marisol anunciou –, depois disso vou pegar a chave do carro e...

– Há mais de um ano sou viciado em cocaína. – Assail inspirou fundo. – E com "viciado", quero dizer... frascos e frascos sendo aspirados pelo meu nariz todas as noites. Eu era um viciado descontrolado, Marisol. Não tenho orgulho disso e, sim, estava muito envolvido com o pó quando estive com você.

As sobrancelhas dela se ergueram.

– Nunca o vi usar drogas.

– Por que eu teria cheirado uma carreira na sua frente? Eu queria... e ainda quero... que você me considerasse um parceiro adequado. Cheirar não é o tipo de comportamento que passa essa impressão.

– Você... você chegou a usar drogas injetáveis?

– Não, nunca usei agulhas.

Ela parecia visivelmente aliviada.

– Eu... hum... eu sabia que você traficava.

– Mas não sabia que eu era meu próprio cliente. – Concentrou-se nas meias dela porque temia o que veria em seus olhos. – Quando alguém usa um terno elegante, mora numa casa como esta, o vício é muito mais fácil de esconder do que o de um drogado numa caixa de papelão num beco qualquer. Mas a realidade é que tanto o sem-teto quanto eu somos o mesmo no que se refere a estarmos estropiados.

– Você se desintoxicou – ela murmurou.

– Sim. Três meses atrás, fui para a clínica para ser medicado enquanto me livrava da cocaína. Infelizmente, a minha... – tocou a cabeça –...o meu cérebro não ficou muito bem. Tive períodos de psicose.

– Por que os seus primos simplesmente não disseram isso?

– Você teria vindo se tivessem lhe dito que eu estava morrendo de insanidade? – Queria tocar nela, mas permaneceu no lugar porque não desejava acuá-la. – Sinto muito que tenha sido enganada, e acredito que você, apenas você, seja a razão de eu estar aqui em vez de ainda estar naquela clínica. Mas não deveria ter sido ludibriada. Isso foi errado.

Marisol abriu a boca, mas não disse nada de imediato.

– Por que não me contou?

– Não andei pensando claramente. E, mais do que isso... eu estava envergonhado. O vício é uma doença feia, horrenda, e eu não queria que você soubesse que era tão fraco a ponto de me perder nele.

Ela olhou para o teto. Voltou a olhar para ele.

– Quer dizer que não está morrendo.

– Não, não estou. Não mais do que qualquer outra entidade mortal. – Balançou a cabeça. – Por favor, saiba que lamento muito. Sinceramente.

Levou um tempo para que ela se aproximasse e, a princípio, ele deduziu que ela estava saindo do escritório para ir juntar seus pertences e chamar a avó. Mas ela parou diante dele.

Inclinando o queixo de Assail para cima com o indicador, ela o encarou, e ele rezou para que ela encontrasse o que quer que estivesse procurando ali.

– Estou feliz em saber que você vai ficar bem – ela comentou depois de um tempo.

Você vai ficar?, ele pensou ao apoiar as mãos de leve nos quadris dela. *Vai ficar comigo?*

Manteve essas perguntas para si. Temia demais as respostas.

Deus era tão estranho.

Parada diante de Assail, Sola pensou que talvez devesse refazer a frase. Afinal, ela rezara naquela missa exatamente por esse tipo de notícia, desejara esse resultado inacreditável, esse alívio.

Mas, em vez de pular de alegria, ela se sentia desestabilizada e traída. Uma parte sua lhe dizia para desmontar desse alazão de altivez e entender o ponto de vista de Assail e dos primos. A outra metade, porém, sentia-se manipulada.

– Odeio o fato de você ter me colocado nesta posição.

Ele assentiu.

– Eu também.

– Então, acho que me resta voltar para casa.

– A sua casa não é em Miami e você sabe disso.

– Também não é em Caldwell – ela rebateu. – Morei aqui por dez anos, e sabe de uma coisa? Todos eles foram uma droga. O que é um tremendo comentário, considerando como foi a década anterior a essa.

– A sua avó é o seu lar. Onde quer que ela esteja, você estará na sua casa.

Maldito, ela pensou. *Por me conhecer*.

– Marisol, não estou mais nessa vida. Sou tão livre quanto você é. Eu gostaria de começar um novo capítulo... em qualquer lugar. Miami, Caldwell, no exterior. Como você, o meu lar é onde outra pessoa está, e não um código postal específico.

Enquanto a fitava, os olhos enluarados dele estavam firmes e tristes.

– Então, você se sente em casa com os seus primos. – Ela deu um passo para longe dele. – Onde quer que eles estejam...

– Não se faça de tola. Isso não tem nada a ver com eles.

– Olhe como fala. Você não está numa posição de poder forçar a barra.

– Posso protegê-la. Meus primos e eu somos uma aposta mais segura do que apenas vocês duas, e você bem sabe disso.

Sola estreitou o olhar.

– Estou me saindo muito bem cuidando disso sozinha.

– Está disposta a apostar a sua vida nisso? A da sua avó? Um grupo maior dá mais segurança.

– Quer mesmo que eu fique com você só porque é melhor para mim?

– Não importa o que for necessário.

Ela balançou a cabeça.

– Você não tem orgulho.

– Não. Nenhum. Não no que se refere a você.

Sola voltou para junto das cortinas que ele não a deixava abrir. Jesus, era como viver com um bando de vampiros naquela casa, tudo fechado e trancado durante as horas do dia. Mas, pensando bem, assim era a vida dos traficantes. Corujas notívagas, todos eles.

Encarando o tecido opaco, porque não havia como enxergar através dele, ela tentou imaginá-los mudando-se dali, como uma matilha, ela, a avó, Assail, os primos e Markcus.

Voltando-se para ele, ela o encarou demoradamente, considerando tudo. Ele tinha razão, era mais seguro estarem num número maior. E ele ainda estava tão fraco, o corpo tão frágil debaixo da camisa que ele enfiara dentro de calças ainda folgadas demais.

Em sua mente, ela o ouviu dizendo que sentira vergonha. Depois se lembrou da primeira vez em que ele abrira os olhos e ela vira que as partes brancas estavam todas vermelhas...

Tanto sofrimento.

– Você vai ficar limpo? – ela exigiu saber, mesmo enquanto se questionava como poderia confiar em qualquer resposta que ele lhe desse.

– Sim. Pela minha vida, Marisol. Eu nunca mais usarei drogas... Aprendi a duras penas aonde isso me leva.

Merda, ela pensou.

Depois do que lhe pareceu uma vida inteira, Marisol deu de ombros.

– Se eu te apanhar numa mentira ou usando cocaína, eu vou embora. Não tenho nenhum interesse em te dar outra chance, de arranjar desculpas para você ou de fingir que vou me arrepender. Você só tem uma chance. Só uma. Estamos entendidos?

Endireitando-se, ele assentiu de pronto.

– Entendo e aceito.

– E ela o fará se converter. A minha avó não é de brincadeira. E você terá que aprender espanhol e/ou português. Ela o ensinará, quer você queira ou não.

– Marisol...

Quando a voz de Assail se partiu, ela foi até ele e abraçou o corpo magro. Ele estivera no inferno, e a equipe médica sem dúvida imaginara que o perderia – e, por mais que Sola tivesse preferido a verdade desde o início, ele estava certo. Ela provavelmente não teria vindo se tivessem simplesmente lhe dito que ele não conseguia se livrar das drogas ou que estava enlouquecendo.

E isso era difícil de admitir. Como se câncer fosse uma doença nobre, mas se a sua bioquímica conspirou com uma droga, levando ao risco de morte, você não é merecedor de empatia, de apoio, de compreensão.

– Sinto muito – ele disse nos cabelos dela.

– Eu também. E eu te amo.

O tremor que o atravessou impeliu Sola a se sentir fazendo a coisa certa. Ele estava aliviado assim porque não queria perdê-la – e ela tampouco queria perdê-lo.

– Vou cuidar muito bem de você e da sua avó – ele disse emocionado.

Inclinando-se para trás, Sola cravou o olhar nele.

– Essa é uma via de mão dupla. Não sou uma donzela em apuros que precisa ser salva; sou uma parceira que o ajudará a sobreviver também. Se houver um prêmio pela minha cabeça, então a família Benloise tem um sobre a sua também. Você também precisa de mim.

– Sim – ele murmurou. – Definitivamente preciso.

Sola teve que sorrir.

– Acho que acabei de te passar uma descompostura, hum?

– Com certeza sim. E foi muito excitante. Quer subir e me dar mais umas ordens?

Ela estreitou os olhos de novo.

– Peça por favor.

– Por favooooor.

Capítulo 36

Foi lá pelas quatro da tarde do dia seguinte que Vitoria chegou à galeria e descobriu que havia cometido um erro. E, infelizmente, descobriu o deslize de julgamento diante da polícia.

Entrando pela porta dos fundos, acenou para os funcionários reunidos em grupos nervosos e conversadores. Não havia muito trabalho em curso, mas ela deixou isso passar, por causa do que estava acontecendo.

Quando chegou ao espaço amplo da galeria em si, de pronto identificou o homem diante da escultura arredondada de uma mulher em trabalho de parto.

– O senhor deve ser o detetive De La Cruz – ela observou ao se aproximar dele.

Ele se virou e pareceu aliviado por não estar mais olhando para a "arte".

– Isso mesmo. Vitoria Benloise?

– Sou ela. – Sim, sabia que gramaticalmente o certo seria "sou eu", mas isso sempre lhe soou prosaico demais. – Como posso ajudá-lo?

Ele abriu uma carteira de couro, revelando a identificação com foto onde se lia DETETIVE JOSÉ DE LA CRUZ, HOMICÍDIOS, e o distintivo em latão da Polícia de Caldwell. Depois estendeu a mão.

– Tem alguns minutos para falar comigo?

O homem estava na casa dos quarenta e, com um nome como aquele, Vitoria gostou dele mesmo estando em lados opostos da mesa. Ele tinha simpáticos olhos castanhos. As roupas eram simples, a jaqueta esportiva e a camisa de colarinho aberto lhe conferiam ares profissionais, mas não empoados, e ela ficou surpresa, dado o frio que fazia, que ele não estivesse vestindo também um sobretudo ou uma parca. Com o sol se pondo, ela saíra do Bentley do irmão e sentira os ossos gelarem no curto trajeto até a entrada de serviço da galeria.

– Com certeza, detetive. – Ela apertou a mão estendida. – O que está acontecendo?

– Estou investigando um homicídio realizado ontem à noite.

– Meu Deus. Trata-se de Margot? Vi na televisão. Que tragédia! Como algo assim pôde ter acontecido numa parte tão segura da cidade?

– Na verdade, a maioria das vítimas de homicídio é morta por pessoas conhecidas.

– Tão assustador. – Pelo canto do olho, ela notou que alguns dos vendedores saíram dos fundos e observavam. – Diga-me, no que posso ajudar?

– Bem, já conversei com algumas das pessoas daqui... Sobre a que horas Margot saiu daqui ontem e com quem ela poderia ter estado. E todos me disseram que você recentemente assumiu o comando dos negócios.

– Sim, estou cuidando dos interesses dos meus irmãos.

– Diz isso como se esperasse que eles voltassem. Contudo, é do meu entender que estão afastados de Caldwell já há algum tempo?

– Exato.

– Você viu ou teve algum contato com Ricardo ou com Eduardo recentemente?

Ela assumiu uma expressão melancólica.

– Não, não tive. Estou preocupada com eles.

– Quando foi a última vez em que teve contato com eles?

– Há alguns meses.

– E não pensou em procurar a polícia?

– Fiz isso na Colômbia. Quando não fizeram nada, vim para cá. Sempre tive a intenção de procurar as autoridades se não conseguisse localizar meu irmão.

De repente, a imagem de Ricardo preso apodrecendo naquele porão fez com que sua garganta se contraísse. Mas aquela não era hora de se emocionar. Estava falando com o inimigo.

– Certo. Claro. – O detetive abriu um caderninho. Anotou algo com uma caneta. – E está aqui desde quando? Quero dizer, quando chegou a Caldwell e de onde veio?

– Vim da Colômbia há quatro dias. Ou cinco? Com a diferença de fuso horário, estou um pouco confusa. – Sorriu para ele. – Detetive, se importaria se conversássemos no andar de cima? É melhor termos privacidade, pois tenho clientes aqui.

Para ajudá-lo a entender, ela inclinou a cabeça na direção de duas mulheres do outro lado. O par combinando de ricas *avant-garde* inspecionava uma obra de arte feita com lençóis rasgados colocados sobre uma vaca empalhada que tinha cada casco sobre um vaso sanitário.

– Sim, sim, claro. Mostre o caminho.

Vitoria o levou até a porta não identificada na lateral, a qual se abria para a escada que conduzia rumo ao escritório de Ricardo. Conforme ia à frente, ela concentrou o andar nos quadris e nas nádegas, seguindo a teoria de que todos os atributos deveriam ser usados nessa situação. No entanto, foi difícil fazer com que aquilo parecesse natural. As coxas e panturrilhas berravam de dor por causa da subida da montanha. Os dois analgésicos que tinha tomado quatro horas antes estavam perdendo seu efeito.

– Aqui estamos – disse ela ao abrir a porta no topo da escada de metal.

– Uau. – O detetive entrou. – Elegante.

– Meu irmão gosta das coisas de determinado modo.

– Evidentemente. – De La Cruz andou pelo cômodo, apesar de haver pouco para ser visto. – Onde estávamos...? Ah, sim. Então espera que seus irmãos voltem ou não?

Ela os fechou ali.

– Devo confessar que comecei a me preocupar de verdade. Não é do feitio de Ricardo simplesmente se afastar por tanto tempo, mas, pensando bem, eles são homens. Fazem o que bem querem.

Vitoria atravessou o cômodo e virou a cadeira giratória sobre o tablado. Sentando-se, cruzou as pernas de modo que a fenda da saia se abrisse.

– Está se sentindo bem? – o detetive perguntou. – Fez uma careta ao se sentar.

– Não é nada. É apenas resultado de exercícios. – Sorriu. – Estou um pouco dolorida por causa da academia.

– Eu deveria me exercitar mais. – De La Cruz se aproximou com um andar casual. – Bela mesa. E em cima de uma plataforma.

– Meu irmão gostava de causar uma boa impressão.

– Gostava? Ou gosta?

– Perdão, meu inglês não é muito bom. – Tocou a testa. – E onde estão meus bons modos? Eu deveria lhe oferecer café ou chá.

– Está tudo bem. Fui a uma lanchonete antes de vir para cá. – Pigarreou. – Então, mora na Colômbia?

– Sim, mas temos casas em alguns lugares. Em São Paulo, no Brasil; Santiago do Chile e ah… Punta del Este, claro. Meus irmãos gostam de imóveis, e eu cuido das casas deles, supervisionando os funcionários e as propriedades.

– Puxa, você deixou o calor equatoriano para vir a Caldwell, em Nova York, no meio de janeiro. Sem querer ofender, mas deve estar muito preocupada com Ricardo e Eduardo. Minha esposa odeia isto aqui nesta época do ano.

– Deveria enviá-la numa viagem de férias.

– Mas ela me ama. – Ele sorriu e baixou o olhar para seu caderninho de anotações. – Pode me dar uma ideia aproximada de quando falou pela última vez com algum dos seus irmãos?

– Como já disse, foi há vários meses. Ricardo me telefonou.

– Como foi a conversa?

Ela deu de ombros.

– A de sempre.

– Então nada lhe pareceu estranho?

– Perdoe-me, mas por que estamos falando dos meus irmãos? Isto é, fico feliz em poder ajudar a polícia da forma que puder, mas pensei que isto se tratasse da mulher que foi encontrada morta.

– Só estou tentando entender o cenário todo. O seu irmão é um importante homem de negócios nesta cidade, e todos aqui dizem que não o veem há cerca de um ano. O seu outro irmão também não tem aparecido, e depois alguém que trabalha na galeria é encontrado morto na noite anterior. – Olhou para ela objetivamente. – Melhor você tomar cuidado.

– Tem razão. Acho que não cheguei a relacionar os fatos.

– Mas voltando a Margot Forest.

– Perdão, pensei que o nome dela fosse Fortescue?

– Seu nome legal é Forest. Teve alguma interação com ela nos últimos dias desde que chegou aqui?

Obrigada, Streeter, ela agradeceu em pensamento.

– Para falar a verdade – Vitoria murmurou –, ela veio ao meu escritório ontem à noite... quero dizer, ao escritório do meu irmão Eduardo, antes de sair. Ela queria conversar a respeito de um novo artista que estava trazendo para cá.

– Lembra-se do nome do artista?

Ela escolheu um nome aleatório, um que ouvira na galeria.

– Daymar Locust... ou Locasta?

– Ah, sim. Alguém o mencionou. – Anotação. Anotação. – Algo mais surgiu enquanto conversava com a senhorita Fortescue?

– Não. – Vitoria sorriu e mexeu na barra da saia. – Gostaria de poder ajudar mais.

– O que fazia no escritório do seu irmão?

– Como disse?

– Por que estava aqui? Se era o escritório dele.

Vitoria considerou as diversas maneiras de continuar a conversa. Havia uma série de diferentes abordagens que poderia tomar, e, enquanto as avaliava, concluiu que isso se assemelhava a ter uma mão de cartas no pôquer.

Por fim, ela fez que suspirava.

– Posso ser franca?

– É melhor que seja, se não se importa que eu diga. Isto é uma investigação de homicídio.

Ela moveu os olhos para o lado, como se estivesse organizando os pensamentos. Depois os voltou para o detetive.

– Tenho estado verdadeiramente preocupada com meus irmãos. Como deve saber, a nossa cultura é muito diferente. Como irmã deles, espera-se que fique esperando pacientemente por notícias, em vez de tentar descobrir algo eu mesma. Mas depois de um ano... Bem, fui ao escritório de Eduardo para ver se encontrava algo que explicasse onde ele e Ricardo podem estar. Estou numa situação constrangedora, entende? Eles jamais aprovariam a minha interferência, e se estiverem vivos? Ficarão furiosos comigo.

– Então, as coisas são bem tradicionais na sua família.

– Muito. – Deliberadamente deixou a cabeça pender, como se estivesse presa numa confusão. – É parte do motivo de eu estar com medo de chamar as autoridades. Se meus irmãos estiverem bem, ficarão furiosos por eu ter me metido no mundo masculino. E eu verdadeiramente não quero acreditar que tenha acontecido alguma coisa, mas... O que mais posso pensar? Sempre fomos apenas nós três, desde que nossa mãe morreu. Não sou uma mulher experiente no sentido de ser aventureira ou acostumada a viagens. Morri de medo de fazer a viagem até aqui sozinha, mas, como são a minha família, me senti compelida a vir encontrá-los... Ah, estou tagarelando, não estou? Veja só.

Para garantir que a energia que emanava dela fosse a correta, ela visualizou uma vez mais o corpo de Ricardo, vendo a cabeça pensa, o pescoço ferido, a pele frouxa e... na mesma hora, sentiu uma tristeza genuína, arrependimento e medo.

– O que acredita que tenha acontecido com seus irmãos? – De La Cruz perguntou baixo.

– Não sei. – Os olhos dela se voltaram para o chão. – Eu não sei mesmo.

– Está ciente de que seu irmão pode estar envolvido com o tráfico de drogas?

Vitoria levantou a cabeça num estalo.

– Como assim? Ele é um negociante de arte. Este é o negócio dele.

– Não tenho a intenção de ofendê-la. – O homem ergueu a mão. – Mas não sei se está a par de tudo o que ele fazia aqui.

Vitoria foi se levantar, mas os músculos das coxas sofreram um espasmo descoordenado. Quando ela caiu de lado, De La Cruz correu e a segurou pelo braço.

– Meus irmãos eram bons homens. – Ou, pelo menos, Ricardo fora. Eduardo sempre fora mais inconstante. – Não permitirei que a memória deles sejam maculadas por especulações.

– Está falando sobre eles no passado novamente.

Ela se afastou do detetive e cambaleou ao se aproximar das janelas. Não havia nada especial para onde olhar, nenhuma vista. Apenas uma fileira de lojas dos anos 1920 do lado oposto das quatro pistas da Rua Market.

– Veja, senhorita Benloise, não tive a intenção de aborrecê-la. – Houve uma pausa. – Apenas acho que está na hora de ter uma visão mais ampla da situação, nem que seja para o caso de eles a procurarem. Não vai querer estar metida nisto tudo.

– Não sei de nada desse outro tipo de negócio. – Ela girou e ajustou a jaqueta Escada. – Posso ajudá-lo em alguma coisa mais?

– Na verdade, sim. Uma vez que parece que assumiu o controle dos negócios em nome dos seus irmãos, eu gostaria da sua permissão para ver todas as imagens do circuito de segurança do local.

Vitoria piscou. E refreou a imprecação em sua língua nativa.

Esse foi o erro.

Não pensara nas câmeras de segurança. Como diabos pôde não ter pensado em procurar as imagens? E o que poderia haver nelas?

Numa rápida sucessão, seu cérebro pensou em diversos ângulos. Se dissesse não, eles poderiam forçá-la a fazer isso por meio de alguma ordem judicial – ainda que ela não soubesse como obteriam isso, já que Margot trabalhara ali, mas não fora assassinada no local. Mais especificamente, se De La Cruz estava de fato a par do envolvimento dos irmãos no ramo das drogas, a polícia poderia muito bem fazer uso das imagens registradas para...

Para o quê?, perguntou-se. Ricardo estava morto. Eduardo também devia estar. E ela não tinha conhecimento oficial do que estava acontecendo. Seu único vínculo até então era com os fornecedores frustrados da América do Sul, e de jeito nenhum eles a entregariam: as autoridades americanas não tinham braços tão longos, para início de conversa, e, se algo a incriminasse, incriminaria também os fornecedores.

Mas, se desse acesso a De La Cruz, talvez ele pudesse trabalhar para ela. Ela não fazia a mínima ideia de como usar computadores ou de como isolar imagens – sequer sabia onde as gravações eram mantidas. Mas seus dois irmãos sempre foram muito furtivos. Não existiriam câmeras onde não deveria haver.

Como aqui em cima, ela pensou ao relancear para o teto e não ver nada que se assemelhasse remotamente a uma câmera.

Visto que Eduardo lidava com o dinheiro ilegal, tampouco haveria alguma coisa no escritório dele.

Mas como explicaria ter se encontrado com Streeter após o horário de fechamento? A não ser que... Não, não havia nada de ilegal em procurar um funcionário dos irmãos assim que chegasse aos Estados Unidos. Não era ilegal se encontrar com um homem na galeria – ainda que, se eles pudessem provar que Streeter estava metido no tráfico...

Então Streeter poderia comprometê-la.

Vitoria aprumou a coluna.

– Eu adoraria se vocês vissem as filmagens. Mas não sei onde estão...

– Existe alguma sala de segurança aqui?

– Não sei. – Apontou com a cabeça para a porta pela qual entraram. – Vamos descobrir.

Quando ela caminhou para a saída, De La Cruz a seguiu, e a deteve antes que ela abrisse a porta.

– Lamento muito tudo isso. Sei o quanto deve ser difícil para você.

Ela se certificou em pensar na imagem de Ricardo naquele porão de morte. E, quando a tristeza a envolveu, ela disse numa voz emocionada:

– Eu também. Meus irmãos eram muitos tradicionais, e isso pode ser sufocante para uma irmã. Mas eles me amavam muito, e o sentimento era mútuo. Eu... No fim das contas, eu só quero saber o que aconteceu.

De La Cruz assentiu.

– Também perdi alguém. Meu antigo parceiro. Um dos melhores homens que já conheci, embora tivesse lá os seus demônios. Demônios bem grandes. – Aqueles profundos olhos castanhos desfocaram, como se o detetive estivesse revivendo cenas de sua própria vida. – Um belo dia, ele simplesmente desapareceu, e, por mais que eu procurasse, por mais que investigasse... nunca consegui encontrar as respostas, e isso ainda me corrói.

– Então sabe como me sinto.

– Sei exatamente como se sente. E não me importo se seus irmãos eram ou não traficantes. Se foram assassinados, se esse for o motivo de eles não estarem por aqui, eu encontrarei quem fez isso e me certificarei que a justiça seja feita. Entende? E se estiveram envolvidos no tipo de negócios que imagino que estavam? Então estavam muito expostos e não serviria de nada trazê-los vivos. O tipo de pessoa que faz essa espécie de coisa não valoriza em nada a vida humana, e caso sejam ameaçados, de fato ou apenas na imaginação, a situação fica feia muito rápido.

Vitória cobriu a boca com a mão e fechou os olhos.

A imagem do irmão não teve que ser convocada desta vez. Ela surgiu como um fantasma, atormentando-a.

– Odeio a ideia de que foram machucados de alguma maneira – disse rouca. – Especialmente Ricardo. Eu devo tanto a ele.

– Não vou desapontá-la.

– Obrigada. – Abriu os olhos. – Isso significa que Margot pode ter... Isto é, se algo de ruim estava acontecendo, e não quero acreditar que meus irmãos tomariam parte de algo assim, Margot poderia ter estado envolvida com eles?

– Não estamos excluindo nada por enquanto.

Ela apoiou uma mão no antebraço dele.

– Pode, por favor, me contar se descobrir alguma coisa?

– Farei isso, senhora. – Ele assentiu com gravidade. – Tem a minha palavra.

CAPÍTULO 37

Conforme o sol se punha em Caldwell e a hora do rush começava a encher as ruas do centro e as alças de acesso à rodovia, Jo Early estava sentada à sua mesa no *Caldwell Courier Journal* com a cabeça latejando entre os polegares e os indicadores.

Do mesmo modo com que alguém amparária uma bomba com um detonador de impacto distante de qualquer possível impacto.

Vinha tendo dores de cabeça nas últimas semanas, e elas estavam se tornando mais intensas. Esta, por exemplo, a presenteava com um nível novo de agonia: a sensibilidade à luz, a pressão na base da nuca e a náusea incômoda, uma ameaça tripla da qual se livraria de bom grado.

Fechando os olhos, chegou a uma conclusão: por mais que se orgulhasse de ser uma pessoa lógica, estava muito claro que ela tinha um tumor.

Ou, como disse Arnold Schwarzenegger em *Um tira no jardim de infância*, "tuuumo", com seu sotaque carregado.

Brincadeiras à parte, talvez a vista estivesse cansada. Desde que aceitara aquele trabalho como editora de conteúdo on-line para o *CCJ*, vinha passando muitas horas diante da tela do computador. Na época em que trabalhara como recepcionista em uma imobiliária, usara-o para agendamentos e fazer outros trabalhos nele, mas, nessa nova função, usava-o com muito mais frequência.

– Precisa de um ibuprofeno?

Quando a voz masculina conhecida perfurou seu ouvido como se fosse um picador de gelo, quase mandou o homem que lhe arranjara aquele emprego que baixasse o tom, Pavarotti. Mas ela tinha a impressão de que o problema era ela, e não ele.

Abrindo os olhos, encarou o rosto franco e elegante de Bill Elliot.

– Juro que não sei o que fazer para me livrar dessa enxaqueca.

– Não precisa atualizar a sua receita de óculos?

– Não uso óculos.

– Talvez precise?

Sim, Bill era o motivo pelo qual ela conseguira aquele emprego, e ele e a esposa, Lydia, abriram os braços e as portas de casa para Jo apesar de contarem com apenas trinta e poucos anos. Mas, pensando bem, o casamento e uma hipoteca eram melhores divisores de grupos etários do que um punhado de anos aqui ou acolá.

Era a mesma diferença entre um garoto de onze anos que ainda não passara pela puberdade e alguém de catorze indo ao seu primeiro encontro amoroso.

Uma vida.

– Vou marcar uma consulta. – Recostou-se e revirou os ombros. – Já está de saída?

– Quase. Quer ou não ir dar uma olhada naquele armazém comigo?

– Eu adoraria. – Olhou para o monitor, mas logo abaixou o olhar para a mesa quando o latejar em seu crânio piorou. – Mas não estou em condições de ir a parte alguma.

– Pode ser que Troy vá.

– Bem que eu gostaria de poder ir.

Bill vestiu o casaco e depois enrolou um cachecol no pescoço.

– Me avisa se eu puder te ajudar com alguma coisa?

– Pode deixar. E, se você encontrar alguma coisa lá, me liga.

– Combinado. – Ele sorriu. – Melhoras.

Quando o cara se afastou, Jo se levantou e olhou ao redor. A ampla sala da redação estava quase deserta, os telefones já não estavam mais tocando, as pessoas tinham saído dos seus cubículos, tudo estava se acalmando.

Como foi que o dia passou tão rápido?, admirou-se ao seguir para o banheiro feminino na extremidade oposta.

A sede do *Caldwell Courier Journal* tinha sido recentemente reformada – ou assim lhe disse cada um dos jornalistas que conheceu no seu primeiro dia ali. O prédio de vários andares com tijolos aparentes, que sediava o jornal desde 1902, passara por uma completa reformulação, ainda que sem nenhum motivo necessário, segundo os funcionários.

Assim como muitos periódicos das cidades de tamanho médio, o *CCJ* estava morrendo, o número de páginas e os anúncios pagos vinham diminuindo, suas histórias, encurtando, o caderno do meio era uma parte do *USA Today* em vez de ter conteúdo gerado em Caldwell mesmo. Somente no ano anterior, dois editores seniores, sete jornalistas e todos os três revisores foram despedidos, e a reforma feita de modo que a planta da redação fosse reduzida de acordo com esse parâmetro, sendo que o espaço liberado tinha sido alugado para – surpresa! – uma empresa de tecnologia.

O clima por ali andava sombrio, e o fato de Jo ter sido contratada, um milagre. Contudo, eles precisavam de alguém barato e jovem para cuidar das notícias on-line, e ela se encaixou no perfil. Seu diploma em Literatura Inglesa na Williams acabou sendo um bônus para eles, algo pelo que seus superiores teriam se gabado caso alguém ainda se importasse com o que os jornalistas pensam. O que, evidentemente, não era o caso.

Quando atravessou a redação, pensou que os decoradores pelo menos poderiam ter escolhido outra cor. Claro, aquele era o tom da década, mas, com as demissões e a vibração "pé na cova", estar cercado por carpete da cor de asfalto, cubículos decorados com tom de mingau velho e paredes que combinavam com um cadáver deixado no frio só aumentava a depressão.

No banheiro, decorado – surpresa! – com cinza, ela lavou o rosto com água morna e não conseguiu resolver se isso tinha sido uma decisão boa ou ruim. Depois de se enxugar, olhou-se no reflexo no espelho, meio que esperando ver as pupilas dilatadas. Ou a boca meio torta. Ou, quem sabe, um tremor na sobrancelha.

Nada disso. Era a mesma que sempre fora, com os cabelos ruivos, olhos verdes e pele pálida. Mas ela não estava bem. Ela se sentia... errada.

No decorrer das últimas semanas, seu corpo começara a traí-la de muitas maneiras. Suores noturnos. Aquelas dores de cabeça que a faziam recuar a cada barulho e fonte de luz. Desejo de comer coisas estranhas, como bacon com chocolate às três da manhã.

Claro, a boa notícia era que, como morava com um bando de viciados, não só eles tinham Oscar Mayer e calda de chocolate da Hershey's na despensa, como acharam a ideia inspiradora.

Mas o que incomodava Jo, mais do que esses sintomas estranhos, era a agitação crescente, o metrônomo corrosivo, não relacionado a nada, que a impedia de ficar parada.

Repensando o modo como desempenhou seu pedido de demissão da imobiliária, notou que isso tinha sido uma expressão de urgência impotente. E talvez toda aquela coisa com Bill e os vampiros também...

A agulhada afiada que trespassou seu lobo frontal a fez arfar.

Imprecando, cambaleou para fora do banheiro e voltou para a sua mesa. Desligando o computador, vestiu o casaco, despediu-se de Tony, seu vizinho de baia, e saiu para o escuro estacionamento na parte de trás. Seu Golf estava estacionado perto da saída porque ela tentava chegar cedo ao trabalho todos os dias e, ao entrar nele, desejou ser capaz de dirigir.

Foi difícil. Assim que chegou à rua, os faróis dos outros carros estavam tão claros que ela teve que colocar óculos de sol, e não ousou pegar a estrada, mesmo que isso encurtasse em cinco minutos o seu trajeto de vinte.

Enquanto progredia lentamente nas idas e paradas das ruas, pensou em Bill e no convite para ir ao armazém. Os dois se conheceram por conta de um estranho interesse em comum sobre vampiros...

– Mas que droga – murmurou, quando a dor a atacou uma vez mais.

Sacudindo a cabeça para tentar se livrar dela, recusou-se a se sentir derrotada, como se a agonia fosse um obstáculo. Então, sim, ela e Bill se uniram por conta dessa coisa de *vampiro*, indo visitar locais ao redor de Caldwell onde rituais e brigas aconteceram. Ela até mesmo começara um blog a respeito...

Por um instante, seus pensamentos se desviaram para a dor. Mas forçou-os a voltar, o terror de estar enlouquecendo lhe conferiu uma concentração sobrenatural.

De todo modo, por um tempo, ela publicara on-line coisas bizarras e cenas da cidade sobre as quais outras pessoas vinham falando, mas já abandonara isso. Primeiro, por ser perda de tempo...

Não, não era, uma parte sua argumentou. *Não era perda de tempo.*

– Que importância isso tem...

Mas desistira. E meio que desertara Bill também. Não que não saísse mais com ele, e ela se sentia grata pela força que ele lhe dera para conseguir aquele emprego. Era só que vampiros... já não a fascinavam muito mais. Por que deveria se preocupar com uma espécie que não existia – ainda mais enquanto se sentia tão mal, começara num emprego novo, e enfrentava a realidade de que, por mais que amasse Dougie e os meninos, teria de sair do apartamento deles?

Eles ainda viviam como se estivessem na faculdade.

Enquanto ela estava tentando chegar aonde Bill e Lydia estavam. Algum dia.

Quando Jo parou em mais um farol vermelho – por que todos eles estavam vermelhos hoje? –, pensou nos seus pais. Ou melhor, "pais". Era-lhe difícil imaginar como conseguiria sustentar um lugar só seu com o salário que tinha, mas preferia morar num antro de fumaça de segunda mão pelo resto da vida a pedir ajuda a Chance e Phillie Early.

Fora adotada por eles não porque queriam ter um filho para criar, mas mais como se a mãe tivesse dito ao pai que gostara do cachorrinho na vitrine e o casal levara Jo para casa para que tivessem um brinquedinho novo.

Teriam se dado melhor com algo que pudessem ter deixado numa prateleira da mansão e para a qual teriam apontado quando quisessem se gabar.

Crianças de verdade não funcionam assim.

Mas ficou tudo bem. Ela teve seu diploma na faculdade pago por eles, e depois fora embora, deixando todo o dinheiro, todo fingimento e toda solidão para trás.

Melhor estar sozinha do que mal acompanhada. Além disso, nunca achou que combinava com eles. Na verdade, nunca achou que se encaixasse em lugar algum.

Quando por fim chegou à casa convertida em apartamentos, na qual morava, Jo teve que dar umas voltas no quarteirão para encontrar vaga para estacionar. E depois ir até a porta da frente foi uma questão entre mente versus neve.

Inferno, pelo menos aquela coisa de zero grau entorpecia tudo.

Depois de dar uma espiada na caixa de correio barata, subiu as escadas até o segundo andar e abriu a porta para encontrar uma bagunça que lhe deu vontade de chorar. A sala de estar estava tomada por caixas de pizza, bongs e latas de refrigerante, e Dougie estava dormindo sentado na poltrona marrom que ela sempre associou a uma propaganda de Febreze – isto é, antes de ter sido limpa. Só Deus sabia onde os outros estavam.

Não deixou a correspondência na mesa. Isso nunca dava certo. Levou-a consigo para o quarto, fechou-se ali e foi para a cama. De sentada passou a deitada num segundo, e ficou encarando o teto.

Enquanto a cabeça latejava e o corpo se cobria de suor, Jo estava mais do que assustada. Estava aterrorizada.

Algo estava errado, muito errado com ela.

CAPÍTULO 38

Quando se materializou na varanda que dava para o lago dos Grandes Campos de Rehv, Vishous ficou um instante olhando para a água congelada. Com as montanhas se erguendo em ambos os lados, e as ilhotas espaçadas aleatoriamente ao longe, aquela vista toda o lembrava de um cenário de trenzinho, só que em tamanho real: em algum lugar do cenário digno de pintura, devia haver uma fileira de vagões com um vagão de carga vermelho e uma locomotiva que soltava nuvens de fumaça, viajando por um trilho que serpenteava em meio a postos avançados de aparência vintage, construídos com madeira balsa e cola branca.

Resolveu que ele e Jane voltariam para lá. Da próxima vez que estivesse de folga, e ela não estivesse na clínica, passariam o dia e a noite juntos ali e isso seria fantástico pra cacete. Comeriam pra caramba, e depois se enfiariam debaixo daquelas colchas de retalho feitas à mão, e ele transaria com ela de doze maneiras diferentes até o domingo da outra semana. E, depois de terem terminado, dormiriam, com ela em seu peito – e depois acordaria na metade do dia seguinte e descobriria que havia sido algemado à cabeceira da cama.

Depois, eles fariam coisas ainda consideradas ilegais em alguns dos Estados do sul...

A porta rangeu ao ser aberta atrás dele, e Phury apareceu com um sorriso.

– V., meu irmão. Que bom te ver.

Os dois bateram as palmas e deram um tapa, um no ombro do outro.

– Vai entrar? Quer comer?

Enquanto Phury indicava o caminho para dentro, parecia preocupado com aquela merda toda de Jane ter salvado sua vida e não acreditava que teria a oportunidade de se tranquilizar a respeito.

– Ok. – V. deu de ombros. – Não estou com muita fome, mas vamos lá.

Entraram juntos, e Phury fechou bem a porta. A lareira do cômodo central da casa tinha o fogo alto e, ao lado, através da porta da cozinha, V. viu um peru assado recém-saído do forno.

Seu estômago roncou tão alto que Phury gargalhou.

– Tem certeza de que não está com fome?

– Pois é, estou repensando isso, meu irmão.

– Venha, eu te preparo um prato.

As tábuas antigas rangeram debaixo do peso deles, e os dois tiveram que entrar na cozinha, um de cada vez, para passarem pela porta.

– Sente-se – Phury ordenou.

E assim ele fez.

– Onde está Cormia?

– Ela e as outras Escolhidas estão na mansão esta noite.

– Fazendo os turnos, hum?

– Existe uma necessidade de sangue. – O irmão pegou dois pratos e os levou até a ilha. – Olha só, V., sobre o que aconteceu naquele beco...

– Só estou feliz que você esteja bem. – V. se sentou num dos banquinhos. – E Jane também.

Os olhos amarelos de Phury se concentraram em V.

– Preciso que saiba que eu não teria pedido a Jane que se sacrificasse. Jamais... Sou responsável por mim mesmo lá fora. Ninguém mais é. Ela foi incrivelmente heroica, e eu estou incrivelmente grato. Mas o resultado teria sido terrível se eu estivesse vivo no fim das contas, mas a sua *shellan* não.

– Eu sei. – V. quase estendeu o braço para dar um aperto no ombro do irmão. – E está tudo bem entre mim e você. Não esquenta, entendeu.

– Obrigado. – Phury inspirou fundo. – Agora me diga, o que está te incomodando?

Enquanto Phury fatiava o peru, cortando fatias perfeitas que transferia para os pratos, V. ficou pensando em como explicar seus pensamentos com precisão. Mas, depois, mandou tudo às favas.

– Quem é o próximo? – exigiu saber. – Sei que você sabe. Tem que saber.

Phury parou no meio da transferência de uma fatia.

– Do que está falando?

– Depois da minha mãe. Você é o Primale. Tem que saber quem ela indicou para ser o sucessor. Não vou contar pra mais ninguém, mas não entendo por que isso é um segredo tão grande.

Phury pôs a fatia no prato e levantou o olhar, sendo que os olhos cor de citrino estavam firmes.

– Não faço a mínima ideia. Também andei pensando no assunto. E deduzi que você soubesse, mas estivesse mantendo isso para si.

Praguejando, V. tateou a jaqueta e depois fez uma pausa.

– Tudo bem se eu fumar?

– Vai em frente.

– Obrigado, menino Jesus... Pegando emprestada uma frase de Butch.

Quando acendeu, exalou a fumaça para longe do irmão.

– Este é mais um dos joguinhos bestas dela. Temos o direito de saber. Não gosto do mistério disso tudo, ainda mais se a guerra supostamente está chegando ao fim.

– Perguntou a Wrath?

– Não. Ainda não.

Quando o irmão deixou a faca de fatiar de lado, perguntou:

– Recheio?

– Estou respirando?

Phury enfiou uma colher dentro da ave e fez uma pilha grande.

– Purê?

– Tem molho?

– *Eu* estou respirando?

V. sorriu.

– Entendido. E sim para o molho.

Quando um prato foi colocado diante dele, V. relanceou para cima.

– Nada de legumes?

– Legumes são desperdício de espaço na porcelana. – Phury empurrou uma faca e um garfo pela superfície do balcão. – Pergunte a si mesmo, eu sacrificaria a superfície do purê de batatas ou do recheio com ervilhas?

– Eu te amo.

Depois que V. apagou o cigarro quase não fumado na pia, os dois comeram lado a lado, Phury ainda de pé, V. estacionado no banquinho. A cozinha era uma bela mistura de antigo com moderno, os equipamentos de primeira linha, as prateleiras expostas, as vigas acima, e vitrais nas janelas que pareciam ter estado sempre ali.

– Sabe de alguma profecia da qual eu não esteja a par? – V. perguntou.

– Você sabe tudo o que eu sei.

– Você diz coisas tão meigas.

Depois que Vishous terminou todo o conteúdo do prato, acendeu outro cigarro.

– Vou falar com Wrath, então.

– Sabe, nunca interagi muito com a sua *mahmen*. Ela não era muito fã minha... mas, pensando bem, eu arruinei tudo.

– Pergunte às Escolhidas. – V. se levantou e levou o prato para a pia. – Não acho que elas irão concordar com isso, certo? Você as libertou.

Enquanto Phury emitiu um som que podia significar qualquer coisa, V. pegou o prato vazio do irmão e o levou até a pia.

– Onde está a lava-louça?

Phury pareceu voltar ao presente.

– Hum… Desculpe, não temos uma. Pode deixar que eu cuido disso.

– Ótimo. Esse papo de esponja está abaixo das minhas funções. – V. levantou a mão amaldiçoada por cima do ombro. – A menos que queira que eu incinere a sua pia…

– Ei, Vishous?

V. deu as costas para a pia. Phury mudara de posição: apoiava-se na bancada junto ao fogão a gás, com os braços cruzados diante do peito, as duas pernas, tanto aquela de músculos quanto a prótese, cruzadas na altura das botas. As sobrancelhas estavam abaixadas, as mechas multicoloridas sobre os ombros como uma espécie de aurora.

– Do que precisa? – V. perguntou. – O que quer que seja, tô dentro.

– Que tal perdão? – Quando V. se retraiu, Phury disse baixo: – Sinto como se fosse minha culpa.

– O quê?

– Que a sua *mahmen* deixou a espécie. – O irmão inclinou a cabeça para trás como se estivesse olhando através da casa para o céu. – Quero dizer, talvez se eu não tivesse aparecido e me apaixonado por Cormia e libertado as Escolhidas... Talvez a Virgem Escriba ainda estivesse por aqui, entende?

– Cara, para com isso. – V. encarou o irmão. – Você não tem culpa nessa merda toda. Desaparecer foi escolha *dela*. Ninguém empurrou uma arma na cabeça dela e a fez ir embora. A questão era que ninguém mais a estava bajulando, por isso ela resolveu mandar a raça que criou ir se foder. Esse fracasso é dela, não é seu, nem meu, nem da minha irmã ou de qualquer outra pessoa.

Phury balançou a cabeça.

– À parte a perda para a raça como um todo, eu me preocupei em ter afastado a sua *mahmen* de você e de Payne. Como se eu tivesse traído vocês de alguma maneira. Isso está acabando comigo.

V. marchou até o cara, agarrou aqueles ombros largos e sacudiu Phury.

– Sai dessa. Não perca nem mais um maldito segundo pensando nisso. Ela não valia o seu tempo... e, quanto antes você entender a minha perspectiva, mais feliz vai ficar. E esquece essa merda de *mahmen*. Só porque uma fêmea dá à luz alguma coisa não significa que ela seja uma *mahmen*, e quando aplicado à Virgem Escriba, isso é verdade para a raça, para mim e para a minha irmã. – Deu de ombros. – Pergunte a si mesmo, se você e Cormia tivessem um filho, consegue imaginar, mesmo que por só um segundo, a sua companheira abandonando a criança por algum motivo, em qualquer circunstância?

– Não. – Phury meneou a cabeça. – Não consigo.

– Isso é uma *mahmen*. Que tal a sua cunhada? Acha que Bella abandonaria Nalla por algum motivo?

– Deus, não. De jeito nenhum. Nunca.

– Beth? Layla? Mary? Acho que não. Por isso, se livra dessa merda de culpa. A raça tinha uma governante que mal funcionava e que se demitiu. Isso é uma oportunidade, não uma tragédia para nenhum de nós.

Phury inspirou fundo, estremecendo.

– Acho que você tem razão. Obrigado, V.

– De nada. Você é um coração mole, mas eu te amo.

O cara gargalhou, como V. quis. Mas a verdade era que...

Phury era um dos irmãos com os quais se preocupava. Coração grande demais. O que era bom e também ruim.

Vishous recuou, tinha pouco interesse na sua próxima parada, mas não desistiria até ter uma resposta de alguém. Pelo menos estava de estômago cheio.

– Se eu fosse você – aconselhou ao seguir para a porta dos fundos. – Eu ficaria mais preocupado com o fato de alguém ter te roubado.

– Oi?

– Jane e eu estávamos no Tesouro, lá em cima, sabe. Foi lá que eu a encontrei depois... Bem, tem alguma coisa faltando num dos mostruários.

Phury franziu o cenho.

– Ninguém que não deveria vai ao Santuário. O acesso nunca é dado a não ser para o punhado de nós que já tinha acesso.

– Então foi alguém que você conhece.

– O que está faltando?

Vishous pôs a mão na maçaneta.

– Parecia ser um livro ou algo assim.

– Um livro? – Phury perguntou.

– Não sei. Foi o nosso palpite. Talvez estejamos errados...

Nesse momento, o celular de V. tocou e ele o atendeu.

– Cacete. Problemas no centro da cidade.

Capítulo 39

– Você não tem que fazer isto, sabe?

Enquanto Marisol argumentava atrás do volante do seu Range Rover, Assail meneava a cabeça.

– A esta altura, considero uma obrigação. Sua avó tem cozinhado para nós sem parar, e, por mais que eu adore a comida dela, esses esforços unilaterais fazem com que nos sintamos pouco cavalheiros.

No brilho do painel, o sorriso que se formou no rosto da sua fêmea foi adorável, tímido e particular, como se a sua consideração, e a dos outros machos da casa, tivessem emocionado profundamente a avó dela.

– Gostaria que sempre estivesse assim – murmurou ele.

– Então só o que precisa fazer é ser bom com a minha avó.

– Pretendo fazer isso.

A ponte acima do Hudson era iluminada por cima, a luz se projetava ao longo dos cabos de suspensão superiores, de modo a se parecerem com asas amplas em proeminência sobre o rio. Antigamente, ele sempre imaginara aves de rapina. Agora, ele enxergava a conjuntura sob uma ótica muito mais pacífica. Uma pomba. Ou quem sabe um cardeal se aproximando para se empoleirar num galho.

– Considero incríveis os lugares para os quais a vida nos leva. – Ele relanceou para sua fêmea uma vez mais. – Eu jamais teria me imaginado em Caldwell quando morava no Antigo País.

– Incríveis mesmo, não? Tudo é tão aleatório, mas, ao mesmo tempo, parece inevitável.

– Conte-me sobre a sua família. Além da sua avó.

A mudança em Marisol foi imediata, uma tensão a fez enrijecer no banco e crispou sua testa.

– O que quer saber?

– Não precisa falar deles, se não desejar.

– Tudo bem.

– Talvez outro assunto seja melhor?

– O que você quiser.

Incerto quanto à sua próxima ação, ele ficou calado. E o silêncio constrangedor no veículo durou pelo tempo que levaram até saírem da Northway, do lado oposto da ponte. Então passaram por diversas saídas no sentido de uma das primeiras áreas periféricas, onde havia um Hannaford Grande – que era como os primos chamavam aquele supermercado.

– Acho que já estive aqui – Marisol disse ao direcioná-los pela rampa de descida até um farol numa avenida de quatro pistas.

– Ehric me disse que era aqui que tínhamos que vir – Assail explicou. – E eu não discuto essas coisas.

Na verdade, ele não ia a um supermercado em... bem, em muito, muito tempo. Sem nenhum dote culinário, ele sempre fora o tipo de macho que comia fora de casa, mas Marisol estava mudando isso. Assim como vinha mudando todo o resto.

Quando chegaram ao local, ela encontrou uma vaga próxima à entrada, e ele saiu, abotoando o belo sobretudo de caxemira. Debaixo dele, vestia um dos seus ternos, o que era um pouco demais – em termos de vestimenta – para aquele programa. Mas estavam num encontro, não?

– Posso lhe oferecer o meu braço? – ele sugeriu.

Foi um alívio quando ela aceitou seu gesto, e, enquanto caminhavam até a entrada excessivamente iluminada, ele disse a si mesmo que tudo ficaria bem. Tudo estava bem. Deixaria de lado os assuntos familiares, e, quando voltassem para casa, ele e os primos preparariam uma bela refeição para a senhora Carvalho – e, quem sabe, ele e Marisol poderiam subir para um pouco de entretenimento privado depois disso.

E depois?, uma voz nos fundos da sua mente perguntou. *Mais do mesmo amanhã? Um macho que passa as horas em casa...*

– O que disse? – Marisol perguntou quando as portas automáticas se abriram para eles.

– Nada, meu amor. Vamos pegar um carrinho?

Ela foi até a área dos carrinhos e tirou um da fila, e depois entraram de fato na loja, sendo cercados por um excesso tão demasiado que ele ficou petrificado por um momento. O fato de o interior da loja estar iluminado como se fosse meio-dia do lado de fora tampouco ajudou. E depois havia o insulto visual de corredor após corredor, com etiquetas coloridas, logos e alimentos de uma variedade incalculável.

– Não me diga que nunca foi a um supermercado – comentou Marisol. – Até parece que está diante do Monte Everest.

– É... tudo é bem amedrontador.

– Quer começar pelos legumes? – Como ele só continuou parado ali, ela riu baixinho. – Deixe-me reformular. Vamos começar pelos legumes. Venha comigo.

Assail a seguiu pela esquerda, passando diante de um mostruário de buquês pré-prontos envolvidos em celofane. Ele pegou dois de rosas-brancas.

– Ela vai amar – Marisol murmurou.

– Um é para você.

Ele a beijou ao colocá-los no carrinho, e depois penetraram na floresta de frutas, legumes e hortaliças.

Quando Marisol parou no meio de engradados e de caixotes e olhou para ele na expectativa, Assail percebeu que teria que tomar algumas decisões – e tentou se lembrar de alguma receita do Antigo País.

Talvez devesse ter pensado melhor sobre a questão.

Mas, por certo, se lembraria de alguma coisa. Por certo... conseguiria pensar num prato, numa sopa, numa carne.

No fim, Assail se viu envolto em lembranças. Voltara ao castelo em que crescera... À cozinha separada da área principal da casa, como uma medida preventiva contra incêndios. E se lembrou de ter ficado horas e horas debaixo da mesa de carvalho, quando criança, observando a *doggen* tirando a pele de carcaças, limpando legumes e separando grãos, transformando tudo em devidas refeições.

– Nabo. Cebola. Batata. Cenoura – anunciou.

Como uma represa aberta, ele se conectou com o que desejava preparar e se deu conta da sensação de orgulho ao conduzir o trajeto a partir dali, pegando e escolhendo, enchendo sacos plásticos... Depois levando sua fêmea com o carrinho até a seção de carnes, na qual escolheu uma peça de cordeiro.

Em seguida, estavam na seção de laticínios, onde ele parou para pensar em quanto creme necessitaria...

– Meu pai foi um criminoso – Marisol anunciou numa voz baixa e tensa.

No mesmo instante, Assail ficou quieto e voltou os olhos para ela.

– Eu o choquei? – ela disse seca. – Essa é a verdade. Ele morreu na prisão, em condições que eu nunca fui atrás para descobrir. Pode ter sido resultado de uma briga. Ou câncer. Acredito que ele tenha sido assassinado, mas eu jamais diria isso na frente da minha avó.

Assail piscou.

– Sinto muito.

O modo como ela ergueu os ombros e se abraçou partiu o coração dele.

– Foi assim que eu me meti... ah, você sabe, naquela vida. Ele me ensinou a roubar. Como invadir lugares. Como surrupiar objetos sem ser apanhada. E, sabe, nada disso seria um problema se ele tivesse feito isso para passar o ofício da família adiante, por assim dizer. Mas não foi por isso que ele me ensinou. Ele descobriu que uma menina charmosa e bonitinha podia ser uma grande ladra – com isso, ele teria mais coisas para vender a fim de ter as drogas que queria. Foi tudo por causa dele.

De repente, ela olhou para a prateleira dos ovos.

– Estamos quase sem. Vovó prefere os marrons.

Marisol se aproximou e pegou duas caixas, depois abriu as tampas para verificar se havia algum quebrado. Enquanto fazia isso, prosseguiu:

– Na verdade, me tornei boa em roubar porque queria que ele sentisse orgulho de mim. Meio doentio, não? Tornar-se uma desgarrada imoral para que o papai gostasse de mim. Acho que foi por isso que acabei me envolvendo com Ricardo Benloise. Ele era mais velho, e muito desaprovador. Ele era outra pessoa para eu tentar agradar de novo.

Enquanto a garra vil do ciúme se espalhava dentro dele, Assail precisou lembrar ao seu macho vinculado interior que, na verdade, ele matara o homem.

Engraçado como certas coisas conseguem alegrar um cara.

– Ricardo se parecia muito com meu pai... a não ser pelo fato de ser educado, e não grosseiro. E era muito inteligente. Era uma dinâmica estranha, com certeza. Dizem que encontramos pessoas semelhantes na vida, pessoas como as que nos magoaram para que possamos refazer o relacionamento. Acertar, de alguma maneira. Não sei o que estou dizendo.

Em algum nível, a ideia de que estavam conduzindo uma conversa tão íntima na parte de laticínios e ovos, diante da fila de congeladores com sorvetes, era absolutamente bizarra. Mas por certo ele não a impediria de continuar a interlocução.

– E quanto à sua mãe? – ele perguntou.

Marisol deu de ombros e pareceu se perder na tarefa de verificar os ovos. Mas logo prosseguiu, tanto na inspeção quanto na conversa.

– Ela morreu quando eu era pequena. Graças a Deus, minha avó intercedeu por mim e nunca mais me deixou. – Inclinou-se sobre a lateral do carrinho e depositou os ovos com cuidado. – É por isso que eu sempre vou cuidar dela. Sem falar que, coitada, teve uma vida horrível. Ela é uma verdadeira sobrevivente.

– Você também é.

Aquele sorriso, o que ele amava tanto, retornou.

– Acho que sim.

Assail se aproximou e a abraçou junto ao peito. Ao olhar por cima da cabeça dela, inconscientemente acompanhou os movimentos do casal de humanos na extremidade oposta do corredor, diante da prateleira de queijos já cortados. Ambos vestiam jeans e parcas pretas, e pareciam estar discutindo os méritos do queijo cheddar branco contra o do amarelo.

Ocorreu-lhe que se tratava de um assunto um tanto banal para despenderem tanta energia nele, e um desconforto familiar retornou.

– Acho que acabamos as compras – disse ao se afastar. – Vamos?

– Vamos dar no pé.

– Como disse?

Ela riu.

– É só modo de dizer.

A fim de pagar as compras, eles foram para o caixa de autoatendimento, no qual dividiram as tarefas: ela tirava a mercadoria do carrinho, ele a passava pelo leitor a laser. Toda vez que o código de barras era identificado, a máquina emitia um bipe sonoro e uma voz feminina mecânica anunciava o preço e orientava o cliente a guardar a mercadoria na sacola.

Toda. Santa. Vez.

No fim, ele considerava seriamente a ideia de sacar a arma e matar aquela máquina.

Quando voltaram ao estacionamento, a sensação incômoda retornou. E, enquanto ajudava a transferir as compras para o porta-malas do SUV, visualizou uma sucessão interminável de noites como essa, com idas e vindas do supermercado.

Não havia desafio, nada a ser conquistado ou superado. Nenhuma conta crescendo para justificar o seu valor.

Apenas vegetais, caixinhas de creme, ovos em caixas.

Assail se viu desejando voltar ao estado de júbilo em que esteve enquanto voltava para casa ao sair da clínica, deixando a psicose, a equipe médica e o paciente que fora para trás. O mundo lhe tinha parecido tão cheio de possibilidades então. Agora, ele se perguntava aonde tudo aquilo tinha ido parar.

No entanto, nada a respeito do mundo mudara. Nada. E, enquanto ele e Marisol voltavam a cruzar a ponte, ele tentou criar otimismo e fracassou.

– E quanto à sua família? – Marisol perguntou. – Ainda estão vivos?

– Minha *mahmen* e meu pai morreram idosos.

– Lamento muito.

– Foi como aconteceu. Isso não me aborrece mais e já faz algum tempo.

O que era verdade.

O que o incomodava era o fato de que encontrara a pessoa com quem queria estar... mas não sabia mais onde era o seu lugar no mundo. Para um macho que sempre soube para onde ir e o que fazer, não era uma situação confortável.

– O doutor Manello vem hoje à noite, não? – Marisol perguntou.

Assail desviou o olhar das águas geladas do Hudson logo abaixo.

– Havia me esquecido. Mas, sim, ele vem.

E levaria Ghisele consigo.

Deus, mais uma coisa sobre a qual não queria pensar. Alimentar-se o lembrava de todas as coisas que vinha escondendo. Além disso, odiava a ideia de estar perto de outra fêmea, que não a sua Marisol, dessa maneira.

No entanto, a biologia superava tudo. Ou talvez fosse mais um caso de atropelar tudo.

Nesse sentido, assemelhava-se ao destino.

Capítulo 40

Depois de sair dos Grandes Campos em resposta àquela mensagem de texto, Vishous retomou sua forma no centro da cidade há dois quarteirões de um clube de música eletrônica cuja música estava tão alta que se podia ouvir aquela porcaria até no fim da rua. Z. já estava no local, assim como John Matthew e Qhuinn.

No entanto, não havia luta alguma. Nenhum *redutor* à vista. Tampouco uma daquelas sombras.

Não, o chamado visava à contenção de danos.

Seus dois irmãos e John Matthew estavam ajoelhados diante de uma figura no chão, e quando V. se aproximou para olhar de perto, praguejou. Era um macho civil vestindo boas roupas que estavam se estragando na neve suja coberta de sal.

A morte estava próxima, V. pensou ao se agachar. E não demoraria a chegar. A pele do macho estava pálida, os lábios curvados para trás devido à dor, e os braços e as pernas se debatiam como se em busca de uma posição de alívio que se recusava a aparecer.

– Que porra aconteceu? – V. murmurou ao se inclinar e apanhar uma arma sobre a neve.

Verificando a munição da semiautomática, viu que faltavam três balas.

– Atirei – o macho balbuciava. – Atirei... naquilo... mas as balas... não fizeram nada... Elas não fizeram nada.

Malditos redutores, V. pensou.

– Aguente firme – Qhuinn sussurrou ao segurar a mão do macho. – Fica com a gente. A ajuda está chegando.

Ouviu-se conversa virando a esquina, e V. se levantou. Quatro humanos – três homens e uma mulher – pararam de pronto.

– Ah, cacete, ele tomou aquela merda que o Johnny fez? – um deles disse.

– Ei, precisa de ambulância? Eles não podem te prender se você pedir ajuda por estar com overdose...

Vishous se aproximou do grupo e não perdeu tempo nem oxigênio com eles. Alcançou-lhes as mentes e em um, dois, três, quatro: calou-os. Apagou as memórias deles, de modo que nenhum se lembrasse de ter visto nada, e mandou-os em seus caminhos ébrios ao despertar a sensação de fome em seus cérebros.

Partiriam numa caça tresloucada atrás de um Dunkin' Donuts. E não se lembrariam de mais nada.

Onde diabos estava a ajuda médica?, V. pensou ao se concentrar novamente no macho abatido.

Bem nessa hora, o furgão de emergências médicas chegou ao local, e sua Jane estava atrás do volante. Com rápida eficiência, ela avaliou o civil, e depois V. a ajudou a colocar o pobre garoto na maca e dentro do veículo.

– Eu dirijo – Qhuinn disse ao ir para a cabine e se acomodar no banco do motorista. – John Matthew e Z. vão vasculhar a área.

– Deixe-me ajudá-la – V. disse a Jane.

– Pode liberar o peito dele para eu monitorar o coração?

– Deixa comigo.

Enquanto Jane se voltava para tirar equipamentos dos armários trancados, Qhuinn acelerou e V. começou a tirar o tipo de roupas que Butch teria vestido: tudo era caro e feito à mão. Uma pena que tivesse que tratar as peças como descartáveis. Quando chegou à camisa de seda, não se importou com os botões, mas puxou as duas metades para o lado e...

– Ai... cacete – murmurou.

Jane se virou para ele.

– Temos um ferimento aberto...? *Merda.*

Era isso mesmo, *merda*. O peito bem desenvolvido do macho estava coberto de chicotadas, a pele inchada nos vergões.

Exatamente as marcas que V. tinha apresentado ao dançar coladinho com aquela sombra.

V. aproximou o rosto ao do civil.

– O que foi isso? Como era a coisa que te atacou?

O macho tinha dificuldade para manter o foco.

– Atirei...

– Eu sei. – V. pegou uma daquelas mãos que se agitava e a apertou, como se a atitude talvez fosse ajudá-lo a se concentrar. – Conte-me o que era.

– Uma s-sombra... E-eu vi através dela... Veio do nada... As balas não adiantaram... as balas...

Filho da puta.

– Havia mais alguém por perto? Viu mais alguém?

– Não. Não. Nããããoooo...

– Parada cardíaca! – Jane exclamou.

V. girou e apanhou o desfibrilador portátil, soltando a mesinha na qual ele estava e puxando a máquina para a frente.

Enquanto a ambulância movia-se com dificuldade sobre as ruas cobertas de gelo, Jane se inclinou e começou a massagem cardíaca. Afastou-se tempo o bastante para que Vishous grudasse os eletrodos e depois os dois recuaram.

– Afaste-se – ela avisou.

Vishous apertou o botão e enviou a descarga elétrica. O peito do civil se ergueu da maca, os braços se movendo junto.

Jane se aproximou e verificou a jugular.

– Nada. De novo.

Ele não vai voltar, V. pensou.

Fizeram mais duas tentativas depois disso. E, mesmo não havendo pulsação, Jane continuou com a massagem cardíaca e ordenou que V. desse seguimento ao protocolo de medicamentos. Mas, mesmo depois de injetarem adrenalina e outras substâncias no pobre rapaz... Nada.

Uns bons dez minutos se passaram e só Deus sabia quantos quilômetros haviam avançado, mas Jane se afastou e balançou a cabeça.

– Nós o perdemos. – Praguejou. – Ele se foi.

V. olhou para a cabine da van.

– Ei, Q., leve-nos para o Havers. Não temos mais um paciente aqui, mas sim um corpo.

Throe observou tudo acontecer do alto do telhado do clube. Tinha tomado cuidado dessa vez, pois não sabia o que esperar, e sua arrogância prévia – baseada na crença da invencibilidade, proveniente da sua criação – fora substituída por uma cautela muito mais apropriada.

Nada mais de roupas normais. Estava vestido todo de preto, com uma máscara de malha sobre o rosto, de modo que o escondesse totalmente e impedisse o reflexo sob a luz. Também estava bem equipado: com duas armas e munição presas ao corpo. Por fim, certificou-se de ficar contra o vento de onde o ataque ocorreria – e não estava sozinho. Essa noite levara consigo duas sombras, uma para ir para a rua, e a segunda para aguardar com ele e ser sua retaguarda, caso necessário.

Throe tinha o pressentimento de que os Irmãos apareceriam rapidamente na cena, e, se assim o fizessem, era essencial que não o identificassem de modo algum. Não estava pronto para se mostrar. Ainda.

Em seguida, esperou demais para o seu gosto. O ataque demorou muito mais para acontecer do que ele havia imaginado, e o alvo pretendido estava atrasado, o que era irritante.

Mas, depois, tudo seguiu conforme o plano. O macho convocado por ele para aquele encontro finalmente estava ali, e Throe mandara uma das sombras para baixo, observando entusiasmado o desenrolar da cena. Aquele era um teste de tantas maneiras, inclusive para a habilidade da entidade de lutar sem armas convencionais. Quando ordenara o assassinato do *hellren* ancião de Corra, ele lhes dera uma faca. E fizera o mesmo quando os enviara atrás dos Irmãos naquela noite. Mas, após testemunhar a luta e ver o que suas criações eram capazes de fazer com seus corpos, ele percebeu que armá-las seria um desperdício.

E estava certo. Suas sombras eram rápidas como um raio com suas formas, lançando tentáculos que causavam dor sem rasgar roupas nem aparentemente cortar a pele. De fato, o aristocrata humano não esteve à altura da ferocidade do ataque e caiu para trás, aterrissando no chão – mas, quando ele tateou para pegar a arma, Throe quase intercedeu.

Porém, em vez de as balas deterem a sombra, elas a atravessaram, ricocheteando nos prédios atrás da entidade.

Throe esperou o surgimento de alguma dor, baseado na experiência anterior. Só que dessa vez não sentiu nada; o ataque sequer retardou a sombra – e houve a tentação de permitir que o último prato da refeição fosse servido. Throe, todavia, necessitava de um relato do incidente. Por isso, chamou seu cão, por assim dizer. E a sombra atendeu ao chamado, novamente um balão preso a ele.

Lá embaixo, na rua, na neve, houve muitos arquejos e retorcidas, e logo o macho agiu como previsto. Com a mão atrapalhada, pegou o celular e mandou uma mensagem para alguém.

E, como os salvadores que eles acreditavam ser, os Irmãos chegaram ao decaído, confirmando as suspeitas de Throe: existia um sistema de emergência, um método por meio do qual civis em perigo poderiam pedir e receber ajuda dentro da espécie. Essa era uma informação muito importante, e seria tratada mediante estratégia.

Quando os chegados heroicos se agruparam ao redor do macho ferido, Throe se viu muito tentado a permanecer e continuar como testemunha.

Mas o risco era grande demais, ainda mais depois da chegada de mais um Irmão.

Com uma ordem implícita, Throe convocou suas sombras a viajarem, e todos voltaram para casa, onde agora estavam no gramado coberto de neve atrás da mansão grandiosa.

Throe parou e ponderou suas opções no frio. Havia a perspectiva de executar mais um ataque ainda naquela noite, mas não. Desejava ver qual seria o curso natural depois daquele primeiro. Quanto tempo levaria para que a história se espalhasse e fosse expressa na mídia social? Como os outros da raça, em especial a aristocracia, reagiriam? O que Wrath, o grande Rei Cego, faria?

Quando se está espalhando as sementes da discórdia, é preciso proceder com cautela, a fim de que a fogueira agora acesa não se alastre em direções que não sustentem o objetivo principal.

No início, imaginara que precisaria de um exército de sombras para atacar a Irmandade e matar o Rei. Mas, após muita reflexão, concluiu que não precisaria de um grande número delas. Em vez disso, poderia usar o que tinha para criar inquietação social – e esse era um caminho muito melhor para chegar às suas ambições. Se ataques suficientes como aquele acontecessem num período curto, não levaria muito tempo para que Wrath e a Irmandade fossem vistos como fracos. Sem poder proteger seus civis, eles cairiam das graças, como esperado – e a raça procuraria por um herói.

E os vácuos requeriam preenchimento, não?

Essa era uma das leis da física.

– Venham – ordenou aos seus balões. – Vamos sair do frio. Os dominós acabaram de começar a cair, e ainda vai levar um tempo.

Naturalmente, suas sombras obedeceram sua ordem com precisão.

CAPÍTULO 41

Pouco depois de Sola ter ajudado a levar as compras para dentro da casa, e Assail e os primos começarem a cozinhar, o doutor Manello veio ver o paciente – o que era bom, ótimo, maravilha, Sola pensou. Só que... bem, aquela outra enfermeira do manto comprido estava com ele. E a mulher era perfeitamente profissional e solícita, mas Sola teve que lidar com uma pontada do tipo "esse homem é meu". O que era absolutamente ridículo.

Para dar um tempo, desceu e perdeu uns dez minutos limpando seu quarto de hóspedes já perfeitamente arrumado. Depois ligou a TV. E depois...

Sem conseguir ficar parada sabe-se lá por que motivo, resolveu que um banho viria a calhar, e estava nua debaixo do jato quente de água quando Assail apareceu e a encontrou: num minuto ela estava sozinha tomando um banho rápido... no seguinte, uma forma escura estava do lado de fora do box do banheiro.

Abrindo a porta, ela se inclinou para o frio externo.

– O que o doutor Manello disse? Está tudo bem?

Assail não respondeu verbalmente. Em vez disso, tirou as roupas, deixando que caíssem no piso úmido.

Seu sexo estava totalmente ereto, projetando-se dos quadris.

– Preciso de você – ele disse num grunhido.

Quando ela recuou para lhe dar espaço, percebeu um cheiro pungente, um tipo delicioso de perfume que ele vinha usando nos últimos tempos. Caramba, o odor bateu no seu nariz e atravessou seu corpo...

As mãos dele foram rudes ao puxá-la para si, e a boca agiu de maneira semelhante, enterrando-se, tomando, exigindo... E quando ela retribuiu o beijo, sentiu um gosto diferente, como se ele tivesse bebido vinho? Não era nada desagradável, mas era... um tipo diferente de Cabernet, um que ela nunca experimentara antes.

Quando ele levou a mão dela à sua excitação, Sola começou a afagá-lo – e ele chegou ao clímax de imediato, gozando na barriga dela com uma ejaculação quente e forte. Nos recessos de sua mente, ela teve uma fração de segundo de desapontamento por ele ter terminado tão cedo quando a sessão estava recém-iniciada para ela.

Não poderia estar mais errada.

Antes que percebesse o que estava acontecendo, ele a suspendeu e Sola estava se segurando no alto da divisória de vidro. Ergueu-se à altura dos quadris dele, e Assail entrou em seu centro com uma investida forte, a penetração a dividindo com uma violência erótica. E quando ele começou a se mover dentro dela, um formigamento extraordinário atravessou seu corpo, como se o sangue tivesse se transformando em faíscas.

Tão quente. Tão forte. Tão firme. E a boca foi para seus seios, a cabeça escura se movendo quando a sucção úmida se prendeu aos mamilos.

Que maravilha que os cabelos dele já estavam crescendo, ela pensou bem lá no fundo da mente.

Mas logo ela não pensou em mais nada. Seu orgasmo já não foi uma onda, foi um rugido, uma bola de fogo crescente que a incinerou de dentro para fora, as sensações apagando tudo de sua consciência – a não ser o prazer. Três investidas depois, e ele gozou com ela, travando os quadris na pelve dela, o sexo preenchendo-a por completo.

Mas Assail não parou. Continuou se movendo, arrebatando-a, passando a boca dos seios ao pescoço, uma região que ele mordiscou e sugou. Cerrando os dentes, ela tentou não produzir som algum. Não estavam no andar superior, onde tinham privacidade. Não, ele a procurara no porão, como se estivesse impaciente demais para esperar.

Pelo menos os primos e Markcus estavam no andar de cima cozinhando, com a avó supervisionando-os frustrada enquanto os homens tentavam servi-la.

Mas isso poderia mudar a qualquer momento.

– Quero mais – Assail confessou junto ao seu ouvido. – Quero... mais de você.

Levando a mão à nuca dele, ela o puxou para perto.

– Então pegue. Tome tudo de mim.

Uma lança de algo tão prazeroso ardeu e fez com que ela se esquecesse de si mesma e gritasse ao perder a pegada no alto da divisória. Com um guincho, a mão escorregou pelo vidro, suscitando-lhe uma mudança de posição, e chocando Sola contra ele: braços, pernas e corpos se envolvendo, pois a pele escorregadia e os ângulos estranhos conspiraram para lançá-la numa queda.

Assail se esforçou para ampará-la e a ereção saiu num estalido, e logo ela se viu no chão, junto ao ralo.

E começou a gargalhar. Não teve como evitar.

– Ai, ai, isso foi um belo acidente de trânsito... – disse ao olhar para ele. – Que bom que eu...

Parou ao perceber que ele não estava rindo. E então interpretou a expressão dele: sofrimento, sombrio e tortuoso, retesando-lhe o rosto.

– O que aconteceu? – ela perguntou.

Foi então que ela notou um rastro leve vermelho na água que escorria pelo ralo. Merda. Sua menstruação.

– Não estou ferida – ela ralhou. – É uma coisa de mulher.

Quando a ajudou a se erguer, ele parecia muito mexido.

– Eu sinto muito.

– Pelo quê? Isso acontece uma vez por mês.

Assail apenas sacudiu a cabeça e a trouxe para perto.

– Eu... sinto tanto...

Sola revirou os olhos e passou os braços ao redor dele e o apertou.

– Estou absolutamente ótima.

Com movimentos gentis, ele a afagou no pescoço com o nariz, beijando-a com suavidade antes de deixar a cabeça se inclinar.

Ficaram assim por muito tempo, até a água começar a esfriar, e mesmo assim, ele não parecia querer se mover dali.

– Temos que sair – ela lhe disse. – Vão ficar ponderando sobre o que estamos aprontando... e existe uma grande probabilidade de pelo menos os seus primos acertarem o palpite.

Tomando a decisão por eles, fechou a torneira e saiu do box. Havia duas toalhas penduradas e ela as pegou, oferecendo uma para ele.

Sola podia jurar que a mão dele tremia ao aceitá-la.

– O doutor Manello disse alguma coisa a respeito d...

– Foi tudo bem – ele respondeu com firmeza. – Eu estou bem.

Assail se virou para se secar e ela observou os músculos se movendo sob a pele macia. Mesmo tendo se passado apenas poucos dias, ela podia jurar que ele já estava recuperando um pouco da forma física – mas, provavelmente, assim como pensou em relação aos cabelos, isso era o otimismo se sobrepondo à exatidão da parte dela.

– Assail, o que há de errado?

Ele parou, com a cabeça pendendo em sinal de derrota.

– Eu... eu só lamento muito.

– Não entendo o motivo. – Ela se enrolou na toalha. – Tudo está bem. Nós estamos bem. Eu estou bem. Você está bem.

Enquanto ela continuava nessa batida, ficou imaginando a quem tentava convencer: a ele ou a si própria.

De que maneira exatamente ele achava que isso daria certo?, Assail se perguntou ao sair do banheiro quente de vapor e ir para o primeiro andar.

Como ele achava que conseguiria ficar com uma humana pelo resto das suas vidas?

Abrindo a porta do porão, pigarreou quando todos os olhos na cozinha se voltaram para ele.

– Marisol já está vindo. Se me derem licença, lamento confessar que escorreguei no chuv... no banheiro, quero dizer.

A mentira pareceu ridícula aos próprios ouvidos, e somente a avó de Marisol assentiu como se ela fizesse sentido. Mas, pensando bem, ela estava inclinada a acreditar na virtude da neta – e pelo menos seus primos e Markcus permaneceram em silêncio quanto ao assunto.

Com a cabeça confusa, Assail foi para a escada que dava para o seu quarto, e quando chegou ao segundo andar, despiu-se e entrou no banheiro. Desejando que as luzes se acendessem, olhou-se no espelho.

Sob a luz que vinha do teto, ele parecia absolutamente maligno, com grandes sombras onde os olhos se enterravam no crânio, o corpo ainda insaciado apesar da sessão intensa com Marisol no chuveiro, pois a veia da Escolhida que ele havia acabado de tomar contribuíra para o seu fortalecimento.

O torpor que seguia a alimentação ainda não tinha aparecido, e ele rezava para que isso acontecesse logo.

Era perigoso nesse estado: um macho vinculado tão próximo à sua fêmea e, ainda assim, incapaz de tê-la plenamente.

Com isso, ele se referia a mais do que apenas sexo.

Abaixando a cabeça até as mãos, passou a língua pelas pontas afiadas das presas descidas.

Não tivera a intenção de morder Marisol. Ou melhor... quando lhe disse que queria mais e ela lhe respondeu para tomar tudo dela, não houve contexto adequado para esse consentimento. Havia tomado a veia dela por amor, possuindo-a do modo que desejara tão desesperadamente, mas, ao fazer isso, ele...

Ele a tinha violado.

Marisol não entendeu o seu pedido. Portanto, ele tinha agido de maneira imperdoável.

Depois do escorregão dela, o contato com a garganta da fêmea foi interrompido, e ele percebeu de pronto o que tinha feito em seu estado desvairado pós-alimentação. Lambendo a ferida de maneira clandestina, ele ficou horrorizado demais consigo para lhe dizer qualquer coisa – e agora, ali estava ele com um buraco no estômago e uma dor no coração.

Por que diabos pensou que poderiam seguir em frente sem que ela soubesse...? Inferno... Por que deduziu que tudo ficaria bem? Primeiro, ele viveria séculos a mais do que ela. Como explicaria o fato de não envelhecer à medida que ela, sim, envelheceria? De fato, ele pareceria estar próximo aos trinta anos até quase uma década antes de morrer – e o mesmo valia para seus primos.

E também havia a questão da alimentação. Ele teria que tomar a veia de uma fêmea da espécie com frequência – e agora que estava saudável, estaria propenso a agir dessa forma.

Desejava Marisol, e ninguém mais. Portanto, provavelmente a procuraria como nessa noite: faminto, exigindo... e tomando a veia dela.

Ah, e quanto às horas do dia? Tudo bem ele continuar com aquela tolice de ser uma coruja noturna até certo ponto. Mas e quando as estações mudassem e houvesse catorze horas de luz por dia? Dezesseis? O que ele faria então, numa bela tarde de verão, quando sua fêmea quisesse sair para um piquenique? Como lidaria com a questão?

Quer dizer, além de entrar em combustão na frente de Marisol.

– Assail?

Fechando os olhos, seu corpo inteiro parou ante o som da voz dela.

– Marisol... Meu amor.

– Acho que você precisa me dizer o que está acontecendo.

Depois de um longo tempo, quando não encontrou uma alternativa, disse numa voz rouca.

– Concordo. Infelizmente.

Capítulo 42

Enquanto a unidade móvel de atendimento atravessava as ruas do centro, seguindo para a ponte do outro lado de Caldwell, Jane pegou um lençol limpo de um dos compartimentos do alto. Abrindo-o, colocou-o sobre o corpo e depois o puxou para que a cabeça e o rosto do rapaz estivessem cobertos. Depois se sentou ao lado de Vishous.

Quando ele lhe segurou a mão, ela olhou para o seu companheiro.

– Eu não sabia como reavivá-lo.

– O coração dele não aguentaria. Não havia mais nada que você pudesse fazer.

– Eu sei.

– Vem cá.

V. a puxou para junto de si e ela se apoiou à sua força, à medida que o corpanzil a abrigou. Mentalmente, revisou tudo em sequência, desde a chegada e primeira avaliação até a transferência para a maca... as massagens cardíacas... o desfibrilador... o protocolo medicamentoso.

– Ele tinha algum documento consigo? – ela perguntou.

– Q.? – V. chamou Qhuinn. – Encontrou alguma identidade?

– Sim, eu peguei. – Qhuinn disse de trás do volante. – Ninguém o reconheceu, então mandei uma mensagem para o Saxton.

Jane se adiantou:

– Quero falar com a família. Quando forem localizados, quero ser quem lhes dará a notícia.

– Pode deixar – V. lhe assegurou.

Qhuinn relanceou por cima do ombro.

– Chegaremos à clínica de Havers daqui a uns vinte minutos.

– Enviei uma mensagem a eles para dizer que estávamos a caminho – Jane murmurou. – Seria melhor ligarmos também?

V. balançou a cabeça.

– Vamos dar um tempo. Eles sabem que estamos indo.

– Está bem. – Jane exalou sua tristeza. – Deus, ele era filho de alguém. Talvez o companheiro. Eu só... eu odeio perder um paciente.

– É por isso que você é uma médica tão incrível.

Enquanto fitava o corpo, ela começou a pensar no que diria aos parentes dele, e para tanto experimentou algumas abordagens diferentes. Normalmente, membros da família precisam saber duas informações: que tudo que era possível havia sido feito e que o sofrimento fora minimizado ao máximo.

As pontas dos dedos de V. ergueram seu queixo para que ela o fitasse.

– Sabe o quanto sou ligado ao Butch, não sabe? – ele perguntou. – Como aquele tira é...

– Vocês dois são irmãos. – Ela sorriu. – Não teriam como ser mais próximos.

– Quando estávamos naquele beco na outra noite, e Butch estava ferido... – V. limpou a garganta – ... e eu não conseguia chegar até ele? Eu estava aterrorizado com a possibilidade de ele estar morrendo. Mas logo você chegou... e quando eu a vi se afastando para cuidar dele, pensei...

Houve uma longa pausa, durante a qual aqueles olhos diamantinos a vasculhavam.

– Eu pensei que não havia ninguém mais no mundo, e isso me inclui, que eu preferiria que estivesse cuidando dele. Eu confio em você tanto assim. Eu *acredito* em você tanto assim.

Jane se viu piscando para afastar as lágrimas.

– Você tem uma maneira maravilhosa de dizer eu te amo.

Ele esfregou o rosto com a mão enluvada.

– Eu falo dezesseis idiomas, verdade. E mesmo com essa quantidade de palavras, às vezes não consigo colocar o que está aqui... – tocou o meio do peito – ... pra fora do jeito certo.

– Acho que se saiu muito bem.

Pelo canto do olho, ela viu algo se movendo e relanceou para a maca. Devia ter sido apenas a ambulância passando por um buraco.

Concentrou-se em V.

– Quando chegarmos à clínica de Havers, precisamos levar o corpo para o necrotério. Acho que é importante se... Não sei, eu só quero deixá-lo lá num lugar seguro. – Dito isso, olhou ao redor do seu companheiro. – Ei, Qhuinn? Saxton chegou a te dar uma resp...

O som que ecoou pelo veículo foi como se um paciente com pneumonia estivesse arfando em busca de oxigênio, uma combinação de fluidos soltos nos pulmões e de tubos brônquicos entupidos.

Nessa hora, o corpo da cama se sentou com o lençol cobrindo-lhe o rosto.

– Ele está vivo! – ela exclamou quando saltou para a frente a fim de puxar o lençol. – Você está acordado...

Tudo se moveu em câmera lenta: a mão dela se esticando e puxando o lençol para baixo, o pano descendo, o rosto... o rosto repulsivo e retorcido exposto.

E se virando para ela como o de uma coruja, com as vértebras da nuca estalando uma a uma.

Jane gritou.

Quando o paciente morto se sentou e olhou para sua companheira, o cérebro de Vishous, por mais inteligente e poderoso que fosse, levou um segundo ou dois para acompanhar a realidade:

1. Aquela coisa não estava viva. O que quer que aquilo fosse, ainda era algo morto.
2. Aquilo não era *Um Morto muito louco*, ou seja, uma comédia escrachada. O que antes fora um cara decente agora tinha olhos brancos sem pupilas e presas expostas como se estivesse pronto para atacar.

   Entããão ...

3. Havia tanques de oxigênio e o motor era movido a diesel. Portanto, V. não podia usar uma arma, não a menos que quisesse se arriscar a levar todos pelos ares.

– Qhuinn! Pare! – V. berrou.

Mas o irmão já pisava no freio por causa do grito de Jane, e tudo se moveu para a frente na inércia do movimento – e isso incluía o macho morto.

Enquanto o tronco do cadáver voltava a se posicionar sobre a maca, Vishous se colocou diante de Jane, empurrando-a.

– Saia daqui – ele sibilou. – Não quero me preocupar com você.

– Você não tem que se preocupar, lembra?

O paciente havia sido amarrado pela cintura e pelos tornozelos durante o transporte, mas a faixa sobre o peito ficou solta, com o intuito de permitir que trabalhassem nele. E isso foi uma benção. O filho da puta morto fez menção de atacar V. – e logo descobriu que estava preso.

Um grito profano saiu daquela garganta, e depois a coisa começou a puxar as amarras que o mantinham preso.

Bem quando Qhuinn pulou para trás com as armas apontadas.

– Nada de balas! – V. exclamou. – Nenhuma bala, porra! Oxigênio!

Antes que Vishous conseguisse formular um ataque, as faixas largas e duras de nylon foram rasgadas, e o cadáver foi para cima dele como se tivesse saído de *Uma noite alucinante*, com a cabeça sacudindo para a frente e para trás um milhão de vezes por segundo e o corpo se movendo todo errado, como se as juntas estivessem congeladas.

Quando V. foi empurrado na direção das portas traseiras, ele se virou trás, agarrou a maçaneta e soltou a alavanca, visando sair da ambulância rumo à neve, com o paciente.

A coisa aterrissou em cima dele, e era incrivelmente forte. O garoto tivera o corpo em forma durante a vida, mas o que quer que tivesse trazido aquela merda de volta tinha lhe dado poderes de super-herói: V. não conseguia conter o ataque por tempo suficiente para sacar as adagas – ou uma pistola, agora que estavam fora da van.

O rosto, que emitia rosnados, estava próximo demais para gerar sossego, as mandíbulas estalavam com os dentes se fechando, como se, em sua cabeça, já saboreasse o cérebro de V., depois de ter transformado o crânio dele num porta-ovos quente. E, maldição, um fedor horrendo saía da boca dele, como se ele já estivesse apodrecendo por dentro, o trato digestivo em deterioração, os órgãos se liquefazendo, os ossos sendo a única coisa que permanecia.

E entra Qhuinn, o Magnífico.

De uma vez só, V. sentiu uma restrição, e, por uma fração de segundo, não teve a mínima ideia do motivo. Mas, então, viu os braços de Qhuinn ao redor do peito do outro, o rosto do irmão se contraindo ao puxá-lo para trás com todas as suas forças.

O cara morto estava louco, emitindo mais um berro, e ele se debatia, virando o rosto para trás, na tentativa de morder o rosto de Qhuinn.

V., no mesmo instante, soube que aquela era uma péssima ideia.

– Não o deixe te tocar com os dentes!

Qhuinn mudou a pegada: apoiou uma das palmas na testa do paciente e o empurrou para trás, a fim de expor-lhe a garganta.

Perfeito pra caralho.

Só que, quando V. foi soltar as adagas, teve uma ideia que não quis sair de sua cabeça.

Mordeu a ponta da luva forrada de chumbo, revelando sua maldição.

– Solta! – ordenou a Qhuinn.

Quando o irmão não obedeceu, V. quase estapeou o cara.

– Solta o filho da puta!

Qhuinn entendeu o que ele queria, mas ainda assim hesitou, mas então a coisa quase o acertou quando moveu a cabeça e os dentes na sua direção, tentando mordê-lo.

– No três! – Qhuinn exclamou por cima dos rosnados e dos gritos. – Um, dois… três!

O irmão afastou as mãos e saiu do caminho.

Vishous atingiu o peito do paciente com seu desfibrilador nuclear, a palma brilhante se conectando direto com o esterno…

O barulho agudo foi tão alto que V. ensurdeceu – e pense num tremendo chacoalhão. O corpo do paciente esparramou, vibrou, chutou, arremeteu – e levou Vishous consigo de carona, posto que a troca de energia formou uma conexão entre a palma de V. e o corpo.

Bem quando ele pensou que seu braço seria arrancado do ombro, houve um estouro, como o de um balão, e o paciente sumiu, e uma chuva suave de partículas caiu em cima de V. Mas não foi nisso que ele se concentrou. Uma entidade pareceu fugir na noite – e era uma sombra.

Ou parte de uma daquelas entidades.

Algo fora transferido para o civil durante o ataque de antes. E, ou isso matou o garoto, ou se abrigou dentro dele para se libertar quando a segunda "morte" ocorresse.

No silêncio que se seguiu, não havia nada além da respiração ofegante dele e de Qhuinn no ar frio.

– Mas que porra foi isso? – Qhuinn perguntou.

Quando Jane apareceu ao lado deles, Vishous tirou a jaqueta de couro com movimentos desencontrados e espasmódicos. No segundo em que a manga desceu, ele virou o braço, e seu coração começou a bater forte.

Olhando para o braço, mediu o vergão irritado que a sombra com quem lutara antes deixara em sua pele.

Teria diminuído? Parecia que sim. Isso significava que ele estava a salvo?

Ou algo daquilo entrara nele?

Jane sabia exatamente o que se passava na mente dele, mesmo se Qhuinn não soubesse. Inclinou-se e examinou o braço com discrição.

– Sem dúvida está melhor – ela sussurrou. – Tenho certeza. Eu me lembro exatamente de como estava antes.

Um celular tocou. Era uma chamada, não uma mensagem.

Com a mente toda bagunçada, Vishous procurou ao redor, confuso, mas então Qhuinn pegou seu próprio celular e atendeu.

– E aí, Sax. Conseguiu... Beleza. O irmão dele está com Havers na clínica? Bem, então, estamos do outro lado da ponte. – Os olhos desiguais, um azul e o outro verde, se viraram e se fixaram nos de V. – Mas tivemos um pequeno... Houve... Bem, vamos chamar isso de complicação.

Capítulo 43

– Você usou de novo?

Quando Marisol o questionou, o cérebro de Assail não conseguiu entender o que ela estava perguntando e, assumindo que não tinha sido compreendida, ela entrou um pouco mais no banheiro e abaixou a voz.

– É isso o que precisa me contar?

Se ao menos fosse isso, ele pensou. *Não sou o que você pensa que sou. Sou diferente de você. Pareço humano, e você tem me amado como se eu fosse, mas eu...*

– Ei! Assail! Marisol!

A voz urgente em ecos pela escada não era do tipo que se podia ignorar. Era Ehric, e havia medo em seu tom.

– O que foi?

– A senhora Carvalho! Ela desmaiou!

Marisol disparou para a escada e Assail fez o mesmo – até perceber, no meio do caminho, que estava nu. Retornando, pegou um roupão e o vestiu – e por força do hábito, empunhou sua arma.

Quando chegou à cozinha, a primeira coisa que viu junto à mesa foram as solas de plástico dos chinelos da senhora Carvalho. A parte de baixo tinha um desenho de margaridas que visava impedir escorregões, e estava um pouco gasta e suja.

Ela não ia gostar que as solas estivessem aparecendo assim, ele pensou como um palerma, ao dar a volta e se ajoelhar.

Marisol já estava ao lado da avó conversando aflita com a mulher.

– Vovó?

Ela passou para o espanhol: as palavras se atropelaram e caíram umas por cima das outras, como uma debandada aterrorizada, passando por cima dos mais fracos do bando.

– O que aconteceu? – Assail interpelou.

Ehric balançou a cabeça.

– Estávamos cozinhando junto ao fogão. Ela estava sentada aqui. Ouvi quando ela fez um som, e depois caiu da cadeira.

– Chame o doutor Manello...

Ehric apanhou o celular e recuou, e Assail tocou Marisol no ombro. Quando ela desviou o olhar para o companheiro, ele disse:

– O médico está sendo chamado. Ele já vai chegar.

Marisol piscou para afastar as lágrimas.

– Não podemos levá-la para o hospital. Não um hospital normal. Não podemos... Ela não está aqui legalmente. Não posso arriscar que ela seja deportada.

– Não se preocupe. Eu cuidarei de tudo.

Quando Marisol voltou a se concentrar na avó, Ehric se aproximou e falou junto ao ouvido de Assail.

– O doutor Manello está enviando a enfermeira na frente. Ele virá dirigindo até a casa, pois a doutora Jane está ocupada...

A batida à porta foi forte e uma voz feminina chamou de fora:

– É Ehlena.

Evale e Markcus foram atender a porta simultaneamente, e a enfermeira não perdeu tempo. Contornou a mesa e apoiou uma bolsa no chão.

– Olá, Marisol – ela a cumprimentou. – Qual o nome da sua avó?

– Senhora Carvalho. – Marisol deu um tapinha na mão que segurava com tanta força. – Certo, vovó? Esse é o seu nome.

– Ela tem algum histórico de saúde que eu precise saber? – a enfermeira perguntou ao pegar o medidor de pressão e um estetoscópio.

– Não, nenhum – Marisol respondeu.

– Ela está tomando algum medicamento? – Quando Marisol meneou a cabeça, a enfermeira disse: – Ela tem estado doente?

– Não. Ela é muito saudável...

Assail recuou e ficou junto dos primos e de Markcus. A enfermeira trabalhou com eficiência, mas não revelou muito. Seu rosto permaneceu composto enquanto ela continuava a fazer perguntas, e Marisol teve que se afastar para lhe dar espaço.

– Você está dizendo que ela ficou recentemente muito tempo num carro? – Ehlena perguntou. – Ela tem algum histórico de trombose...?

Sola estava tentando se manter presente, respondia adequadamente às perguntas médicas, e apoiou a avó, mas continuava voltando ao passado... e encontrando a mãe embriagada em diversos chãos.

Alguns deles acarpetados. Outros, de azulejos. Um fora de madeira.

Não, dois foram de madeira.

Lembrou-se deles numa série de imagens, e eles vieram acompanhados de cheiros também – todos ruins. Alcoólatras normalmente não cheiram bem, quer por terem vomitado, ou pelo suor, ou pelo hálito que refletia não apenas o último quarto de garrafa de tequila consumido, mas também a decomposição e o mau funcionamento do corpo.

Sua avó nunca ficara embriagada. Nunca deixara de aparecer quando dizia que estaria em algum lugar. Nunca erguera a mão ou amaldiçoara a menina pela sua mera existência. Nunca tentara cometer suicídio só para que Sola tivesse que tirar os remédios da mão dela com um safanão. Jamais desaparecera por dias sem dar sinal de vida, deixando-a sem dinheiro para comer. Jamais dormira demais.

Portanto, ver a avó no chão daquele jeito fez com que Sola se sentisse puxada em direção aos dois extremos com os quais crescera, e foi difícil não irromper em lágrimas e rezar em meio ao choro.

Pensando nisso, fitou Evale, na direção da mesa, porque os deles foram os primeiros olhos que se desviaram para os dela.

– Vá para o quarto dela. Seu rosário está sobre a Bíblia. Pode trazê-lo para cá?

– O que é um rosário? – o cara perguntou enquanto olhava para a porta que dava para o porão.

– Um colar de contas com uma cruz. Você vai encontrá-lo lá.

Voltou a se concentrar na avó. A enfermeira passava um facho de luz de uma caneta do olho esquerdo para o direito.

– O que acha que está acontecendo? – Sola perguntou. – Pode me dizer alguma coisa?

– O doutor Manello está a caminho. Só estou fazendo a primeira triagem. A pulsação dela está fraca, a pressão, baixa, e acho que teremos que fazer alguns exames de sangue. Ele é melhor com humanos do que eu.

Sola sacudiu a cabeça depois do último comentário.

– Então você não sabe o que causou isso?

– Precisamos de mais informações. – Ehlena sorriu para a paciente. – Mas a senhora está acordada e isso é um bom sinal. Sente alguma dor, senhora Carvalho? Tem dor de cabeça? Dores nas pernas?

A sacudida da cabeça como um "não" de resposta demorou a vir, mas foi firme.

– Consegue apertar meus dedos? – a enfermeira perguntou ao colocar dois na palma da mulher. – Consegue? Que bom. Que tal deste lado? Ótimo. Quantos dedos consegue ver? Três? Perfeito. Está passando em todos os meus testes, senhora Carvalho.

– Aqui está a roseira.

Quando Evale estendeu a corrente de contas muito gastas, Sola não se deu ao trabalho de corrigi-lo.

– Obrigada. Muito obrigada...

Um alarme agudo soou, doloroso aos ouvidos, e todos se sobressaltaram.

– O fogão! Maldição! – Assail se apressou e desligou a boca de algo que queimava. – Ehric, abra a porta. Temos que deixar a fumaça sair.

Pelo canto do olho, Sola observou os homens com panos de prato nas mãos, sacudindo-os debaixo do detector de fumaça e o silêncio, quando ele surgiu, foi um alívio, mas não melhorou em nada a presente situação.

Isso só aconteceu quando a avó se sentou, se levantou e começou a gritar com todos por terem deixado as batatas cozinharem demais.

Ehlena se levantou.

– Vou ligar para o doutor Manello. Ele está vindo o mais rápido que pode. Com licença.

Sola assentiu para a enfermeira, que se afastou para um canto, levou um celular ao ouvido e falou baixinho.

Inclinando-se na direção da avó, Sola colocou o rosário nas mãos dela e disse em espanhol:

– *Não me deixe.*

– *Case com esse homem* – a avó disse com voz fraca. – *Case com ele.*

– *Ok, vovó, farei isso.*

– *Promete?*

– *Você não está morrendo.*

– *É a vontade de Deus, não minha. Vou feliz com Ele agora que sei que você tem alguém pra te amar.*

Sola enxugou os olhos.

– *A senhora não vai a parte alguma, vovó.*

– *Está segura com ele. Ele a olha... como se você fosse o mundo inteiro dele. Isso me deixa feliz. Posso morrer feliz agora.*

– *Pare de falar assim. Agora mesmo.*

– *Criança...* – A avó pareceu ter dificuldade para focalizar. – *Sou velha. Está na minha hora. Não posso viver para sempre. Mas agora... agora não tenho que me preocupar. Ele vai cuidar de você. Estou... em paz desde que jure para mim agora... que se casará com ele.*

Sola enxugou os olhos de novo. Isso não estava acontecendo, disse para si mesma. Isso não podia estar acontecendo. Não trouxera a avó de tão longe para que ela morresse.

Ah, Deus, eu a matei, ela pensou.

– *Marisol, prometa.* – A voz estava fraca; mas a exigência, não. – *Ou não poderei ter paz.*

– *Eu prometo... Vou me casar com ele.*

Capítulo 44

A parte mais difícil do trabalho de qualquer médico é falar com os parentes de um paciente que morreu. Olhar nos olhos de uma esposa sofrendo, de um filho, um pai, uma mãe, irmão ou irmã e lhes contar que, apesar de tudo o que você aprendeu e de todos os instrumentos que estavam à sua disposição, você foi incapaz de manter o ente querido deles vivo... Isso é um pesadelo.

Mas que diabos pode ser dito numa situação como esta?, Jane pensou enquanto observava a maca vazia da ambulância.

Enquanto a van desacelerava para fazer uma curva ampla, ela se recostou junto a Vishous e tentou colocar a série de eventos em perspectiva. Numa estrutura racional. Em um discurso que pudesse ser explicado sem o uso da palavra "zumbi".

Deus do céu, ela pensou e não pela primeira vez.

Nem sequer tinham um corpo mais.

– Quase lá – informou Qhuinn da parte da frente.

Inclinando-se ao redor de V., Jane olhou da parte de trás da ambulância pelo para-brisa da frente. Não via muito além de árvores perenes e esqueletos de árvores cobertas de neve... Não, espere – havia uma casa de fazenda adiante.

As instalações médicas subterrâneas de Havers estavam localizadas nos limites do Hudson, bem dentro da floresta, e era acessível por várias entradas, todas bem distantes umas das outras. A que usariam era uma casa de fazenda falsa com um celeiro nos fundos, que parecia ser utilizada por humanos pacíficos, para camuflar todo o resto.

Por ali eram feitas as entregas e também, quando infelizmente se fizesse necessário, os corpos.

Depois que Qhuinn deu a volta na entrada para carros e estacionou de ré junto ao celeiro, Jane saiu da van e inspirou fundo algumas vezes. Ainda não fazia a menor ideia do que diria ao parente do rapaz. Causa da morte: parada cardíaca devido a ferimentos traumáticos. Causa da reanimação: nenhuma pista. Causa da morte secundária: incineração pela mão do seu companheiro.

– Venha – V. disse ao esticar um braço ao redor dos seus ombros.

Ela não se dera conta de ter ficado parada no frio, mas Qhuinn já havia aberto a porta lateral do celeiro e estava esperando. Seguindo com o programa, ela estava perdida em pensamentos quando se apresentaram à câmera de segurança, receberam acesso ao elevador e desceram para a clínica. Quando saíram do elevador, um corredor aquecido, bem iluminado e desprovido de qualquer decoração se parecia exatamente com um hospital de humanos.

– Maldição, sempre me esqueço do lado para o qual tenho que ir – murmurou.

Sim, exatamente como o St. Francis. Perdida, e sem nenhuma sinalização.

– Por aqui – V. indicou.

Depois de um punhado de voltas que ela não acompanhou, chegaram a um canto e encontraram o que parecia ser quase toda a Irmandade reunida. Havers, o médico da raça, e irmão apartado de Marissa, estava com eles, todo arrumadinho como um professor universitário, com seus óculos de aro de tartaruga e gravata borboleta.

Todos se calaram quando Jane e seus dois acompanhantes se aproximaram, e ela ficou mais para trás enquanto V. e Qhuinn respondiam a muitas perguntas difíceis de responder. E responderam um pouco mais. E...

– Com licença – ela os interrompeu. – Mas onde está o parente? Quero vê-lo agora.

Havers pigarreou.

– O que vai dizer a ele?

– O que sei ser a verdade.

– Tem certeza de que isso é o aconselhável?

Jane franziu o cenho – e antes de se dar conta do que fazia, se aproximou bastante do médico. Mesmo ele sendo mais alto do que ela, Jane o encarou através dos óculos.

– Não vou mentir para ele, se é isso o que está sugerindo – ela estrepitou. – Ele tem o direito de saber tudo o que sabemos, e se eu não puder explicar alguma coisa, vou permitir que ele saiba disso também.

– Pode haver consequências maiores – Havers disse com resguardo. – Isso pode ser uma ameaça à espécie em grande escala, e não queremos provocar o pânico.

Quando o médico olhou ao redor, buscando o respaldo da Irmandade, ela chegou ao limite:

– Isso não é problema meu. Acima de tudo, sou médica, e o resto de vocês pode se preocupar com o aspecto político. Agora, onde está o irmão do meu paciente?

O fato de todos olharem para Vishous a irritou ainda mais. Como se ela fosse um problema dele para ser resolvido?

– Ela está cem por cento certa – Vishous declarou. – Ela deve lhe dizer o que sabe e o que não sabe. Depende de nós colocar isso num contexto. Mas não haverá nem mentiras, nem subterfúgios. E vou garantir que ninguém interfira com o que ela tem a dizer. Algum problema com isso.

Isso não foi enunciado como uma pergunta, e ele manteve os olhos cravados em Havers ao enunciar as palavras.

O curandeiro baixou o olhar para o chão e assentiu.

– Claro que não. Por aqui.

Havers os conduziu mais adiante pelo corredor, e depois para uma sala de espera que estava semicheia com diversas cadeiras. Ao passarem por ali, Jane notou os pacientes e as famílias ali reunidas, sentadas assistindo à TV, ou de pé em fila diante da recepção. Muitos deles acenaram para o médico, cumprimentando-o com respeito – e ele foi agradável ao retribuir os cumprimentos.

Isso foi um lembrete da natureza complicada de Havers. Ele era bom com as pessoas que o procuravam para pedir ajuda, de verdade. Era apenas fora daquela esfera que ele fazia com que você tivesse vontade de bater nele às vezes.

Ali havia sinalização, placas ovais com setas direcionando as pessoas a lugares como RADIOLOGIA, CIRURGIA, OBSTETRÍCIA. No fim, Havers os levou por um corredor estreito que tinha quatro portas fechadas, duas de cada lado. Ao lado delas, plaquinhas discretas anunciavam ACONSELHAMENTO FAMILIAR.

– Ele está aqui dentro – Havers anunciou ao fazer menção de bater numa das portas. – O nome dele é Aarone, e é filho de Stanalas.

V. pegou no braço do médico.

– Ela vai entrar sozinha. Você e eu esperamos aqui fora.

– Na verdade, Vishous, por que não entramos juntos, você e eu? – Jane se virou para ele. – Você estava lá. Pode dar alguma informação que eu não seja capaz.

– Pode deixar.

Foi Jane quem bateu à porta e, quando ouviu um baixo "entre", abriu a porta.

Um jovem muito bem-vestido loiro e de olhos claros estava sentado em uma das seis cadeiras. Estava evidentemente nervoso, com as palmas subindo e descendo pelas coxas, os ombros tensos.

– Olá, Aarone – Jane cumprimentou ao entrar. – Sou a doutora Jane Whitcomb, e este é meu companheiro, Vishous, que tem treinamento médico. Estou aqui para falar com você a respeito do seu irmão...

– Meio-irmão. – O macho olhou para Vishous. De volta a Jane. – Ele é meu meio-irmão, mas somos muito próximos. O que está acontecendo? Recebi um telefonema e aqui estou, mas ninguém me disse nada... Whinnig está bem?

As palavras saíram numa torrente, pois a ansiedade evidentemente levava a melhor.

– Tenho a sua permissão para falar com Vishous presente? – Quando o macho assentiu, ela se aproximou dele. – Posso me sentar perto de você?

– Sim, claro. – Aaron se levantou e lhe estendeu a mão para cumprimentá-la. – Perdoe meus modos.

Jane se sentou e esperou que ele voltasse a se acomodar e a fitasse novamente. Então disse:

– Lamento muito, mas seu irmão foi para o Fade.

Ela usou a maneira tradicional dos vampiros para comunicar uma morte, por medida de respeito, e a reação foi imediata. O macho começou a tremer, os olhos ficaram vidrados pelas lágrimas.

– O que... Como? Ele estava perfeitamente saudável. Fiz a Primeira Refeição com ele há poucas horas. Como isso aconteceu?

Jane lidou com a triste situação com total profissionalismo, e enquanto Vishous permanecia com as costas contra a parede – para o caso de Havers ter alguma ideia brilhante –, só pôde respeitar sua companheira ainda mais. Ela contou os acontecimentos – um a um – ao macho, com uma voz calma e firme. Quanto às partes que ela não sabia explicar, ela as enfrentou e abordou as respostas o melhor que pôde.

Então, o macho olhou para Vishous.

– Vocês não sabem o que o atacou? Não entendo.

Vishous pigarreou.

– A única conclusão a que podemos chegar a esta altura é que Ômega está mudando de estratégia, enviando algo novo para os combates. – Ainda que as sombras não emanassem nada de maligno, o que mais poderia estar por trás delas? – Mas chegaremos ao fundo dessa questão. Eu juro.

O jovem macho irrompeu em lágrimas e ficou andando pela sala apertada.

– E, nesse meio-tempo, não tenho um corpo para enterrar. Apenas uma história de terror e um punhado de eu-não-sei.

– Lamento muito – Vishous disse com reserva.

Jane lidou com a raiva melhor do que ele.

– Entendo que seja muito difícil. Também perdi uma irmã e, francamente, ainda não superei. Eu gostaria muito mesmo que tivéssemos mais a lhe oferecer, de verdade.

O macho parou e a encarou.

– Como posso saber se Whinnig foi para o Fade?

– Ele foi um bom macho? Era um macho gentil?

As lágrimas, as que surgiram antes da raiva, retornaram.

– Whinnig era o melhor. Era meu melhor amigo. Íamos a toda parte juntos. Sempre fomos inseparáveis... ainda mais depois que nossos pais... Eles não se salvaram dos ataques.

V. fechou os olhos em sinal de compaixão. Tantas malditas perdas. Ele odiava Ômega pra porra, de verdade...

Vishous levantou as pálpebras.

– Diga-me uma coisa, o seu irmão mencionou o que faria esta noite? Se eram inseparáveis, onde Aarone estivera?

– Ele ia se encontrar com alguém. Mas não sei quem. – O macho o fitou. – Ele nunca teve nada com a Sociedade Redutora, se é isso o que está pensando.

– Não, nada disso. Eu só estava pensando.

Pelo menos tinham o celular que havia sido usado para chamar ajuda. V. o investigaria assim que possível. Procuraria os números. Os contatos. Ainda que parecesse improvável que Ômega começasse a entrar em contato com as pessoas por meio de um maldito celular, não?

– E isso é uma tremenda falta de sorte, com esse testamento agora – Aarone comentou.

– Que testamento? – V. perguntou.

O jovem macho arrastou a mão pelos cabelos.

– Tínhamos *mahmen* diferentes, Whinnig e eu. Ele nasceu primeiro e sua *mahmen* morreu no parto. Descobrimos há cerca de uma semana que seu tio, desse lado da família, morreu recentemente e lhe deixou uma imensa propriedade... Meu irmão e eu... Bem, temos uma vida tranquila, isso é verdade. Mas ele me convidou para comemorarmos essa sorte inesperada. Iríamos viajar, sair de Caldwell durante o inverno... mas isso não vai mais acontecer.

V. avaliou o macho de novo. As roupas eram arrumadas – o casaco de caxemira e os sapatos de couro eram o tipo de vestuário que demandava dinheiro e bom gosto. E aquele sotaque tinha tudo da *glymera*.

– Quem era o tio? – V. questionou.

O nome dado não lhe despertou nenhuma memória. Mas nunca perdera muito tempo com as merdas da aristocracia.

Jane disse:

– Gostaria de aconselhá-lo a conversar com um terapeuta, Aarone. A clínica dispõe de alguns no quadro de funcionários. Eles podem ajudá-lo a lidar com o luto.

– Não quero conversar com ninguém.

– Apenas lembre-se dessa possibilidade. E se tiver alguma pergunta, ou quiser conversar comigo de novo, só o que precisa fazer é pedir e eu virei para cá. – Houve uma pausa constrangedora. – Você tem alguém que possa vir buscá-lo? Que possa ajudá-lo a voltar para casa?

Mais passadas de mão pelos cabelos.

– A minha namorada está em casa. É nosso segundo aniversário de namoro. Ela estava preparando alguma coisa para nós, e é só por isso que não saí com Whinnig esta noite. Tinha que ter sido esta noite, hein?

– Que tal se a chamarmos para que ela venha buscá-lo? – Jane se ofereceu.

– Estou bem.

Jane se levantou e apoiou a mão no ombro do macho.

– Acho que seria melhor se não ficasse sozinho agora. Foi um choque muito grande, agravado por todas as informações que não sabemos.

Depois de um momento, o macho fitou Jane.

– Você disse que perdeu uma irmã?

– Sim, minha irmã mais nova, Hannah. Ela morreu quando era criança, mas eu me lembro de tudo.

– E não superou.

Jane meneou a cabeça.

– Não. Mas isso não significa que eu não esteja vivendo a minha vida. Levamos os mortos conosco ao longo da vida, e é assim que deve ser. Mas, repito, se acredita que os bons e justos vão para o Fade, então o seu irmão está lá. Acredite. A maneira como ele morreu não muda quem ele foi, entende? Não importa o que tenha acontecido, não é culpa sua e isso não mudará a vida após a morte dele.

Houve mais uma pausa e então o macho se levantou e passou os braços ao redor de Jane. Enquanto o par permanecia unido, V. baixou os olhos para o chão em sinal de respeito.

E pensou em sua *mahmen* sem um motivo justificável.

Capítulo 45

Enquanto estava do lado de fora do quarto da avó – que ficava a apenas duas portas do cômodo ocupado por Assail –, Sola resolveu que nunca, jamais queria ver o interior daquela clínica de novo. Contando sua experiência após ter sido sequestrada, a visita até ali por causa de Assail... e agora isso?

Estava mais do que farta – e rezava para que aquela regra de três vezes bastar fosse aplicável.

– Faz tanto tempo que ele está aí dentro... – Olhou para Assail, que estava ao seu lado. – Quero dizer, o que estão fazendo com ela?

O doutor Manello fora incrível, trazendo-os até ali em tempo recorde, fazendo os exames, verificando tudo. Mas foi tudo infernal. Sola odiava incertezas quando elas não tinham importância. Mas em uma situação como aquela? Não ter em que se apoiar era insuportável.

Ao encarar a porta fechada, tentou enxergar através do painel. Quando a visão de raio-X não funcionou, ela tentou ler mentes – e também não chegou a parte alguma. Por fim, em desespero, tentou prever o futuro.

Impossível. Nada de superpoderes.

– Não importa o que seja – Assail disse com suavidade. – Nós lidaremos com isso. Você não está só.

Concentrou-se nele. Ele encarava o chão, o rosto estava sério, os olhos não piscavam. Seu perfil estava, como sempre, tão atraente, com os ângulos da face e o do maxilar tão perfeitos, os cabelos negros como azeviche em contraste com a pele, as sobrancelhas dispostas em um traço elegante.

De pé ao lado dele, Sola percebeu que até então sempre se sentira sozinha. Sua avó fora alguém de quem tomar conta, alguém para proteger, e não uma parceira. E seu maior medo, quando estivera do lado errado da lei, sempre fora quanto ao que aconteceria com a avó se algo acontecesse a ela. Ela era tudo o que a mulher tinha.

A própria saúde e bem-estar de Sola foram um fardo por esse motivo.

Mas agora, no meio de qualquer que fosse aquela crise, ela descobriu que tinha alguém na retaguarda – e não como num tiroteio. Não, ela tinha alguém num momento difícil para ajudar no processo de tomada de decisão. Com quem partilhar um sofrimento. Junto a quem se deixar cair quando precisasse desabar antes de seguir em frente.

Esticou o braço e segurou a mão dele.

– Estou tão feliz por você estar aqui.

Os olhos dele, muito tristes quanto os seus, se ergueram.

– Não vou desertá-la neste momento.

Se isso não era uma promessa, ela não sabia o que era.

Inclinando-se para ele, Sola encostou a mão na lateral do rosto dele e resvalou-lhe os lábios com os seus.

– Obrigada...

Quando a porta do quarto da paciente se abriu, ela se aprumou e tentou interpretar as feições do médico.

– Então? – exigiu saber.

Mas o doutor Manello não se ofendeu com sua rispidez.

– Estamos bem. Estamos muuuuito bem.

– Espere, o quê? – Ela balançou a cabeça. – O que está... Espere, o quê?

Ele sorriu.

– O coração dela está bem. O exame de sangue foi bom. Não há indícios de trombose ou de derrame. A pressão ainda está um pouco baixa, mas ela não tem nem comido nem bebido muito, por isso está desidratada e precisa de repouso...

– Chega de cozinhar! – Sola bateu o pé. – Ela está na frente daquele fogão desde que saímos do carro... Eu disse a ela que se sentasse e nos deixasse ajudá-la. Mas ela é tão teimosa!

Apesar do rápido acesso, a onda de raiva logo se dissipou e, em seu rastro, veio o tremor do alívio que levou Sola a se apoiar em Assail.

O doutor Manello assentiu.

– Ela me pareceu bem obstinada. Mas, preste atenção, se precisar, pode me usar. Diga a ela que é melhor se comportar ou chamará o médico para lhe passar uma descompostura.

Sola levou a mão ao coração acelerado.

– Ela nos assustou demais.

– Acho que também ficou assustada. E quero mantê-la aqui mais um ou dois dias, só para garantir que não deixamos nada passar.

– É uma ótima ideia. Mantenha-a aqui o quanto for preciso.

– Só para que saiba, ela não está muito feliz com esse plano.

– Não achei mesmo que fosse ficar – Sola murmurou. – Mas a decisão não é dela.

O médico deu um aperto no ombro dela.

– Pode entrar. Vocês são bem-vindos sempre que quiserem visitá-la, e liguem para mim se tiverem alguma dúvida. Não se assuste com o acesso intravenoso. Só a estamos hidratando e administrando eletrólitos. E os monitores só estão ali para acompanharmos tudo. Repetirei alguns exames amanhã à noite e veremos o que fazer então. Mas repito, uns dois dias de observação aqui seriam ideais para mim.

– Então é isso o que faremos. Obrigada, doutor.

– De nada.

Sola relanceou para Assail.

– Eu gostaria de ter um momento a sós com ela. Só assim poderei brigar...

Ele se curvou.

– Sim, claro. Esperarei aqui.

Depois de beijá-lo de novo, ela partiu para a porta como uma vingadora, abrindo bem a porta com a intenção de soltar um berro – mas se sentiu tonta ao ver a avó tão pequena naquele leito grande. E Sola se sentiu muito grata porque o médico a havia alertado quanto aos tubos e equipamentos. Se não soubesse para que serviam, ela teria ficado alarmada.

– *Vovó, a senhora vai ficar aqui* – Sola disse antes que a mulher abrisse a boca. – *Pode parar já com isso. São ordens do médico e vamos fazer o que ele diz.*

Imagine uma carranca. As sobrancelhas da avó estavam tão para baixo que era como se a senhora estivesse espiando por entre os espaços de uma veneziana.

Mas não houve discussão. E esse fato revelou a Sola que ela não era a única assustada ali.

Sola se aproximou e levou uma cadeira para junto da cabeceira. Segurando a mão da avó, ela sorriu um pouco.

– *Estou muito feliz que esteja bem.*

Houve um grunhido. Mas depois a avó suspirou.

– *Estou mais velha do que achei.*

– *Eu a forcei demais com a viagem de carro. Por isso, eu sinto muito.*

– *Estou feliz em estar aqui. Valeu a pena.*

Ficaram em silêncio por um tempinho. E depois a avó fechou os olhos.

– *Se não casar com ele, eu vou morrer...*

– *Vovó! O que está dizendo?!*

A avó abriu apenas um olho.

– *Se você não se casar com ele, isso vai me matar e a minha morte vai estar na sua consciência pelo resto da sua vida. É isso o que estou dizendo.*

Bem quando Sola estava para replicar o quanto aquilo não era nada justo, a avó piscou para ela.

– *Te peguei!*

– *Vovó, isso* não *vale. E a senhora sabe disso muito bem.*

– *Uso o que posso.*

– Olha só, entendi a mensagem. Está bem? Não precisa fazer pressão. O seu trabalho, se é que quer pensar nesses termos, é viver tempo o bastante para assistir à cerimônia. Que tal assim?

– Mas assim você nunca vai até o altar. Só pra me manter aqui.

– Isso veremos.

– Onde ele está?

– Esperando lá fora.

– Traga-o para cá. Quero ver meu neto.

– Ainda não somos casados, vovó – Sola disse com aspereza.

– A culpa não é minha, é?

Assail ficou do lado de fora do quarto da paciente, atolado numa energia ansiosa e irritante que o fazia querer correr pelo centro de treinamento.

De fato, aquele papo de ter uma consciência era, para ele, um fator que trazia muita angústia. Depois de uma vida inteira sem se importar com ninguém além de si, estar preocupado com a senhora Carvalho era uma mudança – além da culpa que percebeu sentir por...

Quando Marisol abriu a porta de repente, ele se enrijeceu.

– Ela está bem? Devo chamar o médico?

Marisol balançou a cabeça e sorriu.

– Ela quer ver você.

Assail endireitou a blusa de caxemira que havia vestido antes de saírem de casa – e se descobriu desejando que, em vez de calças casuais, estivesse usando fraque.

Como se a formalidade de alguma forma aumentasse as chances de sobrevivência da mulher idosa.

Entrando no quarto da paciente, ele teve um leve hiato de dissociação quando o cérebro ligou os pontos... e chegou à conclusão de que o quarto da avó de Marisol era idêntico àquele em que passara tanto tempo. Mas, antes que as lembranças pudessem atacá-lo com uma onda de incapacitação, ele se forçou a sair daquele estado e se obrigou a sorrir.

– Senhora Carvalho – ele disse ao se aproximar do leito. – Está parecendo muito melhor, de fato...

A senhora o interrompeu com uma voz fraca.

– Se não se casar com a minha neta, eu morrerei...

– Vovó! – Marisol ralhou. – Quer falar sério agora?

A mulher levou o braço à testa.

– Estou tonta. Não me sinto bem...

Alarmado, Assail se virou em direção à porta.

– Senhora! Vou chamar...

– Bobagem – Marisol disse ao apoiar as mãos nos quadris. – Por que nenhuma dessas máquinas disparou?

A senhora Carvalho baixou o braço e pareceu irritada pela lógica.

– Não funcionam. Tudo porcaria.

– Precisa parar com isso agora...

A avó de Marisol se voltou para Assail.

– Preciso que alguém cuide da minha neta e eu escolho você...

– Ok, já basta. – Marisol ergueu as mãos para o alto. – Vamos embora...

Assail se aproximou do leito e segurou a mão da idosa. Fitando profundamente seus olhos, ele baixou a voz.

– Não a mereço. Deve perceber isso.

A senhora Carvalho deu um amplo sorriso, e brilhou com a beleza que deve ter tido na juventude.

– Por isso escolho você. Você sabe que ela é a melhor.

– Ela é tudo. Ela é o mundo inteiro.

– Você me deixa feliz. Vou dormir agora. Você, um bom homem.

Quando os olhos da senhora começaram a se fechar, Assail esfregou o polegar sobre a superfície da mão encarquilhada. Os ossos dela estavam próximos demais da pele para que ele se permitisse sentir confortável, um lembrete de que essa pessoa da vida de Marisol – e da sua também – não tinha uma eternidade pela frente.

– Não sou um homem bom – viu-se sussurrando. – Nem perto disso.

– Deus vê o que o homem não consegue – a senhora Carvalho murmurou.

Quando a mulher estendeu a outra mão, um evidente chamado para Marisol, demorou um pouco para que a neta atendesse ao pedido. Mas logo Marisol também a segurava, o casal unido pelo espírito frágil e determinado que repousava sobre a cama.

No silêncio pesado que se seguiu, Assail olhou por cima da cama para Marisol. Ela fitava a avó, com o rosto grave e triste.

Que diabos vou fazer agora?, ele pensou.

Capítulo 46

Qhuinn quase não conseguiu levá-los de volta à mansão da Irmandade antes que a luz causticante do fim da madrugada começasse a surgir no céu. No instante em que o irmão pisou no freio da unidade móvel, Vishous abriu a porta lateral e saltou para fora, estendendo a mão para ajudar Jane. Quando ela aceitou sua mão, mesmo não precisando dela, foi bom sentir que a ajudava de alguma maneira, ainda que ínfima.

Fechando as portas, os três correram para a entrada e foram para o vestíbulo. Assim que ele mostrou a cara na câmera de segurança, a porta interna se abriu, sendo que foi Beth quem os deixou entrar.

– Vocês conseguiram! – exclamou a Rainha. – Estávamos preocupados. Venham, entrem e vamos comer.

Os outros irmãos que estiveram na clínica se desmaterializaram para casa, mas V. quis ficar de reforço para Qhuinn no trajeto de volta com a ambulância. Não se importou em ter um tempo para deixar a situação se apaziguar.

Algumas noites eram mais longas do que outras.

E outras ainda eram um completo inferno.

Enquanto Beth e Qhuinn seguiam para a sala de jantar cheia, V. ficou para trás.

– Quer comer alguma coisa?

Jane olhou através do arco elegante para a mesa lotada e muito bem-posta, e aprumou os ombros.

– Claro.

Quando ela começou a ir naquela direção, ele a pegou pela mão e encarou os olhos verde-floresta.

– Diga o que você realmente quer. Seja franca.

– Estou exausta. – Vergou-se. – Mas tenho medo de te dizer isso porque... Bem, eu só não quero que você pense que isso vai nos levar de volta ao que...

Vishous se curvou e a pegou nos braços.

– Vou te levar até o Buraco. E vou te alimentar com molho de soja e ketchup. E vai ser a melhor refeição que você já experimentou na vida.

Ela gargalhou.

– Sabe, meus níveis de glutamato monossódico estão meio baixos.

– Na verdade, eu menti a respeito o molho de soja. Vou ligar pro Fritz e solicitar que levem comida pra lá, ok?

Jane relaxou nos seus braços, e ele amou sentir o corpo frouxo dela.

– Parece perfeito. Amo todos eles, mas eu... eu não vou conseguir jogar conversa fora agora e não quero ser rude.

– Tô contigo, ok?

Sentindo-se forte como uma montanha com sua fêmea nos braços, V. andou a passos largos pelo vestíbulo majestoso e multicolorido até a porta escondida debaixo da grande escadaria. Levou-a pelo túnel subterrâneo, o macho vinculado dentro de si indo adiante – e esses objetivo e instinto protetores eram uma fundação que ele não sentia já havia algum tempo. Seus coturnos literalmente aterrissavam de maneira diferente no concreto debaixo dos seus pés, e seu cérebro estava afiado de uma maneira que lhe suscitava a sensação de ser um laser.

Eu amo isso, ele pensou. *Tanto que me assusta.*

Mas podia confiar em Jane. Sabia-o em sua alma. Ela jamais abusaria do poder que exercia sobre ele – inferno, ela provavelmente nem se dava conta de sua influência.

– Por que está sorrindo? – ela perguntou com suavidade.

Ele parou quando chegaram à porta do Buraco.

– Sabe o que é ainda mais importante do que o amor?

– O quê?

V. mudou a posição dela de modo a poder olhá-la no rosto.

– A confiança é mais importante pra mim. E eu percebi... que você está sempre do meu lado.

Jane estendeu a mão e o acariciou no rosto. Depois passou os dedos pelos símbolos tatuados na têmpora.

– Confiança – disse ela – é apenas mais uma palavra para o amor.

O sorriso dela era tão radiante que ele teve que beijá-la. E, a princípio, foi uma espécie de comunhão, um resvalar de bocas reverente e nada sexual.

Que não durou. Antes de ele se dar conta do que estava acontecendo, já lambia seu caminho para dentro dela, deixando-a de pé e segurando-a contra seu corpo enrijecido.

As mãos desceram dos ombros para a cintura, quadris e bunda. E quando começou a curvar o corpo tão maior ao redor do dela, sua cabeça começou a girar.

– Jane...

– Sim – ela sussurrou.

Ele ficou tentado a possuí-la ali mesmo onde estavam, mas estava preocupado que Fritz aparecesse para ver como estavam e se precisavam de comida. O pobre *doggen* já vira muito em seus séculos de serviço, mas um irmão transando com sua companheira no túnel muito bem iluminado seria forçar um pouco os limites.

– Venha, vamos entrar depressa – V. disse. – Preciso estar dentro de você.

Cambalearam os poucos degraus acima, invadiram o corredor e começaram a tirar as roupas bem antes de chegarem ao quarto. Com um chute atrapalhado, V. bateu a porta atrás de si e logo estavam continuando com o processo de beijos trocados e roupas tiradas.

– Eu te amo nua – ele grunhiu contra a boca da companheira quando por fim se viram corpo a corpo sem barreiras.

A merda toda de ficar na vertical não durou muito. Na sequência da cena – ainda bem – ele estava em cima de Jane, e, embora houvesse tantas outras coisas que desejava fazer, tantos outros lugares em que queria deitar a boca, a língua, as mãos, ele precisava mesmo estar dentro dela.

Para um macho que existe à parte de todos os outros, mesmo dos seus irmãos, ele precisava dessa unidade com a sua fêmea, com Jane. Ela, e apenas ela, era a pessoa com quem ele podia ser tanto forte quanto vulnerável, com sua fêmea brilhante, bela e tão cheia de compaixão.

Ela estava certa.

No fim das contas, a confiança absoluta era a definição na prática do verdadeiro amor.

Enquanto Jane olhava para V., inclinou a pelve para que ele pudesse se aprofundar e se preparou para o ataque da paixão. Não desta vez. Em vez de penetrá-la com força – fato contra o qual ela não se oporia –, V. deslizou numa onda suave, a ereção escorregando para dentro e para fora, a paixão mais para o acendimento de uma vela do que para o incêndio de uma casa.

Ele a fitou o tempo todo com seus olhos diamantinos, aqueles olhos de diamante maravilhosos, cínicos e muitas vezes frios, mas nunca cruéis, com as bordas azul-marinho, cravados nos seus.

Por algum motivo, pouco antes do clímax, ela se viu segurando o rosto dele de novo.

– Você vai ficar bem. – Ouviu-se dizer. – Aquela sombra não está em você. Você não é aquele civil, eu te prometo. Não vai acontecer com você.

Vishous congelou, os olhos se arregalaram.

– O que disse?

– Está tudo bem. Olhe para o seu braço. Veja.

Ele piscou rápido algumas vezes. E, em vez de verificar o machucado, disse numa voz entrecortada:

– Como você soube?

– Como você não se questionaria? – Ela deu de ombros. – Como não poderia fazê-lo? Se eu fosse você, era o que teria se passado na minha mente no mesmo instante. Você foi ferido da mesma maneira que o rapaz, só que com menor extensão. Eu me preocuparia com a possibilidade de se espalhar ou de que algo tivesse se ancorado em mim, mas não é isso o que está acontecendo.

Quando ele mudou de posição e fitou o braço, seu olhar se estreitou.

– Está melhorando.

– Também acho. E mesmo sem sabermos com certeza, é lógico deduzirmos que isso é um indício favorável. Além do mais, você não tem se portado de maneira diferente e, para ser sincera, os ferimentos naquele civil se espalharam em metade do corpo dele… mais da metade.

V. focou os olhos na companheira.

– Quero que isso suma. Não quero mais essa merda na minha pele.

– Essas sombras são muito mais perigosas do que pensávamos.

– O maldito Ômega tem que ir embora.

– Concordo.

Depois de um momento, ele baixou a cabeça e começou a beijá-la de novo, e ela retribuiu o beijo, dando-lhe tudo o que tinha, tentando tranquilizá-lo não apenas a respeito de seu ferimento, mas também quanto ao futuro da raça. O que era loucura. Mas, às vezes, é só isso o que você pode fazer – transbordar a esperança e o amor para o seu companheiro porque ele precisa do seu apoio, ainda que isso indiscutivelmente não mude nem melhore de fato as contingências.

Com um suspiro lascivo, Jane se arqueou no clímax, a onda se erguendo de uma maneira tranquila e intensa; o calor, a compressão da excitação dele, o alívio suave, tão suave limpando-a, apagando, pelo menos naquele instante, toda a feiura com que se depararam naquela noite.

– Deus, Jane… – V. gemeu quando também chegou ao seu orgasmo.

O prazer pareceu durar para sempre, e logo eles ficaram encaixados num casulo aquecido, com a coberta sobre os corpos, a cabeça dele no travesseiro, a dela no interior do braço dele.

Deitados no escuro, Jane fechou os olhos.

– E a comida… – murmurou quando começou a cochilar.

– Isto é tudo de que preciso – V. respondeu.

– Eu também…

Seu último pensamento antes de adormecer foi que o momento não se parecia em nada com a época em que voltava para casa exausta do trabalho. Sim, estava cansada, era verdade, e era por causa do trabalho. Mas, em vez de estar ali sozinha, estava muito acompanhada.

Pela pessoa que ela amava.

Capítulo 47

– Detetive De La Cruz. Que prazer voltar a vê-lo.

Conforme avançava pelo interior da galeria, Vitoria estendeu a mão.

– Não esperava vê-lo tão rápido. Não são nem dez da manhã.

– O trânsito estava tranquilo.

As roupas dele eram uma variação das do dia anterior, o blazer marrom dessa vez, as calças pretas, e os sapatos manchados pelo sal sobre a neve. Ele segurava um objeto, mas não era um caderno. Uma prancheta? Não, era um laptop muito fino.

– Gostaria de ir a algum lugar para conversarmos? – ele sugeriu.

– Sim, claro. Por aqui.

Enquanto o conduzia ao escritório de Ricardo, Vitoria tomou consciência de uma ansiedade crescente. Escondeu-a ao se lembrar de que, se não podia lidar com esse tipo de pressão, não fazia o menor sentido sequer pensar em conduzir o império de atividades ilegais dos irmãos.

E nem teria que ir à delegacia para se encontrar com De La Cruz. Ele lhe havia dado a opção de vir até ali a fim de se encontrar com ela. Não foi uma decisão difícil.

Quando chegaram ao enorme escritório do irmão, tão grande a ponto de se assemelhar a uma pista de boliche, ela avançou até a escrivaninha, mas parou na metade do caminho e deu meia-volta.

– Cá estou eu sendo mal-educada de novo. Esqueci-me de lhe oferecer algo para beber outra vez.

– Estou bem assim. Obrigado.

– Como preferir.

Ela completou o caminho, notando que tinha deixado a cadeira, na qual havia se sentado no dia anterior, fora do lugar e virada. Ricardo teria desaprovado isso, e ela deveria ter arrumado a cadeira junto ao seu lugar de descanso.

Alisando o terninho preto e cor-de-rosa Chanel, virou-se de frente para ele.

– Então, diga-me, detetive, encontrou algo nas fitas de segurança?

– Sim. Encontrei.

Ao encará-lo, comandou ao rosto que se desmanchasse lentamente numa expressão próxima ao medo e à preocupação.

– Meus irmãos estão bem?

– Importa-se se eu aproximar essa outra cadeira para que possamos nos sentar juntos?

– Não. Não me importo nem um pouco.

Fingindo necessitar se sentar para não correr o risco de desmaiar, empurrou os cabelos por cima do ombro, sentou-se na cadeira que havia arrumado e cruzou as pernas.

Debaixo de toda essa demonstração de feminilidade, tudo era calculado.

De La Cruz foi para o seu lado direito e apoiou o laptop nos joelhos.

– Então, conseguimos acesso às imagens das câmeras graças ao laptop que nos permitiu levar da sala de segurança. Ficamos muito surpresos por encontrarmos imagens tão antigas.

– De quanto tempo atrás?

– Mais de um ano.

– Um ano?

Fez de conta que rastreava o rosto dele como se em uma tentativa de ler sua expressão.

– Então, o que descobriu? – perguntou num tom frágil.

– Pensamos que isolar as imagens relevantes seria um desafio, mas o seu irmão era muito uniforme em suas ações. Todas as manhãs, mais ou menos a esta hora, para ser mais preciso, ele caminhava pelo espaço da galeria abaixo. Descobrimos isso quando começamos a pesquisar as imagens e, por conta desse hábito, conseguimos encontrar a noite em questão com bastante eficiência.

– O que aconteceu com ele? – ela perguntou num tom neutro.

Os olhos castanhos dele se tornaram graves.

– Essas imagens serão difíceis de olhar. Mas tenho que lhe pedir que veja se reconhece alguém nelas.

Apoiando as palmas nos joelhos, ela abaixou a saia algumas vezes e engoliu em seco de propósito – mas foi algo genuíno, e não fingimento. De repente se sentiu emotiva.

– Acabei de descobrir que estou nervosa.

– Lamento muito. De verdade. Mas, se queremos apanhar os assassinos dos seus irmãos, precisamos investigar todos os caminhos possíveis. E você é um deles.

– Mas não sei de nada sobre os negócios deles.

– Entendo. Mas, às vezes, as memórias se misturam. – O detetive tocou na cabeça. – A mente se lembra de coisas das quais sequer temos ciência de saber.

– Mostre-me.

Ele levantou a tampa do laptop. Depois de digitar alguns comandos, virou o aparelho na direção dela para que ela pudesse ver.

– As imagens relevantes foram copiadas e unidas das diversas câmeras. Você verá um contador digital das horas e uma mudança de número no canto direito inferior como resultado disso. Mas apenas se concentre no que está acontecendo, está bem?

Vitoria se inclinou para a frente. Havia uma caixa de vídeo no centro da tela mostrando uma imagem em branco e preto da plataforma externa na entrada de trás da galeria. Bem como na descrição de De La Cruz, havia uma contagem de tempo em branco com o número romano "I" junto a ela no canto.

– Pronta?

– Sim.

Ele apertou alguma tecla e o contador começou a se mover.

– Notará que...

– Psiu – ela disse quando duas figuras apareceram.

Homens. Altos e fortes, sendo que um deles vestia um casaco elegante. O outro trajava um tipo de jaqueta de couro. Era difícil ver seus rostos porque ambos olhavam para baixo, e eles ficaram parados diante da porta fechada por apenas um minuto antes de ela ser aberta. Ficaram parados, evidentemente conversando com alguém, e depois tiveram permissão para entrar – e a imagem da câmera mudou, passando para o interior da galeria.

Um homem sem casaco os levou até onde as obras de arte estavam e deve ter lhes dito que parassem onde estavam, depois foi sozinho até a porta que conduzia ao escritório de Ricardo. Havia dois seguranças, um de cada lado, e depois de uma breve discussão, o primeiro desapareceu, evidentemente para levar um recado ao andar de cima.

Depois, o homem no casaco de alta qualidade falou com o par de sentinelas enquanto seu associado de jaqueta de couro começava a andar ao redor das peças em exposição. Então o primeiro homem pegou algo de dentro do casaco – um charuto. Apontou para ele enquanto falava, como se pedisse permissão dos guardas para fumar.

O da esquerda apontou para uma placa e balançou a cabeça. O homem do casaco perguntou mais alguma coisa. Depois de um segundo, o guarda da direita deu de ombros... abriu a porta para a escada...

O ataque foi tão veloz que os olhos de Vitoria não conseguiram acompanhar. O homem de casaco logo estava perto do outro guarda partindo-lhe o pescoço – enquanto o de jaqueta de couro se aproximou do outro e o esfaqueou uma, duas vezes.

– *¡Dios mio!* – ela exclamou. Não foi difícil deduzir o desfecho da cena.

Houve uma rápida conversa entre os dois homens. Então o capanga daquele de casaco arrastou o guarda esfaqueado por ele para trás de uma das exibições e ambos desapareceram pela escadaria que levava ao escritório de Ricardo.

– Não existem câmeras no escritório do seu irmão, nem nas escadas – o detetive pontuou com discrição. – Por isso não sabemos com exatidão o que aconteceu.

No entanto, o resultado foi óbvio. Em poucos minutos, os dois homens surgiram e o capanga carregava alguém no ombro.

– Acreditamos que esse seja seu irmão – disse o detetive. – Ricardo.

Sim, ela pensou quando as lágrimas surgiram. Conseguia reconhecer o terno, os sapatos, a parte de trás da cabeça.

Houve uma pausa enquanto os homens perscrutaram ao redor, como que para terem certeza de que a presença deles não fora notada nem que nenhum alarme tivesse disparado. Depois se moveram com rapidez, indo para a área dos funcionários.

– Não há câmeras nos fundos. – O detetive pigarreou. – Mas os verá saindo...

E lá estavam eles. Passando pela porta dos fundos... e saindo do campo de visão da câmera.

Vitoria se recostou e não teve que fingir que estava chocada. Cobrindo a boca com a mão, fechou os olhos. A ida até aquele buraco na Montanha Iroquois, na qual encontrou os restos mortais do irmão naquele porão, havia lhe proporcionado o fim da história. O detetive acabara de lhe dar o começo.

Quando conseguiu falar, disse rouca:

– E quanto a Eduardo? Descobriu algo a respeito dele?

– Não. Não encontramos nada.

– Por que alguém haveria de feri-los? – perguntou, em parte para que ficasse bem na história, mas também com o intuito de expressar sua tristeza genuína.

Um dia foram crianças. Todos eles foram crianças... um dia. Como chegaram àquilo? Em retrospecto, considerando-se como foram difíceis e terríveis os primeiros anos, e os meios pelos quais Ricardo os tirara da pobreza, de que outro modo poderia ter terminado?

– Por que... – ela sussurrou.

– Senhorita Benloise, quer mesmo que eu responda a isso?

Ela se arrancou do passado.

– Sim.

– Se notar o mostrador de hora, verá que já havia passado muito do horário de funcionamento da galeria. Mesmo assim há três seguranças no local enquanto seu irmão trabalha até tarde, e as câmeras de segurança filmam apenas a porta de trás e o espaço de exposições da galeria, mas nenhum dos escritórios dos seus irmãos, tampouco toda a parte de trás do prédio. E a realidade é, quando continuamos a ver as filmagens, existem algumas pessoas que entram e saem, sempre depois do fechamento, para ver seu irmão no andar de cima. Você tem que se perguntar: que tipo de negócios legítimos ele poderia estar fazendo?

– Eu... eu não sei. – Fitou os olhos castanhos do homem. – Mas e quanto aos corpos? Não havia guardas mortos quando eles saíram?

– Um dos homens voltou. Pouco antes do amanhecer. Ele trabalhou rápido e os tirou daqui. Devem ter conseguido a senha de segurança ou uma chave de alguma maneira. Quando os funcionários chegaram às nove da manhã, tudo estava limpo.

Vitoria se recostou e olhou direto para a frente.

– Minha pergunta para você é – continuou o detetive –: reconhece algum desses homens que levaram o seu irmão?

– Deixe-me assistir de novo.

Ela reviu a filmagem duas vezes mais, aproximando-se o quanto pôde da tela. Quando se afastou, não teve que mentir.

– Não, não reconheço. Nunca os vi antes.

Mas os reconheceria no futuro, isso era certo. Foi por isso que ela assistiu de novo e depois uma vez mais.

De La Cruz limpou a garganta.

– Isso não deveria surpreendê-la, mas essa não foi a primeira vez que o homem de casaco se encontrou com o seu irmão.

– Não?

– Ele esteve aqui antes daquela noite. Temos imagens de cerca de um mês antes do ataque, e ele esteve na galeria algumas vezes.

Vitoria emitiu um som sem significado e olhou adiante, invocando mentalmente as feições dos dois assassinos que acabara de ver.

– Senhorita Benloise, disse-me que estava hospedada na casa de West Point do seu irmão.

– Sim. – Ouviu-se dizer. – Estou hospedada lá.

– Você se importaria se vasculhássemos o local e tivéssemos acesso aos equipamentos de monitoramento daquela propriedade?

Vitoria tentou ordenar os pensamentos e, depois de um momento, assentiu.

– Sem dúvida. Fique à vontade.

Seria ingenuidade pensar que nenhuma outra pessoa teria aparecido nas imagens – pessoas que poderiam ser presas por estarem ligadas às atividades ilegais, graças ao que deixara a polícia ver.

Estaria prejudicando a si mesma e às suas ambições dando-lhe ainda mais acesso? E se os negócios que viera até ali para administrar fossem dizimados por todas aquelas provas? Mas, pensando bem, a polícia sem dúvida sabia muito mais do que revelava.

E caso tivesse que recomeçar do zero, era o que faria.

O detetive voltou a falar, mas ela não estava prestando atenção. Estava ocupada demais pensando nos movimentos de xadrez que a situação requeria. E, no fim, sabia que não tinha de fato uma escolha em relação à casa em West Point. Se não lhes garantisse permissão, seria o mesmo que poderia ter acontecido com a galeria: eles por certo conseguiriam que uma corte liberasse quaisquer obstáculos que ela tentasse impor.

Além disso, era crucial que esses dois agressores fossem impedidos, quer ela o fizesse por trás dos panos, quer a polícia o fizesse às claras: se queria estar naquele negócio, bem poderia acabar se tornando um alvo como irmã de Ricardo e de Eduardo. Matar ou morrer nunca antes fora uma expressão tão adequada.

Supondo-se que aqueles homens ainda estivessem vivos. Talvez seus destinos tivessem sido providenciados por outra pessoa?

– Quero ajudá-lo de todos os modos que puder – ela disse, quer isso fosse apropriado ao que ele dizia no momento ou não.

– Somos gratos por isso. – Houve uma pausa. – Só tenho mais uma pergunta a fazer. O que fazia aqui na noite em que chegou, após o fechamento da galeria?

Vitoria voltou ao momento.

– Desculpe. O que disse?

– As imagens das câmeras de segurança de três noites atrás mostram-na chegando pela porta dos fundos e sendo recebida dentro da galeria por um homem. Pode, por favor, nos explicar o que estavam fazendo?

Ela limpou a garganta e fingiu estar aborrecida.

– Como eu não tinha notícias dos meus irmãos, liguei para um número que me deram muito tempo antes disso tudo. Um homem atendeu. Ele me orientou para vir à galeria assim que me fosse conveniente e foi o que fiz.

– O homem trabalha para a galeria?

– Creio que faça parte da segurança. Ele fez com que eu me sentisse... pouco à vontade. Ameaçou-me. Fiquei tão assustada que fui embora pouco depois de ter chegado. E sabe, foi estranho. Margot e eu, quando ela veio me ver na noite antes de ser assassinada... Sabe, nunca liguei esses fatos... – Olhou alarmada para o detetive. – Mas ela o mencionou. Ela me disse que... disse que ele fez avanços em relação a ela, mas ela o recusara e... O que quero dizer é que ela me pareceu assustada.

– Qual o nome dele?

– Streeter. O nome dele é Streeter. Não mencionei isso antes porque, de onde venho, não falamos dessas coisas. Mas está tudo diferente agora. Tudo... está diferente agora.

– Estaria disposta em ir à delegacia para prestar seu depoimento?

– Existe algum modo de eu poder fazer isso amanhã? Eu... eu acho que preciso me deitar um pouco. Não estou me sentindo muito bem...

– Certamente.

Ela o fitou nos olhos.

– Quero que apanhe esses infelizes, detetive De La Cruz. Eles precisam ir para a cadeia pelo restante de seus dias em razão do que fizeram com Ricardo... E pelo que podem ter feito com meu outro irmão.

De La Cruz assentiu.

– Esse é o meu trabalho, senhorita Benloise. E sou muito bom no que faço.

Capítulo 48

Enquanto a noite caía e Jane continuava dormindo na cama deles, Vishous foi nu para os computadores e se sentou na sua cadeira de Capitão Kirk. Levara a jaqueta de couro ao sair do quarto, e depois de acender um cigarro, vasculhou os bolsos.

A arma do civil Whinnig era de um tipo comum, uma 9 mm nada especial Smith & Wesson, e quando ele tirou o cartucho, verificou as balas. Restavam três, e ele as tirou do seu confinamento, rolando-as na palma.

Por que não funcionaram contra a entidade? V. atirara como um louco na sombra que o atacara e acabara ferindo-a. Mas Whinnig dissera que as balas a atravessaram sem surtir efeito algum – e seus ferimentos seguramente pareceram consistentes com um ataque infligido por um inimigo forte.

Talvez o relato fosse falso. Afinal, o garoto que morrera – e, olá, retornara dos mortos – não fora treinado para combates. Mas, Jesus, o quanto você precisa ser treinado para perceber se está acertando a coisa que está tentando te matar?

Sentando-se à frente, arrumou as três balas numa fila, os fundos achatados e a pontas de cobre coloridas. As balas estavam exatamente de acordo com a expectativa sobre a munição de um civil adquirida numa loja de artigos esportivos como a Dick's Sporting Goods.

O fator com que V. se preocupava era se Ômega estava melhorando algum protótipo. Reforçando a fraqueza de uma criação a fim de torná-la uma arma mais eficiente. O inimigo da raça dos vampiros era desalmado, maligno e uma praga para o maldito planeta – mas estava muito longe de ser um idiota. E uma arma que não conseguia suportar ser alvejada era menos eficiente do que uma que suportava.

V. se recostou e fumou um pouco, o cérebro passando por todas as variáveis.

Quando sua calculadora mental continuou lhe mostrando apenas zeros, frustrou-se e resolveu verificar alguns grupos do Facebook , com o intuito de averiguar se a espécie já estava sabendo do ataque. O irmão, Aarone, fora para casa e indubitavelmente estava falando com pessoas da *glymera*.

Não. Nadinha.

Mas, pensando bem, a aristocracia sempre se considerou acima da mídia social...

Quando seu celular sinalizou a chegada de uma mensagem de texto, ele estendeu a mão e pegou o aparelho. Quando viu de quem era e do que se tratava, praguejou e se levantou.

Voltando para o quarto, entrou sem fazer barulho, pois não queria acordar Jane – nem Butch ou Marissa, que dormiam no quarto ao lado. E estava se saindo muito bem com os planos de se vestir quando bateu o pé descalço no canto da cômoda.

Sim, claro, conseguiu manter o PUTA MERDA MASQUEPORRAFOIISSODOCARALHO para si, mas o trovejado contato de dedo com madeira não foi algo que pôde controlar.

– V.? – Jane o chamou sonolenta.

– Ei. – MASQUECARALHODAPORRA... Ele esfregou o pé. – Desculpe. Não quis te acordar.

Mas, claro, agora que está acordada, amor, será que pode amputar a parte inferior da minha perna? Isso seria maravilhoso. Obrigado.

– Tudo bem?

– Perfeito. – Pescando dentro da cômoda, ele agarrou e tirou o primeiro par de calças com que se deparou. Depois pegou uma camiseta. – Tenho que dar uma escapada de um segundo para uma reunião com a Irmandade.

– Hummmm… Eu te amo. Vou até a clínica. Que horas são?

– Seis da tarde. Você tem mais uns vinte minutos. Te amo também.

Fechando os olhos, ele se concentrou…

… e depois de um rodopio mental, apareceu do Outro Lado, no Santuário. Sem perder tempo, atravessou o gramado astral, mas tão real, indo na direção do Tesouro.

Quando ele se aproximou da construção, Phury saiu de baixo do arco de entrada e ergueu uma mão.

– Ei, meu irmão – ele o chamou. – Obrigado por vir.

– Sem problemas. – V. diminuiu o passo ao ver a expressão estranha do cara. – Que foi. Por que está me encarando assim?

– Calças interessantes.

– Hein? Ah, cacete…

Quando V. olhou para a parte inferior do corpo, seu único pensamento foi o de agradecimento por ser Phury ali e nenhum dos outros: estava sentindo as calças de pijama de Jane, cor-de-rosa. Aquelas que tinham os Meus Pequenos Malditos Pôneis desenhados. Aquelas que foram dadas a todas as fêmeas da casa por Lassiter – não porque ele gostasse dos Pequenos Pôneis do cacete, mas porque o anjo caído sabia que, quando as senhoras as vestissem, seus *hellrens* teriam que ver Apple Jack e Rainbow Dash em seus pesadelos.

E agora V. estava vestindo as calças como se fosse um grande fã.

E, P.S., elas estavam bem curtas porque ele era bem uns vinte e tantos centímetros mais alto que sua *shellan*.

– Essa é a última vez que me visto no escuro – resmungou.

– Ei, podia ser pior.

– Ah, é? Como?

– Você podia ter vestido a parte de cima também.

– Você vai se ofender se eu as tirar?

– Está de cueca por baixo?

– Claro que não.

– Então vamos deixar esses cavalinhos onde eles estão, combinado? – Phury lhe lançou um sorriso condescendente. – Só para o caso de uma das Escolhidas estar por aqui. Recato, entende?

– Pessoalmente, eu preferiria a minha rotina de uma bola só a isto aqui, mas, ok, claro, sem problemas. O que você quer? – V. acenou para o interior do Tesouro. – O que aconteceu aqui, Phury?

– É bem ruim. – Os brilhantes olhos amarelos de Phury se estreitaram. – Um ruim de proporções épicas, pra falar a verdade.

Os dois entraram, as caixas de pedras preciosas brilhando como labaredas contidas, a riqueza ao mesmo tempo extraordinária e esperada.

O irmão se aproximou do mostruário vazio com a marca de chamuscado.

– Adivinha o que estava aqui.

– O livro de receitas de Fritz, o qual ele finalmente conseguiu recuperar. – V. tateou à procura de um cigarro e percebeu que não havia trazido nenhum. – Droga.

– Eu não deixaria que você fumasse aqui, de um jeito ou de outro. – Phury levantou a tampa de vidro. – E, na verdade, esse era um livro de receitas. Mas do tipo que você não quer nas mãos de ninguém... e esse era o motivo pelo qual estava aqui.

– Gostaria de te lembrar que não podemos ter câncer de pulmão – V. resmungou. – E tudo aqui é perfeito, lembra? Aposto como, se eu exalasse fumaça, pétalas de rosa sairiam pela minha boca... Mas estou divagando. Livro de receitas? Do que você está falando?

– É um livro de feitiços. Quem quer que esteja em posse dele pode dar vida a coisas muito ruins.

V. deixou de lado a leveza bem rápido.

– As entidades sombra.

– Foi o que pensei. Aquelas coisas simplesmente começaram a aparecer, não foi?

– Mas por que Ômega precisaria de um livro? Se ele sabe como...

– Você estava certo naquela primeira noite. Não creio que seja Ômega. Isso então é apenas mais um problema no punhado que temos. – O irmão passou a mão sobre a marca de queimado. – Porque, olha só, o outro motivo pelo qual o livro era mantido aqui é porque ele não pode ser destruído. Se você o queimar ou rasgar as páginas, acaba soltando todos os feitiços de uma vez só. Por isso este foi considerado o lugar mais seguro. Não era para ninguém ter acesso a ele.

– De onde diabos ele surgiu?

– Não conheço suas origens. Só estou repassando o que Amalya, a Directrix, me contou. Ela está muito perturbada, não só pelo desaparecimento do livro, mas porque nós dois estamos nos perguntando: quem teve acesso ao Santuário quando supostamente não deveria estar aqui em cima? Deixa eu te perguntar uma coisa, quando foi que você e Jane vieram para cá e notaram o sumiço dele?

– Eu te disse isso na outra noite. Quando te procurei nos Grandes Campos. Jane e eu estávamos só... bem, ela acabou aqui depois de ter sido alvejada. – Pensou em Lassiter. – E eu vim atrás dela. Foi ela quem percebeu e me mostrou.

Phury imprecou.

– Vou ter que falar com Wrath a respeito disso.

V. olhou para as portas abertas. Se havia um momento para ser diplomático na sua vida, o momento era agora.

– Olha só, meu irmão, não sei como te dizer isso de um jeito agradável. – Tentou escolher as palavras com cuidado. – Mas existe alguma possibilidade de uma das suas Escolhidas estar por trás disso?

Oooouuuu.... ele simplesmente podia deixar a merda bater no ventilador.

– Claro que não. – Phury o encarou bravo. – Aquelas fêmeas estão...

– Livres no mundo. Fazendo conexões. Conhecendo pessoas nas reuniões na Casa de Audiências, on-line, enquanto trabalham. Como pode saber se uma delas não o pegou, quer para uso próprio, quer para o de outra pessoa?

Phury cruzou os braços grossos diante do peito – e V. teve certeza de que, se não fosse um cavalheiro, o irmão estaria desferindo o tipo de soco que arrancava dentes.

– As minhas Escolhidas jamais fariam alguma coisa para prejudicar a raça.

– Mas pense bem. – V. mostrou as palmas, num gesto de paz. – Ninguém pode vir aqui sem permissão. Então, das duas uma: alguém que tem acesso pegou o livro, ou alguém que tem acesso pegou o livro para outra pessoa. Não existe nenhuma outra explicação lógica.

Às oito horas naquela noite, Vitoria parou o Bentley do irmão uns sete quarteirões de distância da galeria. Era uma vaga permitida, mas não havia motivo para colocar moedas no parquímetro porque passava das seis.

A neve prevista estava ali e, antes de abrir a porta do motorista, ela cobriu a cabeça com o capuz do moletom preto e subiu o zíper da parca que tinha usado para se manter aquecida na subida da montanha. Depois de uma pausa para verificar o celular, saiu e manteve a cabeça abaixada contra os flocos de neve que batiam no seu rosto.

Enquanto se afastava do Bentley, deixou-o destrancado e a chave no meio do console.

Uma pena que não tinha com quem apostar quanto tempo levaria até que alguém levasse o Flying Spur. O tempo estava ruim, claro, e isso podia diminuir o número de passantes, e com isso, o número de ladrões. Mas era um sedã de 250 mil dólares. Um ou outro drogado tiraria vantagem da boa sorte. Assim era a raça humana.

Vitoria manteve um ritmo rápido à medida que avançava, com as mãos enfiadas nos bolsos da parca que a deixava mais larga, com a cabeça ainda abaixada e o rosto escondido pelo capuz.

Avançou ainda mais em direção ao centro... até que, alguns quarteirões mais adiante, ela chegou à ponte sobre o rio.

Graças às muitas entradas e saídas de acesso que abasteciam as quatro pistas acima da água, havia um mundo inferior vasto e escuro por baixo das grandes faixas elevadas de asfalto – e ela manteve o passo até a área protegida. Ali, as rajadas de vento eram mais fracas e a neve era impedida de cair sobre a terra dura e congelada. Casulos de sem-teto salpicavam o cenário estéril, com seus corpos enroscados debaixo de cobertas imundas, de modo a se tornarem rochas na face da lua da pobreza. Em todo o redor, jornais dançavam em torno de incontáveis garrafas de bebidas vazias e abandonadas, como crianças demonstrando uma alegria inadequada.

Acima, o trânsito era um fluxo constante de som ambiente, o peso dos carros e caminhões se sacudiam e tossiam uma buzinada ou sirene ocasional.

Vitoria caminhou ao longo da extensão até a parte oposta, para o lugar em que a rodovia começava sua elevação, a bifurcação em duas pistas criando uma área reservada.

E lá estava ele.

Streeter estava exatamente onde tinham combinado de se encontrar, o corpo alto também envolvido pelas mesmas roupas que usara durante a viagem ártica. Quando ela se aproximou, ele acendeu um cigarro e tragou.

– Ei, o que está acont...

Ela atirou nele duas vezes. Ambas no peito.

O silenciador fez seu trabalho à perfeição: o som mais alto foi o dele caindo no chão, aterrissando de costas num baque.

Dois passos mais e ela o alcançou. Arquejando, ele levantou uma mão como que para afastá-la de si enquanto a outra amparava o peito.

Ela pôs mais uma bala na testa dele e uma última na frente da garganta.

Depois, Vitoria guardou a arma na cintura das calças para neve e se afastou, de cabeça baixa e mãos nos bolsos.

Conforme seguia, percebeu o calor do cano encostado no corpo, e pensou, estranhamente, na última vez em que fizera sexo. Já fazia um tempo desde que teve uma coisa quente, cilíndrica e dura contra o ventre. Muito tempo. Embora parte do motivo disso fosse porque era difícil ser discreta em casa. Não teria esse problema aqui.

Mas essa era uma preocupação para outra hora. Agora ela tinha que continuar com seus planos para a noite.

Preferiria pegar um ônibus ou metrô para voltar à galeria. Um táxi seria ainda melhor. Mas não podia arriscar e deixar que alguém a visse ou interagisse com ela. Portanto, caminhou debaixo da ponte e se familiarizou com as ruas da cidade.

Os flocos de neve voltaram a cair sobre Vitoria, e sua respiração saía em baforadas, como fumaça de uma locomotiva.

Andou quase 45 minutos antes de a galeria surgir, e ela evitou a entrada de trás. Em vez disso, foi pela frente, como se fosse uma cliente legítima. Graças a De La Cruz, ela sabia que, por algum motivo, o irmão não tinha câmeras de monitoramento na entrada principal. Mas, a bem da verdade, seus associados ilegais iam e vinham pela dos fundos – e Ricardo jamais tivera a intenção de entregar as imagens dessa câmera para a polícia.

Não mesmo. Na verdade, após pensar um pouco, Vitoria podia apostar que ele as manteve para seus registros particulares, como uma apólice de seguro para o caso de alguém ter alguma ideia brilhante.

Ela também saíra pela porta da frente. E não ligara o alarme.

Dessa forma, não haveria nenhum registro de ela ter saído do prédio e entrado mais tarde. Para esse fim, teve que se esquivar cuidadosamente das câmeras que monitoravam o espaço interno da galeria até a porta que levava ao escritório de Ricardo.

Outra vantagem de ter assistido às imagens que De La Cruz lhe mostrara tantas vezes foi que ela descobriu onde estavam os pontos cegos.

Por isso, foi para um canto escuro que a câmera não cobria e trocou de roupa, vestindo as de trabalho que havia deixado ali. Depois guardou a parca, as calças para neve, o moletom e a arma numa representação tridimensional oca de um cogumelo. Depois disso, deu uma volta ao redor , a fim de ir para a área dos funcionários sem ser vista... Só para fingir que saía de lá com seu casaco e bolsa.

Certa de estar sendo vista e filmada pelas câmeras, atravessou o espaço interno da galeria e verificou a porta da frente mesmo estando fora do campo de visão das câmeras... depois voltou para onde era filmada e caminhou até a saída dos fundos.

Depois de acionar o alarme, saiu e trancou a porta.

Depois olhou para a esquerda. Olhou para a direita.

Franziu o cenho.

Saindo do campo de filmagem, esperou o tempo que achou necessário para perscrutar a área como se tentasse ver o local em que o Bentley deveria ter estado.

Com mãos trêmulas de propósito, pegou as chaves e voltou a entrar, desligou o alarme, certificando-se de trancar a porta. Depois pegou o celular. Deixou-o cair. Apanhou-o e afastou os cabelos do rosto.

Com as mãos que obrigou a tremer, discou para um número e aproximou o aparelho do ouvido. Quando a chamada foi atendida no terceiro toque, ela garantiu que a voz saísse em pânico.

– Detetive De La Cruz? Lamento incomodá-lo, mas disse que o procurasse caso algo acontecesse? Bem, parece que meu carro foi roubado.

Capítulo 49

Em meio a um pesadelo de estar sendo seguido, Assail despertou num rompante que movimentou os quatro membros. Por uma fração de segundo, ele não teve a mínima noção de onde estava – ainda num beco com assassinos atrás dele? Era Marisol quem gritava por ajuda... Só que ele sabia que, caso se aproximasse dela, só levaria morte consigo...?

Foi então que olhou ao redor, notou a sala de descanso do centro de treinamento e a sequência mais recente da realidade lhe voltou: ele e Marisol trazendo a avó para a clínica da Irmandade; o recebimento da boa notícia de que tudo estava basicamente bem; os dois chegando à conclusão de que ele e Marisol passariam o dia ali para o caso de haver necessidade.

E, depois de ele ter se sentado ali naquela cadeira, onde, evidentemente, acabou dormindo.

– Você está bem?

Ele olhou para o outro lado do cômodo. Perto da bancada na qual a comida era servida, Marisol colocava itens em uma bandeja: duas canecas fumegantes de café, ovos, fritada de batatas.

– Sim, sim. Claro. – Ele se sentou ereto e esfregou os olhos. – Não tive a intenção de adormecer.

– Estamos os dois exaustos. – Ela se aproximou e puxou uma cadeira para perto dele. – Acho que eles gostam de café da manhã para jantar por aqui... mas tudo bem por mim. Peguei o bastante para nós dois.

Ele não estava com fome, embora já não comesse há um tempo.

– Tome. – Ela se sentou e apoiou a bandeja nos joelhos. – Beba isto.

Ele pegou a caneca oferecida para não ser mal-educado, mas depois de dois goles, decidiu que não era uma boa ideia. Já estava bastante agitado.

– Ovos? – ela ofereceu.

– Agora não. Mas obrigado.

– Como disse, tenho o bastante para nós dois.

– Obrigado. – Ele se recostou e se concentrou no calor transferido pela caneca para sua palma. – Você é muito gentil.

Enquanto Marisol comia, ele não se deu conta de haver um silêncio tenso, mas em seguida ela exalou com força e parou de mastigar.

– Olha só, eu sinto muito – disse ela. – Mas você sabe que ela não falou sério, não sabe?

Assail franziu o cenho.

– Desculpe, o que disse?

Marisol abaixou o garfo e limpou a boca com um guardanapo de papel.

– Aquela coisa que a minha avó disse sobre você se casar comigo ou ela morre? É um monte de bobagem... Ela só está brincando com a gente. Não que seja uma desculpa.

– Ela não fez nada para me deixar constrangido.

– Tem certeza? Porque, desde que ela disse aquilo, tenho sentido um distanciamento, uma estranheza, e não culpo você por isso. Ninguém precisa de pressão assim. Estou satisfeita com... Você sabe, o que temos, seja lá o que for, está bom para mim.

Assail fechou os olhos. Tentou falar. Fracassou.

– Uau – disse ela com secura. – É ruim assim?

Ele levantou as pálpebras.

– O que disse?

– Aquilo que você ia me dizer na sua casa. Antes do desmaio.

Quando ela se levantou, ele se sentou à frente.

– Marisol...

Quando ele não conseguiu terminar a frase, ela se aproximou da geladeira onde os Gatorades e as Cocas-Colas estavam. Fitando os produtos à mostra, mas sem tirar nada de dentro, ela murmurou:

– Tudo bem se você mudou de ideia. Sobre nós, quero dizer.

– Não mudei.

Marisol se virou de frente para ele.

– Mudou, sim. Consigo ver nos seus olhos. Na sua voz. Está em tudo. Alguma coisa mudou, então o que foi... Você me quer ou quer que eu saia da sua vida?

Enquanto ele permanecia em silêncio, ela balançou a cabeça.

– Só pra você saber, de todo modo eu vou ficar bem. Vou ficar perfeitamente bem sem você. Não porque não te amo, mas porque maldita seja eu se qualquer outra coisa que não seja uma bala me derrube.

Enquanto ela falava, Assail se concentrou na lateral do pescoço dela... no lugar em que a mordera.

– Pode, por favor, me olhar nos olhos? – ela murmurou ao levar à mão à garganta. – Pra que diabos você está olhando?

Assail queria que houvesse outro modo. Rezou, uma vez mais, para que alguma solução lhe surgisse. Implorou ao destino por um caminho diferente.

No fim, contudo, não havia nenhum. Ele simplesmente não conseguiria seguir com a mentira. Não importava que isso lhe custasse sua fêmea, ou que deveria haver uma hora melhor, ela merecia saber.

– O que foi? – ela estrepitou. – Diga de uma vez!

Quando Assail depositou a caneca de café no chão, teve a nítida impressão de que seria a última coisa que ela lhe daria.

Mudando de posição, levantou-se da cadeira e começou a abrir a camisa, um botão depois do outro.

– O que está fazendo? – ela exigiu saber. – Não estou interessada em sexo, pra sua informação.

Puxando as pontas da camisa para fora da calça, ele desabotoou até o fim e depois tirou as abotoaduras, guardando-as no bolso da calça.

Afastando as duas metades da camisa, deixou que ela escorregasse dos ombros até o chão.

– Diga-me o que vê, Marisol – ele ordenou.

– O quê? – A impaciência fez com que ela balançasse a cabeça. – Que diabos você está falando?

– Olhe para mim. Observe com atenção. O que você vê?

Os olhos dela passaram pelo peito e pelo estômago dele.

– Vejo um homem. Vejo você. O que quer com isso?

– Lembra-se da minha aparência na primeira noite em que veio me ver aqui? – O retraimento lhe informou que ela se lembrava. – Lembra-se de como estava o meu corpo?

– Você estava doente.

– O bastante para você acreditar que eu estava morrendo, certo?

– É por isso que eu fiz a maldita viagem para cá.

– E veja como estou agora. Como mudei.

Essa última parte não foi uma pergunta. Foi um desafio.

Ela deu de ombros.

– Você está muito mais... saudável. Mais forte. Mais parecido consigo mesmo.

– Quantos dias se passaram, Marisol?

Nesse momento, ela franziu o cenho.

– Não sei. Três. Quatro?

– E quanto ao meu cabelo? – Ele puxou os fios que fácil, fácil estavam do dobro ou do triplo do comprimento de antes. – Como ele está diferente?

Enquanto ele continuava a pressioná-la, a mudança nela foi diminuta, mas poderosa. Em vez de motivada pela raiva, ela estava parada, como se mal respirasse.

– Pense em como eu estava comparado ao que estou agora, parado diante de você – ele disse com rispidez. – E admita para si mesma que notou essas coisas ao longo dos últimos dias e se perguntou como isso era possível. Você viu como estou recobrando meu peso rapidamente, com que rapidez tenho me recuperado. Sei que percebeu as diferenças, mas deixou isso no fundo da mente, não deixou? Você se questionou... mas estava tão grata por eu estar bem que simplesmente... – Ele fez um movimento de explosão junto à cabeça. – Não parou para pensar nisso.

Marisol cruzou os braços diante do tronco.

– E daí? Você está melhor.

– Pergunte a si mesma como. Pergunte a si mesma... por quê? E a resposta não fará sentido. É muita melhora para tão pouco tempo, e você sabe que não escondi nada porque me viu sem roupas. Você sabe que algo em mim não parece certo. Pressentiu isso há muito tempo... Desde o momento em que a confrontei por ter me espionado. Isso sempre esteve no pano de fundo, mas havia razões demais para não dar muita atenção.

O fato de ela recuar um passo partiu o seu coração. Mas lembrou-se de que aquele era o fim inevitável – e ele assumiria o fardo, não ela.

Ele lhe diria a verdade e depois, visto que a avó logo seria liberada da clínica, ele apagaria as memórias das duas. Sim, poderia ter simplesmente feito isso sem se revelar, mas seu amor por Marisol significava que ele tinha que se expor e sentir o desgosto e a raiva dela – porque merecia ambos. E também havia outro motivo para isso. Logo teria que se alimentar de Ghisele de novo e, pelo menos desse modo, ele não correria o risco de um encontro sexual com Marisol no qual ela se machucaria. Ou no qual algo lhe seria tirado sem saber o que acontecia.

Enquanto macho vinculado, era simplesmente perigoso demais.

– Não é verdade, Marisol? Você ficou se perguntando coisas, as quais não entende e não consegue explicar.

– Sim – ela sussurrou com olhos arregalados.

– A sua mão está no pescoço.

– Está.

– Sim. Quando olhou no espelho do banheiro e viu marcas ali, o que disse a si mesma?

A voz dela saiu muito baixa.

– Nada.

– Você menstruou? Quando estávamos no chuveiro, havia uma mancha de sangue. Você menstruou?

Os olhos de Marisol se desviaram.

– Hum, não. Não menstruei.

Ele teve de esperar que aquela expressão se voltasse para ele.

– Não sou como você, Marisol. Eu... sinto muito. Mas não sou um de vocês.

De repente, ele viu o peito dela começar a subir e descer rápido, cada vez mais rápido.

– Você está me assustando.

– Eu sinto muito. Sinto muito mais do que você jamais conseguirá imaginar.

Dito isso, ele curvou o lábio superior para trás dos caninos e os alongou, emitindo um grunhido.

Sola não conseguia ouvir nada além do bater trovejante do seu coração enquanto o homem que achou que conhecia estava diante dela, revelando... presas. Ela poderia dizer que as presas eram cosméticas, só que elas estavam se movendo.

Elas se alongaram bem diante dos seus olhos.

– Eu sinto muito, Marisol.

Ou pelo menos foi o que Assail deve ter dito. Ela não conseguia ouvir nenhuma maldita coisa.

Os olhos dela passaram pelo rosto dele, pelo pescoço... peitorais... aquele abdômen. E viu claramente o que, de fato, questionara sem se dar conta: nas últimas 48 horas, mais especificamente, parecia que ele recuperara uns vinte quilos de músculos, a pele já não estava mais frouxa, o corpo voltava à condição anterior.

Numa rápida sucessão, outras coisas filtraram-se em sua mente: ela nunca o vira à luz do sol. A casa de vidro dele era protegida por cortinas estranhas que ela deduzira estavam ali para lhe dar privacidade, mas agora? E também as luzes que se acendiam e desligavam. As pessoas que...

Uma tontura a acometeu. Os primos dele. Todos dentro daquela instalação.

A doutora Jane chegando e saindo da casa dele apesar de, agora que pensava no assunto, não houve carros na entrada para deixá-la nem para apanhá-la. O mesmo havia acontecido com Rhage. Ehric e Evale...

Depois Sola se lembrou do sangue ao redor do ralo do banheiro... e das marcas em seu pescoço. Bem em cima... da jugular.

– Ai... Meu *Deus*!

Sem nem pensar, ela se virou e disparou para fora da sala, correndo o mais rápido que podia, batendo os pés no corredor sem um destino em mente – apenas um pânico de alta octanagem energizando seu corpo.

Só que um brilho forte se tornou o seu alvo, como se fosse o horizonte, como se fosse a liberdade, e quando ela se aproximou dele, empurrou uma porta de vidro e disparou para dentro...

Uma piscina. Uma piscina olímpica.

Bem quando tudo foi percebido, Assail apareceu bem na frente dela. Do nada, de repente, ele apareceu *ali*.

Sola gritou, o som ecoou ao redor da vasta área de ladrilhos e ela tropeçou ao tentar se virar para correr novamente. Aterrissando num baque ruidoso, ela se virou e começou a se arrastar para trás, como um caranguejo, para longe dele, o terror e a incapacidade de sua mente processar o que ele estava lhe mostrando, lhe contando, transformando a realidade em um pesadelo.

Aquilo não podia ser real...

Assail ficou bem onde estava. E, no fim, o fato de ele não a estar encurralando ou sendo agressivo de algum modo penetrou em seu terror.

Sola parou de andar sobre mãos e pés e abaixou-se no chão. A respiração ainda explodia para fora dos pulmões, o medo era um rugido em seu peito... Contudo, ele estava...

De coração partido.

Enquanto permanecia ali, sem camisa e trêmulo, havia tanto sofrimento na expressão dele que, em outras circunstâncias, ela teria chorado por ele...

– Ei, tudo bem por aqui, minha gente? Precisam de alguma coisa?

Sola girou o corpo na direção da voz masculina. Aquele homem loiro e grandalhão, Rhage, enfiara a cabeça para dentro e parecia disposto a interferir caso necessário.

Ele não é um homem, ela pensou.

Ele é um vampiro...

Ela estava *cercada* por eles. Bom Deus, a avó estava num leito hospitalar e...

Quando Sola começou a vomitar, notou uma pilha de toalhas e engatinhou até elas, com as palmas e os sapatos guinchando no azulejo úmido, o estômago evacuou aqueles ovos bem quando ela apanhou algo no qual ampará-los.

Pelo canto do olho, ela viu os homens – os *vampiros* – conversando. Rhage sacudia a cabeça como em desaprovação, mas Assail colocara o corpo entre ela e o outro homem, como se não fosse admitir qualquer interferência.

Aquele perfume de Assail – forte, másculo – de repente apagou qualquer traço de cloro.

– Dê um jeito – disse Rhage. – Dê um jeito, cara. Ou eu dou.

Assail respondeu algo e o homem – o vampiro, o maldito *vampiro* – saiu.

– Vai me matar? – ela perguntou num grasnido.

– Não. Nenhum mal lhes acometerá aqui. – Assail apontou para a porta com a cabeça. – Assim que a sua avó tiver alta, vocês duas poderão ir. Vocês nunca... nunca mais terão que me ver ou a qualquer um de nós. Vocês nem se lembrarão...

– Vou me lembrar de *tudo* – ela ladrou. – Eu...

– Não. Não vai, não.

A tontura voltou quando ela imaginou o significado da resposta.

– O que vai fazer comigo?

– Vou garantir que não se lembrará de nada. Terei ido embora, e este momento e tudo o que veio antes disto que faz referência a mim não existirão para você. Estará livre desta realidade ao voltar para a sua vida.

– Não acredito em você.

– É verdade...

– Quantas vezes já mentiu para mim até agora?

– Marisol… – Quando a voz se partiu, ele pigarreou. – Marisol, você nunca foi ferida perto de mim e eu não permitirei que nada lhe cause apreensão ou sofrimento.

– Isso não é verdade – ela disse rouca. – Você me traiu. Estou sofrendo agora.

Ele fechou os olhos e abaixou a cabeça.

– Eu sinto muito…

– Afaste-se de mim – ela exigiu – e não quero que fique perto da minha avó. E saiba de uma coisa: se algum de vocês fizer qualquer coisa com ela, eu *mato* vocês. Não me importa o que vocês são. E quero que tirem as drogas ou o que quer que estejam injetando na veia dela neste exato minuto. Ela e eu vamos sair daqui agora. Estamos saindo da porra deste inferno agora.

Capítulo 50

Phury deixou o Santuário na frente, e V. teve a intenção de seguir os passos dos coturnos do irmão. Não foi surpresa, porém, que o cara não o quisesse por perto, considerando que ele acabara de duvidar de todas as Escolhidas. Então, depois de ter fechado o Tesouro, V. se viu dando um pouco de espaço para o irmão perdendo-se em divagações.

Ou melhor, vagueações.

Ainda que a primeira palavra fosse mais precisa para descrever a ação, ele pensou ao se aproximar dos aposentos privativos da Virgem Escriba. A cada passo, ele objetivava parar e se dissipar para chegar à reunião da Irmandade. A cada acréscimo em sua movimentação, ele de fato tinha a intenção de retomar a rota pretendida. A cada passo, dois passos, três, quatro... ele tinha outro destino em mente.

Em vez de voltar ao caminho inicial, contudo, ele acabou entrando nos aposentos da mãe através do painel que se retraía, parando no pátio. Os passarinhos se calaram ao perceber sua presença, e, quanto mais ele ali ficava, mais as asas coloridas se agitavam e mais patinhas pequenas saltavam de um lado a outro nos galhos. O equivalente aviário do caminhar ansioso de um lado a outro.

V. ficava pensando sobre o que Jane dissera a respeito da irmã caçula. Como a sensação de perda nunca ia embora.

Em tal contexto, ele sentia como se sua *mahmen* tivesse morrido no parto. Se fosse honesto consigo próprio – e odiava sê-lo no que se referia a merdas assim –, ele tinha saudade do que nunca existira, como se essa realidade fosse palpável. E agora que a Virgem Escriba se fora de fato, ele, de alguma forma, tinha o espaço para perceber que lamentava a perda de algo que nunca tivera.

E, puta merda, isso parecia um desperdício colossal de introspecção: por mais que respeitasse Mary e todo aquele papo de botar pra fora, ele nunca encontrara alívio ao revelar a verdade proverbial da sua fraqueza – quer isso fosse em particular ou diante de alguém com olhos de anime e diploma em serviços sociais.

Havia pessoas demais que se cobriam com o manto de vítima, criando um vácuo de identidade, o qual eles esperavam que o mundo se apressasse para preencher com compaixão não merecida.

Embora, dito isso, talvez ele estivesse apenas na defensiva, e não passasse de um merdinha preconceituoso.

Era bem provável. Deus, ele não sabia mais que merda fazer consigo. De fato, já tinha pensado em toda a conjuntura.

Ao cruzar o mármore branco, parou diante da fonte. Depois, se sentou na borda de pedra. A água saía da torneira e caía em pingos cristalinos sempre no mesmo lugar, o borrifo parecia um desenho em tecido, fixo dentro do arco descendente e simétrico, sem dúvida – em oposição ao que seria lá embaixo, com centelhas aleatórias e, de alguma maneira, mais belos por causa disso.

Pensou nas normas da raça, determinadas pela Virgem Escriba: seus mandatos cobriam desde a maneira como as Escolhidas tinham que viver, seu objeto de adoração... seu programa de procriação... bem como as regras e regulamentos das classes.

Ela chegara a proibir que lhe fizessem perguntas. Literalmente ninguém, nem mesmo Wrath, tivera permissão para lhe perguntar absolutamente nada.

Ah, bem... ela meio que deixou Butch se safar com isso. Mas só.

Enquanto as lembranças se misturavam dentro dele, Vishous estendeu a mão para a água sem nenhum motivo em especial, passando os dedos da sua mão amaldiçoada na parte mais funda...

Um calor estranho subiu pelo antebraço até o alto, e ele baixou o olhar.

A ferida que a sombra provocara em sua pele tremulou e desapareceu, como se mandada embora, sem deixar nenhuma marca vermelha residual.

– Mas que porra... – V. sussurrou.

E foi então que ele entendeu.

– Minhas balas – ele anunciou para os pássaros. – É por isso que as porras das minhas balas funcionaram.

De volta ao centro de treinamento da Irmandade, Sola invadiu o quarto da avó.

– Temos que ir – ela disse ao se aproximar do armário estreito. – Precisamos ir embora. Estamos indo agora...

A avó se sentou no leito.

– Do que está falando?

– Estamos indo embora. – Pegou as roupas da avó e se virou. – Preciso que se vista. Eu a ajudarei...

– Não vou embora...

– Sim, a senhora está indo agora. – Sola afastou as cobertas. – Nós...

– Marisol! O que aconteceu?

O tom afiado era exatamente aquele que funcionava quando ela era criança, e sua menininha interna de dez anos de idade se sobrepôs à adulta e a imobilizou.

Mas ela não estava disposta a falar de vampiros com a pobre idosa. Pelo amor de Deus.

– Eles são pessoas ruins – Sola disse estrangulada. – Eles... não são boas pessoas, vovó. Temos que fugir...

– Mas o que está dizendo... – A avó emitiu um som de dispensa no fundo da garganta. – Nos tratam bem. Eles nos tratam...

– Não vou discutir sobre isso com a senhora.

– Bom. Então não vamos!

Sola fechou os olhos.

– Sim, nós vamos. Sempre confiou em mim quando o assunto era a nossa segurança. Sempre. É assim que funciona entre nós. E estou lhe dizendo agora que temos que sair daqui.

A avó cruzou os braços diante do peito e a encarou.

– Não são boas pessoas? Na noite do seu sequestro, quem a libertou?

– Eu me libertei sozinha.

– Quem a trouxe de volta a Caldwell? Quem cuidou de você quando estava machucada?

– Não vamos falar sobre isso…

– Quando fiquei doente, quem me ajudou? Quem ficou com você? Quem se preocupa comigo agora?!

Sola olhou em pânico para o acesso na veia da avó.

– Não sabemos o que estão lhe dando!

– Perdeu a cabeça. Eu me sinto melhor. Não vou. Se quer ir, vá. Eu fico.

– A senhora vem comigo…

Quando Sola estendeu a mão, a avó a afastou com um safanão.

– Não manda em mim. Quer ser idiota, vá… Saia. Mas eu fico aqui e você não me obriga a nada. – Aqueles olhos estavam tão determinados quanto os de um tigre. – Conheço homens ruins, conheço pessoas ruins, já vivi mais do que você. Vi crueldade, ela foi feita para mim. Essas pessoas não são ruins. Elas nos protegem. Nos ajudam. Nos curam… E aquele homem? Ele te ama. Te ama com todo o coração e você é uma menina tola. Tola!

A torrente em inglês se extinguiu a essa altura. O que se seguiu foi uma fúria em espanhol que quase arrancou Sola das suas botas.

Quando a avó por fim parou para respirar, Sola a interrompeu.

– A senhora não sabe com o que está lidando.

– E nem você se acha que eles são ruins. – A avó fez um gesto amplo em direção à porta. – Vá. Não quero falar com você. Vá! Eu te chuto para fora! Você não sabe…

De uma vez só alarmes dispararam, os alertas agudos acrescentando outra camada de pânico na base já estratosférica de Sola.

– Vovó! – ela exclamou quando a avó parou de falar e começou a ter dificuldade para respirar. – *Vovó!*

Capítulo 51

V. saiu apressado do Santuário, reassumindo sua forma na entrada da mansão. Ao subir a grande escadaria dois degraus de cada vez, faltou pouco para que voasse até o segundo andar e invadisse o escritório azul-claro de Wrath. A Irmandade já estava se agrupando para a reunião, todos conversando ao mesmo tempo, todas aquelas vozes masculinas como uma parede que deveria atravessar.

Felizmente, todos se calaram quando ele se apressou para dentro da sala.

– Eu descobri – arquejou. – Eu descobri!

Houve um pigarreio generalizado, e depois alguém murmurou:

– Está pronto para se revelar como fã do Meu Pequeno Pônei?

– O quê? – V. perguntou.

– Sem querer ofender – outro deles palpitou –, mas o que você está fazendo com tantas Rainbow Dash…

Rhage ergueu as palmas.

– Tudo bem com isso…

– Olha só, se você gosta…

– Minha melhor amiga é Apple Jack…

– Veem com o que tenho que conviver? – Butch disse lastimosamente. – Não ligo para a escolha de cor, mas um corte assim acaba comigo. Mostra demais os tornozelos. Em pleno inverno?

V. olhou para baixo pela segunda vez – e a vista não melhorara em nada. Ainda curtas demais. Ainda cor-de-rosa. Ainda de flanela.

Ainda Meu Pequeno Foda Pônei.

Wrath se pronunciou de trás da enorme escrivaninha do pai.

– Alguém pode me dizer que diabos ele está vestindo?

Vishous arrancou as malditas calças de pijama de Jane tão rápido que quase rasgou a costura – e as teria jogado no fogo da lareira, mas, pelo que sabia, Jane gostava delas.

– Pronto? – perguntou aos irmãos ao encará-los um a um. – Já chega agora? Então já podemos falar sobre o que está matando os civis? Ou vocês, bando de comedores de rabo, querem perder mais tempo? Enquanto pessoas morrem?!

Do outro canto, perto da lareira, alguém disse:

– Tuuuudo bem, não vamos ceder à vergonha.

E assim começou a avalanche.

– Totalmente envergonhado, e eu só estava me expressando...

– Alguém pode me envolver em plástico-bolha e me dar o meu ursinho de pelúcia pra eu abraçar? Porque o meu equilíbrio trabalho/vida pessoal está seriamente comprometido...

– O que aconteceu com a sua outra bola? Um daqueles pôneis estava com fome?

Esse último comentário saiu da boca de Lassiter, e V. considerou seriamente a possibilidade de marchar até ele e socar o anjo no saco.

Mas, pelo que ele sabia, o maldito idiota devia estar usando um suporte atlético de ouro maciço.

De trás da mesa, o Rei sorria.

– Sabem, normalmente não sinto saudade da minha visão. Esta não é uma dessas malditas vezes.

– Ele está peladão – Rhage informou querendo ser prestimoso. – Bem, meio peladão, e é a parte que trabalha que está exposta à brisa, se é que me entende. E posso só acrescentar uma coisa: não é bom estar no lado que recebe...

– Pequena Sereiazinha!

– Como anda aquela mangueira?

– Arpão! Esse é você, Hollywood?

– Mas que porra isso quer dizer – Rhage resmungou. – Todos vocês são uns filhos da mãe... Cada um de vocês...

– Muito bem, já chega – Wrath disse. – V., o que você tem?

– Carne, salada e uma porção de puto da vida – alguém brincou. – E um vício de fazer tricô que ele se recusa a confessar.

O Rei pôs um fim às brincadeiras com o punho na mesa – mas ainda estava sorrindo.

– V., desembucha.

Antes de começar seu relato, V. pensou em mandá-los beijar a sua bunda. Mas, levando em conta o fato de que estava com suas partes expostas, preocupou-se com a possibilidade de alguém aceitar a oferta – e, então, ele teria que matá-los. O que poderia criar confusão. Afinal, estava sempre disposto a ajudar Fritz, mas havia maneiras mais eficientes de criar trabalho para aquele *doggen* e sua equipe.

Além disso, George, o golden retriever do Rei, se preocupava quando havia gritos demais e ficava bravo. O cão já estava se inclinando contra a perna do seu mestre. Se violência real irrompesse ao seu redor, eles literalmente teriam que mandá-lo para a terapia.

V. ficou sério.

– O civil atacado ontem à noite alegou ter disparado contra a sombra, mas que as balas de nada adiantaram. Não foi isso o que aconteceu comigo. Não conseguia entender o motivo, até ir para o Santuário há pouco. Coloquei minha mão na água e o meu ferimento residual sarou assim. – Ele estalou os dedos. – Foi então que eu entendi. As nossas balas têm água do Santuário dentro delas. As cabeças ocas que eu encho para vocês, essa é a diferença. E, evidentemente, essa diferença é importante. Porque, sem essa ajuda extra do sagrado, as malditas entidades não podem ser detidas. E se elas te apanham? Você se torna Norman Reedus com coisas muito ruins no pós-morte.

A Irmandade sempre tratara suas balas dessa maneira, havia cerca de um século. A medida ajudava contra os assassinos – e evidentemente tinha o mesmo efeito nas sombras.

– Vou providenciar um aumento do nosso estoque de munição – anunciou ele. – Quero que todos nós estejamos preparados. O resultado desses ataques... Não quero nenhum de vocês daquele jeito. *Eu* não quero ficar daquele jeito.

Houve murmúrios de concordância e então Wrath se pronunciou:

– Onde podemos comprar balas de cabeça oca no atacado sem que os humanos venham nos farejar?

– Pode deixar comigo – V. encerrou o assunto. – Não se preocupe, meu Senhor. Eu cuido de tudo.

– Bom. E, Phury, vamos falar sobre esse probleminha com o livro. – O Rei olhou ao redor. – Acho que agora sabemos de onde vêm essas sombras. Mas não sabemos quem diabos esteve lá em cima quando não deveria ter estado.

Embaixo, no centro de treinamento, Jane acabava de passar pelas portas de vidro quando ouviu o alarme de algum paciente disparar. Correndo, entrou apressada num dos quartos – e se surpreendeu em ver Sola junto à avó, que estava no leito.

– Ah, olá – Jane as cumprimentou ao dar a volta e verificar os monitores, silenciando-os. – Como estamos?

Era a senhora Carvalho. Jane se lembrou de que Manny lhe mandara uma mensagem sobre a admissão dela na clínica.

Jane sorriu para Sola e depois se concentrou na paciente.

– Parece que tivemos um episódio de elevação dos batimentos cardíacos. Como está se sentindo? Tonta? Nauseada?

A senhora Carvalho levantou o queixo.

– Diz pra ela sair. Eu não... Qual a palavra? Eu não... consinto que ela fique aqui. Fala pra ela sair. Agora.

Jane olhou de uma a outra. Sola tinha a expressão tão fechada quanto a da avó, e seus olhos estavam fixos no chão enquanto ela mantinha os braços cruzados diante do peito.

Quando nada além de um caminhão de silêncio se seguiu, Jane pigarreou.

– Apesar de eu ter invadido um momento pessoal aqui, eu gostaria de examiná-la, senhora Carvalho. Está na hora de…

– Tudo bem. Mas ela sai. Vai! Vai! Menina tola.

Houve mais comentários em espanhol, e Jane ficou feliz por não entender. Tinha quase certeza de que se tratava de assuntos pessoais – assuntos não relacionados a uma condição médica, portanto, não tinham nada a ver com ela.

– Muito bem – Jane se esquivou. – Só vou buscar o meu estetoscópio e deixar vocês por dois minutos. Mas, quando eu voltar, se isso não tiver sido resolvido – relanceou para Sola –, vou ter que pedir que você saia, infelizmente.

– Faz isso agora – a avó mandou.

– Volto já – Jane murmurou.

Ao sair do quarto, assustou-se. Assail saía da sala de descanso abotoando a camisa ao mesmo tempo.

– Ela está bem? – perguntou agitado. – A avó de Marisol?

Hummm, Jane pensou. Talvez o casal tenha sido pego em flagrante?

– Acredito que sim. Tenho apenas que examiná-la.

Depois de terminar de arrumar a camisa dentro da calça, ele pareceu perdido.

– Espero… Bem, espero que esteja tudo bem.

– Por que não entra? – Jane sorriu. – Acho que está havendo algum tipo de discussão familiar. Talvez você consiga acalmar as coisas.

– Duvido – o macho entoou com tristeza. – Duvido muito.

Jane franziu o cenho.

– Ei, depois que eu tiver terminado com isto… Desde que tudo esteja bem… que tal fazermos o seu exame? E Ghisele vai descer para alimentar Luchas. Tenho certeza de que ela o atenderá…

– Estou bem. Mas obrigado.

– Isso não foi de fato uma oferta – ela disse com suavidade. – Foi mais um plano do que faremos juntos. Você ainda é meu paciente, mesmo estando ótimo.

Quando ele se limitou a abaixar a cabeça e desaparecer de volta na sala de descanso, Jane concluiu que devia ser noite de lua cheia, mesmo que o calendário não o soubesse. As pessoas estavam meio loucas.

Quando ia entrar no quarto da senhora Carvalho com o estetoscópio, de alguma forma não se surpreendeu ao ver Sola marchando para fora como se tivesse perdido uma discussão. E a mulher parecia tão absorta que nem viu quem estava diante dela – e as duas se chocaram.

– Ops, desculpe – Jane disse ao estender a mão para equilibrar Sola. – Minha culpa.

A mulher deu um salto para trás tão rápido e para tão longe que quase entrou na parede de concreto oposta do corredor.

Na verdade, ela se recolheu assustada, com pânico nos olhos, o rosto muito pálido e o corpo trêmulo.

Jane começou a pensar. A avó de Sola era idosa e tivera um desmaio, mas Manny não conseguira identificar nenhum problema agudo, portanto aquele estado emocional perturbado estava completamente fora de contexto. E se levasse em consideração o que Sola já passara ali, e depois ao lado de Assail quando ele parecia tão fragilizado... Só restava uma explicação, não?

– Ele lhe contou – Jane murmurou. – Sobre o que ele é. Não foi?

Uma das mãos de Sola foi para a gola aberta do seu moletom e puxou uma cruz de ouro.

– Fique longe de mim. Apenas fique longe...

– Isso não funciona, pra sua informação. – Jane deu um sorriso triste para a moça. – Mas produz grandes cenas nos filmes e nos livros. Eles não são desalmados, infiéis nem imortais. Confie em mim, vi mais amor neste mundo, mais devoção, e, tragicamente, mais morte do que vi no mundo humano.

Sola piscou.

– Como... O que disse?

– Não sou vampira. – Jane mostrou os caninos. – Vê? Nada de pontas afiadas. Nunca as tive, nunca as terei.

Claro que era melhor ficar calada quanto ao detalhe de ser uma fantasma. Não seria uma informação útil naquele momento.

– O que... Como... Por que está aqui?

Jane deu de ombros.

– Eu me apaixonei por um. E ele se apaixonou por mim. – *E depois eu morri e a mãe dele me reviveu, é uma maravilha ter uma sogra semideusa.* – E agora eu moro aqui.

Sola levou a mão ao rosto, como se tentasse ter certeza de que não havia perdido a cabeça.

– Não entendo nada disso. Não entendo como...

– É uma transição difícil, não vou mentir. Foi difícil para mim. Mas não sou a única humana aqui. Manny também é.

– O doutor Manello?

– Aham. Na verdade, é meu cunhado. Vinculou-se à irmã de Vishous, Payne. Manny é tão humano quanto eu e você. E também há Mary, a companheira de Rhage...

– Rhage. O homem loiro alto e forte.

– Macho. Eles dizem "macho", não homem. – Jane relanceou para a porta fechada diante delas. – Olha só, deixe-me ver se a sua avó está estável. E depois, que tal você dar uma volta comigo? Podemos conversar. – Levantou as mãos. – Pode confiar em mim. Fiz o juramento de Hipócrates... Não faço mal a ninguém, certo?

Demorou bastante até Sola responder. E quando o fez foi apenas com um aceno breve.

– Fique bem aqui. – Jane pegou o celular do jaleco branco. – Vou mandar uma mensagem para Manny para informar que voltaremos logo... desde que a sua avó esteja bem. Depois, vou quebrar o protocolo e tentar lhe contar o que acontece por aqui.

Capítulo 52

– Não – Phury dizia no escritório de Wrath –, não sei qual a origem do livro. Conversei com Amalya e ela me disse que investigaria mais o assunto. Agora, o que está claro é que...

Enquanto Phury continuava a falar sobre o tomo desaparecido, Vishous foi pegar um cigarro e imprecou ao tatear apenas a camiseta. Em seguida, veio uma rajada de calor do aquecedor e ele foi apanhado por uma corrente fria nas nádegas, que o transformaram num cultivador, e não num expositor. Bem quando ele voltava os olhos para a saída, imaginando se poderia surrupiar uma passadeira do corredor para usar como kilt, Butch se postou ao seu lado e tirou a blusa de moletom.

– Toma aqui, cara. Usa isso.

– Valeu, cara.

O tira assentiu e voltou a se recostar na parede azul-clara.

– De nada.

V. o amarrou ao redor da cintura, usando o corpo para cobrir a bunda e as mangas compridas para esconder seu amigão.

– Então localizamos o livro – Wrath anunciou. Como se fosse isso tão fácil quanto achar uma lata de salsicha num supermercado qualquer. – Se ele diz como criar esse tipo de criatura, provavelmente existe uma maneira de nos livrarmos delas, certo.

Não foi uma pergunta. Foi mais como se o Rei tivesse decidido que era assim que seriam as coisas. Vishous gostava disso num líder. Ele só tinha a sensação de que não teriam tanta sorte assim dessa vez.

Mas, pensando bem, ele era o único cretino sem calças na sala, então...

– Último item – Wrath anunciou. – Apareceu uma complicação em relação ao civil que foi morto ontem à noite.

– Além do fato de ele ter acordado depois de morto e tentado comer Vishous? – alguém opinou.

– Foi lá que ficaram as calças...

– Não é essa a complicação a que eu me referia – Wrath disse com firmeza. – Saxton, que tal você contar para o grupo o que está acontecendo? O advogado do Rei se destacou da multidão. Saxton não estava trajando roupas de guerreiro, mas de executivo; a figura esbelta do macho trajava um terno de tweed da cor dos charcos das Terras Altas e uma gravata ao redor do pescoço.

Visto que todos, exceto V., estavam de couro preto e armas, era como se ele fosse um modelo da *GQ* entrando numa briga de MMA.

– Obrigado, meu Senhor. – Saxton se curvou diante da assembleia, inclinando a cabeça loira para baixo. – O civil que morreu na noite anterior se chamava Whinnig, era filho de Stanalas. Ele e suas linhagens, de ambos os lados, eram da *glymera*, sendo que sua *mahmen* faleceu no parto dele, que ela possa descansar no Fade. Ainda que o ataque pareça aleatório, acabou criando problemas com relação à herança das propriedades e dos fundos fiduciários. Whinnig recentemente foi nomeado o único herdeiro de Groshe, o irmão de sua *mahmen*. Eu estava no processo de cuidar de todo o assunto, tendo entrado em conflito com a segunda companheira de Groshe, Naasha.

– Aquela que tinha um escravo de sangue – Wrath interveio. – E que morreu.

Saxton pigarreou.

– A casa, como devem se lembrar, foi incendiada naquela noite.

Enquanto o advogado se calava para que os outros preenchessem as lacunas – ou seja, o fato de Assail e Zsadist terem ido lá não só para incendiar a casa, mas para acertar o placar com aquela fêmea, pelo que ela fizera com o pobre Markcus –, V. ficou se perguntando que diabos a história tinha de importante.

Estavam discutindo sobre guerra ali, e não sobre os problemas domésticos da classe alta.

– A herança é bem considerável – Saxton prosseguiu. – E, voltando, Groshe providenciara que Whinnig fosse o herdeiro em vez de sua companheira, Naasha. Ela estava prestes a contestar o testamento, dado seu longo relacionamento com o falecido.

V. estalou o pescoço e concluiu que, se o maldito não fosse direto ao assunto, ele teria que dar uma escapada furtiva para ir atrás de um cigarro. E de calças.

– Ela foi auxiliada nessa questão pelo seu amante na época, Throe. – Imprecações murmuradas fizeram o advogado parar. – A morte dela, contudo, pôs um fim a essas ambições...

– Onde foi que esse merdinha do Throe foi parar? – Vishous perguntou. – Além de aparecer sem querer no beco bem quando a primeira sombra atacou?

Saxton pigarreou.

– Acreditamos que ele esteja residindo como amante de outra pessoa da *glymera*. Não é um arranjo diferente daquele que teve com Groshe e Naasha, ou seja, um *hellren* ancião com uma *shellan* muito mais jovem que não tem... recebido a devia atenção... digamos que... em alguns assuntos.

Saxton não precisava filtrar seu linguajar com aquele pessoal, V. pensou. O cara podia muito bem ter dito que Throe estava fodendo outra esposa-troféu, certo.

– Então ele seguiu a vida quando aquele rio secou – alguém murmurou.

– Ou, dito de outro modo – outro palpitou –, quaisquer que sejam os defeitos dele, o cara não é ligado em necrofilia.

– De qualquer maneira – Saxton retomou o assunto com educação –, com a morte de Whinnig, os bens de Groshe irão para seu herdeiro secundário.

Uma energia estranha percorreu o corpo de V, seu diapasão interno estremecendo, e ele se preparou para um mau agouro...

De uma vez só, a imagem de uma mansão sulista, do tipo cercado por varandas e carvalhos com musgo espanhol nelas, invadiu a mente de V.

– Quem é o herdeiro seguinte? – ele se ouviu perguntar.

Saxton pigarreou uma vez mais.

– É Murhder, o antigo membro da Irmandade da Adaga Negra.

Silêncio. Fodidamente. Absoluto.

De maneira inédita, não houve piadas. Mas também nenhum xingamento. Ninguém se mexeu nem respirou.

Por fim, Vishous fechou os olhos e sacudiu a cabeça.

– Filhodaputa.

Saxton considerou o comentário como uma deixa para a fala seguinte:

– Legalmente, é exigido que eu comunique Murhder a respeito da sua herança, e como não tenho o telefone dele nem e-mail, parece que terei que ir até lá pessoalmente.

– Você não vai querer ter contato com ele – Rhage disse soturnamente. – É uma má ideia. Eu amo o irmão, mas ele está completamente louco.

Não havia nenhuma leveza na voz de Hollywood – nem deveria haver. Na história da Irmandade da Adaga Negra, apenas um macho fora retirado do elenco por enlouquecer, e Murhder tinha recebido a ilustre honra.

V. passou o olhar para o outro lado do estúdio. John Matthew ouvia com atenção, mas apenas por ser seu dever profissional.

Será que o cara sabia que estavam falando do ex de Xhex?

Merda. As coisas iriam se complicar bem.

– Você não irá sozinho – V. disse. – Alguns de nós irão com você.

– Não. – Wrath balançou a cabeça. – Se algum dos irmãos aparecer lá, ele pensará que o estamos caçando e atacará. Mande uma carta para o endereço antes, e só depois vá. Dessa forma, ele será avisado. Além disso, são ótimas notícias. Quem não quer ficar rico?

– Alguém que é clinicamente considerado louco pra cacete. – V. seguiu para a porta. – Com licença, mas se eu não fumar agora, minha cabeça vai explodir.

– Vista calças – alguém disse.

Vishous mostrou o dedo médio para quem quer que fosse e marchou para fora do cômodo, desmaterializando-se no vestíbulo. Atravessando-o, caminhou direto para a neve, vestindo apenas o moletom de Butch e sua camiseta.

Nem sentiu o frio – o que era apenas um dos efeitos que esse tipo de notícia de merda causava num cara.

Passando pela fonte desligada por conta do inverno, e depois pela fileira de carros, foi até a porta do Buraco e entrou. Antes que ela se fechasse, ele já estava na escrivaninha, acendendo um cigarro, e depois vestiu seu couro, os coturnos e as armas. Já estava quase na porta com os bolsos cheios de cigarros quando seu celular tocou com uma mensagem de texto.

Assim que viu sobre o que se tratava, murmurou:

– Filho da puta.

Parada no corredor de concreto, Sola não tinha certeza se queria ir a algum lugar com a médica. Só o que ela sabia era que não suportava estar onde estava, que a avó não permitia a sua entrada no quarto, e que não poderia deixar a instalação sem ela.

E pensar que imaginara que as instalações fossem do governo. Aquelas pessoas não só eram foras da lei, mas também a lei não se aplicava a elas.

Vampiros?

Enquanto a palavra ricocheteava em sua mente, a doutora Jane saiu do quarto.

– Tudo em ordem por enquanto. Mas esse pico significa que queremos observá-la um pouco mais. Precisamos ter certeza de que ela está estável antes de a liberarmos.

Sola encarou o rosto da mulher, percebendo todos os traços desde a linha formada pelos cabelos até o nariz, os cílios e o queixo. Não tinha certeza do que estava procurando, mas sabia que um dos problemas que tinha agora era não entender como diabos não havia percebido que Assail era um...

– Venha – Jane convidou com serenidade. – Vamos caminhar um pouco. Precisa sair daqui por uns instantes. Sei exatamente o que está se passando na sua cabeça e não é uma situação muito fácil.

Foi a compreensão e a compaixão oferecidas que impeliram os pés de Sola rumo ao movimento. Estava tão confusa e a ideia de que alguém, qualquer um, tivesse trilhado esse mesmo caminho absolutamente bizarro no qual ela estava agora era... bem, não era exatamente um alívio. Porque a sua situação continuava a mesma. Mas, pelo menos, não se sentia totalmente só.

Jane as levou até um escritório que parecia... perfeitamente normal. Como os que se vê nas escolas. Num negócio. No lar de alguém que trabalha em casa.

Havia uma cadeira. Uma mesa. Armários. Um telefone e um abajur. Uma luminária no teto com lâmpada fluorescente.

Quando Jane abriu a porta de uma espécie de armário de suprimentos, Sola balançou a cabeça ante a normalidade da cena – e concluiu que as contingências eram exatamente iguais a Assail. Na superfície nada parecia diferente ou fora do esperado. Mas o objetivo subjacente à verdade por baixo da aparência "corriqueira" era um buraco de minhoca do qual não havia saída.

Vampiros. Em Caldwell...

Merda, deviam estar em outros lugares também. Em todo o mundo...

– Por aqui, Sola – Jane a incitou a segui-la.

Sola seguiu o comando no piloto automático, sua consciência mais sábia envolvida demais na extensão e nas implicações de tudo para se preocupar com o motivo de estar andando num espaço baixo com prateleiras cheias de blocos de anotação, canetas e cartuchos de impressão. Mas, então, a parede dos fundos, que parecia ser sólida, se abriu, revelando um espaço escuro.

– Nada lhe fará mal – Jane disse. – Venha.

Sola deu um passo além da abertura... e se viu num túnel. Um túnel tremendo... grande o bastante para passarem dois SUVs lado a lado, e comprido o bastante para que ela não tivesse a noção de onde ele terminava em suas veredas.

– Eu não deveria estar fazendo isto, mas não ligo. – Jane começou a andar para a esquerda. – Não vai afetar ninguém.

Sola foi caminhando ao lado da mulher e enfiou as mãos nos bolsos do agasalho. Investigou à sua volta sem parar, embora as paredes fossem lisas sem nenhuma decoração, o piso de concreto e nada mais, e filas e filas de luzes do teto com suas caixas de lâmpadas fluorescentes idênticas uma após a outra.

– A espécie existe há tanto tempo quanto os humanos no planeta – Jane explicou. – Eles são uma ramificação evolucionária de nós, ou, dependendo da pessoa para quem você perguntar, eles foram criados pela Virgem Escriba como uma espécie superior. Para mim, como cientista, acomodo as duas teorias de criação ao acreditar que a mãe da raça provavelmente injetou um pouco de si em algum momento da história humana, introduzindo uma variação ao nosso espiral duplo que levou as coisas na direção dela.

– Virgem Escriba? – Sola perguntou fracamente.

– Na verdade, ela é a mãe do meu companheiro. Mas essa é uma história para outra hora.

Chegaram a um lance baixo de escadas que davam numa porta de aço com um painel de acesso digital ao lado, mas Jane seguiu em frente.

– A questão é – a mulher prosseguiu – que você tem que se perguntar o porquê de todos os mitos a respeito de vampiros. Tudo tem base numa verdade – e as duas espécies têm coexistido e interagido por séculos. Os vampiros, contudo, não querem ser conhecidos. Eles não têm interesse em atrair atenção; já têm o bastante com que se preocupar com a Sociedade Redutora.

Sola relanceou para a mulher.

– Sociedade...?

– São o inimigo. Ômega tem tentado eliminar a raça há séculos. É uma coisa de família... De novo, uma longa história. – Jane deu de ombros. – Também acho tudo isso muito difícil de acreditar, pode confiar. Também é muito assustador descobrir que algo que você considerava apenas uma brincadeira de Halloween é, na verdade, algo como eu e você. Exceto pelas presas, claro.

Quando chegaram a um segundo lance de escadas, Jane fez uma pausa.

– O que você tem que se lembrar é que eles só querem viver em paz. São como nós nesse aspecto. Querem crescer e se apaixonar, se assentar... ter uma família. Lidar com os altos e baixos da vida. Precisam se manter afastados porque, sejamos sinceras, por mais que a raça humana tente fingir o contrário, em sua essência, são todos interessados neles próprios, perigosos e inseguros. Sequer conseguimos tratar uns aos outros com respeito e tolerância, e os vampiros são uma microminoria.

Jane se virou, fez alguma coisa e destrancou a trava da porta. Logo deixaram o túnel por uma pequena escadaria que dava num...

Sola se retraiu.

Era um corredor com painel de madeira... abarrotado de roupas. Mesmo. Ela olhava para cabideiros do que pareciam ser... Sim, eram todas roupas masculinas: ternos e calças, camisas e jaquetas, tudo pendurado numa série de araras de metal das lojas de departamentos que percorriam toda a extensão do espaço alto e estreito.

– Não ligue para o guarda-roupa de Butch. Ele tenta deixar tudo no quarto que divide com Marissa, mas acabou ficando volumoso demais. Aprendemos a conviver com seu vício em compras.

Jane seguiu para a esquerda de novo e Sola se apressou para acompanhá-la, embora não parecesse haver muito ainda aonde ir.

Não parecia que estivesse entrando em uma mansão gótica ao estilo de Vincent Price nem nada assim. Não, era apenas uma casa simples. Um lugar bem normal, como um chalé de um único andar, com um espaço amplo e uma cozinha embutida logo adiante, e o que aparentavam ser dois quartos nos fundos...

– Uma mesa de pebolim? – Sola murmurou.

– Butch, V. e Rhage adoram jogar. – Jane foi até o pequeno espaço destinado à cozinha. – Gostaria de um chá de ervas? Sem cafeína. Acho que você já teve muitos sobressaltos esta noite, não?

Sola não respondeu, mas andou até uma mesa repleta de computadores... e também havia um sofá de couro preto... um tapete... abajures...

A mesa de centro continha cópias de periódicos médicos, edições da *Sports Illustrated* e também um catálogo da *Sharper Image*...

– Vou considerar isso um sim – continuou a mulher ao começar a encher uma chaleira.

– Posso me sentar?

– Acho que seria uma excelente ideia, minha amiga.

Sola se sentou com cuidado no sofá, mas quando o móvel lhe pareceu um sofá normal, ela percebeu que estava agindo de modo estranho.

Tão normal, ela pensou. Era tudo tão usual e corriqueiro.

Deve ter ficado sentada por um tempo porque, de repente, uma caneca fumegante de uma infusão com um aroma divino foi colocada diante dela.

– Experimente isto. Lavanda com rosa-mosqueta e coisas maravilhosas. – Quando ela relanceou, viu que Jane se sentava e sorvia um gole da própria caneca. – É bem relaxante.

Sola pegou a caneca e bebeu um pouco, e quando o calor chegou ao seu estômago, ela se preocupou se, por acaso, não estaria ingerindo algum tipo de preparado. Mas quando, dez minutos mais tarde, ela estava perfeitamente bem, sentiu-se uma tola.

Sola se virou de frente para a médica.

– As Naga Jolokias... Puxa, agora isso faz sentido.

– O que disse?

Sola fitou o chá.

– Ehric e Evale... Eles estavam à mesa comendo Naga Jolokias como se fossem batatas fritas. Lembra? Eu não conseguia entender como eles não se dobraram ao meio berrando de dor.

– Eles são anatomicamente diferentes de nós. Por exemplo, seus corações têm seis câmaras. As gestações duram dezoito meses. Precisam se alimentar...

– Se alimentar? – Sola repetiu.

– Um vampiro precisa consumir sangue do sexo oposto com certa frequência para permanecer forte. Portanto, sim, eles têm presas por um motivo, mas não porque tentam matar virgens inocentes ou "converter" as pessoas. Não é possível se tornar um vampiro. Ou você é ou não é... Bem, isso não é totalmente verdade. Mestiços acontecem, mas são raros e as regras são ainda mais estranhas para eles. Eles tendem a ter uma mistura das características das duas espécies.

Sola levou a mão à garganta.

– É por isso que Assail...

– Ele tomou a sua veia? – Quando ela assentiu, Jane disse: – É o instinto de um macho vinculado. Ele deve ter ficado horrorizado, mas sem dúvida não teve como se conter... Ainda mais se estava excitado no momento.

– Espere um pouco... Vinculado?

– Quando um macho encontra a sua fêmea, ele se vincula. É diferente da coisa de se apaixonar entre os humanos. Os vampiros machos meio que se encaixam com uma fêmea em particular, e quando isso acontece, eles ficam assim a vida inteira. Emitem o cheiro da vinculação, que felizmente tem um perfume ma-ra-vi-lho-so, e querem tomar a sua veia. É o instinto deles. Ah, e que Deus ajude qualquer um que se meter com as fêmeas deles. Eles matam sem hesitação e com bem pouca provocação. Eles podem ser perigosos.

De repente, Sola remontou ao momento em que se libertou do sequestro mandado por Benloise. Assail ficara para trás... e depois, de alguma maneira mágica, os encontrou numa parada para descanso na autoestrada mais adiante. E quando ele entrara no carro, havia sangue escorrendo em seu queixo.

Ele matara para protegê-la, ela pensou. Para proteger... o que acreditava ser seu.

– Não vou mentir e dizer para você que viver neste lado seja fácil – disse Jane. – Quero dizer, é violento, é uma vida com guerras, considerando-se a Sociedade Redutora e agora... Bem, acreditamos que haja uma nova ameaça. E mesmo que você consiga passar por cima disso tudo, ainda tem que lidar com os problemas normais de um casamento. – A mulher riu com leveza. – Pode acreditar, existe todo tipo de coisa que as pessoas precisam se esforçar para dar certo e continuar a amar o outro apesar delas, e isso se aplica tanto aos humanos quanto aos vampiros. Mas posso lhe dizer que hoje sou mais feliz do que nunca. E estou com o macho certo. V. não é perfeito, nem eu sou, mas nós nos amamos e, no fim das contas, a necessidade da alma de se conectar é o que é.

– Não consigo acreditar que eu não sabia. – Sola se recostou. – Quer dizer, quando penso a respeito... houve tantas pistas.

– O cérebro tem uma maneira de confirmar suas próprias hipóteses. É assim que funcionamos no nosso mundo. O que se encaixa na nossa definição e na nossa perspectiva de existência é retido, se não amplificado. O que não se encaixa, ou é racionalizado ou deixado de lado até um acontecimento muito grande ou profundo nos obrigar a repensar tudo.

Como quando o seu namorado se revela como Drácula, Sola pensou.

E depois franziu o cenho.

– Espere... quer dizer que então aquela enfermeira... Ghisele?

– Assail tomou a veia dela ao se recuperar, sim. Ela é uma Escolhida, por isso o sangue dela é mais puro e poderoso. É por isso que ele conseguiu se recuperar tão rapidamente.

– Ah, que maravilha – Sola resmungou. – Quer dizer que ele também me traiu...

– Ele não fez sexo com ela. De jeito nenhum. Alimentar-se nessas condições equivale a uma transfusão de sangue. É um acontecimento médico, não íntimo. Vishous tem que fazer isso com alguém da espécie dele. Rhage também. E Payne, porque ela não consegue a força de que precisa com Manny. É necessário, mas desagradável para eles porque eles sempre prefeririam estar com seus companheiros. Conosco.

Não existe um "nós" para mim, Sola pensou.

Ela se sentou à frente e deixou a caneca de chá na mesa de centro.

– Bem, isso não tem importância.

– Tem certeza?

Sola se endireitou e fitou adiante sem nada ver.

– Assail disse que vai apagar a minha memória. Fazer com que tudo isto – apontou para a sala ao seu redor – não exista. Considerando que isso seja possível.

– É possível.

Ante o tom triste da mulher, Sola se concentrou na médica.

– Como sabe?

– Vishous fez isso comigo. Ele apagou... as minhas lembranças. Mas o destino tinha outros planos para nós dois, graças a Deus. – A outra mulher franziu o cenho. – Esse papo de amnésia é procedimento padrão se um humano se aproxima demais. É o motivo pelo qual os vampiros conseguiram continuar escondidos por tanto tempo. Mas não precisa ser assim.

– No que se refere a mim, precisa, sim. – Sola balançou a cabeça. – Vou embora daqui. Na verdade, eu já teria ido se minha avó permitisse. Consigo cuidar de mim sozinha. Não preciso disto tudo... Não preciso dele.

E, ao proclamar esse discurso, falou a verdade. Aquilo tudo era muito mais do que ela conseguiria lidar, parecia vindo de um planeta diferente.

Iria embora no segundo em que fosse possível, e nunca mais olharia para trás. E, veja bem, se Assail fizesse conforme havia dito, ela nem se lembraria de nada. Então, não teria que se preocupar com toda essa confusão, esse pânico, essa sensação estranha de que a realidade não era nem um pouco concreta e determinada, como ela sempre acreditou ser.

Também não teria que se preocupar em sentir saudade dele.

Não que fosse sentir, de qualquer maneira.

Não. Nem um pouco.

Capítulo 53

Quando se materializou no centro da cidade com Rhage, Vishous soube o que encontrariam antes mesmo de estar completamente presente.

Isso mesmo, havia um civil na neve suja, retorcendo-se de dor, sem nenhuma marca visível nem rasgos nas roupas e não havia cheiro de sangue no ar. A novidade era que havia outro macho com ele – que parecia ter visto um fantasma. Naturalmente.

– N-nós só est-távamos caminhando, indo para o clube – o cara em pé disse. – Aquilo apareceu do nada. Era como uma s-sombra... e depois sumiu. Depois de atacá-lo, simplesmente desapareceu...

V. se ajoelhou ao lado do macho ferido e capturou um dos braços que se mexia.

– Vamos te ajudar, rapaz. Viemos pra te ajudar.

Olhou ao redor enquanto Rhage se aproximava da testemunha e tentava acalmá-lo. O beco não era distante de tudo. Era um lugar de passagem entre boates, e havia pedestres humanos da variedade curiosa logo ao lado na rua de quatro pistas.

– Por favor... estou morrendo.

V. se concentrou no civil que fora atacado.

– Tô contigo. Você vai ficar bem.

Ele temia que essa última parte fosse uma mentira.

– Estou morrendo... Não consigo mais enxergar...

Cacete. Se esse garoto acabasse como o último, como diabos eles isolariam o incidente?

Uma gargalhada fez com que V. olhasse por cima do ombro. Quatro mulheres vinham pela esquina do beco, um punhado de bêbadas caminhando numa fila torta, como se fossem as muletas umas das outras. E quando os pés atrapalhados tropeçaram e escorregaram na neve, as risadinhas foram do tipo que fazia V. querer proibir bebidas alcoólicas para os humanos.

– Puxa! Alguém bebeu demais! – uma delas disse, apontando para o civil.

– Bebinho, bebinho!

Mais risadinhas tolas. Mais risadas e dedos apontados. Mais comentários estúpidos do grupo de seguidoras do Instagram a respeito de alguém que, por acaso, estava morrendo.

Vishous quase se levantou para berrar: *Façam uma hashtag com isso, vadias!*

O que o manteve calado foi o fato de que, de maneira inédita em suas vidas de Snapchat, elas não pegaram os celulares para documentar a cena. Estavam apenas bêbadas e drogadas demais, e por mais que ele quisesse lhes passar uma descompostura, não perderia tempo com assuntos irrelevantes – ainda que, ao nascer do sol, quando fosse deitar sua cabecinha para dormir, ele lhes mandaria algumas pragas: ganho de dez quilos de peso inexplicáveis – só na banda esquerda –, contas de mídia social inexplicavelmente apagadas, bronzeamento artificial que se transformasse em casos graves de dermatite.

Desejou a todas uma DST, mas elas mesmas provavelmente dariam conta disso até a noite terminar à própria custa.

V. se voltou para o paciente e rezou como o diabo para que as habilidades de piloto de Manny ainda existissem.

– Aguente firme...

– Não consigo... respirar... Não consigo...

O peito do civil começou a subir e descer com esforço, as inalações e exalações tão congestionadas que mais se pareciam com assovios.

– Rhage! – Assobiou. Quando o irmão olhou para baixo, V. apontou a cabeça na direção do outro civil. – Precisamos de espaço. *Agora.*

– O que está acontecendo? – o macho perguntou. – Ele está... morrendo? O que está acontecendo?

Ainda bem que Hollywood seguiu o pedido à risca. Com palavras sussurradas para tranquilizá-lo, ele o afastou do beco e viraram a esquina – o que pouparia o macho do próximo acontecimento.

Ou daquilo que V. achava que aconteceria em seguida.

– Não... estou... me sentindo... bem – o cara ferido dizia. – Alguma coisa... acontecendo...

V. soltou a mão que vinha segurando e, com discrição, tirou a arma do coldre. Com eficiência, e sem ter nem que olhar porque já fizera isso tantas vezes, pegou o silenciador do cinto e o encaixou no cano.

Não despregou os olhos do macho quando o último respiro foi dado.

– Você está bem, amigão – ele disse rouco. – Você vai ficar bem...

Mesmo que a morte já tivesse chegado, ele queria tranquilizar o pobre filho da mãe.

E, como prometido, Vishous estava pronto com a arma quando, uns dez minutos depois, o corpo começou a se sacudir... uma vez... duas... e despertou o maldito como um demônio.

Antes que o morto-vivo conseguisse se levantar do túmulo, V. encostou o cano na têmpora e apertou o gatilho três vezes direto no cérebro. Não houve ruído algum, além do balançar dos braços, e somente ele, com seu olfato de vampiro, conseguiu perceber o cheiro residual de pólvora e de sangue fresco no vento muito frio.

Rezar por imobilidade não é o que normalmente se faz diante de um cadáver. Mas, enquanto V. aguardava para ver o desdobramento da cena, desejava enfaticamente que nada se movesse. Que não houvesse repuxões. Tremeliques. Nenhuma risada.

Quando dois bons minutos de estátua se passaram, ele guardou a arma com o silenciador ainda acoplado, e depois pegou um gorro de lã que mantinha consigo.

Envolveu a cabeça do garoto com o tecido para esconder o buraco da bala e assobiou. Bem quando Rhage e o amigo do rapaz voltavam para o beco, Manny chegou com a unidade móvel, fazendo a curva no fundo e voltando.

– Ele morreu? – o civil perguntou. – Meu... Deus... Ele morreu?

Cinco andares acima da cena, Throe se afastou da beirada do teto e se dirigiu à sua sombra.

– Você se saiu muito bem. Pode ir.

Quando ele fez um gesto de dispensa, a sombra desapareceu em pleno ar, sem deixar nada em seu rastro – e Throe espiou de novo pela beirada do prédio para o beco logo abaixo. Uma van grande apareceu e Vishous – sim, o Irmão de cavanhaque se chamava Vishous, se bem se lembrava – pegou o corpo e o carregou rapidamente pela parte de trás do veículo.

Rhage, o Irmão loiro, passou um braço ao redor dos ombros do civil que chorava. E depois os dois se desmaterializaram.

Throe ficou onde estava enquanto a presença da Irmandade se dissipava.

Concluiu que deviam estar a par do seu plano. Por que outro motivo Vishous mataria um civil ferido? O Irmão mandara três balas na cabeça, e também Rhage saíra com o outro, como se fosse estrangular, esfaquear ou atirar no macho.

Estavam controlando a situação por meio da eliminação. Garantindo nenhum comentário sobre os ataques. Atrapalhando o progresso de Throe em direção à ruptura social.

– Maldição – murmurou.

E se conhecessem a sua identidade?

Tomado de frustração, andou ao redor dos dutos e máquinas no teto, tentando pensar se alguma ação o havia denunciado – mas, pensando bem, se a Irmandade soubesse ou desconfiasse dele, iriam procurá-lo. E não era como se ele estivesse se escondendo na mansão da qual se apossara.

Claro, isso criaria um problema, considerando-se que ele assassinara o proprietário e sua *shellan* muito mais jovem. Cedo ou tarde, ele teria que prestar contas do paradeiro deles – mas já tinha um plano para isso.

Férias tropicais, entende? Ainda mais que o casal tinha uma metade geriátrica cujos ossos doíam no inverno. Não era uma explicação impecável, mas daria a Throe um pouco mais de tempo para gerar caos suficiente na raça, a ponto de a última questão com que as pessoas se preocupariam seria a localização de um par desigual.

Desde que a Irmandade não continuasse contendo o caos.

A raiva se elevou desde o fundo da sua garganta, apertando as vias respiratórias a tal ponto que ele quis gritar para liberá-las. Mas logo se acalmou e se concentrou no lado positivo. Os Irmãos não conseguiriam fazer toda a conjuntura desaparecer – se eles matassem um bom número da aristocracia, cedo ou tarde, seriam descobertos e isso favoreceria os planos de Throe. Além disso, ele implementara um importante refinamento nos seus ataques, uma inspiração, se é que ele podia afirmá-lo de fato.

Era melhor atacar um alvo em meio a um par. Desse modo, sempre haveria uma testemunha não ferida, com uma lembrança vívida dos acontecimentos e uma voz que exigiria expressão.

A menos que a Irmandade também os eliminasse.

Mas, pensando bem... talvez não o fizessem. Wrath parecia ter adquirido outros padrões de comportamento.

Muito bem, acabaria descobrindo no fim. E talvez isso lhe fosse vantajoso. Depois do treino da noite anterior, ele esperara que aparecesse uma notícia no jornal – mas a única nota publicada tinha sido uma declaração da morte por parte de um meio-irmão que ele sequer sabia que Whinnig tivera. Só o que soubera sobre o filho de Stanalas era que ele conseguira se safar com o dinheiro de Groshe – que teria sido seu por conta de todos os seus serviços prestados às infindáveis exigências de Naasha.

No entanto, não houve nenhum detalhe a respeito das sombras. Apenas uma menção em uma das páginas do Facebook em que a família *exigia privacidade durante esse momento de luto*.

Maldita e estúpida discrição.

Bem, dera um jeito nisso – ou tentara. Nada de *glymera* desta vez. Apenas dois civis comuns pelos quais esperara, tal qual um caçador de veados de tocaia sujeito à paciência. E quando eles chegaram, ele enviara sua sombra para agir de acordo com os planos.

Pelos menos suas entidades funcionavam bem. Não tinham nenhum sentido de identidade nem objetivos além daqueles que ele lhes dava – por isso não existiu descontentamento nem divergência quando Throe enviou sua sombra para matar o homem à direita, mas não o da esquerda. E quando se satisfez quanto à extensão dos ferimentos infligidos, chamou a criatura de volta com a certeza do cumprimento da ordem no instante em que o pensamento fosse enviado na direção dela.

E foi o que aconteceu.

Se ao menos o resto tivesse seguido o plano.

Ao sentir a impaciência crescente, identificou a necessidade de se controlar. Aquela agitação não era nada boa. Além disso, os ataques, um de cada vez, ainda que importantes, não eram o passo grande que daria. Não, tal etapa logo viria.

Fechando os olhos, visualizou o Livro e no mesmo instante se acalmou, tão certo quanto uma criança se acalma com seu cobertorzinho predileto. Tudo transcorreria bem, disse a si mesmo. E não demoraria tanto tempo assim. Estava dando início a uma guerra civil, e em uma era de mídia social viral e polarizada, e detentora de emoções extremas, ele estava com o vento às suas costas.

Wrath e a Irmandade não tinham a mínima chance contra ele, e logo o descobririam. Ele só precisava de mais alguns poucos ataques "aleatórios", e então encenaria seu magnífico ato final.

Era tão perfeito que impressionou a si mesmo, refletiu ao se desmaterializar na noite.

Capítulo 54

Sentado na sala de descanso do centro de treinamento, Assail pensou em todas as atitudes ruins que tomara, ou sobre as quais ponderara. Começou do começo, quando roubara os doces dos primos, que eram feitos pelos criados dos pais de Ehric e Evale... e continuou até chegar ao homicídio daquela fêmea, Naasha, que mantivera Markcus acorrentado no seu porão – como escravo de sangue.

Ah, não, espere. Também incendiara a casa dela. Com a ajuda de Zsadist.

Aquele Irmão, um ex-escravo de sangue, teve um motivo justificável para participar da destruição, embora Assail tivesse sido o responsável por matar a fêmea enquanto ela estava sentada em sua cadeira de cabeleireiro profissional, pronta para ser paparicada.

Depois de as chamas terem sido lançadas, Assail resolvera ficar no meio das labaredas. Naquela época, com Marisol fora da sua vida, a incineração lhe pareceu um fim razoável para a dor da saudade que sentia dela. O Irmão, no entanto, optou por outro curso – e o arrastara para longe de lá.

E, com isso, cá estava ele novamente, pensou enquanto fitava a máquina de Coca-Cola. Com saudade de Marisol como se ela tivesse morrido, apesar de ainda estar bastante bem, e respirando.

Sentando na cadeira, apoiou a cabeça nas mãos. Duas horas se passaram desde que lhe contara, desde que ela fugira dele, desde que a verdade que gostaria de não ter partilhado o estilhaçara como vidro debaixo da cabeça de um martelo...

Quando a porta se abriu, ele se endireitou em posição de alerta e sentiu o fulgor de uma sensação parecida com esperança acender as carnes frias atrás do seu esterno.

– Ah, é você, Vishous – murmurou ao se afundar novamente na cadeira.

– Está tão alegre quanto eu. – O Irmão pegou um dos cigarros enrolados a mão, acendeu-o e apanhou o cinzeiro de uma das mesas. – Olha só, Jane me contou o que está acontecendo entre você e a sua garota.

– Não quero falar sobre o assunto.

– Que bom, porque não é por isso que estou aqui.

Quando V. se sentou numa cadeira junto à porta e passou um tornozelo por cima do outro joelho, Assail percebeu existir mais um motivo pelo qual ele deixou tudo às claras em vez de simplesmente apagar as lembranças de Marisol. Houve um otimismo traidor, bem em seu íntimo, enraizado no lugar em que seu amor por ela crescera, de que sua amada de alguma forma o entenderia e o aceitaria. Que ela superaria a surpresa, o medo e o desgosto e o veria não pela espécie à qual pertencia, mas como aquele que a amava com toda a sua alma.

Deveria ter sabido que isso não aconteceria.

– Então, temos um problema – o Irmão disse ao apoiar o cinzeiro no joelho e bater as cinzas.

Não me venha falar de problemas, seu filho da mãe, estou sangrando aqui, Assail pensou.

– É mesmo? – Assail entoou.

– A espécie está enfrentando uma nova ameaça e preciso de balas com pontas ocas.

– Creio que elas sejam vendidas em todas as lojas de armamento...

– Preciso comprar o equivalente a um quarto de milhão.

Assail piscou.

– O que disse?

– Você me ouviu. – V. exalou a fumaça. – Uma venda desse tamanho? De jeito nenhum as autoridades humanas deixarão de perceber.

Portanto quero que você faça isso acontecer, assim como fez com aquelas armas...

– Saí desse ramo de negócios, lamento. – Assail fez um gesto de dispensa. – Estou aposentado.

– Então se desaposente.

Assail voltou a se sentar mais à frente e esfregou a nuca como se ela estivesse doendo.

– Perdoe-me, mas, por mais que eu respeite a Irmandade da Adaga Negra, tenho quase certeza de que não me inscrevi para fazer parte dela. Nem você nem Wrath podem me mandar fazer...

– Acabei de meter três balas no crânio de um garoto inocente para impedir que ele se tornasse um monstro depois da morte. Por isso, pode descer do seu pedestal e nos ajudar aqui, não acha.

Assail franziu o cenho.

– Ômega desenvolveu uma nova arma?

– Até onde sabemos, é tipo isso.

– E balas ocas podem detê-los.

– Se mergulhadas na água da fonte dos aposentos privativos de minha *mahmen* e depois fechadas, sim, podem. Ou pelo menos fazer um trabalho um pouco melhor do que as balas convencionais. Quero oferecê-las para a população civil. Phury e as Escolhidas concordaram em me ajudar... e apesar de eu odiar a ideia de que aquelas fêmeas toquem qualquer parte desta guerra, se isso mantiver as pessoas vivas, é o que vou fazer.

Assail pensou no telefonema recebido em seu celular descartável, o aparelho utilizado previamente para conduzir seus negócios, naquela fêmea que ligara para perguntar se ele estava satisfeito com a mercadoria enviada. Não pensara muito a respeito na época, mas evidentemente, após a morte de Benloise, um novo fornecedor encontrara uma maneira de entrar em contato.

– Muito bem – concordou Assail. – Mas eu preferiria, se você não se importar, colocá-lo em contato diretamente com o distribuidor. Dessa forma, você poderá obter o que quer e eu fico fora disso.

V. tragou e falou enquanto exalava a fumaça.

– Uma tremenda mudança para você e seus hábitos capitalistas.

– O dinheiro tem pouco significado para mim agora.

Vishous franziu o cenho, as sobrancelhas escuras se afundaram entre os olhos diamantinos e a tatuagem à têmpora mudou de forma.

– Conheço a sensação. É uma merda perder nossa fêmea.

– Eu lhe disse, não vou conversar sobre isso.

O Irmão se pôs de pé.

– Preciso que faça o que tem que fazer para me colocar em contato com o seu fornecedor, mas seja rápido. Os ataques têm acontecido com regularidade.

– Sim. No entanto, preciso voltar para casa para conseguir o contato. O telefone que uso para essa finalidade está guardado lá.

– Farei com que alguém o leve para lá...

– Na verdade, apenas mande alguém, sim? Diga aos meus primos que o celular está na gaveta superior à esquerda, na minha escrivaninha.

– Entendido. Obrigado.

Quando Vishous foi para a porta, as botas pesadas marcaram as passadas, e Assail invejou o propósito do Irmão... Mas foi como se observasse o artefato de uma civilização antiga, o resquício de um período histórico passado há muito, muito tempo.

Um anacronismo que não passava de uma curiosidade sem importância atual.

Antes que Vishous abrisse a porta, porém, o Irmão olhou através da sala de descanso.

– Sabe, você não precisa apagar a memória dela. Pode ficar com ela, se quiser. Wrath é muito mais leniente nesse tipo de questão, como deve ser mesmo, afinal, sua Rainha é mestiça.

Assail pensou em dispensar a conversa, mas, em vez disso, apenas deu de ombros.

– Um excelente conselho. Muito apreciado, aliás. No entanto, minha fêmea está absolutamente horrorizada comigo, portanto, temo que esse caminho não me será possível nem agora, nem no futuro.

– Que merda.

– Sabe, creio que juntou as duas palavras que melhor descrevem o assunto.

Quando Vishous saiu sem nenhuma expressão de compaixão ou de comiseração masculina, Assail começou a verdadeiramente acreditar que gostava do Irmão e o apreciava. E quanto à nova ameaça à espécie? Houve uma época em que isso o teria intrigado em uma escala moderada – à medida que provavelmente afetaria a capacidade de aumentar seus bens. Agora, iria providenciar as apresentações apenas devido a uma obrigação indiferente...

Inferno, ele nem sabia por que estava se dando ao trabalho. A ideia da morte de um jovem por causa de Ômega não era nenhuma novidade, e ele por certo não temia que a Irmandade retaliasse contra ele na opção de não honrar sua palavra. Esse medo, afinal, demandaria um interesse em permanecer vivo, e isso ele não tinha...

Quando a porta voltou a se abrir, ele nem se deu ao trabalho de levantar o olhar.

– Mais conselhos? Ou outra exigência?

– Nenhum dos dois – disse Marisol.

Assail levantou rápido a cabeça.

– Marisol...

Ela franziu ante a reação, e ele deduziu que a vontade dela era a de que seu nome não fosse pronunciado por Assail nunca mais. Mas, em vez de estabelecer esse limite, ela pigarreou.

– Vou precisar ir à sua casa em algum momento. Quero pegar minhas coisas e o meu carro. Mas não há pressa. Pelo menos não até a minha avó receber alta.

Ela estava tão linda parada ali em suas roupas casuais de inverno: o moletom preto que destacava os cabelos loiros tingidos, os jeans folgados e confortáveis, os sapatos práticos para a estação.

Para ele, era como se Marisol estivesse num vestido de gala envolvida por joias...

De repente, o peso dela foi passando para trás, e ela cruzou os braços ao redor do corpo como se encará-lo a deixasse desconfortável.

– Como quiser – concordou ele, abaixando os olhos. – Quando desejar ir, avise-me. E, se não se sentir bem com a minha companhia, então poderá ir com quem quiser, é claro.

– A não ser durante o dia – ela disse com amargura. – Não é mesmo?

Depois de um momento, ele respondeu:

– Isso mesmo.

Sola pensou que seria muito mais fácil ficar com raiva se o cara não parecesse tão vazio e derrotado.

Do lado oposto da sala de descanso, Assail estava sentado numa cadeira que, em circunstâncias diferentes, ela teria dito estar abaixo do padrão dele: desde que o conheceu, ele sempre teve ares de homem abastado. Não, era mais do que apenas fortuna. Era o rico-a-vida-toda, a arrogância e a inteligência vestidas junto às roupas feitas sob medida, o tipo de característica que ela suspeitava aparecer somente em indivíduos com múltiplas gerações de bens imensuráveis.

O tipo de característica da qual, por exemplo, Ricardo Benloise tentara se aproximar, sem jamais conseguira acertar muito bem.

– É melhor eu ir – murmurou.

Contudo, por algum motivo, continuou ali, parada, de pé. Em vez de voltar para o corredor e... bem, ficar parada de pé lá.

Ela e Jane conversaram um tempo mais depois de ela ter afirmado que iria embora, e depois, quer por conta do chá ou pela exaustão, acabou se recostando no sofá e dormiu por pelo menos uma hora e meia. Quando acordou, Jane estava mandando uma mensagem no celular, parecendo preocupada – e aliviada por poder voltar à clínica e ao trabalho. Ou talvez fosse por algum outro motivo.

Quem poderia saber? Sola por certo não perguntou. Já tinha problemas demais na cabeça.

– Precisa de mais alguma coisa? – Assail perguntou sem levantar a cabeça.

Sim, na verdade podemos voltar à época em que você era apenas um viciado em cocaína em recuperação que deixara a vida criminosa para trás e nós dois estávamos caminhando em direção ao horizonte para uma vida de felizes para sempre junto com a minha avó?

– Não consigo decidir se gostaria que você tivesse me contado antes ou nunca tivesse me contado – ouviu-se dizer.

– Posso responder a isso. – Ele moveu a cabeça para a frente e para trás como se a nuca doesse. – "Nunca" teria sido melhor.

– Então gosta de ser mentiroso.

– No que se refere a você – os olhos da cor do luar a fitaram –, não gosto. Motivo pelo qual você e eu estamos nesta situação. Não, digo isso porque você olhar para mim como se eu fosse um estranho perigoso é uma realidade muito, muito pior do que o pior dos meus ataques de paranoia.

– Não tente fazer com que eu me sinta culpada.

– É apenas um fato. Além do mais, não há como eu fazer isso. Eu a conheço bem demais...

– Você não sabe nada de mim.

– Acha mesmo? Isso não é declaração verdadeira. Acredito que a correta seja que você *deseja* que eu não a conhecesse tão bem.

Os olhos dele se desviaram, mas não pareciam se concentrar em objeto algum.

– Quero jogar coisas em você – ela disparou. – Quero amaldiçoá-lo, quero bater em você e, se tivesse uma arma, eu atiraria em você.

– Posso conseguir uma arma, e há uma sala de tiros em algum lugar por aqui.

– Não zombe de mim.

– Não estou zombando. Confie em mim, a morte é um estado preferível ao que estou atualmente.

Enquanto ele esfregava as palmas, ela não soube dizer se era uma tentativa de aquecê-las ou se era um sinal de alegria diante de uma cova possível.

– Faz ideia do quanto é difícil? – disse abruptamente com lágrimas se formando nos olhos. – Estar nesta posição, de novo?

Assail olhou para ela alarmado, e ela continuou antes que ele conseguisse se pronunciar.

– Meu pai... – Ela esfregou as faces impaciente. – Meu pai era tudo para mim quando eu era pequena. Era meu herói, era meu protetor, era... meu mundo. Ele trabalhava fora do lar em que eu e minha avó morávamos, e eu não o via com frequência. Mas quando ele vinha ficar conosco, de tempos em tempos, nos trazia dinheiro para comida, cobertas, roupas... Eu o idolatrava.

Mas que merda, ela pensou quando os olhos se recusaram a seguir o plano de permanecerem secos.

– Eu tinha doze anos quando descobri o que ele fazia... qual era o trabalho dele, o que ele era. Ele era um ladrão. Roubava coisas de pessoas e para pessoas, mas, pior do que isso, ele era um viciado. Os presentes que nos dava? Ele não comprava nada. Descobri mais tarde que eram sempre donativos que ele pegava em abrigos e nas igrejas. Ele nunca cuidou de nós, ele só queria que parecesse que cuidava.

As lágrimas dela escorriam tanto que ela parou de se dar ao trabalho de tentar enxugá-las.

– Quando foi preso e levado à cadeia pela primeira vez, ele enviou um recado para a minha avó no vilarejo em que morávamos. Ele tinha dinheiro guardado nas paredes do nosso miserável casebre, e ela o pegou e o entregou para mim. Orientou que eu o levasse à cadeia e subornasse os oficiais para libertá-lo.

Sola fungou fundo e depois marchou para o porta-guardanapos, puxando um punhado para se limpar.

Quando achou que seria capaz de continuar, ficou de costas.

– Eu tinha doze anos, andei mais de trinta quilômetros sozinha com mais dinheiro do que jamais vira na vida. Minha avó muitas vezes passou fome para que eu tivesse comida, e, no entanto, havia aquele montante de dinheiro nas malditas paredes daquela maldita casa! E era para ele! – Assuou o nariz de novo. – Fiz aquela viagem. Entreguei o dinheiro. Meu pai foi liberado e, quando estávamos saindo da cadeia, lembro que ele parou e olhou para mim.

Sola fechou os olhos.

– Ainda consigo nos ver, como se fosse hoje, parados juntos debaixo do sol quente. Eu pensei que ele iria desmoronar diante de mim e pedir perdão por ser quem era. Burra que era, estava preparada para perdoá-lo. Estava pronta para lhe dizer: *Papai, eu te amo. Não me importo com quem seja. Você é meu papai.*

A cena se desenrolou em sua mente. Ela só conseguia balançar a cabeça.

– Sabe o que ele disse?

– Conte para mim. – Foi a resposta rouca de Assail.

– Ele disse que poderia me usar se eu quisesse aprender a ganhar dinheiro. Sabe, para cuidar da minha avó. – Sola abriu os olhos, pegou mais um ou dois guardanapos, e os pressionou com tanta força que os globos oculares doeram. – Como se isso não fosse função dele. Como se a mulher que estivera sempre ao lado dele fosse um problema meu, isso se eu quisesse. E se eu não criasse coragem, e ela morresse de fome ao envelhecer? Então tudo bem.

– Eu lamento muito – Assail disse com suavidade. – Eu sinto... muito.

No fim, ela deixou os braços penderem junto ao corpo e ficou de frente para ele.

– Resolvi ser a melhor ladra que poderia ser. Porque é o que menininhas de doze anos de idade que se sentem sozinhas, com medo, e precisam que alguém, que qualquer pessoa no mundo as ajudem, fazem. Aprendi a roubar e a invadir propriedades. Aprendi a mentir e a persuadir. Aprendi a me esquivar das autoridades e fazer certos trabalhos. Foi uma tremenda educação, e acho que tenho que me sentir grata por ele nunca ter tentado me vender como prostituta...

O rosnado que ecoou do peito de Assail foi um sinal de alerta que a tirou das emoções que sentia.

– Perdoe-me – ele disse ao baixar a cabeça uma vez mais. – Não consigo evitar me sentir protetor. É parte da minha natureza.

Ela o encarou do outro lado do cômodo por muito tempo.

– E é por isso que eu quero te machucar. Você foi outro... tudo para mim. Você era o meu mundo, firme e forte. Mas era tudo mentira. Foi tudo... uma mentira. Então aqui estou eu de novo, cambaleando por conta de uma realidade que é feia demais para ser compreendida ou aceita. A única diferença é que não tenho mais doze anos, e estou farta de tentar me moldar à realidade de outra pessoa. Recuso-me a fazer isso de novo.

– Eu entendo. – Assail assentiu. – Aceito toda a responsabilidade e não implorarei um perdão que não é obrigação nenhuma ser concedido.

Quando um silêncio profundo ressoou em toda a sala, ela desejou que ele brigasse por ela. Que discutisse com ela. Que lhe desse algo contra o qual se rebelar.

A tristeza estoica dele era muito mais difícil de lidar.

Porque sugeria, por mais que ela quisesse sentir o contrário... que esse homem – não, vampiro – podia verdadeira e profundamente...

... amá-la.

Capítulo 55

Na manhã seguinte, Vitoria estava sentada diante do detetive De La Cruz na delegacia de polícia do centro de Caldwell quando seu celular descartável tocou.

– Gostaria de atender? – ele lhe perguntou.

– Ah, não, detetive. Isto aqui é muito mais importante. Provavelmente é algum assunto da galeria.

Ele assentiu e colocou uma pasta sobre a mesa entre eles.

– Então entende que não está sendo investigada nesse caso. Não é sequer uma suspeita.

– Correto. Foi o que me disse.

O homem apontou para um canto do cômodo baixo, absolutamente desprovido de adornos.

– E isto está sendo filmado.

Ela olhou de propósito para a câmera e depois assentiu.

– Sim, foi isso o que você me disse que seria feito.

– E recusou a presença de um advogado.

– Por que eu precisaria de um? Meu carro foi roubado. Sou uma vítima.

O detetive De La Cruz abriu a pasta, na qual havia apenas uma folha pautada.

– Eu gostaria de repassar algumas questões primeiro, se não se importar.

Enquanto ele fazia uma pausa para compor os pensamentos – ou fingir que o fazia –, ela relanceou pelo ambiente. Estava num estado lamentável, com o forro isolante de som em forma de embalagem de ovo desgastado, onde o espaldar da cadeira dele batia na parede, o carpete manchado e encaroçado, e as lajotas do teto amarelas pela idade. Até mesmo o tampo da mesa era de madeira falsa, visto que os veios se repetiam por igual em toda a sua extensão.

Chegava a ser um insulto pensar que as pessoas que trabalham naquele ambiente estavam armadas de leis que poderiam mandá-la para a cadeia. Se iria ser ameaçada assim, teria sido mais adequada a localização da polícia em uma instalação militar com janelas à prova de balas, coletes táticos e lança-chamas.

Mas não, os camaradas estavam mais para processadores de dados de uma empresa à beira da falência.

– Encontraram meu carro? – ela deu início à conversa.

– O Bentley era do seu irmão, não? – Ele levantou o olhar. – Correto?

Em sua mente, ela xingou o homem em espanhol. Mas disse com tranquilidade:

– Sim, claro. Era de Ricardo. Perdoe-me.

– Compreendo totalmente. – O detetive sorriu. – Então, ontem à noite, por volta de que horas saiu e descobriu que o Bentley havia sumido?

– Foi quando telefonei para você. Nove horas, talvez? Dez?

– E declarou que as chaves estavam no carro.

– Lamento dizer que sou um tanto esquecida. Mulheres ao volante. Entende?

– Na verdade, minha esposa dirige melhor do que eu. Minha filha também. Mas isso não tem importância. – Ele levantou um bloco de notas. – Localizamos o veículo. Infelizmente ele se envolveu num atropelamento seguido de fuga na Rua Vinte. Uma viatura o localizou e o rebocou.

Ele pegou duas fotos coloridas, as duas de ângulos diferentes do carro batido de frente contra um canteiro de concreto para cercamento em uma espécie de reparo em estradas.

– Oh... Puxa... – ela murmurou.

– Até o momento, não temos suspeitos do furto.

– Não?

– Mas temos a suspeita de que o carro tenha sido usado para cometer um crime.

Vitoria ergueu as sobrancelhas em sinal de alarme de propósito.

– Que tipo de crime?

– Lembra-se de ter mencionado um homem chamado Michael Streeter?

Ela assentiu.

– Claro. Nós falamos sobre ele. Foi o segurança com quem me encontrei assim que cheguei a Caldwell.

– Ele foi encontrado morto de madrugada.

Nesse ponto, Vitoria desacelerou e se certificou de escolher muito bem a sua resposta. O detetive, ela observou, não lhe dava nenhum detalhe na tentativa de flagrá-la.

– Onde? O que aconteceu? – Inclinou-se para a frente. – Acha que ele pode ter pegado o carro do meu irmão?

– Por que ele faria isso?

Vitoria deu de ombros.

– Não sei. Ele só me pareceu... bem, eu já lhe disse, ele me deixou constrangida e não fui só eu. Margot Fortescue também estava preocupada com ele.

– Bem, estão verificando todas as impressões digitais contidas no carro. A equipe forense está passando um pente fino nele.

– Equipe forense. Como nas séries de TV.

– Exato. – O detetive se recostou. – Imagino que encontraremos muitas impressões suas.

– Sim, encontrarão. – Ela abriu as mãos como se isso fosse óbvio. – Eu o dirigi durante um dia inteiro. Talvez dois.

– Não a culpo. É uma obra de arte em quatro rodas... ou era. – Houve uma pausa demorada. – Tem algum motivo para acreditar que alguém gostaria de ver Streeter morto?

– Eu não o conheço o suficiente. Por isso, não saberia dizer.

– Conversamos com a namorada dele. Ela nos informou que ele estava metido com o tráfico de drogas.

– Bem, eis aí o motivo, então.

– Hum. – O detetive se sentou à frente. – Sabe, trabalhei como policial e sou detetive de homicídios há muitos anos. Estou me referindo há décadas. E desenvolvi um sexto sentido a respeito desse tipo de assunto.

– Imagino que sim.

– Acho que tudo isso é apenas muito curioso.

– O que é?

Ele deu de ombros e ajustou as lapelas do casaco esportivo, cinza-escuro dessa vez. Não combinava muito com a tez dele, ela achou.

– Bem, seus dois irmãos desaparecem. Depois você aparece em Caldwell. E, de repente, tenho corpos em diferentes lugares. Duas mortes na mesma galeria em quantos dias? Sendo que a única mudança real que consigo enxergar é a sua chegada.

Vitoria levou as mãos ao coração.

– Sou uma mulher, detetive De La Cruz. De onde venho, não somos capazes desse tipo de atitude. Como pode insinuar que eu seria capaz de matar alguém? Muito menos um segurança que era muito maior do que eu.

– Ele tem entradas de bala múltiplas à queima-roupa. Ao estilo execução. Armas são grandes equalizadores para diferenças de altura e peso. – Ele juntou as pontas dos dedos das mãos, formando um V invertido. – E aqui nos Estados Unidos, as mulheres são consideradas iguais, ou pelo menos é assim que eu as trato. Isso significa que elas têm vidas próprias. Também podem resolver assumir um cartel de drogas, matar membros da família e dar um fim em pessoas que fazem perguntas demais ou as atrapalhem. Que tal isso?

Com qual cartada prosseguir?, ela ponderou. Havia algumas escolhas possíveis.

Depois de um instante, ela levantou o queixo.

– Detetive, não tenho feito outra coisa senão facilitar tudo por enquanto. Os seus investigadores estão na casa em West Point neste momento, apanhando as imagens das câmeras de segurança...

– Bem, veja, temos um problema em relação a isso. É verdade que deixou que entrassem lá e lhe agradecemos por isso. Mas acontece que as câmeras estavam desligadas e têm estado assim há um bom tempo. Então, se está usando a permissão como um exemplo de cooperação, seria muito melhor se isso nos desse algo apto a ser usado.

Claro que ela já sabia disso. Foi a primeira coisa que verificou assim que voltara para casa, na noite anterior.

– Quando elas foram desligadas? – perguntou.

– Estamos investigando.

– Estou certa de que me avisará quando souber.

– Pode apostar sua vida.

Vitoria empurrou os longos cabelos para trás e cruzou as mãos com afetação diante de si.

– Precisa de algo mais de mim?

– Não, no momento, não. Mas algo me diz que precisaremos depois. E nunca me engano quanto a essas coisas.

– Há sempre uma primeira vez para tudo, detetive. – Ela se levantou. – Também quero que saiba que percebo que está fazendo o seu trabalho. Eu não deveria levar a situação para o lado pessoal e não o farei. Você não tem suspeito em nenhuma das duas mortes, ou nada de concreto, de qualquer maneira, ou não estaria lançando acusações infundadas para mim. Minha consciência está limpa. Não preciso de um advogado. E sinta-se à vontade para me chamar de novo quando precisar.

– Então acha que está indo embora, hein?

– Virei uma investigada? Ou... como disse, suspeita? – Quando houve uma pausa, ela lhe sorriu. – Tenho a liberdade para ir embora, então, não tenho?

– Importa-se se antes de ir embora nós colhermos suas impressões digitais?

Ela precisou de todo o seu controle para não estreitar os olhos e encará-lo com raiva.

– Claro que não, detetive. Desde que eu possa lavar as mãos depois.

Capítulo 56

Vishous tinha um plano e pouco tempo à disposição. Quando se dirigiu aos aposentos privativos da Virgem Escriba, estava todo armado e carregava duas garrafas vazias de plástico, que antes continham refrigerante.

Evidentemente estava passando uma maratona de *Uma galera do barulho* na TV durante o dia e Lassiter teve que ficar acordado para assistir.

Quando V. passou pelas paredes de mármore, foi direto para a fonte. Sim, poderia ter usado um par de jarros de prata de lei, retirado da sala de jantar. Ou os vasos de cristal do segundo andar. Ou as urnas de ouro do vestíbulo.

Mas então ele enxaguou aquelas duas vadias na sala de bilhar antes de fazer a viagem até ali e o que ele precisava mesmo era de que os contêineres guardassem água. Não havia motivo algum para transformar as circunstâncias em um evento cerimonial.

Ajoelhando-se, desatarraxou uma das tampas verdes e submergiu o bico do recipiente. Bolhas se formaram em virtude da saída de ar, enquanto o nível de água subia na garrafa. Assim que ficou cheia, ele a tirou, tampou-a e deixou a coisa de lado.

E de novo.

O plano era levar aquela água para a mansão da Irmandade e formar uma fila no porão, onde ele fazia suas adagas. As Escolhidas que estivessem dispostas a pingar água nas balas ocas para ele fechar as munições com pontas de chumbo sem dúvida estariam mais confortáveis no Santuário, mas ele não gostava da ideia de a guerra invadir aquele espaço sagrado...

Os pelos na nuca se eriçaram, como se uma mão tivesse resvalado nela.

Aprumando-se, valeu-se dos seus instintos – e soube que havia alguém atrás dele.

E também soube, na mesma hora, quem era.

Fechando os olhos, balançou a cabeça e deixou o corpo frouxo, em sinal de derrota.

– É você. Não é? Ela escolheu você.

Quando a segunda garrafa se encheu, ele a tirou da fonte e se virou devagar.

Lassiter, o anjo caído, estava de pé com as pernas afastadas e plantadas no piso de mármore. O corpo inteiro estava iluminado por dentro; esticadas em ambos os lados do tronco estavam duas asas iridescentes.

Brilhando como estava, ele era uma das cenas mais belas que Vishous já vira na vida, tão maravilhoso quanto uma cadeia de montanhas, tão espetacular quanto um pôr do sol perfeito, tão vasto quanto o oceano, tão alto quanto o céu.

Ele era demais para ser contido em qualquer forma, e V. piscou, não porque estava evidente demais, mas porque os sinais enviados por seus nervos ópticos rumo ao cérebro eram fortes demais, ressonantes demais, numerosos demais.

A voz de Lassiter ecoou pelo Santuário apesar de ele não dizer nada em voz alta.

Trago saudações de sua mahmen. *Levante-se e saiba que é abençoado nesta vida por ser filho dela e por seu valor.*

V. se levantou, em sua mente residia a ideia de mandar aquelas bênçãos para o inferno, muito obrigado. Mas depois pensou em Jane e conteve a raiva.

Ainda assim, sentiu-se compelido a dizer:

– Não acredito na minha mãe.

Não é necessário crer.

Por algum motivo, isso o incomodou. Talvez porque significasse que outra pessoa estava no volante do ônibus do destino... Mas ele já não sabia disso?

– Ela não existe mais. Está fora.

O que não vive não pode morrer. Assim como o tempo, que existe e está sempre presente, quer o reconheçamos ou não.

De súbito, e contra sua vontade, a merda bateu no ventilador, a merda que ele não queria admitir, nem mesmo para si... a merda fodida que vinha incomodando-o desde a visita em que encontrara a epístola emo e idiota deixada pela Virgem Escriba. Que deixara apenas para ele.

– Por que não fui eu? – Ouviu-se dizer. – Se sou o filho dela, por que ela não me escolheu como sucessor?

Era o máximo do narcisismo chegar a tal conclusão, mesmo que de passagem. Admiti-lo para alguém, para Lassiter ainda por cima, fez com que V. se sentisse um candidato a um belo tapa na boca lamurienta.

Lassiter estendeu uma mão, mas não o tocou. Parou a alguns centímetros de distância do peito de Vishous.

Mesmo sem haver um contato direto entre eles, uma sensação quente se acendeu no peito de V., que se intensificou até se espalhar por todo o corpo – e ele, sendo ele, pensou... Cara, vai ser uma merda despencar dessa altura toda.

Só que... ele percebeu que o calor tinha um timbre, como uma canção teria, um zunido específico a apenas uma entidade ao redor da qual ele já estivera.

Era sua *mahmen*, ele se deu conta. Aquela sensação de amor envolvendo-o era... ela.

Ela não desapareceu. Ela ainda está conosco e com você. Lassiter abaixou a mão. *E ela não o escolheu não por falta de amor, mas porque o amava.*

Apesar de Lassiter já não estar mais lançando a conexão emocional, Vishous ainda sentia a vibração dentro dos ossos. E ao visualizar a figura diminuta da Virgem Escriba em seu manto negro, com toda a luz brilhando por baixo da barra, o calor se intensificou.

Ela está em todos nós. Ela sentiu falta da sua criação aqui em cima, e quando se libertou de si, conseguiu voltar a nós. Ela não se foi – voltou ao início e está mais feliz por isso.

Nesse instante, um movimento apareceu no canto do olho de V... que chamou sua atenção para a colunata diante da suíte da mãe – e quando ele viu o que era, ficou atordoado... e também absolutamente não surpreso.

Era um gato preto. Mas não qualquer gato preto.

Era Boo, o gato preto da Rainha. Aquele que ela trouxera consigo para a mansão tantos anos atrás.

Quando V. fitou os olhos verdes brilhantes, uma aura sagrada cercou o felino, e ele percebeu que Ela estivera com eles o tempo todo. Desde o começo. Ela esteve com o grupo... bem no meio deles, sem que se dessem conta disso.

Com uma sensação de inevitabilidade e paz, a última das peças do quebra-cabeça se encaixou em seu lugar, o espaço vazio preenchido com uma resposta à pergunta que ele inconscientemente quisera fazer todos esses anos.

Sim, disse Lassiter, *a despeito das falhas dela, ela sempre o amou, e à sua irmã, e agora ela pode lhes mostrar. E também sempre amou sua criação – e agora também pode demonstrar isso. Portanto, feche os olhos e veja o que acontecerá, como somente você pode. Você deve guiar o fim, entende? Você guiará o fim...*

– ... Vishous? V., acorde, meu amor...

V. se ergueu num salto no escuro, o suor cobrindo o rosto, o peito gritando sufocado, o coração acelerado.

Somente a voz e o cheiro de Jane conseguiram alcançá-lo em seu pânico e, mesmo então, ele não teve muita certeza de que porra estava acontecendo.

Ao estender uma mão, ele a agarrou e a apertou junto a si – e quando sentiu os braços dela ao seu redor, começou a tremer. Disse a si mesmo que aquilo fora apenas um sonho. Que ele vira apenas um sonho... uma distorção estranha e fodida por ele ter tido um dia muito longo, pelo vício de Lassiter com a TV na sala de bilhar e, por fim, pela carbonara servida na Última Refeição.

– Estou bem – ele disse junto ao pescoço macio e perfumado de Jane. – Estou bem.

– Você está muito bem. Psiu…

Ela afagou seus cabelos e ombros, acalmando-o até ele soltar toda a tensão do corpo. Quando por fim ficou relaxado, largou-se de novo sobre o travesseiro e a incitou a ficar por cima dele.

– Sobre o que você estava sonhando? – ela perguntou.

As imagens que lhe surgiram eram perturbadoras demais, por isso ele só balançou a cabeça.

– Não sei. Eu não… consigo pensar a respeito.

– Ok. Tudo bem.

– Que horas são?

Ouviu o barulho das cobertas se movendo quando Jane se virou para conferir o relógio na mesinha de cabeceira.

– Quase seis da tarde. Vamos nos atrasar se não levantarmos logo.

– Podemos continuar deitados só mais um pouquinho?

– Claro.

V. tentou fechar os olhos, mas não foi uma boa ideia, pois trouxe de volta toda a estranheza. Mas, pensando bem, abri-los na escuridão do quarto também não deu muito certo.

Ordenando que as luzes se acendessem, ele logo se acalmou ainda mais. Tudo era tão prosaico e tão como deveria ser que o contexto logo se encaixou – e na direção certa. Tudo estava bem, tudo estava normal.

Foi só um sonho.

Ele olhou para Jane.

– Eu amo o seu rosto.

– Também amo o seu. – Ela sorriu. – E você fica ainda mais lindo quando acaba de acordar.

V. se inclinou e a beijou, e a coisa seguinte de que se deu conta era de estar montando nela, penetrando o sexo dela com o seu. O que foi ainda melhor do que as luzes acesas, ele concluiu quando começou a investir, o prazer apagando o resquício de qualquer estranheza.

Quando começou o seu orgasmo, sua fêmea o acompanhou, ele virou a cabeça e...

Pela porta entreaberta do banheiro, ele viu que havia duas garrafas de refrigerante perto da pia, cheias até o topo, com os rótulos arrumados para a frente.

– *Maldição* – murmurou ao apertar os olhos.

Claro, aquele papo todo da sua mãe não representava um problema. Mas Lassiter, ao que tudo levava a crer, era o novo chefe da raça.

Maravilha. Nada como colocar uma criança de cinco anos atrás do volante de um carro e entregar as chaves para o pirralho.

Desconsiderando a envergadura das asas do velho anjo, o caminho, que nunca fora muito plano, estava prestes a ficar mais cheio de solavancos.

CAPÍTULO 57

Sola acordou completamente atordoada. Não conseguia se lembrar de onde estava, e os resquícios de um sonho sobre vampiros ainda pairava...

Ah, não, espere.

Não foi um pesadelo. E, sim, ainda estava nas instalações subterrâneas deles, no corredor, sentada no piso duro ao lado da porta do quarto da avó. A bunda estava tão achatada quanto uma panqueca, e de alguma forma estava ao mesmo tempo dormente e dolorida, como resultado de ter acolchoado seu peso por – que horas seriam? Por quanto tempo havia dormido?

De uma vez só, seus pensamentos pararam e ela olhou para o outro lado. Assail estava sentado numa posição espelhada à sua, com as pernas esticadas, a cabeça inclinada junto ao peito, como se ele também estivesse dormindo.

Não ouvira sua aproximação.

Olhando ao redor, descobriu que estavam sozinhos ali, sem ninguém da equipe médica por perto, e tampouco as outras pessoas que havia conhecido durante seu tempo ali.

No fundo do corredor, ela mal avistava a porta pela qual já havia entrado uma infinidade de vezes.

Lembrou-se de quando Assail a trouxera como paciente. Não estava em tão boa forma – concussão, tiro na perna, traumatizada como o inferno. A doutora Jane em especial fora tão gentil com ela... Diabos, a mulher sempre fora gentil com ela.

Identificou um barulho ritmado vindo do alto, como o de uma máquina posta para trabalhar, e depois ela sentiu o calor do ar descendo sobre sua cabeça. Quando abaixou o queixo, se assustou.

Assail despertara e olhava para ela com olhos tristes. Quando ele não disse nada, ela pigarreou.

– Eu queria te perguntar uma coisa – disse baixinho. – Por que não apaga minhas lembranças agora? Quero dizer, se você pode fazê-lo, por que simplesmente não acaba logo com isso? Assim você não se sentiria tão mal.

Por que estava preocupada com os sentimentos dele?, perguntou-se.

– Eu sempre vou me sentir mal e isso poderia te fazer mal. – Apontou para a cabeça. – Se alguém tem a memória apagada, mas está perto das lembranças que lhe foram tiradas, é muito doloroso.

– Ah.

Naquele momento, um celular tocou e ele pegou um aparelho de aparência barata.

– Com licença. – Depois que ela deu de ombros, ele aceitou a ligação. – Alô? Sim. Muito gentil de sua parte. Sim. Pessoalmente? Onde? Quando? – Uma pausa. – Sim, é conveniente. Muito bem. Sim, estarei lá.

Ele desligou e encarou o aparelho.

– Colocarei a Irmandade em contato com o fornecedor de armas. Preciso ir encontrar a pessoa eu mesmo. Você mencionou que gostaria de pegar os seus pertences. Talvez possamos sair logo e prepará-la para ir embora. Não creio que a Irmandade permitirá que traga seu carro até aqui. No entanto, podemos tirá-lo da minha casa e deixá-lo em algum lugar seguro, de modo que não terá que retornar à minha propriedade nunca mais.

Assail olhou para ela.

– Estará livre para partir assim que sua avó receber alta, conforme deseja. E prometo não interferir com nenhum dos seus... Não a atrapalharei.

– Voltará para cá comigo?

O peito dele – que parecia mais largo agora – se expandiu quando ele inspirou.

– Sou eu quem tem que apagar a sua memória. Farei o trabalho o mais detalhado porque estive em muitas das suas experiências.

– Ah. Ok.

– Então, gostaria de ir comigo agora?

– Primeiro preciso falar com minha avó. – Desde que a senhora lhe permitisse uma audiência sem tentar atingi-la com uma frigideira. – Mas, sim. Obrigada.

– Providenciarei o transporte, então. Com licença.

Quando ele se levantou, houve uma série de estalidos como se sua coluna estivesse se realinhando, em seguida ele caminhou lenta e rigidamente na direção do escritório pelo qual ela passara com a doutora Jane.

Sola o observou se afastar. E surpreendeu-se ao notar que, assim como ele, também estava muito triste.

Tentando não pensar nisso, arrastou-se do chão e se espreguiçou até achar que estava bem para funcionar de novo. Em seguida, bateu à porta fechada, junto à qual manteve vigília, com educação.

– Vovó – disse com suavidade. – Posso entrar, por favor?

Quando Assail saiu do escritório, ficou grato por Vishous estar disposto a ajudar com tanta presteza. O Irmão acabara de acordar e, mesmo assim, não se importava em pular a Primeira Refeição para levar Marisol de imediato à sua casa de vidro, para que ela recolhesse os pertences dela. Assail também falara com Ehric a fim de lhe explicar o que havia acontecido e por que Marisol precisava de um pouco de privacidade na propriedade. Dessa forma, os primos levariam Markcus para sair naquela noite.

Assail não queria obrigá-la a ver todos aqueles machos. Já vira o bastante.

No entanto, seus primos também estavam desolados. Engraçado como as duas fêmeas transformaram a mansão num lar. Sem elas, voltaria a ser apenas paredes de vidro e uma vista que, em grande parte, não podia nem ser admirada porque as cortinas estavam sempre fechadas.

No fim, Assail decidiu não mencionar seu encontro com o traficante de armas para Vishous – porque não sabia exatamente com quem estava lidando. Não desejava desperdiçar o tempo de Vishous caso fosse alguém do baixo escalão – ou pior, membros da força policial humana numa expedição de caça. E seus primos ficavam frustrados e tinham dedos de gatilho muito rápidos numa noite boa. Descobrir que iriam perder o que já consideravam membros da família não ajudaria em nada.

Além do mais, a mulher do telefonema exigira que ele fosse sozinho.

Por isso, iria ao encontro dela assim que Marisol estivesse segura. Depois, voltaria ao centro de treinamento somente quando sua fêmea estivesse pronta para partir.

Não faria bem a ela continuar presa ali com ele.

E, de todo modo, ela já não era mais a sua fêmea.

Bem quando chegava ao quarto da senhora Carvalho, Marisol saía, esfregando os olhos. Queria lhe perguntar se estava tudo bem, mas não achava que ela fosse lhe contar – além do mais, já sabia a resposta.

Pigarreou para que ela tomasse conhecimento da sua presença.

– Estamos apenas esperando por...

– Estou aqui – Vishous anunciou ao sair do escritório. – Vamos em frente. A Mercedes está aqui embaixo para ser lavada. Vamos nela.

Vishous assentiu para os dois ao passar por eles, seguindo para a saída.

Assail indicou o caminho para que Marisol fosse à frente.

– Depois de você.

– Obrigada.

Enquanto os três andavam, Assail deduziu que a formalidade entre ele e Marisol era melhor do que a raiva ou a tristeza. Inferno, quando ela chorara diante dele contando-lhe a história do pai, ele nunca se sentira tão pequeno na vida. Tê-la levado de volta àquele momento terrível – por ter feito algo semelhante – foi o mesmo que amaldiçoá-la.

Quando o trio chegou às pesadas portas de aço no fim do corredor, Vishous as manteve abertas, e depois avançaram pelo estacionamento até alcançar uma S600 preta que brilhava sob as luzes fluorescentes.

– Vocês dois vão atrás – V. informou.

Assail abriu uma das portas de trás para Marisol, depois contornou o veículo e entrou nele. O sedã era tão comprido que o Irmão parecia estar em outro código postal, e o calor logo se espalhou, o que foi bom, porque ninguém estava de casaco.

Foi uma subida silenciosa até chegarem ao térreo, e Marisol fitou através das janelas escuras, embora não houvesse nada para ver.

– Então ninguém sabe que vocês ficam aqui? – ela murmurou. – Ninguém consegue encontrá-los?

– A ideia é essa – V. respondeu da frente.

– Os humanos os deixam em paz, então.

– Ou fazemos com que nos deixem.

Assail imprecou e quis dizer ao Irmão que diminuísse a agressividade. Mas, pensando bem, boa sorte com isso. Seria o mesmo que impelir um pastor alemão a rolar para estranhos de chapéu, a fim de receber carinhos na barriga.

– Seríamos caçados – V. prosseguiu. – Por isso, é uma questão de sobrevivência para nós.

– Não acredita que seriam aceitos? – Marisol perguntou.

– Como têm andado as regras de imigração do seu povo? – Quando ela não respondeu, o Irmão murmurou. – Exato.

– Talvez seja melhor conversarmos sobre outro assunto – Assail sugeriu.

Como o tempo. Esportes.

Alguém leu algum livro interessante nos últimos tempos?, pensou consigo.

– Então – Marisol disse, virando-se para ele –, vai àquele encontro sozinho?

– Que encontro? – Vishous perguntou ao olhar pelo retrovisor.

– Não é nada – Assail informou ao Irmão.

Marisol interveio.

– Ele vai se encontrar com um traficante de armas. Pensei que era para colocar vocês em contato direto com ele. – Os olhos dela se estreitaram. – A menos que não seja por isso...

– Era exatamente o que ele deveria fazer – V. a interrompeu. – Eu só não sabia que seria hoje à noite. Nem que ele iria sozinho. Confia nessas pessoas?

Não.

– Mas claro que sim – Assail murmurou.

A Mercedes desacelerou e parou. Depois que o Irmão a colocou na marcha de estacionar, virou-se para trás.

– Vai acabar se matando.

– Muito provavelmente não.

– Quem são essas pessoas? – Marisol perguntou. – Espere, você as conheceu por intermédio de Benloise?

Assail levantou as palmas.

– Gostaria de deixar o assunto para uma hora mais apropriada.

– Vou com você – V. comunicou. – Estou pouco me fodendo se você morrer ou viver. O que não posso permitir é a perda do contato. Se você for pego, eu fico sem minha munição.

– Está armado? – Marisol exigiu saber. – Tem pelo menos uma faca com você?

Assail revirou os olhos.

– Vou pegar alguma coisa em casa.

– Tem certeza? – ela rebateu.

– Sim.

Houve um silêncio longo e desaprovador. E depois ela disse rápido:

– Vou junto. Vou com vocês dois.

Assail a encarou.

– De jeito nenhum. Não vou colocá-la em perigo…

– Mas está mais do que disposto a ir a um encontro desarmado, com o amparo de alguém que não dá a mínima se você morrer? Ficou louco?

– Eu estava até você aparecer, lembra? – replicou seco. – E depois a situação piorou quando recuperei a saúde mental.

Ela olhou para Vishous.

– Tem uma arma extra que eu possa usar?

O Irmão começou a sorrir.

– Sabe de uma coisa? Gosto de você. Mas sabe atirar?

– Só pra matar – ela respondeu séria. – Não, retiro isso. Se alguém não me respeita, sou bem rápida no gatilho e gosto de lugares de difícil recuperação.

O Irmão sorriu, revelando as presas.

– Muito justo. Se quer assumir um risco por causa dele, a decisão é sua. Mas, francamente, meus outros irmãos estão ocupados nas ruas. Com os ataques acontecendo toda noite, todos estão trabalhando. Se eu não tiver que tirar um deles das suas funções, seria maravilhoso.

Os dois se olharam – e depois se voltaram para Assail, que se viu tentado a apontar para Marisol que ela não queria mais nada com ele. E, sim, ele achava patético implorar por um pouco mais de tempo na companhia dela, mesmo naquele contexto. E, não, ele sabia que de nada adiantava tentar dissuadi-la de se envolver naquele perigo.

Ninguém conseguiria fazer isso, mesmo que a ideia de ela ser alvejada o fizesse pensar, de mente aberta, nos méritos da insanidade.

Só havia um senão.

– A mulher só concordou em se encontrar comigo se eu estiver sozinho. Então, tudo isso é inútil.

– É uma mulher? – Sola perguntou.

– Sim. – Ele deu de ombros. – E agora que penso no assunto, isso significa que vocês dois estarão esperando bem seguros dentro deste carro, que acredito seja à prova de balas, não? Interessante, agora já não estou mais preocupado com essa brilhante ideia.

Marisol se sentou mais à frente no banco.

– Onde vai ser o encontro?

– Num depósito da Rua Treze.

– Benloise tinha um depósito lá. Qual o endereço?

– Quatro, quatro, zero, nove.

– É o mesmo. É o armazém dele.

– Você não entrará, Marisol. – Assail desviou o olhar para a janela escurecida onde via o reflexo fraco dela. – E eu ficarei bem.

Na verdade, ele não se importava com o que poderia lhe acontecer. Mas, pelo menos, Vishous a manteria a salvo. Era o que importava.

Era tudo com que Assail se importava.

– Vamos para a minha casa – disse –, assim podemos pegar os pertences dela. E depois vamos para o armazém, para pôr um fim a isso.

Capítulo 58

Quando Sola subiu do porão com a mala da avó na mão e a própria bolsa de lona pendurada no ombro, deu uma última olhada na cozinha de Assail. Havia uma panela de aço inoxidável, usada pela avó, sobre o fogão. A panela estava completamente limpa, e era o único artigo fora do lugar na cozinha invariavelmente imaculada e organizada.

Quase como se o utensílio tivesse sido deixado de fora como um relicário, e não apenas para a comida.

Ehric e Evale, e aquele outro moço – macho –, não estavam por ali, e ela teve a sensação de que Assail lhes pedira para sair.

Sentia saudade deles. Queria... se despedir.

Em pouquíssimo tempo, os seis formaram uma espécie de pequena unidade familiar, um punhado de pessoas sem relação de parentesco que logo formaram um grupo unido. E, ao pensar neles morando juntos debaixo daquele teto, uma sensação estranha se formou em seu peito. Não queria entender o que poderia ser. Não queria mesmo.

Mas se parecia... com um lar.

– Posso ajudá-la com as malas? – Assail perguntou com educação.

– Não. – Ela lhe devolveu o olhar. – Obrigada. Não estão pesadas.

– Como preferir. – Curvou-se solenemente. – Deixarei seu carro num lugar seguro, no centro da cidade, para que possa ir buscá-lo depois. E não se preocupe. Os nossos empregados podem sair durante o dia, apesar de nós não podermos. Portanto, pode partir ao alvorecer, caso deseje.

– Tudo bem. – Um desconforto a atravessou, mas ela ajeitou a alça da bolsa no ombro e empurrou a ansiedade para longe. – Vamos, então?

– Sim.

Nesse momento, Vishous apareceu, vindo da frente da casa.

– Tenho que te cumprimentar, Assail. Que brinquedinhos que você tem, hein? – Sem avisar, ele jogou um objeto na direção dela. – Imagino que a dama vá gostar disto.

Ela pegou a arma pelo cabo e a aproximou para dar uma olhada. Era uma muito boa S&W, na verdade. 9 mm.

– Se quiser um coldre...

Ela interrompeu Vishous.

– Tenho um na mala.

– Ótimo.

Como Assail não pegou nenhuma arma nem recebeu nada, Sola deduziu que ele já estava armado. Mesmo assim, ela hesitou. Queria que ele tivesse um lançador de foguetes preso às costas. Tudo à prova de balas. Um capacete resistente.

– Vamos ou não fazer isso? – Vishous perguntou com aspereza.

– Vamos. – Sola seguiu para a porta. – Vou seguindo no meu carro.

Os homens – machos – foram logo atrás, e ela ouviu Vishous perguntar se Assail iria com ela.

Antes que ela respondesse, ele se adiantou:

– Acredito que ela prefira ir sozinha. Obrigado.

Entrando no carro frio, ela não teve tanta certeza – o que foi uma surpresa. Mas estava muito emotiva por conta da proximidade da despedida. Ela o largaria. Deixaria para trás todo esse estranho episódio da sua vida...

Ok, precisava muito parar de pensar no assunto.

O motor demorou a dar partida, e o aquecimento soprou um ar ártico nos seus pés, então ela o desligou bem rápido. Ao prender o cinto de segurança, olhou por sobre o ombro para a casa de vidro e se lembrou da sua primeira visita à construção, usando esquis. Escondera-se no limiar das árvores e tentara ver o que acontecia ali dentro. E foi então que percebeu as cortinas ilusórias – o calor emanando dentro da casa as balançara de leve, causando uma perturbação no que deveria estar estático.

Ela não tinha como imaginar o que se revelaria ao puxá-las.

Voltando ao presente, passou a marcha no carro e seguiu a Mercedes, deixando a casa para trás, assim como a península logo em seguida.

Ao virar à esquerda para subir na ponte, obrigou a si mesma a olhar para o cenário iluminado da cidade à frente. Sempre amara aquela vista à noite, os arranha-céus tão majestosos, as luzes aleatórias como pequeninas estrelas caídas do céu – e mais abaixo, a escuridão lenta do rio com seus mistérios.

Não voltaria nunca para Caldwell.

Deus, mesmo isso não fazendo sentido, ela quis chorar.

Voltando novamente ao presente, seguiu o rastro da Mercedes. Concordaram em deixar seu carro num estacionamento aberto para o qual Vishous tinha um cartão de entrada e, quando chegaram a ele, uma hipótese surgiu em sua mente. Um alerta. Um...

Balançando a cabeça, chegou ao portão e percebeu que não tinha o cartão. Antes que pudesse abaixar o vidro da janela, Assail já estava ali para passar o cartão que permitia o acesso além da cancela.

Foi quando ela estacionou numa vaga logo na frente que seus cálculos chegaram a um resultado, e faltou pouco para ela saltar de trás do volante sem nem puxar o freio de mão.

– Benloise tem uma irmã – informou apressada. – Vitoria.

Assail deu de ombros.

– Não sabia.

– Não pode ir ao encontro sozinho. Ela pode ter vindo atrás de você.

– Não sei se meu encontro é com ela. Além disso, que importância teria...

– Você matou Ricardo. – Ela o encarou com firmeza. – Sei que o matou. Nunca lhe perguntei nada, mas sei que fez isso. E Eduardo também. Não foi. *Não foi?*

Assail queria muito mesmo que Marisol voltasse para dentro da Mercedes. Não gostava do quanto estavam expostos ali. E queria pôr um fim à conversa. Mas, evidentemente, sua fêmea não cederia até terem chegado ao fim do assunto.

Não que ela fosse sua fêmea.

– Marisol – ele apontou para a bela, aquecida e malditamente à prova de balas Mercedes –, talvez possamos continuar a discussão num ambiente mais adequado?

– E se ela souber? E se o tiver chamado para uma emboscada?

– Então eu me defenderei. Vamos entrar no carro...

– Há câmeras de segurança na galeria. Na casa em West Point...

– Tomamos cuidado com essas últimas – ele murmurou.

– Foi lá então que o matou? Ou foi na galeria?

– Não importa...

– Eu lhe disse, o endereço para onde vai é um depósito de Benloise. Trabalhei para ele. Sei o que ele possuía. Por que vai encontrar com um fornecedor nessa propriedade se o homem está morto?

– Porque foi para lá que recebi instruções para...

– Não pode entrar lá...

– *Basta* – ele a interrompeu com firmeza. – Isso *não* é preocupação sua, Marisol. Agora entre no maldito carro antes que sejamos localizados por *redutores*. Você pode ser humana e de nenhum interesse para eles, mas eles podem me sentir e não quero que você se machuque.

– Não vou permitir que você seja morto.

Mas, pelo menos, ela se mexeu em meio aos resmungos, pegando suas coisas do porta-malas de seu carro e levando-as para o compartimento aberto da Mercedes. Enquanto colocava a mala e a bolsa lá dentro, disparava falando em espanhol, mas ele não deu a mínima importância se ela estava amaldiçoando todos os seus ossos, contanto que *entrassenomalditosedã*.

Quando por fim voltaram para o banco de trás, ela não se virou para ele. Puxou-se para a frente, usando um dos encostos de cabeça.

– Ele vai morrer – informou a Vishous. – Ela vai matá-lo.

– A sua avó? – perguntou o Irmão. – Ouvi falar dela, e, puxa, entendo o que está dizendo. Mesmo num leito hospitalar, ela...

– Isto é uma armadilha...

– Marisol – Assail a interrompeu. – Não há a mínima possibilidade, mesmo que seja a irmã de Benloise, que ela saiba que sou eu. Nenhuma. Isto é uma transação comercial travada através dos canais adequados. Além disso, mesmo que seja a irmã dele, ela não será como ele. É uma fêmea, afinal...

O olhar que se voltou para ele bastou para que ele pensasse em proteger o sexo com as mãos.

– Eu lhe pareço fraca. – Não foi uma pergunta. – Parece que não sei cuidar de mim.

Muuuuito bem, Assail pensou. Muito provavelmente ele teria que repensar seus conceitos da velha guarda no que se referia ao sexo "frágil". Sua Marisol certamente não era, nem nunca fora, uma flor frágil que precisava ser protegida das menores inconveniências.

E, P.S.: estava ficando tremendamente excitado, mesmo que isso não fosse justo com ela.

– E então? – ela insistiu.

– Não, você não é fraca. – Quando a voz dele ficou rouca, ele pigarreou. – Você é a força mais magnífica e poderosa que já vi. Consegue me deixar de joelhos como ninguém antes jamais conseguiu.

Ela piscou. Depois desviou o olhar.

No silêncio constrangedor, ele estudou o perfil de Marisol e desejou que houvesse um caminho diferente para eles. Depois se arrastou para fora do buraco negro do desapontamento.

– E, como eu dizia, mesmo que ela seja irmã dele, duvido que saiba o que aconteceu. Os restos de Benloise foram bem cuidados, e quanto a Eduardo? Foram consumidos pelos coiotes, considerando onde o deixamos. Então, está tudo sob controle.

– Espero que esteja certo – disse ela com secura.

Ele queria lhe dizer que era gentil da parte dela, mas se conteve. Em vez disso, passou para o Idioma Antigo para que ela não pudesse entender enquanto falava com Vishous.

– *Por favor, se eu sucumbir e não puder ser reavivado, peço que a leve em segurança até a avó e depois de volta ao seu mundo. Apague suas lembranças com cuidado e mande-a embora com uma lembrança agradável de tudo isto, algo que não lhe cause mais dor nem sofrimento. Peço-lhe isso com o mais profundo respeito a você, como um macho vinculado.*

Atrás do volante, o Irmão levantou o olhar para o espelho retrovisor. Com um único aceno, ele respondeu:

– *Será feito.*

Tranquilizado, Assail se recostou no banco. As janelas eram tão escuras que ele mal enxergava através delas, ainda que os postes de luz bastassem para iluminar além da neblina.

Pelo menos ele sabia que ela ficaria bem...

– Vitoria se parece com Ricardo – Marisol disse com secura. – Perceberá isso no formato dos olhos e do rosto. Nunca a vi pessoalmente, mas há fotos na casa dele. Os dois eram muito ligados. Faça-nos um favor, se for ela lá, caia fora. Não presuma que ela o não o reconhecerá. Nunca se sabe...

Assail se virou para olhar para a mulher – e se obrigou a não ter nenhuma esperança devido ao fato de Marisol parecer tão preocupada com ele.

– Muito bem. Farei isso.

Capítulo 59

Vitoria foi ao armazém do irmão tomando a rota mais tortuosa que podia. Normalmente não era fã de ineficiência, mas tinha que se certificar de que ninguém da laia do detetive De La Cruz a seguisse, e isso levou algum tempo. Quando, porém, parou o Rolls-Royce de Ricardo no estacionamento vazio das instalações, ficou satisfeita ao se ver sozinha.

Contudo, isso foi a única coisa que a deixou satisfeita – e não só porque o detetive estava se mostrando a versão latina de *Columbo*.

Olhando para o banco do passageiro ao seu lado, franziu o cenho ante o diário de Eduardo. De todos os números para os quais telefonara, o homem com quem se encontraria fora o único a responder. Isso era preocupante. Esperara que houvesse uma avidez maior em relação aos produtos que os irmãos haviam colocado nas ruas, mas temia que, no intervalo de um ano, o ecossistema tivesse se realinhado, encontrado outros fornecedores e seguido em frente.

Recuperar negócios perdidos era muito mais difícil do que simplesmente assumir um empreendimento em ordem.

Mas estava pronta para lutar a fim de fazer a situação voltar a ser como era antes.

Ao sair do Ghost, aprovou o local. Descobrira sua existência na papelada sobre a escrivaninha de Eduardo, e via por que seria um bom local para a troca de mercadorias por dinheiro. Pela disposição da planta, havia uma curva aguda com uma ala inteira a partir de uma base, e essa formação, aliada a uma estrutura adjacente que aparentava ser uma garagem ou unidades para estocagem angulosas, significava a formação de um pátio particular.

E, evidentemente, recebera investimentos. A parte do particular, pelo menos: as luzes de segurança apontavam para qualquer outra direção, um ponto escuro e anônimo envolvia a área central.

Ninguém via da rua quem estava estacionando. Quem saía. Quem carregava o quê. Quem entrava ou saía do interior.

Bem inteligente.

Procedendo para a porta que tinha um painel de senhas, ela mais uma vez inseriu a data de nascimento da mãe e entrou no interior escuro e úmido. Não havia nenhuma instalação elétrica se projetando, mas, quando ela acendeu a lanterna do celular, encontrou o interruptor e o ligou.

Muito inteligente.

Todas as janelas estavam pintadas de preto. Portanto, não havia como saber se havia alguém no interior.

Vitoria deixou a porta aberta, usando um apoio deixado próximo ao batente. Como era típico do seu irmão, o interior estava limpo e organizado, e basicamente vazio, ainda que não por completo. Espalhados mediante espaços regulares no lugar cavernoso, havia grandes caixotes, alguns tão grandes quanto sofás, outros do tamanho de carros, até mesmo de casas. Havia uma empilhadeira com as chaves na ignição mais para o lado, e ela observou, ao olhar ao redor, que havia uma garagem ao fundo para essas entregas tão prosaicas.

Então ela se equivocara, pensou ao inspecionar um dos engradados e ler a plaqueta de endereço de entrega. Havia um estoque de arte de fato ali, voltado para a galeria. Não se tratava de um local apenas para o lado ilegítimo dos negócios. Pensando bem, o irmão cuidara das duas pontas dos negócios a partir da galeria.

E, falando em negócios, com um pouco de sorte, o encontro resultaria em uma encomenda...

O som de um carro estacionando fez com que se virasse. Vestia a parca e as calças pretas, e estava com a arma e com o silenciador, tudo isso retirado mais cedo da base da obra de arte onde os havia guardado.

De modo algum iria a um encontro como esse desarmada. Mesmo sendo um cliente que Eduardo marcara com uma estrela – indicando, de acordo com o seu sistema, que a pessoa, fosse quem fosse, pagava no prazo, não causava problemas e encomendava com assiduidade –, ela não podia confiar em ninguém.

No entanto, tinha esperanças de que ele fosse um empreendedor, assim como ela, e que não haveria dificuldades.

Quando apenas uma porta se fechou com força e passadas se aproximaram pelo piso de concreto, ela enfiou a mão no bolso e empunhou a arma, destravando-a.

Teria que encontrar um pouco mais de ajuda, pensou quando a porta rangeu ao ser aberta. Estava um tanto exposta demais, mais do que desejaria...

Vitoria reconheceu o casaco elegante primeiro... o belo casaco cortado à perfeição, pendurado num par largo de ombros.

E depois ela viu o rosto. Aquele... maldito... rosto...

Do homem que sequestrara seu irmão.

Era ele. O mesmo das imagens de segurança. Tinha a mais absoluta certeza – e num rápido vislumbre, viu o corpo de Ricardo pendurado na parede, surrado, maltratado, com a garganta dilacerada.

Antes que tivesse qualquer pensamento consciente, sua ira a fez sacar a arma. E ela começou a atirar.

Assail notou a semelhança familiar no mesmo instante em que os olhos da mulher se arregalaram – como se, de algum modo, ela o reconhecesse. No entanto, não houve tempo para pensar mais, pois ela sacou a arma e começou a descarregar balas como se ciente de que ele se desmaterializaria a qualquer instante.

Mas ele não se preocupou consigo, ao se abaixar e rolar para longe do alcance das balas; o importante era que Vishous tivesse afundado o pé no acelerador – e pelo brilho dos faróis que invadia o espaço entreaberto na porta pela qual passara, ele estava disposto a apostar sua vida que o protocolo havia sido posto em prática.

Ele só rezou para que o Irmão tivesse o bom senso de trancar Marisol dentro do carro. Ou ela seria capaz de invadir o armazém empunhando sua arma.

– Eu te conheço! – a mulher exclamou ao continuar a atirar. – Sei o que você fez!

Bang! Bang! Bang!

Só que havia mais do que apenas os sons dos tiros. As balas ricocheteavam ao redor, e graças a Deus ele encontrara um engradado...

O cheiro do próprio sangue o fez imprecar. Filhadamãe. Ela o atingira no ombro – do seu braço direito. O braço que usava para atirar.

E devido à dor que sentia na lateral, ele tinha quase certeza de que fora alvejado em alguma outra parte.

Com uma careta, Assail pegou a arma e aguardou até ela acabar com seu pente de balas. Ela avançava, se aproximava – e passara a falar em espanhol, sua fúria se assemelhando mais a uma sinfonia de Wagner do que a qualquer discurso.

E então veio a pausa que ele esperava.

Com uma rápida mudança de posição, inclinou-se por trás do engradado para dar uma espiada no armazém.

Ela era inteligente. Escondera-se atrás de outro engradado grande que salpicava o interior, e visava trocar o pente ali.

Quando ela ressurgiu, ele conseguiu vê-la brevemente: cabelos longos escuros, olhos escuros, como os de Ricardo, e Marisol estava certa, eles tinham os rostos do mesmo formato.

E então ele atirou.

No peito.

O impacto a levou para trás, a arma disparando num arco enquanto ela tropeçava nos próprios pés e caía no chão.

Em qualquer outra circunstância, ele teria se aproximado para se certificar de ter terminado o trabalho, mas seu tiro fora certeiro e a atingira em cheio – e, mais especificamente, Marisol estava se afastando na Mercedes e ela era tudo o que importava para ele.

A despeito dos ferimentos, fechou os olhos. Tentou se acalmar.

Inspirou fundo para poder se desmaterializar...

Capítulo 60

Quando a Mercedes derrapou na rua, Sola bateu na porta com os punhos.

– Deixe-me sair deste maldito carro!

Assim que os tiros ecoaram, ela saltou para a saída – só para descobrir que estava trancada dentro do veículo. Em seguida, houve um rugido e um impulso, o motor potente do carro foi acionado e alimentado com gasolina, e seu peso foi lançado para trás e para o lado oposto.

O grito de imprecação que se formou em sua garganta não podia ser negado. E ela nem tentou refreá-lo.

Assail era um alvo fácil. Por que havia permitido sua ida lá sozinho?

– Deixe-me sair!

Deixando os gritos de lado, pegou a 9 mm que lhe foi dada e a sacou. E depois encostou o cano na parte de trás do crânio do motorista e grunhiu:

– *Eu disse pra me deixar sair da porra deste carro!*

Aceleravam ao longo das ruas desertas, furando faróis vermelhos e placas de PARE, afastando-se cada vez mais do depósito. De Assail.

Deus, ele poderia estar morto...

– Juro por Deus, eu atiro em você!

– Não – Vishous disse num tom enfastiado. – Não vai, não...

Para provar que faria isso, ela desviou o cano apenas um pouco para a direita e apertou o gatilho três vezes – estilhaçando o para-brisa dianteiro completamente, o vidro blindado criando teias de aranha e depois caindo sobre os bancos da frente por conta da alta velocidade.

– Eu atiro! – ela berrou a plenos pulmões.

De repente, o mundo virou um liquidificador, pois o vampiro pisou fundo no freio e virou o volante para o lado, lançando-os num guincho de 180 graus. Não, 360.

Sola tirou o dedo o gatilho enquanto era sacudida no banco de trás. Em seguida, tudo foi tão rápido que ela não entendeu o que aconteceu. De alguma forma, no tempo em que o sedã levou para parar, sua arma fora arrancada dela e Vishous a apontava direto para o seu rosto.

Ele estava furioso, os olhos brancos tão raivosos que lançavam sombras enquanto ele ofegava.

Enquanto o ar frio que entrava pelo para-brisa quebrado substituía o calor de antes, e ela sentia cheiro de gasolina e de borracha queimada, o vampiro se inflamou contra ela.

– Você tem sorte. Pra. Caralho – ele berrou, antes de parecer se forçar a se acalmar. Pelo menos temporariamente. – De Fritz gostar de cuidar deste carro e achar que substituir o para-brisa será um presente. Porque, se ele não achasse isso, com Assail ou sem Assail, eu estaria te *metendo um monte de balas neste instante, querida!*

Sola arfava também com os braços afastados, o corpo meio em cima, meio para fora do banco. Entre respirações profundas, ela replicou:

– *Não. Me. Chame. De. Querida!!!*

Sobrancelhas negras se ergueram em sinal de surpresa.

E depois Vishous gargalhou.

– Tá… – disse ao abaixar a arma. – Gosto de você. Você pode ficar…

Nesse momento, inacreditavelmente, Assail apareceu do nada, o corpo se materializando no facho de luz dos faróis.

– Assail!

Com as portas trancadas, ela sequer tentou sair por ali. Empurrou o vampiro para trás do volante para abrir caminho e mergulhou pelo buraco imenso que criara, com as palmas se arranhando no vidro, a cabeça batendo em algum lugar, os pés procurando um ponto de apoio enquanto ela se lançava para fora da Mercedes pelo capô.

Derrapando, escorregando e chorando, ela saltou do carro e quase derrubou Assail.

No instante em que seu corpo fez contato com o dele, ela percebeu que pouco se importava com a espécie dele. Homem, macho, humano, vampiro: ela estava pouco se fodendo.

Ele fora um mistério quando o encontrara pela primeira vez. Depois, uma fonte de incrível atração sexual. E então, ela teve que fugir, não só da vida que vinha levando, mas dele também. Estivera aterrorizada com o amor encontrado.

E, quando voltou e quase o perdeu, descobriu o seu lar.

– Você está vivo – ela disse rouca junto ao peito dele. – Meu Deus, você está vivo!

Os braços dele a circundaram com hesitação, como se ele não tivesse muita certeza se podia acreditar na sua boa sorte. Mas, em seguida, ele a abraçava como se nunca mais quisesse soltá-la.

Afastando-se, ela amparou o rosto dele entre as mãos e fitou os olhos cor de luar.

– Eu não me importo – disse. – Não me importo, não estou nem aí, não ligo, não dou a mínima. Só não quero ficar sem você. Eu te amo, o que quer que você seja...

Ele não a deixou terminar. Beijou-a tão profundamente que a deixou sem ar.

Sola não fazia ideia do que o futuro lhes reservava. Como funcionaria. Ou se havia perdido o juízo de vez.

Mas era inteligente o bastante para saber que, quando o destino te manda o amor verdadeiro, não importa qual a forma dele, você precisa aceitar o presente.

Além disso, pelo menos sua avó voltaria a falar com ela...

Ao baixar as mãos para os ombros dele, franziu o cenho e se afastou. Abaixando o olhar, viu sangue no casaco elegante.

– Você está sangrando – pontuou.

– Eu te amo – ele respondeu.

– Não, espere. Você está sangrando... – Apontou para ele e notou mais sangue. – Você está sangrando!

– Você tinha razão. Era a irmã de Benloise. Acho que ela me acertou umas duas vezes...

Sola saltou para trás e bateu no peito dele com as palmas.

– Você só pode estar de brincadeira! Eu te disse pra não entrar lá sozinho! Eu te disse que ela te reconheceria! Você perdeu a cabeça?

Quando ele se dobrou ao meio com uma imprecação e agarrou o ombro machucado, ela passou para o espanhol e continuou a gritar com ele, a descarga de adrenalina se fazendo verbal e muito mais.

Vishous saiu do carro, se aproximou e apenas sacudiu a cabeça com pesar, como se ver um macho cheio de chumbo sendo surrado verbalmente pela sua cara-metade fosse algo muito normal para ele. Até acendeu um cigarro, como se soubesse que ficariam ali por um tempo.

No fim, acabou interrompendo o casal.

– Que tal se a gente levar esse show pra estrada, hein? Os tiras humanos saem à noite e não só pra comer donuts...

O som de um celular tocando suspendeu a descompostura de Sola.

Franzindo a testa, Assail enfiou a mão no bolso interno do casaco e pegou o celular descartável.

– É ela – disse seco.

– Viva voz – Vishous ordenou. – Se não se importar.

Assail obedeceu, e Sola parou de respirar só para poder se concentrar na voz feminina da ligação.

– Se está atendendo – disse a mulher com um inglês muito bem articulado, com apenas uma ponta de sotaque –, significa que, de alguma maneira, você sobreviveu.

– Estou bastante bem – respondeu Assail –, e você?

– Eu estava mais preparada do que você imaginou. Kevlar é a nova moda, não sabia?

– Muito agradecido pela informação. Tentarei me lembrar.

– Só para que não restem dúvidas, eu o matarei. Eu o encontrarei e o matarei, e acertarei o placar da partida que você iniciou.

– Quanta ambição. Mas, afinal, você é irmã do seu irmão. Mas creio que descobrirá que tenho truques escondidos na manga e amigos em lugares muito escusos. Pode querer reconsiderar seus objetivos, visto qual será o seu prêmio.

– Não tenho medo.

– Deveria.

– Eu o verei em breve.

– Mal posso esperar.

Quando a ligação se encerrou, Sola percebeu nitidamente que Assail cambaleava sobre os pés... onde havia uma poça de sangue.

Então o macho capotou... e caiu no chão.

Capítulo 61

Umas duas horas mais tarde, Assail já havia saído da cirurgia e estava num dos quartos da clínica do centro de treinamento – estava acordado, e sorria. Tinha quase certeza de que sorrira o tempo todo: desde o processo de costurá-lo, no qual, segundo a doutora Jane, foram necessários reparos num pulmão colapsado, no intestino perfurado e em mais algum órgão que não era relevante para ele.

Havia um acesso de soro ligado ao seu braço, pelo qual os medicamentos eram injetados, mas ele flutuava numa bolha de tamanha felicidade que aquilo muito bem podia ser apenas solução salina e o composto ainda assim se pareceria com morfina.

O único fator que o faria se sentir ainda melhor era a sua fêmea...

Bem nessa hora, a porta foi aberta. Mas não era sua Marisol; era a sua outra fêmea.

– Senhora Carvalho – ele a chamou alto, apesar de a audição dela ser perfeita e de o quarto não ter mais do que 14 m^2. – Entre, por favor.

A avó de Marisol sorria tanto quanto ele.

– Vamos ficar, então. Ela me disse. Nós ficamos com você. Ficamos aqui em Caldwell.

Enquanto a idosa entrava no quarto, Assail franziu o cenho ao ter um vislumbre, acima da baixa estatura dela, de uma discussão acontecendo no corredor. Marisol e Vishous estavam nariz a nariz, como se discordassem em um assunto – e ele conhecia muito bem aquela inclinação de queixo da sua mulher: o Irmão podia ser maior, mais forte e vampiro.

Mas acabaria perdendo, o que quer que fosse.

Assail voltou a se concentrar na avó.

– Sobre o que estão discutindo?

A senhora Carvalho fez um gesto de dispensa.

– Não me importo. Só me importo que estamos aqui. No fim, minha neta não é burra.

– Ela definitivamente não é. – Gesticulou em um convite para que a senhora se sentasse ao pé da cama. – Como está se sentindo?

– Perfeita. Vou viver até os cem anos.

– Que bom. Era isso o que eu queria ouvir.

Quando uma centelha de desconforto o perpassou, ele pensou por quanto tempo mais viveria em relação às humanas de sua vida. Mas talvez... Milagres aconteciam. Quem pode saber o que o futuro reserva? Ouvira histórias sobre Jane e Mary tendo sido salvas.

Teria que encontrar um modo para que sua Marisol e a avó dela fossem igualmente abençoadas.

– Então – a senhora Carvalho anunciou –, disseram que amanhã à noite você volta para casa. Vamos à missa. Da meia-noite. A casa toda. Primos e Markcus.

– Sim, senhora. Como desejar.

A senhora Carvalho segurou a mão dele na sua e lhe deu um tapinha.

– Bom rapaz. E vai se converter...

– Vovó – Marisol disse ao entrar. – Ele não tem que se converter...

– Pela senhora – Assail disse à avó de sua fêmea –, eu faço qualquer coisa. Se quer que eu seja católico, então eu serei.

Marisol se aproximou e o beijou nos lábios.

– Puxa-saco – sussurrou.

– Tenho que ficar bem na fita com os parentes, como vocês dizem.

– Olha só – Marisol disse –, vou levar vovó para casa, tudo bem?

– Tenho que cozinhar para aqueles homens – a senhora Carvalho disse com seriedade. – Magros demais. Eles não comem se eu não cozinhar.

– A senhora precisa ir devagar, vovó.

O "psiu" dela foi rápido e muito declarativo, em seguida, a senhora Carvalho se levantou e seguiu para a porta.

– Vou arrumar a cama. Depois partimos...

– Vovó, isto é um hospital. Não precisa arrumar a cama... – Marisol se calou ante a encarada da avó que equivalia a um tabefe na orelha. – Claro, vovó. Já saio em um minuto para ajudá-la.

Quando ficaram sozinhos, Assail estendeu o braço para tocar no rosto dela.

– Meu amor.

Ela o beijou na palma.

– Estou tão feliz... Bem. Você sabe.

– Eu sei. – Ele ficou sério. – Escute, Ghisele virá aqui daqui a pouco e eu terei que...

– Jane me explicou tudo.

– Não há nada sexual nisso.

– Eu entendo. – Ela sorriu. – Guarde o sexo para mim, está bem?

– Sempre – ele grunhiu.

– Volto assim que puder. Descanse.

– Eu te amo. Para sempre.

– Eu também te amo, Assail. – Inclinou-se para baixo e o beijou. Depois passou a língua pelas pontas dos caninos. – Puxa, estou tão excitada...

Antes de conseguir se conter, Assail a segurou pela nuca e a puxou para a sua boca. Depois de a beijar intensamente, soltou-a para fitá-la nos olhos.

Quando o cheiro da excitação dela se espalhou, ele soube que ela encarava seus caninos se alongando da gengiva.

– Eu jamais a machucarei com elas – prometeu ele com uma voz gutural. – Nunca. Mas se você as quiser...

– Eu quero – ela sussurrou. – Quero que você faça... o que quer fazer.

Sem pensar a respeito – e mesmo com a porta destrancada e havendo pessoas nas imediações –, ele pegou a mão dela e a enfiou por baixo do lençol. Colocando a palma dela sobre sua ereção, rolou os quadris.

A partir dali, ela assumiu. Enquanto se beijavam, e a mão dele encontrava o seio escondido debaixo do moletom, ela o afagou.

Não demorou muito. E, apesar de os pontos frescos arderem à medida que ele seguia o ritmo dela, o prazer foi tão grande que ele começou a gozar quase que na mesma hora – e não parou.

Ele não queria parar nunca.

– Eu te amo – disse ele num grunhido – e mal posso esperar para estar dentro de você novamente.

– Eu também. Deus... eu também...

Cerca uma hora mais tarde, ela pegou uma carona com Vishous para pegar seu carro. Estavam na van usada para levar a avó dela de volta para casa. Os primos de Assail e Markcus ficaram extasiados com o reencontro e os três machos logo atenderam às ordens de ir ao supermercado.

Tudo estava bem no mundo.

E prestes a ficar ainda melhor, Sola pensou ao sair.

– Obrigada pela carona.

– Não gosto disso.

– Já deixou bem claro – ela respondeu com secura.

Naquele momento, o celular dele tocou e foi bem na hora certa. Para o caso de ser Assail, porém, ela esperou.

O vampiro praguejou.

– Maldição. Outro ataque.

– O que foi?

– Nada. Mas você está com sorte. Tenho que cuidar disto... De outro modo, eu iria com você.

– Eu já disse que esse voo tem que ser solo. É o princípio da coisa.

O vampiro apenas balançou a cabeça.

– Está com o aparelho que te dei, certo?

Ela tateou a parca.

– Está aqui.

– Quando estiver pronta, desde que saia viva dessa, liga pra mim e eu te levo de volta ao centro de treinamento.

– Obrigada. – Sola pigarreou. – De verdade. E, sabe, sinto muito pelo para-brisa.

– Não. Não sente, não.

Ela riu.

– Tudo bem. Não sinto. Mas vai me deixar pagar o conserto?

– Nunca. – Vishous a fitou. – Se não acabar morta, digamos que fica por isso mesmo. Assail não vai resistir sem você.

– Nem eu sem ele. Então, não se preocupe, não vou foder a coisa boa que aconteceu comigo.

Dito isso, ela fechou a porta do passageiro. E quando foi até seu carro, estava tão relaxada, que flutuou pelo asfalto como se seus pés não tocassem o chão.

Na verdade, nem o percebia.

Vingança... era um prato melhor servido com calma.

Capítulo 62

Cerca de 1300 quilômetros ao sul, numa faixa de terra serena e basicamente inabitada, os emissários do Rei chegaram a um destino que lhes arrebatou o fôlego.

Enquanto Saxton, advogado do Rei, retomava sua forma, olhou ao redor e inspirou lenta e profundamente.

– Puxa, como é lindo aqui.

Seu companheiro amado, Ruhn, se materializou ao seu lado e ecoou seus sentimentos.

– Isto é... incrível.

Os dois estenderam a mão um para o outro ao mesmo tempo – e depois ficaram bem onde estavam, permitindo a absorção do lindo cenário. Mais adiante, sob a lua cheia no céu tranquilo, havia uma adorável casa antiga branca no fim de uma alameda de carvalhos. Com varandas tanto no primeiro quanto no segundo andar, venezianas pretas e um telhado de quatro águas, era uma dama do sul de graciosa linhagem.

– Ele foi avisado que viríamos? – Ruhn perguntou.

– Bem... Eu não iria tão longe, precisamente.

Quando Saxton tentou andar, seu amor o puxou para trás.

– Murhder não sabe que estamos aqui?

– Eu lhe enviei uma carta.

– E a resposta dele foi...?

– Na verdade, não recebi nenhuma.

Ruhn costumava ser uma alma plácida e amável, um gigante gentil com um coração de ouro que vivenciara mais sofrimento e dor do que Saxton jamais conseguiria compreender.

O macho, no entanto, não era fácil de derrotar. E quando aqueles olhos caramelo se estreitaram, Saxton ergueu a mão livre.

– Temos que fazer isto. É a lei.

Os olhos de Ruhn retornaram para a fila de janelas escuras da casa.

– Não estou gostando disso.

– Tenho que informá-lo da herança. Venha, vamos nos aproximar.

Caminharam no meio da alameda e, enquanto avançavam, Saxton teve que se perguntar por que alguém se disporia a passar os invernos em Caldwell. Se não tivesse seu posto junto ao Rei, ele sem dúvida passaria algum tempo ali no sul.

No entanto... a casa deles era incrivelmente singular, com as lareiras acesas e mantas aconchegantes sob as quais se aninhar – e a oportunidade para Ruhn bancar o encanador debaixo da pia defeituosa da cozinha.

Não havia nada melhor do que um macho que sabia como lidar com canos...

Raios laser vermelhos duplos os marcaram no peito – bem na altura do esterno –, e fizeram com que parassem de pronto.

Só havia duas coisas no mundo que produziam esse tipo de efeito óptico. E era de se imaginar que ninguém se ocuparia com canetas a laser a essa hora da noite... apontando-as para dois estranhos que, tecnicamente, não haviam sido convidados à propriedade.

No segundo andar, uma luz foi acesa, iluminando uma sombra tremenda parada em uma janela aberta.

– Estão invadindo – anunciou uma voz baixa e maligna. – E não gosto de pessoas na minha propriedade.

Saxton pigarreou e tanto ele quanto Ruhn ergueram as mãos.

– Viemos em paz. Estamos aqui para ver Murhder.

Houve uma longa pausa.

– Foi você quem enviou a carta.

– Sim, sou Saxton. Sou advogado de Wrath, filho de Wrath e pai de Wrath. Este é meu companheiro, Ruhn. Viemos para informá-lo de que recebeu uma herança...

– Não a quero.

Saxton baixou o olhar para o próprio peito.

– Consideraria abaixar suas armas? É um pouco perturbador.

– Não, não considerarei. E não quero o dinheiro de ninguém.

– Então, faria a gentileza de assinar os documentos que enviei em minha carta, renunciando ao...

– Minha assinatura não tem valor.

Saxton se retraiu.

– Por quê?

– Sou louco. Não ouviu falar? Os insanos não podem consentir em nada; legalmente, não existimos.

Excelente argumento. Mas não nos atenhamos a detalhes técnicos, Saxton pensou consigo.

Inspirou fundo.

– Perdoe-me, mas não me parece insano. – Ainda que o macho estivesse ameaçando atirar em duas pessoas absolutamente inocentes, então o quão equilibrado ele podia ser? – E tenho a obrigação de resolver o assunto. É o meu trabalho.

Houve um longo período de silêncio.

– Diga ao seu Rei que assinarei esses papéis, mas apenas se ele vier pessoalmente. Quero encontrá-lo. Creio que já seja a hora.

– Novamente peço perdão, mas esta não é uma questão que se costuma tratar dessa maneira. O Rei não...

– É a minha condição. Sabem onde me encontrar. Se Wrath aceitar, assinarei os documentos. Agora vão. Antes que eu resolva atender à minha necessidade de praticar tiro ao alvo.

Saxton mediu a forma da sombra à janela. Com a luz às costas, não havia como distinguir as feições, embora ele tivesse quase certeza de que os cabelos eram longos, e sim, o tamanho do corpo com certeza era o de um Irmão.

Saxton se curvou.

– Informarei suas preferências ao Rei. Voltarei a entrar em contato. Talvez possa me fornecer um número de telefone para o qual eu...

– Sou antigo. Prefiro cartas enviadas pelo correio, ou por FedEx, acredito que tenha feito uso deles. Pode se comunicar comigo dessa maneira. Agora, saiam da minha propriedade.

Saxton relanceou para o seu amor.

– Vamos agora – sugeriu baixinho.

– Sim – Ruhn concordou de pronto.

Quando os dois se desmaterializaram até a primeira parada do caminho de volta a Caldwell, o único pensamento de Saxton foi de que a situação não era um bom presságio.

Não era um bom presságio, de modo algum.

Capítulo 63

Relativamente falando, Sola não demorou quase nada para chegar a West Point, e ao estacionar o carro às margens da água e sair dele, lembrou-se de outra viagem até ali no escuro, feita em outra noite fria. A visita anterior à casa de Ricardo, a outra invasão, a tentativa de obter o que era seu por direito, impulsionara todo o resto: seu sequestro, as ações de Assail em seu favor... sua apresentação ao centro de treinamento.

E lá estava ela, fechando o círculo para terminar a história.

Assim como antes, ela se ateve à parede baixa de pedras enquanto prosseguia pela subida gradual do longo gramado. À diferença da ocasião anterior, ela não usava esquis nem roupas brancas para se misturar ao cenário. Não era relevante; moveu-se com agilidade, e a nuvem que cobria a lua lhe deu passagem.

Ao se aproximar da mansão de Ricardo, observou a região que apresentava luzes acesas: duas na suíte máster, mas havia algumas no andar térreo também.

Não deixou de empunhar a arma em nenhum momento. E já estava com o silenciador acoplado.

Conhecia umas duas maneiras de invadir a casa e, em sua mente, revisou as opções. Não trouxera o arpéu para se alçar, o que podia ser um lapso da sua parte. Mas não era importante. Faria o esquema dar certo e daria conta da tarefa.

Quando chegou ao alto, teve que atravessar o gramado para chegar à esquina da mansão, e não apreciou a exposição, mas conseguiu atravessar a propriedade e se recostou na parede entre duas janelas em arco.

Não havia como saber quantas pessoas havia ali dentro. Onde estavam. Assail lhe informou que Vitoria tinha aparecido sozinha no armazém, mas isso não significava que ela não teria seguranças em casa.

E é claro que ela estaria hospedada ali. Era irmã de Ricardo. Tinha seus padrões, e nenhum hotel, nem mesmo as melhores acomodações com o melhor serviço rivalizaria com aquela propriedade.

Sola mudou de lugar rumo ao canto da casa, e se inclinou para visualizar os fundos d...

Havia um padrão de iluminação lançado sobre o monte de neve, pois as janelas da mansão lançavam uma fila de quadrados amarelados de luz sobre o chão. E mais atrás, na parte oposta, uma figura saiu da cozinha e vinha na direção de Sola, que saiu da sua posição, mas se manteve nas sombras enquanto avaliava a pessoa.

Era Vitoria. Cabelos longos escuros, rosto sem maquiagem, um roupão de seda batendo nos pés protegidos por chinelos. Ela segurava uma xícara de porcelana, como se não tivesse conseguido dormir e tivesse descido para preparar algo que a acalmasse.

Lavanda e rosa-mosqueta, talvez?

Sola ergueu a arma e acompanhou Vitoria com a mira.

Se aquilo fosse um filme, ela invadiria e perseguiria a mulher em toda a grandiosa casa, o drama culminando em um tipo de tiroteio no qual as mulheres acusariam uma à outra de crimes sangrentos contra seus amores –, talvez ela acabasse ferida e tivesse que dirigir heroicamente de volta a Caldwell.

Mas a situação em que se encontrava não era Hollywood.

Sola era tão mortal quanto seu alvo, e ela não sabia o bastante a respeito do ninho de vespas que atiçaria quando puxasse o gatilho. O que ela tinha certeza, contudo, era de que aquela mulher precisava morrer naquela noite, e tinha uma boa mira em três, dois... um metro...

Mais do que qualquer outra coisa, Sola queria eliminar a ameaça e apenas voltar em segurança para a avó e para o macho que amava.

Inteira. Sem vazamentos.

Enquanto avançava, Vitoria mexia na xícara com uma colherzinha de prata em círculos, com os olhos baixos.

Portanto, ela não percebeu o que estava prestes a acontecer. Tampouco ouviu o tiro.

Mas, quando o vidro antigo se quebrou bem à sua direita, ela levantou o olhar em sinal de alarme.

Sola acertou na vaca bem no meio dos olhos.

Foi uma tacada perfeita, o um em um milhão, um tiro do tipo se-é-pra-acertar-acerte-logo.

Não houve necessidade de disparar mais uma bala.

Os braços da mulher foram lançados para trás, a xícara caiu, ela cambaleou e caiu... agarrando-se ao objeto mais próximo que conseguiu.

Que, por acaso, era a estátua de bronze de uma bailarina feita por Degas.

A mesma estátua que Sola virara apenas um centímetro da sua posição original, como retribuição a Ricardo, motivada pela recusa dele a pagar o que lhe devia por ter vigiado Assail.

Pareceu-lhe justiça poética que a irmã levasse consigo para o chão aquela obra de arte – bem em cima dela, para falar a verdade. Portanto, se já não estivesse prestes a morrer, o impacto por certo a mataria.

Quando o baque da queda ecoou, Sola partiu, com a arma junto ao corpo e a cabeça abaixada. Agora, se a boa sorte persistisse, ela chegaria ao carro sem problemas e voltaria para Caldwell.

Mas não importava o que acontecesse, a segurança de seu macho estava garantida. Porque era isso o que mulheres de verdade faziam.

Mulheres de verdade não esperavam que seus matadores de dragões chegassem para salvá-las.

Eram verdadeiras companheiras – boas com suas próprias armas.

Toma!

Capítulo 64

Quando a madrugada chegou, Jane voltou para o Buraco e encontrou seu *hellren* diante dos computadores. No instante em que V. a sentiu, levantou os olhos e abriu bem os braços.

– Aqui está ela – saudou.

Jane foi para junto dele com pés ligeiros e o coração ainda mais leve.

– Hummm, quer dizer que Sola e Assail acertaram os ponteiros?

– Isso mesmo. – Levantou a mão e passou os dedos pelos cabelos curtos dela. – Você foi ótima com ele na cirurgia. Agiu com maestria. Fiquei impressionado pra cacete.

– Ah, você diz as coisas mais meigas...

– Senta no meu colo?

– Sempre. – Ela franziu o cenho ao se virar e captar uma cena de vídeo num dos monitores. – Ei... esse é você!

– Eu sei. – V. balançou a cabeça e mexeu no mouse para que a cena voltasse. – Temos problemas.

Jane se aproximou e viu enquanto as imagens escuras e chuviscadas – mas não tão escuras e chuviscadas assim – se desenrolavam: dois machos lutando contra algo que... não parecia estar ali; um caindo no chão enquanto a sombra desaparecia; V. e Rhage aparecendo do nada; V. se agachando junto ao civil machucado no chão.

Ele pausou o vídeo.

– Não quero que veja o que acontece depois que o civil morre. Eu já te contei.

Sim, ele contou, Jane pensou. V. teve que matá-lo. Bem quando o pobre entrou em processo de transformação para outro ser, o que quer que fosse.

– Essa cena está na internet – ele disse resignado. – E está viralizando.

– Como você pode deter isso?

– Estou trabalhando na questão agora mesmo. – Praguejou. – O que me faz lembrar... Não queria me envolver, mas temos uma mestiça que está prestes a passar pela transformação. Não sou um Bom Samaritano, mas estou começando a entender, enquanto assisto a isso, que a última coisa de que precisamos é que ela apareça num hospital passando mal por causa da transição. Acho que teremos que ir buscá-la.

– Puxa. Coitada. Claro, claro, traga-a para cá. – Jane balançou a cabeça. – Ela pode não sobreviver.

– Mas pelo menos não teremos documentação. Não precisamos de uma merda assim. Eu já apaguei a memória dela... Ela estava atrás de nós, elaborando postagens desse tipo no blog dela. Já era pra ele ter saído do ar, mas ela continua investindo. Pelo menos sei onde ela mora. Não tenho tempo antes que o sol nasça, mas à noite, vou lá buscá-la, mesmo que ela não goste da intervenção.

Jane tracejou as tatuagens na têmpora dele com a ponta dos dedos.

– Que bom. Ajudarei como puder.

– Você sempre ajuda. – Ele deu um leve sorriso; que, para Vishous, era o equivalente a qualquer outra pessoa dar um sorriso do tamanho do rosto. – Ei. Quer fazer sexo?

Jane gargalhou.

– Sim. Eu quero.

– Putaquepariuessaéarespostaqueeuqueria.

Quando se levantou, levou-a consigo, carregando-a pelo corredor como se ela não pesasse nada –, só que ele parou por algum motivo.

Virando-se nos braços dele, ela sorriu e olhou para o chão.

– Ei, Boo. O que está fazendo aqui?

O gato preto da casa miou para ela, como se em sinal de cumprimento, e depois fez um sinal com a pata, pedindo que o deixassem ir para o túnel.

– Acho que ele quer ir...

– Deixa comigo – V. adiantou-se ao se encostar na parede e soltar a trava da porta. – Pode ir. Isso. Muito bem.

Quando o gato desapareceu, ele trancou a porta e voltou ao que importava.

– Bem. Onde estávamos?

– Como Boo entrou aqui?

– Eu... hum... o deixei entrar.

– Você não gosta de gatos.

– Eu sei. – Ele seguiu em frente. – Agora, vamos nos concentrar em nós.

Quando chegaram ao quarto, ele fechou a porta com um chute e a jogou na cama. Depois pairou acima dela como se sua vontade fosse a de devorá-la.

– Você é gostosa pra cacete – grunhiu.

Ela fitou o volume enorme atrás do couro.

– Você também não é nada mal.

Só que ele ficou onde estava. Pigarreando, disse:

– Acho que vou me livrar da cobertura. Muitas lembranças ruins, sabe?

Jane o encarou por um momento.

– Você adora aquele lugar.

– Com você, sim. Mas não tem importância. Não quero que fique em dúvida, sabe. Nunca.

O sorriso dela foi lento ao estender os braços para ele.

– Vem cá.

Vishous se juntou a ela, deitando meio em cima e meio para fora do corpo dela. Quando os olhos de diamante se depararam com os dela, Jane não sentiu nenhuma hesitação.

– Eu confio em você – decretou ela.

V. piscou algumas vezes – como se estivesse tendo um momento de dissociação –, depois pressionou os lábios nos dela com um sorriso.

– Eu também te amo, Jane Whitcomb. Para todo o sempre.

Capítulo 65

Assail não dormiu. Nem um pouco. Mesmo depois, quando o torpor pós-alimentação se assentou, ele continuou acordado pra cacete.

Porque havia chegado a uma conclusão sobre o que Marisol e Vishous estavam discutindo. Ele sabia *exatamente* qual tinha sido o assunto, e por que Vishous pareceu tão irritado, e porque sua Marisol, como de costume, tinha se recusado a ceder.

Olhou para o relógio na parede oposta e tentou não se assustar por ela já estar ausente há quase duas horas.

– Maldição...

A porta se abriu, e quando sua fêmea parou entre os batentes, ele sentiu uma alegria imensa ao mesmo tempo em que teve vontade de berrar com ela.

– Sei o que você fez – disse com firmeza. – Foi para a casa de Benloise, não foi? Foi ver a irmã dele.

Marisol pelo menos teve o bom senso de parecer encabulada.

– Veja bem, Assail...

– Não me venha com "veja bem, Assail"! Você poderia ter morrido!

– Não acabamos de viver essa mesma experiência, só que ao contrário? – ela murmurou ao fechar a porta mais rápido do que as dobradiças gostariam. – E ela ia te matar. Se ficássemos em Caldwell, ela o encontraria e...

– Ela está morta? – ele exigiu saber com secura.

– Sim. Alguém a encontrará com uma estátua de bronze na cabeça e uma xícara de chá estilhaçada a dois metros do corpo, na parte de trás da casa do irmão dela. – Marisol levantou uma mão. – E eu fui uma assassina muito boazinha... nem entrei. Consegui uma mira clara e aproveitei quando tive a oportunidade. Depois saí de lá e agora estou em casa, e nós nunca mais vamos falar sobre o assunto. Você cuidou de Ricardo por mim, eu cuidei da irmã dele por você, e agora estamos os dois fora dessa vida para sempre. Vishous e o pessoal dele terão que comprar todas aquelas balas de outra pessoa. Não são burros. Vão dar um jeito.

Assail cruzou os braços diante do peito.

– Não aprovo.

– É o motivo pelo qual não pedi a sua permissão.

Ela foi para o lado da cama e tirou a parca. Depois o blusão. Depois...

Quando os seios nus fizeram uma incrível aparição, e o sexo dele se lançou numa ereção que poderia ter amassado a traseira de um carro, ele se esqueceu de que estava bravo.

O que não era justo.

– Está tentando me distrair – ele reclamou quando ela começou a tirar as calças. – Você... Ai, meu Deus...

Nada de calcinha. Ela não estava usando calcinha.

– Está funcionando? – ela disse ao se virar lentamente para ir para a porta.

– Cacete – ele sussurrou quando ela desfilou até a porta para trancá-la. – Sim.

– Que bom. Esse era o plano.

Assail não perdeu mais tempo. Empurrou as cobertas leves para baixo e puxou para cima a camisola hospitalar, e logo ela subiu na cama, em posição para cavalgá-lo.

– Eu te amo – ela anunciou ao beijá-lo. – E não me arrisquei. Na entrada nem na saída. O trabalho foi executado com segurança, eu juro.

Bem quando ela se abaixou sobre a ereção dele, Assail pensou que jamais imaginara ter uma conversa tão racional sobre um homicídio com o amor de sua vida. Mas, pensando bem, com quem mais ele poderia ficar, no fim das contas?

Somente com uma fêmea forte, com vontade própria e habilidades à altura capturaria o seu coração.

E Marisol Maria Rafaela Carvalho, também conhecida como Sola Morte, era exatamente essa fêmea.

– Eu te amo – ele disse com um grunhido quando se tornaram um só.

Então ele parou de pensar de vez, e só se deleitou com as sensações. Certamente existiriam obstáculos a superar e conflitos a resolver –, e ele teria que encontrar uma função produtiva com que se ocupar.

Mas se aprendera uma lição nos seus quatro séculos de existência?

Com amor… tudo é possível.

AGRADECIMENTOS

Minha imensa gratidão aos leitores da Irmandade da Adaga Negra!

Muito obrigada a Kara Welsh e a todos da Ballantine – esses livros são um verdadeiro trabalho em equipe.

Com amor ao Team Waud – vocês sabem quem são. Isto simplesmente não teria acontecido sem vocês.

Nada disso seria possível sem: meu querido marido, que é meu conselheiro e cuida de mim, além de ser um visionário; minha maravilhosa mãe, que me deu amor em quantidades que eu jamais conseguirei retribuir; minha família (tanto os de sangue quanto os adotivos) e meus queridos amigos.

E, como sempre, com amor e devoção, à minha WriterDogII, Naamah.

Sobre a Autora

J. R. Ward é a autora número um da lista dos livros mais vendidos do *The New York Times,* com mais de trinta romances publicados, incluindo as séries Irmandade da Adaga Negra, Legado da Irmandade da Adaga Negra, Fallen Angels e The Bourbon Kings. Existem mais de quinze milhões de cópias impressas dos seus romances em todo o mundo, que foram publicadas em vinte e seis países. Ela mora no sul dos Estados Unidos com a família.

Encontre a autora nas redes sociais:
JRWard.com
Facebook.com/jrwardbooks
Twitter: @JRWard1